장편소설

농민 21
벼꽃 질 무렵

이동희

장편소설

농민 21
벼꽃 질 무렵

이동희

풀길

목차

농민의 후예

"일규가 돌아왔다."

"일규가 나타났다."

마을에 일규가 들어왔다는 것이다.

들어오고 있다기도 하고 이미 들어왔다기도 하였다. 봉두난발의 위협스런 뒷모습을 보았다기도 하고 눈이 뼈꿈하고 턱수염이 숭숭한 험상궂은 상판을 보았다기도 하고 전혀 딴 사람처럼 모습이 변하여 몰라보았다기도 하고 첫눈에 30년 전 일규의 얼굴을 금방 알아보고 허겁지겁 피해 달아났다기도 하고, 얘기들이 구구하였다. 뒤숭숭한 여러 가지 얘기들이 엇갈리었다.

누구 하나 직접 보았다는 사람은 없고 누구에게 들었다는 것이다. 누가 본 얘기, 들은 얘기를 옆에서 들었다기도 하였다. 그런데도 불구하고 그 일시에 공포의 분위기로 몰아넣는 뜬금없는 소문으로 온통 마을이 술렁거렸다.

"아니 도치가 오다니! 무슨 소리여?"

"오는 것이 아니라 왔단 말이여. 똑똑히 봤다니께."

"봤다고? 정말이여?"

"정말이여. 두 눈으로 똑똑히 봤다고 들었다니께."

"애해 참내!"

"애해고 참내고 도치가 나타난 건 사실이여. 군말 할 것이 없어."

"그 말은 맞어."

"그리여."

　도치는 일규의 별명이다. 자기를 모함한 자들을 모조리 도끼로 찍어서 머리통을 깨고 감옥에 갔던 것이다. 하나라도 살인을 했더라면 벌써 처형이 되었거나 아직 나올 수가 없었겠지만 전부 반쯤 죽여놓았기 때문에 30년 만에 나온 것이다. 그러나 일규가 감옥에서 그렇게 오랫동안 썩은 것은 그가 도끼를 휘두른 살인미수 사건 때문이 아니었다. 토지 혁명을 하겠다고 하는 신념이랄까 이념이랄까, 대단히 거창하고 번듯한—너무 이상적이고 낭만적인가—이데올로기를, 아니 북한 찬양고무죄를 뒤집어쓰고 있었기 때문이었다.

　어떻든 마을은 졸지에 공포의 도가니가 되었고 예상할 수 없는 불길한 예감들이 요동쳤다. 그를 고발했던 사람은 물론이고 그 분위기를 동조했던 사람들 그리고 일규의 탄원서에 도장을 찍어주지 않은 사람들 특히 도장을 찍었다가 뭉개고 지우고 했던 사람들은 불안에 떠는 정도가 아니라 초주검이 되어 있었다. 숨도 못 쉬고 사색이 되어 비틀거리고 그나마 그런 사람들은 얼굴이라도 보이는 사람들이고 일규가 온다는 소리를 듣자마자 다들 달아나 버렸다. 산 속으로 달아난 사람도 있고 들판으로 달아난 사람도 있고 가족들도 하나 둘 마을을 빠져나가 어디론가 종적을 감추어 버렸다. 일규가 한을 품고 독을 품은 당사자가 아니라 하더라도

7

겁을 먹고 벌벌 떠는 사람들이 많았·다. 불똥이 어디로 튈지 몰랐다. 칼부림이 나고 도끼가 휘둘러지고 온통 피투성이가 되는 활극이 다시 벌어질 것 같은 조짐이 보이고 불길한 예감으로 소름이 끼쳤다.

감옥에서 30년을 살다가 3.1절 특사로 석방이 된 것이다. 3.1절 기념식이 이 마을 매화골에도 열리는 것이고 일규는 거기에 참석할 것이다. 그가 뭐 특별한 유지라서가 아니고 마을 사람 누구나 참석하는 연례행사인 것이다.

거동이 불편하거나 몸져눕거나 특별한 사정이 없는 한 그리고 낫 놓고 ㄱ자도 모르는 불학무식한 사람이거나 사립 밖에도 잘 안 나가는 아녀자 외에는 그리고 전혀 사회의식이나 참여의식이 없는—요즘 그런 사람도 별로 없지만—경우 외에는 다 나가서 만세도 부르고 국밥에 막걸리도 한 잔 하는 것이다. 그러나 일규의 경우는 그런 정도가 아니고 3.1운동 애국지사 유족으로서 제일 앞자리에 앉곤 하였으며 만세삼창 때는 누구보다도 큰 소리로 목청껏 만세를 불렀던 것이다. 일규의 아버지 이종호는 3.1만세사건 때 나이가 조금 어린 편이었는데 장도리를 소매 속에 넣고 다니며 일본 순사들에게 휘둘러 대어 가장 위협적인 존재였고 끌려가서 고초를 누구보다도 많이 받았던 것이다. 종호라는 이름 대신 장돌이로 통하기도 했다. 결론적으로 일규가 3.1절 행사에 얼굴을 드러낼 것이고 하필이면, 아니 공교롭게도 그런 날 나타나게 되어 더욱 술렁이고 있었던 것이다.

뭘 타고 왔는지 걸어왔는지 밤새 온 모양이었다. 어제 몇 시 경인지 모르지만 출소하자마자 이리로 향한 것이었다. 아니 지금 이리로 달려오고 있는지도 모른다. 아니 벌써 와서 무슨 일을 저질렀는지도 모른다. 좌우간 그 모든 이야기와 소문의 결론은 일규가 온다는 것이었다. 그것이 과거든 현재든 미래든 간에 마을이 무사치 못 하리라는 것이었다.

3.1절 기념식은 오전 11시에 열렸다. 예년대로 행사가 열리는 것이지만 이날은 그동안 3.1운동 애국지사 숭모회를 조직하여 출향인들에게도 다 연락하였고 외부 사람들 다른 면 사람들 그리고 군수 군의원들 교육장 등 유지 기관장들이 많이 참석하는 것으로 되어 있었다. 그렇기도 하였지만 어느 면이나 지방 기관에서 국경일을 지키는 의례적인 기념식이 아니고 이 마을에서 81년 전 항일 만세운동을 벌였던 사건을 실제로 기념하고 추념하는 날로 지키는 것이다. 다른 면이나 군에서도 그랬고 다른 지역 전국 여러 곳에서 만세사건이 일어났다. 이 산골짝 매화골도 다른 데처럼 만세사건이 일어났지만 근방에서도 대표적인 예가 되어 있었던 것이다.

산골인 매화골[梅谷]에서는 4월 2일부터 6일까지 만세운동을 전개하였다. 독립선언서를 얻어와 베껴서 나눠주고 400여 장의 태극기를 준비하고 당일 11시경 양묘장에서 작업을 하던 약 100여 명과 각 부락에서 모인 300여 명이 합세하여 독립선언서를 낭독하고 태극기를 흔들며 면장과 직원들도 만세운동에 가담케 하였다. 그리고 일부는 마침 장날이었던 황간 방면으로 진출을 시도하였다. 4월 3, 4일에는 군중 800여 명이 면사무소에서 만세를 불렀다.

이때 추풍령 헌병 분견대가 출동하여 주동 인물을 다 구속하였다. 이에 격분한 군중들은 구속된 이들을 구출하고자 추풍령 헌병 분견소까지 추적하기도 하였다. 5일에는 추풍령 헌병 분견소에 불을 질러 태워 버렸고 6일에는 300여 명이 추풍령 분견소에 쇄도하였으나 밀고를 받은 헌병이 출동하여 제지당하고 분산하여 주동자들은 체포되어 고문을 당하고 감옥으로 끌려갔다.

어느 지역보다도 격렬한 만세운동을 벌였던 매화골 3.1절 기념식은 이 지역 독립운동 애국지사들을 추모하는 행사이며 그 기록을 돌에 새겨놓았고 그 앞에서 해마다 식을 거행하였던 것이다. 초등학교 교정에 세워진 비문에는 다음과 같은 사실을 요약하여 기록해 놓았다.

우리 민족사상 찬연히 빛나는 기미삼일운동이 삼천리 방방곡곡에서 요원의 불길같이 일어났을 때 매곡면 옥전리 안광덕이 서울에서 있었던 대한독립운동 시위에 참가하고 독립선언서를 구해가지고 와서 상부의 어떤 지시나 연락 없이 자발적으로 같은 마을 안준과 계책을 세우고 주동이 되어 신상희 장복철 안병문과 제휴, 노천리 김용선 남도학 임봉춘 이장노 김용문 장출봉 류수연 이화형 조현옥과 합류하였다. 당일 야간에 이화형의 집과 평전 안녕동에서 태극기 2천여 매를 만들고 면내 각리 동원책을 정하고 호호 방문 출동 인원을 배정시켜 이문현 율묘농장栗苗農場 작업 인부 출동하는 기회를 이용, 3백여 명이 출동하여 만세시위를 벌이고 노천 거주 일본인까지 만세시위에 참가시켰다.

쇄도한 군중은 면장 및 직원 전원을 이 운동에 가담시켜 독립선언서 낭독하고 대한독립만세를 고창했다. 군중은 급증하여 2천여 명에 이르렀고 추풍령 헌병대 숙사의 방화사건으로 부산수비대가 출동, 삼엄한 경비 중이었으며 군중은 일사불란하게 헌병대를 급습 거사했으나 주동인사 11명이 피체되었다. 그러나 매곡의 만세의거 사건은 인근읍면으로 봉화신호가 되어 각지에서 호응 봉기하였고 주동인사들은 군중과 인근 지방민들께 열렬한 애국독립심을 불어넣어 주었다.

참으로 대단한 용기들이었다. 대단한 마을이었다. 피체된 주동

인사들은 많이는 1년 6개월에서 적게는 6개월까지 옥고를 치렀다. 모두 보안법 위반 혐의였다. 안준은 고문으로 대구 등 병원에 입원도 하였고 1년 6월의 옥고를 치른 후 석방되어, 광복 후에 면장으로 추대되기도 하였다.

이윽고 식이 열리는 시간이 되어 사람들이 학교 운동장 옆 담 밑의 삼일운동의거기념비 앞으로 모였다. 참석인원이 200여 명은 되었다. 유족과 유지 기관장들이 앞자리에 서고 주민들이 그 뒤로 삥 둘러섰다. 식은 애국가 봉창, 순국선열에 대한 묵념, 독립선언문 낭독, 기념비문 낭독에 이어 식사를 3.1운동애국지사숭모회 회장이 하였다. 기념사는 군수가 하고 3.1절 노래 제창에 이어 만세 삼창이 있었다.

미리 종이로 만든 작은 태극기를 앞앞이 나눠주어 들고 있던 것을 두 손 높이 들어 "대한독립만세"를 매화골이 다 떠나가도록 불렀다. 이날 기념식에는 그런 식순 외에 두 가지 사항이 추가 되었다.

하나는 얼마 전부터 추진하여 오던 것으로 애국지사 추서문追敍文 낭독이었다.

그때 의거를 하고 고초를 겪은 지사들은 뒤에 추서되어 애국선열로 추앙되고 있는데, 11명 중 공주감옥에서 옥고를 치른 이장노 장출봉 김용문 이종호 등 네 지사는 아직까지 애국유공자로 보훈되지 못하고 있었다. 6.25동란 때 공주감옥이 불타는 바람에 공주재판소의 재판서류 일체가 소실되었기 때문이다. 동란으로 인해 근거서류가 없어진 탓에 지방에서 인정되고 또 동참했던 지사들의 증언으로 세분의 인사도 독립투사로 지방민 전체가 인정하고 추앙하고 있지만 아직까지 추서되지는 못하였다. 이들 국권회복을 위해 헌신한 분들의 충혼을 위로하기 위해서 면민 전체가 서명하여 탄원서도 올렸다. 하루빨리 추서되어 유공자 반열에 표창되기를 간절히 바라고 있었다.

또 하나는 이 산골에 언젠가부터 난데없는 고폭탄 폐기시설을 만들어놓고 작업을 하고 있었던 것이다. 더구리[德古里] 마을 사람들을 강제로 다 내보내고 들어온 이상한 군 부대가 폭탄인지 무슨 무기인지 밤새도록 정체 모를 물건을 실어 나르고 있었고 무슨 작업을 하고 있는지 산꼭대기까지 철조망을 몇 겹으로 둘러치고 초계를 하고 있었던 것이다. 그것을 반대하는 시위를 옛 더구리 마을 동구 앞에서도 여러 번 하였고 이 지역 농민들이 버스를 대절하여 타고 서울 국방부 앞에 가서 하기도 하였다. 그것에 대해서 항의하고 철거를 요구하는 규탄문을 낭독하였다.

"독도는 우리 땅, 매화골은 우리 터전" "이 청정지역에 오염물질이 웬 말이냐" "미국 사찰단은 이 땅을 다시 밟지 마라" 등의 구호를 광목에 거친 붓글씨로 쓴 현수막을 여기저기 걸어놓기도 하였다.

기념식이 끝난 뒤에는 매화골 애국지사들에 대한 추앙제례를 올렸다. 한복에 두루마기를 갈아입고 갓을 쓰고 기념비 옆에 병풍을 치고 차려놓은 제상 앞으로 방향을 틀어서 제사를 지내는 것이었다. 초헌은 군수 아헌은 숭모회장 종헌은 유족회장이 하였다. 종헌 뒤에는 합동 묵념을 하였다. 대축 집례 사준(司罇, 제주를 따르는 사람) 봉작(封爵, 술잔을 헌관에게 주는 사람) 전작(奠爵, 헌관에게 술잔을 받아 신위전에 올리는 사람) 등이 전통적인 절차의 제례를 받들고 음복을 하였다. 술을 나누어 마시는 것이었다. 대추 밤 호두에 포脯도 있고 떡도 있었다. 그러나 안내 광고의 말과 함께 점심을 차려놓은 학교 식당(학생 급식소)으로 갔다. 거기에도 술이 있었다. 소주 막걸리 맥주에 삶은 돼지고기를 썰어 놓은 안주가 있었다.

　그리로 이동하는 때였다.

　"떴다!"

　"도치다!"

　소문과는 달리 얼굴을 드러내지 않던 일규가 그때서야 학교 교문을 들어서 운동장 가운데를 걸어오고 있었다. 텁수룩한 얼굴에 허줄그레한 옷을 걸치고 있었고 머리는 허옇게 세어 있었다. 식이 시작되기 전까지는 모두들 전후좌우를 두리번거리며 일규가 어디에 와 있나 하고 찾아보았고 특히 앞자리를 자꾸 넘어다보았다. 그러다 식이 진행되자 순서에 따라 얘기를 듣고 노래를 부르고 만세를 부르고 하느라고 정신이 팔려 있었는데 이제야 나타나는 것이었다. 모두들 일제히 그쪽으로 시선이 모아졌다. 그러면서 불안감에 휩싸인 채 소문의 주인공을 바라보았다. 일규는 아무 표정도 없이 마을사람들 앞으로 뚜벅뚜벅 걸어왔다.

　"정말이네."

　"그러게."

　모두들 얘기도 길게 하지 않았다. 숨들이 막혔다.

　누구 하나 그 앞으로 나가 아는 체를 하거나 악수를 하지는 않았고 그냥 바라만 보고 있었다. 식당으로 가던 걸음도 멈추고 서서 마치 그 자리에 굳어버린 사람 같았다. 일규도 누구에게 다가와 인사를 하거나 악수를 청하는 것도 아니고 주머니에 두 손을 찔러 넣은 채 이 사람 저 사람 모두 아는 사람들에게 눈을 맞추거나 목례를 할 뿐 그냥 지나쳤다. 그렇게 긴장하고 서 있는 사람들 앞을 지나쳐 제일 앞자리로 가서 마을 사람들과 같이 음복을 하고 있는 군수나 면장 숭모회장 유지 기관장들에게도 역시 무표정하게 눈길을 던지고는 제상 옆쪽 맨바닥에서 넙죽 절을 두 번 하는 것이었다. 그리고 손에 묻은 흙을 툴툴 털고 일어서는 그에게 유족회장인 문세가 술을 따라준다.

"음복해야. 오랜만이네."

이문세, 그의 초등학교 동창이기도 하다.

"응."

일규가 잔을 받아 마시며 처음으로 한 마디 한 말이었다.

모두들 그를 바라보고 서서 움직이지 않는다. 무슨 일이 터지기를 기다리는 눈치 같기도 하다. 그래서 그랬는지 면장이 그에게 손을 내밀며 말한다.

"반갑습니다. 와주셔서 감사합니다."

일규는 가만히 있을 수가 없었다. 면장의 손을 덥석 잡았다 놓으며 역시 간단히 답례를 하였다.

"네."

면장은 아는 사이는 아니었다. 군에 있다가 온 사람이었다. 면장도 일규에 대한 얘기는 알고 있고 소문도 들었다. 이 골짜기에서 그 소문을 안 들은 사람은 아무도 없다.

"아니, 이게 누구라? 언제 온 기라? 정말 오래간 만일세."

숭모회장 안병찬도 손을 내밀어 악수를 청하며 그렇게 먼저 인사를 하는 것이었다.

"예."

거꾸로 되었다. 안 회장은 이 학교의 교사였다. 뒤에 교장도 지냈다. 선생님이 먼저 인사를 한 것이다. 좌우간 그러자 이 사람 저 사람 모두 인사를 하며 손을 내미는 것이었다. 동창들도 있고 선배 후배도 있고 허리가 다 꼬부라진 노인도 있고…… 마치 대단한 출세를 하여 금의환향을 한 것 같다. 금환錦還이 아니라 납환衲還이었다. 납의衲衣를 입고 말이다. 중이어서 검은 가사를 입은 것도 아니요, 누덕누덕 깁고 헤어진 옷을 걸친 것도 아니지만. 씁쓸한 귀향이었다.

일규는 손을 내미는 대로 힘을 주지 않고 잡았다 놓았다. 한 손은 바지 주머니에서 빼지도 않고 말도 하지 않았다.

"자아, 이제 공식 행사는 끝났으닝께 어서 밥들 먹으러 가요. 술들도 하고 말이여."

안 회장이 양복으로 갈아입고 분위기를 바꾸어 놓으려는 듯이 큰 소리로 말하였다. 어서 식당으로 가라고 두 팔을 벌리고 새 쫓는 시늉을 하였다.

일규는 음복을 한 뒤 안주로 밤 쳐 놓은 것을 한 알 집어 깨물면서 따지듯이 회중을 향해 버지기 깨지는 소리였다.

"도대체 왜 여태 그걸 그냥 두고 있어요?"

드디어 시비를 거는 것인가. 분을 터뜨리는 것인가.

"뭘 말이라?"

안병찬은 자신에게 따지는 줄 알고 불안한 기색으로 대꾸를 하는 것이었다.

"뭐는 뭐라요, 뭐."

"그냥 두긴 누가 그냥 뒀다고 그랴. 알지도 못하는 소리 하지도 말아여. 자료를 있는 대로 다 찾아서 보내고 면민 전체가 서명을 하고 탄원서를 보내고 국회의원들을 만나고 사학자들을 만나서 얘기하고 계속 노력을 하고 있는 기여."

"지금 무슨 말씀을 하고 있는 기라요?"

일규는 아까보다 더 큰 소리로 말하는 것이었다.

"추서 문제를 얘기하는 것 앙이라?"

아직 추서되지 못한 3.1애국지사들에 대한 상신이 인정을 받지 못하고 비토되고 있는 문제를 얘기하는 줄 알았던 것이다. 그것은

15

얘기한 대로 계속 최대한으로 노력을 하고 있었던 것이다.

"애해 참! 그게 아니고요."

"그게 아니면 뭐여?"

"폭탄 말이라요, 폭탄."

"폭탄?"

안병찬은 잔뜩 겁에 질린 듯이 얼굴이 뻘겋게 되어 되물었다.

옆에서 일규의 이상한 행동을 바라보며 뻣뻣이 서 있던 마을 사람들도 바짝 긴장을 한 채 움직이지 않고 있었다. 기어이 무슨 일을 내는가보다 하는 생각들이었다.

"고폭탄인가 뭔가 하는 것 있잖아요?"

더구리의 고폭탄 해체 시설 문제를 가지고 말하는 것이었다.

"난 또 무슨 얘기라고. 가서 밥 먹으면서 얘기하자고. 어서 가요."

안병찬은 앞장을 서서 가면서 말하는 것이었다. 가면서도 계속 말하는 것이었다.

"부대 앞에서 아무리 데모를 해 봐야 뭐 들어주어야지 말이지. 국방부에 가서 또 한 번 데모를 해야 되겠는데. 날이 좀 풀려야지."

일규가 안 회장을 따라 나서자 모두들 다 그 뒤를 따르는 것이었다.

"사탕발림으로 길을 닦아주고 창고를 지어주고 하는 것을 싹 거절해야 하는데 그러지를 못하고 있으닝게 곤란한 거여. 군수는 또 뭘 지원을 해 주는 조건으로 수용하자고 하고 있고, 이장들도 그것을 반은 찬성을 하고 있는 기여. 그러니……."

"그래가지고는 안 되지요. 그러면 몰아낼 수가 없지요."

"무슨 방도가 없어. 데모만 하는 거지."

식당으로 가서도 같이 앉았다. 옆에 군수 교육장 면장이 있고 안병찬과 이문세가 그의 앞으로 앉았다. 동창들이 옆자리에 와서 앉았다. 김진곤이 맥주를 따 가지고 와서 따르는 것이었지만 막걸리를 하겠다고 하여 자작을 하였다. 여기저기서 건배! 위하여! 하는 소리를 질러대며 잔을 들고 부딪었다.

"그동안 고생 많았지?"

김진곤이 말을 그렇게 붙이는 것이었다. 농협의 조합장도 지내고 마을회장도 하고 한 친구다. 동창이다.

"고생은 뭐."

그는 김진곤에게 반배를 하였다. 그러자 이 사람 저 사람 앞 뒤 좌우에서 일규에게 술을 따르는 것이었다. 술이 열 잔도 더 되었다.

"이걸 어떻게 다 먹으라고."

일규가 처음으로 웃으면서 말하였다.

"한창 때는 단숨에 들이켰는데……."

그도 동창인 완전 대머리의 박성구가 말한다.

"내가 지금 한창 때는 아니지."

"그렇지. 지금 몇이라?"

"몇은 몇이라 동창들이 다 같겠지."

일규는 62세였다. 동창들이라 하지만 서너 살 위도 있었다.

"머리가 다 세었네."

"그래도 나는 빠지지는 않아."

"그런가. 하하하하……."

"하하하하……."

공포스런 분위기는 어느 사이 가시어져 있었다. 물론 일규가 원한을 살만한 사람들은 여기 나타나지도 않았고 어디론가 계속 달아나고 있었던 것이다.

한두 잔씩 권커니 자커니 하다가 일규가 다시 한 마디 하였다.

"이 술을 내가 다 마실 수는 있어. 까짓 거 며칠 앓으면 되지
뭐."

"그럼 마셔."

"아직 한창 땐 걸 뭘 그래야."

"그런데 마을이 큰 일이네."

"마을이?"

"괴물 말이여."

"괴물?"

"폭탄 말이여."

"그리여."

"참 불안해여."

"이래가지고는 안 돼. 그냥 하자는 대로 따라가서는 안 되지."

일규는 마치 그 문제를 해결하러 온 것처럼 아까부터 그 얘기
를 하고 있었다.

"무슨 수가 있어?"

김진곤이 걱정스레 묻는다.

"무슨 수가 그냥 나오나? 찾아내야지."

옆 자리에 있던 군수 교육장 면장 들이 일어사고 있었다. 일규
에게도 눈인사를 한다.

"한 번 찾아뵙겠습니다."

일규도 멀찌감치서 인사를 하였다. 그리고 혼잣말처럼 말하였
다.

"우리 마을은 우리가 지켜야지. 누가 지켜주는 것이 아니여."

돌아오다

30년 만에 돌아온 것이다. 30년을 계속 감옥에서 있었던 것은 아니었다. 나와서 약속을 안 지키고 항의를 하고 따지고 하다가 가중처벌이 된 것이다. 20년을 들랑날랑 하였다. 반은 밖에 있었다고 할 수 있는데 복직은 하지 못하고 속만 끓이고 술만 마셨다.

참 별것도 아닌 것을 가지고 반평생을 고생을 한 것이다. 땅을 합하자는 것이었다. 품을 합하고 마음을 합하자는 것이었다. 얼마나 좋은 이야기인가. 좀 구체적으로 얘기하면 들판의 모든 전답을 합하고 모든 마을의 인력을 합쳐서 함께 농사를 짓자는 것이었다. 땅의 면적과 작업의 양에 따라 정하는 대로 수익을 분배하는 것으로 참으로 공평하고 합리적인 영농방법인데 그것을 그가 제안한 것이었다. 그리고 그것을 실천하려고 하다가 제동이 걸린 것이었다. 그가 처음으로 창안해 놓은 것이라기보다 과거의 여러 문헌이라든지 사례들, 예를 들면 중국의 균전제均田制나 우리나라의 향약鄕約 두레 그리고 이스라엘의 키부츠 모샤브 같은 것 중에서 좋은 점을 따다가 만들어본 것인데 그것이 공산주의라는 것이다. 러시아나 중국의 공산주의나 사회주의 방식과 북한의 것까지 훑어

보지 않은 것은 아니나 오히려 그런 것은 제쳐놓았었는데 그렇게 몰아붙인 것이었다. 여러 가지 면에서 공산주의 사회주의적인 요소가 없는 것은 아니었다. 그것이 좋고 나쁘고를 떠나서 근본적으로 다른 것이 있었다. 공산주의라든지 북한의 체제는 사유재산을 인정하지 않고 국가가 경영하는 방식이었다. 그러나 그가 내놓은 방법은 사유재산은 그대로 두고 마을 사람들, 마을 공동체에서 경영하는 것이었다. 그것과 이것과는 서로 전혀 다른 것이었다.

좌우간 그의 주장이 먹혀들어가면서 그의 추종자들이 더 열을 올리고 각기 지기들의 연고지에서 그 실험이 확대되어가 무혈 토지혁명이 자리를 잡으려고 하는데 난데없는 이념의 굴레를 덮어 씌우는 것이었다. 공산주의자라는 것이었고 이적행위를 했다는 것이었고 북한을 찬양 고무했다는 것이고 별의 별 죄목을 다 덮어 씌우는 것이었다. 지금으로서야 적어도 2000년 전후해서의 시대의식으로는 토지 공개념 정도로 이해할 수 있고 그것이 상찬을 받을 일이지 벌을 받을 일은 아닌 것인데 그렇게 사람을 잡은 것이다.

그렇게 된 데에는 그의 책임도 없지 않았다. 사회 물정을 그렇게 모르는 나이도 아니고 이것저것 알 것을 다 아는 처지에 고분고분 잘 못했다고 하고, 잘 못했다고 하지는 않더라도 가만히 있기만이라도 했더라면 형이 훨씬 줄어들었을 것이다. 그리고 다시 들어가는 일도 없었을 터인데 공연히 죄를 불리고 형을 늘린 것이다. 그것이 정말 공연한 일인 것인가는 모르겠지만 적어도 다른 사람 생각은 그랬다. 그로서는 도저히 참을 수가 없고 견딜 수가 없었다. 죽으면 죽었지 그럴 수가 없었다. 다른 데도 아니고 그의 고향 매화골, 그곳은 그에게 있어서 과거가 그대로 숨 쉬고 있는 꿈속과 같은 시공간이며 최후의 보루라고 할까 그의 마지막 갈 곳인데 그곳에서 무참히 버림을 받은 것이다.

　그는 그곳에서 참으로 가난하게 살았다. 상머슴 곁머슴 머슴을 둘 셋씩 두기도 했었고 집도 그만하면 큰 집에서 살았지만 형들이 입던 옷을 걷어서 입고 자랐으며 봄철에는 나물죽 김치를 썰어넣고 죽을 끓인 갱시기를 먹고 여름철에는 꽁보리밥을 먹고 살았다. 온갖 농사일을 같이 따라다니며 하였고 소 돼지 개 닭 토끼 여러 가축을 길렀고 나무도 많이 해다 때었다. 그랬지만 황간중학교에는 합격을 하고도 다니지 못하였고 한 해만 쉬었다 가라고 한 것이 6.25사변이 나는 바람에 피난을 가고 위성이 튕겨져 나가듯이 떠나가 떠돌이가 되었던 것이다. 그만 그런 것이 아니고 작은 형도 영동농업학교를 다니다 중퇴를 하였고 큰형도 일본유학을 갔다고는 하지만 학업을 다 마치지 못하였던 것이다. 큰형은 또 해방이라는 시점에서 그랬다 치더라도 여동생 둘은 다 중학교도 못 나온 것이었다. 아니 다닌다고 다녔는데 등록금을 못 내어 졸업장을 찾아오지 못하였던 것이다. 물론 그보다 더한 경우도 있었지만 그 정도로 가난했다는 것이다. 그들만 그런 것이 아니고 마을 대부분 사람들이 그랬다. 굶기를 밥 먹듯 한 사람도 많았다.

　그것은 땅이 없었기 때문이었다. 땅이야 온 들이 다 논이요, 밭이었지만 어찌 된 셈판인지 두 마지기 서 마지기 그 보다도 적게 한두 마지기 말 가웃지기가 아니면 소작이거나 어울이요, 땅 주인 지주는 따로 있었고 집터도 대부분 다른 사람이 주인이었다. 그의 집터도 도지賭地였다. 그것을 나중에야 알았다. 감나무에 감이 빨갛게 매달렸지만 그것을 따먹지 못하고 주인이 다 따가지고 간 뒤 깨진 것 떨어진 것을 주는 대로 받아서 삭히지도 못하고 떫은 감을 먹었던 것이다. 집터의 주인에게 늘 터 도조로 나락 몇 말을 주고 살았던 것이다. 대대로 가난하여서 그런 것인가 모르겠다.

그의 할아버지는 보지는 못하였지만 머슴살이를 하였다고 하였다. 그의 아버지 대에 와서 극빈을 면하는 대신 아버지는 별별 일을 다 하였다. 우편집배원도 하고 소방대원도 하고 만주로 일본으로 다니며 안 해본 것이 없었다. 그러나 결국 돌아와서 얼마 안 되는 땅을 팔아서 방앗간을 차렸다. 물 건너에 물레방앗간을 차렸다가 그것 가지고 시원치가 않아 건너 동네 유전리 느랄으로 가서 발동기 정미소를 차렸다. 정미기 정맥기 제분기를 두 대씩 돌릴 수 있는 8마력짜리 목탄 가스 발동기를 놓았다가 고장이 잦아 5마력짜리 석유 발동기로 바꾸어 정미기 현미기를 번갈아 돌리었다. 그러느라고 삼형제가 다 매달리었고 철야 작업도 하고 이동 작업도 하고 얼마 안 가서 새 부자가 난다는 소리도 들었다. 그러나 부자가 그렇게 쉽게 탄생되는 것이 아니었다.

6.25전쟁이 일어나는 바람에 방아 찧으러 온 것까지 그냥 다 두고 마을을 떠나야 했고 얼마 후 낙동강 철교가 끊기어 피난을 가다가 되돌아 왔을 때는 정미소가 다 불타고 없었다. 아니 그때까지 곡식의 낟알들이 연기를 내며 타고 있었다. 주로 보리였는데 여러 날을 타고 있었다. 정미소와 보리만 탄 것이 아니고 노천리 노래의 그의 집도 홀랑 타고 없었다. 그러니 갑자기 빈털터리가 되었다. 논밭 전답을 터전을 다 팔아서 마련한 정미소인데 그것이 잿더미가 되어버렸으니 상거지가 된 것이었다. 그리고 다시 그 자리에다 건물을 짓고 기계를 들여오고 하느라고 빚을 잔뜩 져서 빚쟁이가 되었다. 큰형과 작은 형이 군에 소집되어 나가고 그가 아버지와 힘겹게 정미소를 운영했지만 잘 되지 않았다. 아버지는 늘 술집에 가 있었고 기다리다 못하여 그가 스타팅을 힘겹게 돌려 발동기를 발화시키고 정미기에 피대[벨트]를 걸고 정미기를 돌리기 시작하였다. 그러면 아버지는 중간쯤 오거나 다 끝나갈 무렵

오곤 하였다. 다시 제분기도 놓고 제재기도 차려 놓아 온 동네가 떠나가는 소리를 내며 송판 켜는 작업도 하였는데 결국 오래 버티지를 못하고 남에게 넘겨주고 말았다.

그로 하여 가솔들은 고향을 떠나 뿌리도 근본도 없이 헤매게 되었고 남쪽으로 서쪽으로 끝에서 끝으로 유랑을 하게 되었다. 정말 안 해본 일이 없었다. 건축공사장에서 질통을 지기도 하고 도로공사도 하고 방파제 공사의 돌 일도 하고 부두에서 석탄 하역 작업을 하기도 하고 인천 월미도의 미군 부대에서 일을 하기도 하고 그는 하우스보이 노릇을 하기도 했다. 그러던 어느 때 그의 아버지는 인천 부두에서 하역작업을 하다가 드럼통이 오른 쪽 엄지발가락에 떨어져 몇 번 철심을 박고 수술을 하였지만 불구가 되어 절뚝거리며 다녀야 했다. 무엇보다도 고향에 다니러올 때 절뚝절뚝 걷는 모습을 보인다는 것이 제일 마음에 안 들고 안타까운 일이었다.

아버지는 풍족하게 살지는 못하였지만 마을의 유지였다. 경방단 警防團 단장을 했는데 일제 강점기 소방대와 방호단을 통합한 치안단체이다. 그 지위나 또는 세력이 어떠하였는지는 자세히 알 수 없으나 복장이 대단히 위엄이 있었다. 마루 벽 천장에 결려 있던 사진틀 속의 견장에 마크를 단 정장을 하고 있는 아버지는 고관의 기품을 풍기었다. 좌우간 지서 주임이나 면장이 늘 그의 집에 들랑거렸고 마을 유지들과 같이 어울렸다. 그의 아버지는 늘 닭과 돼지를 잡아 그들을 대접하였고 안방 아랫목에는 술 해넣은 단지가 떠날 날이 없었다. 그 뒤 구장 이장도 여러 해를 했다. 그래서 그의 아버지 호칭은 늘 단장 어른 구장 어른 또는 구구장 어른이었다. 아버지의 불구는 그런 체면이나 자존심을 완전히 뭉개버리고 만 것이었다.

그나마 아버지의 체면을 살려준 것이 그였다. 그때만 해도 마을에 대학생이 하나도 없거나 둘도 많은 때였는데 그가 대학을 나온 것이었다. 떠돌이 신세이긴 했지만 어찌어찌하여 대학을 들어간 것이다. 시골에서 정미소를 했거나 농사를 지었다면 그것이 불가능했을 것이다. 그것도 대학원까지. 대학에 강의를 나가게 되고 논문을 발표하고 그것이 신문에 나고 잡지에 나고 한 것을 스크랩을 해 놓았는데 그의 아버지는 그것을 빌려달라고 하여 마을 유지들에게 보여주곤 하였던 것이다. 그것이 무엇보다도 농업에 대한 것, 땅의 문제를 해결하고 대대의 가난을 물리칠 수 있다고 하는 논리에 대하여 대견하게 생각하고 그것을 자랑하고 있었던 것이다. 그리고 그가 불리어 다니고 감옥에 가고 하자 의기를 잃고 몸져누워 심화를 끄지 못하고 끝내 일어나지 못하였던 것이다.

들판의 모든 전답을 합하고 마을의 모든 인력을 합하여 하나의 시스템으로 영농을 하는 것이었다. 논 10평을 내놓은 사람은 10평에 해당하는 토지 사용료를 100평을 내놓은 사람은 100평에 해당하는 토지 사용료를 지불한다. 거기에 무슨 불평불만이 있을 수가 없었다. 한 사람이 열흘 일한 경우 10일의 품삯을 지불하고 한 달 일한 경우 한 달 치 품삯을 지불한다. 두 사람이 보름을 일한 집의 경우 한 달치 품삯을 지불한다. 거기에도 무슨 불평이 있을 수가 없는 것이다. 누굴 더 주고 덜 주는 것이 아니고 공평하게 지불하는 데야 누가 뭐라고 할 것인가. 물론 장정과 노약자, 남자와 여자의 노동량이 다를 수가 있는 것도 고려하여 기준을 정하고 추운 날 더운 날 봄철 가을철까지 구분하여 작업 시간과 양을 정하여 적용했다. 그것도 계속해서 새로운 적용방법의 의견을 수렴했으므로 다른 불평이 있을 수가 없었다. 단순 노동을 하는 사람, 기계를 움직이는 사람, 기계도 트럭이나 경운기를 운전하는 사람과 트랙터나 콤바인을 운전하는 사람 들을 구분하여 적정 기준을 정하여 차등을 두는 것에도 이의가 없었다.

그것을 이론적으로 평가를 받았고 매스컴에도 지지를 받았고 시간강사로서이지만 강의를 하여 학생들 특히 농촌 학생들에게 열렬한 호응을 얻었고 전국농촌운동협의회라든가 가톨릭농민회 농업기술자협회 같은 전국의 농민단체에서도 적극적인 호응을 하였다. 그것을 학생들의 연고지를 돌며 확산을 시켜나갔다. 김해 안동 상주 무안 광천 용인 철원 등 그의 강의를 받는 학생들의 고향에서 그 이론을 실현시켜나갔다. 물론 첫술에 배부를 수는 없었고 문제점이 자꾸 튀어나왔지만 단계적으로 발전시켜 나갔다. 무엇보다도 신문 방송 잡지 등 매스컴을 통해 홍보가 되자 젊은 이들뿐 아니라 노인들까지 지지를 얻어낼 수 있었으며 제일 관건이었던 지주들, 땅을 많이 가진 사람들, 부재지주들도 별다른 말 없이 따라주었다. 시한부로 조건부로 얼마동안 2년 3년 추이를 본다는 것이었지만 큰 말썽 없이 동시 다발적으로 토지혁명이 시작되었던 것이다.

그런데 문제는 참으로 너무 의외의 곳에서 발생하였다. 어느 정도의 성과를 지켜본 후 조심스럽게 그의 고향 매화골로 가져가 본 것이었다. 거기서 본격적이며 결론적인 실습을 펼치려고 하는데 이상한 브레이크가 걸린 것이다. 그것은 공산주의 사상이며 공산주의 운동이며 이적행위라는 것이었다. 한 마디로 해서 북한 공산주의 영농방법과 같다는 것이었다. 그것이 영동의 작은 지역신문에 나기 시작하자 종래는 중앙 언론에까지 보도되고 그의 손에 수갑을 채우는 것이었다.

그러나 사실은 그런 것이 아니었다. 북한의 영농방법과도 달랐고 공산주의 국가들의 영농방법과도 달랐다. 근본적으로 전혀 다른 방법이었다. 우선 사유재산을 인정하느냐 안 하느냐 하는 것이 다른 것이었고 그것으로 공산주의냐 아니냐 또는 자본주의냐 아니냐 하는 것이 다 설명되는 것이었다. 그런데도 불구하고 아무도 그것을 설명해주지 않았다. 그의 동지들 그리고 제자들이라고 할까 학생들의 얘기는 한 통속이라고 들으려고 하지도 않았다.

그는 너무 어이가 없고 말도 안 되어 그 기본적이고 상식적인 얘기로 설명하는 대신 딴 소리를 하였다.

"왜 공산주의면 안 되는가요?"

"뭐요? 무슨 주의라도 좋다 그 말이요?"

수사관이 되물었다.

"이것이 공산주의는 아니오. 그러나 설사 공산주의라 한 들 그것이 무슨 상관이란 말이오. 우리는 그 낡은 틀에서 벗어나야 됩니다."

"뭐가 어째요? 이 사람 이거 큰 일 낼 사람이구만 그래."

검은 고양이든 흰 고양이든 쥐를 잘 잡으면 된다는 덩샤오핑鄧小平이 1979년 미국을 방문하고 돌아와 주장하면서 유명해진 흑묘백묘론黑猫白猫論은 아직 이 수사관 또는 그때 법관들에게는 타산지석이 되지 못하였던 것이다. 그 조금 뒤의 이야기이기도 했다. 고양이 빛깔이 어떻든 고양이는 쥐만 잘 잡으면 되듯이, 자본주의든 공산주의든 상관없이 중국 인민을 잘 살게 하면 그것이 제일이라는 뜻이다. 부유해질 수 있는 사람부터 먼저 부유해지라는 뜻의 선부론先富論과 함께 덩샤오핑의 경제정책을 가장 잘 대변하는 용어이다. 이와 비슷한 뜻의 한자성어로 남파북파南爬北爬라는 말이 있다.

"남쪽으로 오르든 북쪽으로 오르든 산꼭대기에만 오르면 그만 아닙니까?"

너무 앞서 간 것인가.

"절대로 그렇지 않지요. 남쪽으로만 올라야지. 여태 그것도 몰라?"

그것이 결정적인 그의 죄명이었다. 그가 우직한 것인지 법관이 우직한 것인지.

그러나 그건 고양이 이야기와도 다르고 등산 이야기와도 다르고 중국의 사정과도 달랐다. 말장난이 아니었다. 덩샤오핑은 공산주의를 하다가 시장경제 다시 말하자면 자본주의도 좋다는 얘기이고 정치는 기존의 공산주의 체제를 유지하는 정경분리의 정책을 씀으로써 세계에서 유례가 없는 중국식 사회주의를 탄생시켰다. 그런 중국과 소련 붕괴를 마지막으로 이 지구상의 모든 나라들이 공산주의의 백기를 들고 말았는데 유일하게 북한만 그 낡은 보따리를 들켜쥐고 있는 것이지만 그가 주장하는 땅과 흙의 논리는 그런 것이 아니었다. 과거 현재 시간적으로 공간적으로 모든 폐해를 제거하고 장점만을 취한 공동체 영농방법인 것이었다. 아주 간단한 논리였다. 누구에게나 공평하고 불편함이 없는 계획영농인 것이었다. 계획경제라면 계획경제 활동이었고 그것이 공산주의라면 할 말이 없었다. 그러나 그런 기계적인 논리가 아니고 아주 단순한 논리에 근거한 이치였다. 땅은 소유의 개념이고 흙은 일의 개념이다. 일한 만큼 땀 흘린 만큼 수확을 분배하는 이치인데 땅은 가지면 가질수록 많이 가지고 싶고 일할 능력 거둘 힘도 없으면서 한도 끝도 없이 가지고자 하는 것이다. 욕망이요 욕심이다. 욕망 없는 사람 있고 욕심 없는 사람이 있는가. 평등이란 서로의 욕망을 억제하고 유보하는데서 이루어지는 것이다. 그 욕망이든 욕심을 절제하는 평등의 논리가 땅과 흙의 논리였다. 그런 너무도 평범한 진리를 단순하게 연결한 논리인 것이다. 앉아서 놀고먹겠다는 불로소득을 꿈꾸는 사람 외에는 이의가 있을 수가 없었다. 그런데 의외에도 불로소득을 취하겠다는 사람이 너무나 많았다. 그러나 그것을 숫자로 계산해서는 안 되었다. 그것이 흙의 논리였다.

혁대를 끌러.

벗어.

다 벗어.

벽을 바라 봐.

말은 하지 말고.

손을 들어.

앉아.

일어서.

앉아.

흙의 논리는 무참히 무너지고 짓밟히고 말았다.

물고문을 하고 불고문을 하고 마구 욕설을 해 대고 하는 것보다 앉아라 서라 말은 하지 말아라 하는 것이 더 고통스럽고 수치스럽고 답답하였다. 그래서 한 번도 잘못하였다는 말을 하지 않고 용서해 달라는 말을 하지 않았다. 도리어 훈계를 하였다.

"나 같은 사람을 가두고 욕을 보이는 것이 이적 행위이다. 얼마나 가소롭게 생각하겠느냐. 얼마나 치졸하다고 생각하겠느냐?"

"그래. 그래. 잘 났어."

"내가 문제가 아니고 나라꼴이 문제가 아니냐?"

"염려 말어. 너 같은 빨갱이 새끼들 아니라도 나라는 잘 되어가고 있으니까."

그가 그렇게 말하는 대신 잘못했다, 내 이론은 허위다, 다 북한에서 하는 그대로이고 그것을 그대로 가져오려는 것은 이적행위이다, 그렇게 잘못을 시인하고 무조건 용서해 달라고 빌었더라면 훨씬 형은 가벼워지고 이미 벌써 나와서 여러 가지 생산적인 활동을 하게 되었을지도 모른다. 그러나 그는 한 번도 그렇게 하지 않았다. 나와서도 똑같은 주장을 계속 해대어 다시 들어갔던 것이다.

좌우간 그것은 그가 우직하고 세상 물정을 잘 몰라서 그렇다 치고, 왜 하필이면 그의 고향에서 그의 필생의 사업이 브레이크가 걸린 것인가. 그것은 전혀 타의적인 것이었다. 그때 그 지역에서 출마하려는 사람의 야욕 때문이었다. 그 사람은 그를 밟고 그 지역에 그의 싹을 도려내고 발을 붙이지 못하게 하고 뿌리를 내리지 못하게 하였고 그런 모함으로 당선되었다. 당선이 되고서는 그 권력을 이용하여 형을 늘리고 다시 집어넣고 하는 악역을 맡으며 군림하는 것이었다. 그가 누구와 맞선 것도 아니었다. 그가 무슨 정치에 뜻이 있고 출마를 하려는 것도 아니었다. 다만 그가 출마를 하면 가능성이 있다는 것이었다. 가장 막강하다는 것이었다. 돈을 대 준다는 사람도 있었다. 돈을 받고 들어가라고 하기도 하였다. 그는 고개를 흔들었다. 그런데도 정치와 법이 한 통속이 되어 사람을 잡는 것이었다. 그 사람을 운동한 사람이 대를 이어 당선이 되었고 한 번 두 번도 아니고 세 번 네 번 다섯 번 할 뿐만 아니라 무슨 위원장이다 부의장이다 하는 감투를 쓰고 군수니 경찰서장이니 세무서장이니 교육장이니 다 자기 사람을 심어 놓아 다른 축은 계속 발을 못 붙이게 하였다.

그러나 그냥 그렇게 물이 썩고 고이도록 내버려 두는 것도 하나의 방법이었고 억울하게 당하고 밟히는 것도 하나의 방법이라는 것이었다. 그것을 안에서 생각하였고 그렇게 들었다. 어쩌면 세상은 공평하고 세상에 공짜가 없었다. 그러나 그런 것을 믿고 일부러 그런 것은 아니었다. 그가 할 수 있는 것은 다 하였다. 다만 마음에 들지 않는 행동은 하지 않았을 뿐이다. 그들이 찧고 까불도록 내버려 두었고 살대로 다 살고 나왔다. 그런데 지금도 상황은 마찬가지였다. 지금도 늦지 않다는 것이다. 그가 가장 가능성이 있다고도 하였다. 그래서 그를 피해 달아난 것이고 그를 무서워하는 것이었다. 그의 반대편에 모함을 하던 사람들, 그를 구명하자는 탄원서에 도장을 찍었다가 돈을 받고 도로 지워버린 사람들은 벌써 어디론가 종적을 감추었고 탄원서에 도장을 안 찍은 사람들 이래 저래 저쪽 편의 덕을 본 사람들은 모습을 드러내지 않고 집에 있는지 어딜 갔는지 보이지 않았다.

"그래 인제 뭘 할 거여?"

앞에 앉은 진곤이 무슨 수가 있느냐고 물은 데 이어 다시 그렇게 묻는 것이었다. 술을 한 잔 건네었다.

듣기에 따라 참으로 곤란한 질문이었다. 정말 출마를 할 거냐는 얘기도 되었다.

"뭘 해야. 하던 일을 계속 해야지."

그러자 옆에 있던 사람들도 다 바라본다.

"그래?"

그러나 그 하던 일이 무엇인지는 궁금할 뿐이었다. 그가 하던 일이란 물론 토지개혁 운동이었다. 출마도 못 할 것이 없었다. 그가 소위 그 죄만큼을 다 살고 나왔으니 무슨 일이든 할 수 있는 것이었다.

진곤이 더 물으려고 하는데 그가 말하였다.

"우선 그 고폭탄 문제부터 따져야 되겠어."

"그거 뭐 자꾸 따져 봐야 뭘 해야. 계란으로 바위 치기야."

"왜. 알 수 없지. 바위가 깨질지."

모두들 그를 바라보았다.

이 세상 누구도 바위가 깨진다고 생각하는 사람은 없었다. 그러나 일규는 그런 사람이었다.

"그 일부터 시작을 해야 되겠어."

일규는 입술을 꼭 깨물며 말하였다.

일규가 정말 돌아온 것이다. 그들 앞에 일규가 나타난 것이다.

마을은 계속 술렁거렸다.

인연

"장쇠가 살아 왔다……."

"장쇠가 미륵동에 들어왔다……."

장편 대하소설 『농민』 1 2 3부인 『농민』 『농군』 『노농』은 다 주인공 장쇠가 살던 마을 미륵동에 들어왔다는 소문으로부터 시작된다. 『농민』 1부에서 장쇠가 미륵동에 들어온 데서부터 시작되어 장쇠가 다시 무지개처럼 미륵동에서 사라지는 것으로 끝나고 2부 『농군』도 역시 장쇠가 미륵동에 출현하는 것으로 시작하여 사라지는 것으로 끝난다. 그리고 3부 『노농』 역시 장쇠가 관헌의 눈을 피해 미륵동에 들어오는 것으로 시작하여 끝에 가서 관헌에게 쫓기는 것으로 끝이 난다.

주인공 장쇠는 제1부에서는 동학군이 되어 들어왔다가 관군한테 패해서 사라지고, 2부에서는 다시 농군이 되려고 들어오다가 마침 일본이 합방을 하려 들어 의병대장이 되는 것을 보고 다시 구름처럼 사라진 데서 끝이 나는 것이다.

장쇠의 동학군 활동, 아들 만석과의 3.1만세사건 투쟁 등의 시기로 볼 때 1874년생쯤으로 연령이 추산된다. 그렇게 상정하면

20세인 1894년에 동학군에 들어가기 전에 금순과 결혼을 하고 아들 만석을 낳는다.

동학군은 정치적 부패, 탐관오리의 행패, 세금의 과다한 부과 등으로 분연히 일어난 농민들은 보국안민輔國安民 제세안민濟世安民 등을 외치며 1894년 3월 하순, 태인 무장 금구 부안 고창 홍덕 등의 접주들이 각기 병력을 이끌고 녹두장군 전봉준全琫準이 먼저 점령한 백산으로 모여들었다. 그 수가 1만 명에 가까웠다. 9월에 접어들어 전봉준은 전주에서, 손화중孫華中은 광주에서 궐기하였으며, 호남 호서의 동학교도와 농민이 일제히 들고 일어났다. 전봉준은 전주 삼례를 동학군의 근거지로 삼고 대군을 인솔, 일단 논산에 집결한 뒤 세 방향으로 나누어 공주로 향하였다. 또한 각지의 수령들도 수원 옥천 등 요지를 점거하여 동학군을 원호하였다.

장쇠가 일당의 동학군을 이끌고 미륵동 뒷산에 온 것은 1896년, 혈기가 하늘을 찌를 듯한 22세의 두목으로 미륵동의 김승지와 탑골의 박의관을 결박하고 사죄를 받으며 종문서 빚문서를 다 찢어서 불태웠다. 그들에 대한 생명 여탈권이 장쇠에게 있었다.

장쇠는 김승지의 딸 미연으로 해서 생명을 부지할 수 있었다. 미연은 아버지 김승지로 해서 사랑하는 아내를 잃은 장쇠에 대한 동정으로 아버지로 하여금 그를 살려주게 한 것이었다. 자기 아버지의 잘못을 갚기 위해서였다. 그런 것이 누구의 입에서인지 미연이가 장쇠를 사모한다는 소문까지 돌게 되었다. 운명의 장난인가, 장쇠의 목숨을 구해준 미연이가 이번에는 장쇠한테 목숨의 구원을 받지 않으면 안 되었다. 동학군의 이름을 빌어서 미륵동과 탑골 양반들을 잡아간 두목인 장쇠 앞에 남장을 하고 나타난 미연은 아버지 김승지의 목숨을 살려 달라고 애원하였다.

그 시절 한다는 양반의 세도에다가 천석을 바라보는 대지주 박의관과 김승지는 한낱 소작인 농부 원장쇠 앞에 대죄를 심판 받아야 했다. 물욕도 많았지만 호색가인 김승지는 양반 세도와 땅만 믿고 상사람들 작인들의 반반한 부녀자들 수없이 희생시키었다. 그러나 양반 세도도 무섭거니와 땅을 떼일까봐 겁이 나서 울며 겨자 먹기로 속으로만 끙끙 앓고들 있었다. 오직 두더지처럼 땅만 파먹고 살아온 농군들한테는 딸자식이나 아내쯤 몸을 한 번 더럽히는 것보다도 땅을 떼이는 것이 더 무서웠던 것이다. 김승지는 이러한 농군들의 약점을 잡아서 턱 아래 진상이 없어도 땅을 내어세우고 고이 기른 딸자식의 몸을 더럽혔어도 벙어리 냉가슴 앓듯 하기만 했지 큰소리로 원망 한 마디 못하는 농군이었다. 그 한 예가 장쇠의 아내 금순이었고 그녀는 그렇게 고분고분 넘어가는 대신 김승지네 집 고목 대추나무 가지에 목을 매었던 것이며 적반하장으로 장쇠까지 끌어다 주리를 틀어 죽이고 후환을 없애려 하였지만 미연의 간청으로 살아난 장쇠는 이를 갈며 마을을 떠났던 것이다. 그가 그때 사형私刑을 가하던 형틀을 갖다 놓고 주리를 틀려는 것이었다.

"장쇠한테 시집을 온다면 살려준다!"

"장쇠댁을 승지가 잡아먹었으니까 네 딸을 대신 줘라!"

군중 속 여기저기서 고함소리가 터져나왔다. 그 고함소리를 가르며 미연이 낭랑한 목소리로 말하였다.

"나는 장쇠 두목의 아내가 되겠습니다."

남아 일언만 중천금이던가. 이런 언약을 미연이는 여러 군중들 앞에서 분명히 하였던 것이다.

그리고 24년, 그 이야기―『농민』 3부―가 끝나는 1919년 3.1 만세사건 거사까지 그 언약은 지켜지지 않았다. 그것을 지킬 생각이 애초부터 있었던 것인지 어쨌는지 또는 그것을 받아들일 생각이 있었는지 없었는지는 분명하지 않았다. 본인들도 잘 모르고 있었는지 몰랐다. 그때 박의관의 셋째아들 일양은 미연을 사랑하고 있었다. 김승지는 물욕이 많고 악심으로 꽉 차 있었지만 그 딸 미연은 인물도 절색이고 마음씨 곱기가 비단결 같다는 소문을 들어오던 터이며 장쇠가 주리를 틀리던 날 밤 군중 틈에 끼어 미연을 보았던 것인데 그날부터 일양은 사랑의 싹이 트기 시작한 것이었다. 열아홉과 열일곱의 꽃다운 나이였다. 그러나 일양은 미연을 사랑할 자격이 없는 사람이다. 일양에게는 마음에 안 들고 미워하는 대로 어엿한 아내가 있었던 것이다. 그럼에도 불구하고 폭포수와 같은 일양의 정열을 억제할 수가 없었다. 미칠 것만 같았다. 몽유병자처럼 가서는 안 되는 미륵동 절대 금단의 구역인 김승지네 집 언저리를 밤마다 헤매었고 미연에게 편지를 써서 품에 지니고 다니다가 어느 날 밤 화초밭 머리에 앉아 있는 미연을 나무 위에서 보고 던지었다. 그러나 미연은 편지를 읽고 불살라버렸다. 일양의 심정을 모르는 바는 아니나 미연은 읍내 유판서 집으로 출가를 한 유부녀이다. 미연의 결혼은 불행한 것이었고 방탕한 남편이었지만 일양이 시집 언저리를 돌다가 미연의 초상화를 떨어뜨린 것이 꼬투리가 되어 친정으로 쫓겨와 있는 몸이었던 것이다. 미연의 화답을 기다리고 매일처럼 담 밖을 헤매던 일양은 마침 김승지를 잡으러 왔던 동학당에 끌리어 갔다. 박의관과 김승지네 집 남자들이 전부 다 잡혀왔었는데 거기서 일양은 아버지 김승지를 구하기 위하여 남장을 하고 나타난 미연을 만나게 되지만 그 운명의 장소에서 미연은 장쇠 두목의 아내가 되겠다는 공언을 하게 된다.

겉으로 보면 그렇게 미연을 끓어앉힌 것이고 미연은 사랑하는 일양을 무색하게 한 것이지만 그 지역의 암종인 김승지와 박의관을 설욕하고 굴복시킨 것이었다. 두 마을의 이야기이지만 동학이라는 민중의 울분으로 농민사를 다시 쓴 것이다.

거대한 힘의 분수령이었다. 원장쇠 김미연 박일양 세 사람은 그 뒤 지주와 소작인의 주종관계를 벗어나 하나의 협력관계를 이루게 되었다. 장쇠와의 관계를 말하는 것이지만 적대관계라고 할까 반목 질시에 죽이고 살리고 쫓고 쫓기는 처절한 관계에서 서로 도우며 사랑하는 관계가 되었다. 땅의 지배논리에서 흙의 순환논리로 물길을 잡은 것이다. 참으로 묘한 인연이었다. 일양은 마을을 위해서 토지의 확장과 지역 공동체를 위해서 할 수 있는 힘을 다 합하였다. 미연과는 보다 더 큰 민족 공공의 적 일제 앞에 마음을 합한다. 3.1만세사건 거사를 위해 밀사를 보내고 보이지 않는 지원을 하여 이 지역 봉화의 불길을 당기게 된다. 서로의 악연惡緣을 선연善緣으로 바꾼 것이었다.

세월이 흘러 장쇠의 나이도 마흔 다섯에 접어들었다. 아직 혈기는 왕성하지만 흰 머리카락이 하나 둘 늘어나고 있었다. 아들 만석과 함께 만세사건을 주도하고 그 대가로 이리 저리 개 끌리듯이 끌려다니기까지 장쇠는 토호들의 착취를 온 몸뚱이로 막고 민란을 일으키고 의병을 일으키고 만세사건을 거사하는 것 외에 다른 아무 생각이 없었다. 농민의 울분과 민족의 의분, 심장 밑바닥에서부터 끓어오르는 분노를 삼키며 보낸 나날이었다. 사랑이니 계집이니 그런 삶의 기본도 그에게는 사치스러운 것이었으며 그만큼 절박한 세월이었다. 하지만 그는 허우대가 멀쩡한 사나이였고 오감 칠정이 시퍼렇게 뛰고 있었다. 그것을 억누르고 살아온 고통의 세월이기도 했다.

그때 소박을 맞고 돌아와 있을 때 열일곱 스물의 아리따운 미연도 마흔을 넘어서 중년의 나이에 이르렀다. 그 세도와 함께 아버지도 명을 다 하고 새로 들어선 지주 서울댁의 뒷방 신세가 된 이래 얼굴을 내밀지 않고 외지—서울—에 많이 나가 있었지만 시집인 읍내의 유관서댁으로 들어가지도 않았고 장쇠를 사모한다는 풍문만 있었을 뿐 한 번 만난 적도 없었다. 얼굴 없는 편지만 전하였을 뿐이다. 그것도 이성의 사랑에 대한 사연이 아니고 만세사건 거사를 위한 모의였다. 더 큰 사랑인지 몰랐다. 20년이 넘는 세월을 그렇게 보낸 것이다. 장쇠는 그런 힘으로 고통을 참을 수 있었는지 몰랐다. 미연도 그런 원력으로 고독을 달랠 수 있었는지 모른다. 그러나 그런 것은 분명하지 않았다. 분명한 것은 미연이 혼자라는 것이다. 그리하여 일양은 계속 미연을 향한 사랑의 불길을 끄지 못하고 일양이 마을이나 지역을 위해 노력하는 것도 실은 미연과 접근하고자 하는 의도가 깔려 있었다. 그럴수록 장쇠와의 풍문은 부풀려졌고 주위에서도 그 풍문과 언약이 실현되기를 바라고 있었다. 그럴 때마다 아들 만석은 조심스럽게 아버지의 마음을 떠보는 것이었다.

"어떻게 계속 이대로 사실 티라요?"

"무슨 소리여?"

"아버지는 귀도 없어요? 나무토막처럼 가만히 있어가지고는 일이 안 되지요."

떠보는 것이 아니라 은근히 권유를 하는 것이었다.

"쓸 데 없는 소리 말고 네 걱정이나 해라."

퉁명스럽게 아들의 말을 막았다.

"아버지가 가만히 계시면 저도 장가 안 갈래요."

참 답답한 아들이었다.

"허허허허…… 이러다 대가 끊기게 생겼구나!"

만석의 나이가 적지 않았다. 어머니가 비명에 가고 홀애비 아들로 자라 스물여섯 살이 되었다. 사실 아버지의 패기와 할아버지의 근면성을 물려받아 불끈불끈하면서도 두더지처럼 땅만 파는 농삿군이어서 오래 전부터 사위를 삼자는 혼담이 많이 들어왔지만 전부 물리쳤다. 여자 친구들이 여럿 있었다. 그 중에 일양의 딸도 있었다. 어떻든 아버지가 홀애비로 있는 한 자기도 장가를 갈 수가 없다는 것이다. 막무가내였다.

그것이 빈 말이 아니었다. 할아버지—원치수—의 말도 듣지 않았고 유언도 듣지 않았다. 그러고도 얼마나 무수한 고통의 시간이 흐르고 장쇠의 나이 예순을 넘어서 긴 평행선의 여정을 합치었다. 서로 결혼 초기에 사별을 하고 생이별을 하고 소문만 풍기다가 고독과 한이 덕지덕지 쌓인 채 백발이 다 되어서야 결합을 한 것이었다. 그리고 만석이도 바로 마흔이 넘은 나이로 장가를 들고 이듬해 첫 아들을 낳아 안겨주었다.

일승—升이었다. 할아버지가 이름을 만석이라고 지었지만 가난을 면치 못하였는데 장쇠는 손자의 이름을 아주 작게 뒤집어서 지었다. 한 됫박이라는 뜻이다.

"먹을 것이야 자기가 타고 나는 것이 아니겠느냐."

"잘 알겠습니다. 아버님."

만석은 못내 서운하였지만 군말 없이 따랐다. 그러며 말하였다.

"머슴살이를 하더라도 땅 열 마지기는 물려주도록 할테닝께 염려 마세유."

"욕심 부리지 말어. 한 사람이 한 마지기만 지으면 족한 거여. 한 마지기에 양석이 나는데 그것을 다 먹지 못하지. 왜 마지기라고 한 줄 알어?"

"예, 잘 알겠습니다."

만석은 고개를 끄덕이며 다시 말하였다.

한 말의 씻나락을 뿌리는 면적을 한 마지기라고 하며 그것은 한 사람이 가꿀 수 있는 넓이라는 것이다. 그것이 맞는지 틀리는지 모르지만 귀에 못이 박이도록 들은 아버지의 말이었다.

아직은 고운 얼굴을 하고 머리를 예쁘게 쪽을 지은 미연이도 장쇠의 옆에 다소곳이 앉아서 고개를 끄덕이고 있었다. 아버지가 하늘이듯이 지아비 또한 하늘이었다.

그 무렵 소백산 자락의 다른 골짜가 매화골에서 일규一畦가 태어났다. 이종호와 청산댁 사이에서 삼남이녀 중의 삼남으로 태어난 것이다. 일규, 아주 이름을 낮추어서 지은 것이다. '규'는 이랑이라는 뜻이다. 옥편에 '휴'라고 되어 있지만 장바닥에서 이름지어준 사람이 '규'로 읽으라고 하였다. 논밭의 두둑과 골을 합쳐서 이랑이라고 한다. 한 이랑의 농사를 지으라는 뜻이다. 천규 만규라고 이름을 지었지만 백 이랑 아니 열 이랑도 못 지어 거꾸로 한 번 지어본 것이었다. 개똥이나 말자로 이름을 짓듯이 말이다. 좌우간 전혀 다른 인연의 출생이었다. 3.1만세사건으로 체포가 되어 공주의 한 감방에서 원장쇠 이종호는 몇 개월 동안 같이 살았지만 나와서는 서로 아무런 관계도 없이 다른 골짜기에서 농사를 짓고 살았는데 첫 손자와 셋째 아들을 한날 시간도 비슷하게 낳았고 한 일자를 넣어 지은 작명법이 그렇게 같을 수가 없었다. 그리고 우연하게도 서로 가난을 대대로 물려받아 살았던 것이다. 그러나 그들에게 또 하나의 참으로 기묘한 우연이 닿아 있었다. 일승과 일규는 같은 해에 첫 아들을 낳게 되었으며 이름도 일두와 재두로 말 두斗자를 넣어 지은 것이다. 한 말과 두 말이라는 뜻으로 서로 말 짜듯이 짠 것 같았다.

"한 사람이 한 마지기를 지으면 된다는 것이여. 그 이상은 욕심이고 허욕이여. 그러다가 땅은 모리배들이 가지고 있고 농민들은 거지가 되어버렸단 말이여."

　어렵게 죽기 전에 딱 한 번 만난 장쇠는 일규에게 심중의 말을
하는 것이었다.

　인연이란 만드는 것인지도 몰랐다.

악연

두 사람의 만남은 참으로 우연한 것이었다. 일규가 아버지의 투옥을 입증하기 위한 자료를 찾아 헤매다가 만난 것이다. 그때 공주교도소에 수감됐던 사람들의 사항이 6.25 한국전쟁 때 불탔기 때문에 기록이 남아 있지 않았던 것이다.

출옥한 사람들을 이리 저리 수소문하여 추적하던 끝에 충주 신니에 살고 있는 원장군 장쇠를 만나게 되었다. 등이 다 구부러진 노인이었다. 아버지와 한 감방에 있었던 사람이라는 것을 여러 경로로 확인하였다. 많은 시간을 들이고 여러 자료를 뒤지고 수없이 많은 사람을 만난 결과였다. 어려운 논문 몇 편을 쓰는 것보다 힘든 과정을 겪었다. 그러나 장쇠의 뇌리에 기억되고 있는 것은 별로 없었다. 이종호의 이름 석 자 중 한 자도 기억을 하지 못했다. 그러나 또 많은 얘기를 하는 가운데 하나가 건져진 것이다.

"장돌이라고 하는 이가 있었는데……."

"그래요? 그게 정말입니까?"

"아니 도치라고 하던가?"

"도치는 저고요……."

"그래요? 도치라고요?"

"예. 도끼요."

"하하하하……."

장쇠는 웃다가 일규를 뚫어지게 바라보는 것이었다.

"왜 그러시지요?"

"하하하하…… 내가 도치인데……."

"아아, 그랬어요? 하하하하……."

그렇게 반가울 수가 없었다. 아니 그렇게 의기투합이 될 수가 없었다. 그런 중에 매화골 얘기를 하였다. 아무 연결성도 없이. 그것이 무슨 증거가 되고 법적 효력을 가지지는 않았다. 더 연결하지도 않았다. 사정이 그렇게 되지가 않았다. 누가 인정하든 안하든 간에 그가 인정을 하면 되었다. 아버지는 그 해, 1919년 3월 만세사건 때 어린 나이로 앞장을 섰고 장도리를 휘두르며 순사들의 골통을 까다가 끌려가 옥살이를 하였다. 그것을 녹음한 것도 아니고 복사한 것도 아니고 도장을 찍어준 것도 아니고 그럴 수도 없었지만 그 사실을 확인한 자체로 만족하였고 독립운동자의 아들로서의 자부심을 가졌다. 그것이 벌써 30년도 전의 얘기이다.

어떻든 그렇게 만난 장쇠에게 그는 많은 이야기를 들었다.

"농사라는 게 결국 뭐지요?"

"뭐요?"

노인은 그에게 대단히 못마땅한 듯이 되물었다. 그리고 그는 정말 큰 죄나 지은 듯이 얼굴이 뻘겋게 되어 가지고 어물거렸다.

한 사람은 농투성이고 한 사람은 농업경제학자였다. 경제학이라기보다 농업을 연구하는 것이었다. 그러니 누가 누구에게 묻느냐는 것이었다. 누굴 놀리느냐는 것이었다.

"아니…… 그렇게 뼈 빠지게 농사를 지어 가지고 남은 것이 뭐냐는 것이지요. 누가 알아주지도 않고, 그렇다고……."

"그럼 누가 안 알아주면 안 사는가요?"

"그건 아니지만……."

노인은 그를 노려보는 것이었다. 뭔가 정서가 다 부서진 사람 같았다.

"뭐 제 생각이 그렇다기보다……."

"참 세상이 왜 이렇게 되었는지……."

노인은 다 찢어진 목소리로 그를 질타하는 것이었다. 그러고 얼마를 입놀림만 하다가 말하는 것이었다.

"농사라는 건 말이지요. 우리의 기본이지요. 포도가 수익성이 있다고 그것만 잔뜩 생산해 봐요. 그게 되겠어요?"

"먹고 살면 되는 것 아닌가요?"

그가 말귀를 못 알아듣고 몰라서 하는 말이 아니었다. 다음 얘기를 들으려고 하는 것이었다.

"나만 잘 살면 되는 것이 아니지. 그걸 더 갖겠다고 남을 못 살게 굴고 아흔 아홉 섬을 가진 사람이 백 섬을 다 채우겠다고 남의 것을 빼앗는다는 것은 참 악독하기에 앞서 무식한 거지. 앞을 내다보지 못하는 바보도 상바보들이여."

"네에……."

평생 가난을 못 면한 농투성이었던 노인은 그 지주들 토호들 부자들을 깔보고 비웃고 있는 것이었다.

"그들에게 당한 것 갚으셨나요?"

그는 이번엔 그렇게 물었다.

"갚아요?"

다시 그를 노려보며 말하는 것이었다.

"그러면 똑같이 되는 거지. 가만히 둬도 저승사자들이 다 데리고 가는데……."

"그것과 다르지 않아요? 그냥 죽는 것 하고 도끼로 대갈빡을 까는 것 하고……."

"도끼로…… 하하하하…… 도치로 까면 살아남질 못하지."

"그렇지요. 하하하하……."

"나도 이제 갈 때가 되었는데…… 그걸 어떻게 갚아?"

"예에……."

당한 대로 받은 대로 갚을 수가 없었던 것이다. 그 마을 미륵동과 탑골에 동학을 발동시켰지만 큰 소리만 한 번 치고 말았던 것이다.

"부인 때문이었나요?"

"뭐요?"

노인은 다시 그를 정색을 하고 바라보고 대단히 못마땅한 듯이 되묻는 것이었다.

"미연 씨 말이에요."

노인은 계속 못마땅한 표정으로 그를 바라보는 것이었다.

"사랑 때문이군요."

그는 계속 말하였다.

그러자 노인은 이렇게 되묻는 것이었다.

"사랑이 뭔가요?"

너무 사치한 물음인가. 그러나 다시 그를 나무라는 험한 표정을 짓지는 않았다.

사랑이란 서로 좋아하고 서로 아끼는 것이 아닌가. 그런 사람의 혈육들에게 받은 대로 당한 대로 갚을 수가 있는가. 그럴 수 없었는지 모른다.

그들의 사이는 뭐라고 설명할 수가 없었다. 누구에게 얘기한 것도 아니고 불평을 한 것도 아니고 작정하고 기다린 것도 아니었다. 그 어떤 것이 사랑인지 미움인지 모르지만 그것을 확인하지도 않고 지냈다. 그녀의 파경도 결국 장쇠 때문이었는지 몰랐다. 좌우간 20년이 더 지나고 또 20년이 지나서야 마주하였던 것이다. 그리고 다시 집을 떠났던 것이다.

　"계속 투쟁을 하셨나요?"

　그는 다시 그렇게 물어보았다.

　그러자 노인은 고개를 푹 숙이며 말하였다.

　"죽지 않고 살아 있는 것이 부끄럽습니다."

　장쇠는 3.1만세사건으로 끌려갔다가 감옥에서 나왔지만 농사를 짓고 있을 수가 없었다. 절대로 다른 생각을 하지 않고 땅만 파고 살겠다고 약속을 하였지만 그런 도적놈들과의 약속은 지킬 필요가 없었다. 땅이 문제가 아니고 논밭이 문제가 아니고 나라가 넘어가고 있었던 것이다. 이 나라를 송두리째 먹어 삼키려 하였던 것이다. 며느리가 재봉틀을 잃고 계속 눈물을 흘리자 월남 선생이, 너는 나라를 잃고는 울지 않더니 재봉틀을 잃고는 우는구나 하고 나무랐다고 하였다. 모처럼 집에 들어 앉아 한 가정의 안일을 지키려던 사나이의 등짝을 내리치는 얘기였다. 마을 사람들의 힘을 합하여 개간을 하고 관개 공사를 하려던 계획도 언 발에 오줌 누기 같고 성에 차지가 않았다. 일제 친일파들이 원수 같던 지주 토호들보다도 몇백 배나 몇천 배나 더 저주스러웠다.

　장쇠는 다시 울분을 삼키며 집을 나섰고 두만강을 건너가서 헤매다가 북만주 닝안寧安의 독립투쟁 단체인 한족연합회에 들어갔다. 속성 군사훈련을 받고 김좌진 총사령관이 통솔하는 무장 항일 투쟁 활동을 시작하였다. 대한독립군단 대한독립군정서를 주축으

45

로 한 북만주지역의 독립운동단체들이 효과적인 항일투쟁을 위하여 통합하여 신민부를 결성하였는데, 지방 조직의 확장과 동시에 500여 명의 별동대와 보안대를 편성하여 무장시키고 독립군 양성을 하였다. 지방에는 군구제軍區制 둔전제屯田制를 실시했고 산업 진흥을 위해 공농제公農制를 실시하여 식산조합 소비조합 등을 설치했다. 재만동포에 대한 자치활동과 아울러 북만주에 거주하는 친일한국인 암살을 비롯하여 국내에 사람을 보내 조선총독 암살을 계획하기도 했다.

호국제민의 큰 뜻을 품고 맨주먹을 불끈 쥐고 나가 동학군이 되었던 것처럼 일제의 총칼 앞에 맞서 매화골 만세사건을 주도했던 것처럼 국권회복의 보다 더 큰 뜻을 실현하기 위해서 다시 의분의 불을 붙이었다. 그런데 의기와 혈기만 가지고 뜻을 이룰 수가 없었다. 자금이 필요했다. 실탄이 필요했던 것이다. 지주 토호들에게 사정도 하고 협박도 하고 강도질도 하고 그것도 안 되면 불을 지르기도 하고 그러기 위해 국경을 들랑날랑 하였다. 그러다 집에 들렀다가 붙들리었다. 언제 죽을지 모르는 목숨이었다. 조상의 묘도 찾아뵈어야 했고 아버지의 유언도 들어야 했다. 아들에게 남길 말도 전해야 했다. 그러다가 아들의 간청 아버지의 만류를 뿌리칠 수가 없었다. 실은 미연의 무언의 요구를 외면할 수가 없었다. 아무 말은 하지 않았다. 손을 잡는 것도 아니었다.

"잘 계셨지요?"

그 한 마디의 말꼬리에 달린 눈길은 그의 가슴을 찢고 있었던 것이다.

"예에."

그렇게 멍청히 대답을 하였지만 돌아설 수가 없었다.

동학군을 이끌고 미륵동 뒷산에 나타난 두목 원장쇠가 미륵동

과 탑골 양반들을 잡아다 놓고 설분을 하려 할 때 남장을 하고
나타난 미연이 "나는 장쇠 두목의 아내가 되겠습니다." 그렇게 공
개적으로 언약을 한 이후 몇 년 만인가. 몇십 년 만인가. 장쇠 자
신은 정말 그녀를 어떻게 생각하고 있었는가. 미워하고 있는가.
저주하고 있었는가. 그런 것은 아니었다. 그러면 사랑하고 있는가.
글쎄 다른 적당한 말이 없는데 좌우간 그녀를 도대체 어떻게 생
각하고 있었단 말인가. 자신의 아내가 되겠다고 한 여인이 아닌
가. 그런 사람을 옆에 두고 10년도 아니고 20년도 아니고 30년도
아니고 이렇다 저렇다 말 한 마디 없이…… 목석도 아니고 그것도
서로 혼자인 처지에…… 말이 안 되었다. 정말 너무하였다.

금순을 생각하면 그럴 수는 또 없었다. 아직도 치가 떨리었다.
어떻게 당한 아내인가. 혀를 깨물고 죽은 아내가 아닌가. 아내만
이 있는 것이 아니었다. 아들 만석이가 지켜보고 있지 않은가. 아
버지가 또 눈을 감지 못하고 있지 않은가. 그런데 그것은 아니었
다. 오히려 만석이 권유하고 있었고 아버지도 은근히 바라고 있었
다. 아버지가 바라는 것은 다만 홀아비로 늙는 것이 안쓰러운 것
인지도 몰랐지만. 그러나 그런 것은 다 지나칠 수 있었다.

흰 머리카락을 날리며 그를 바라보는 미연의 눈빛은, 아직도 금
순을 잊지 못하고 있느냐고 말하는 것 같았다.

"예…… 아니오."

장쇠는 대답을 바꾸었다. 멍청하기는 마찬가지였다. 풍찬노숙이
아니었던가. 그러나 어디 숙식만이 문제던가. 그 말을 한 것이었
다.

"그쪽은?"

미연은 어땠느냐고 이번에는 남자가 물어보았다. 역시 반백이
넘은 처지이다.

"먼저 대답을 하셔야지요."

"대답을 했는데……."

"무슨 대답이 그래요."

예라고 하다가 아니라고 하였으니 그게 무슨 대답이냐는 것이었다.

"예에, 힘들었어요. 죽는 모퉁이였지요."

"그러셨지요?"

그녀는 고개를 끄덕이다가 먼 산을 바라보는 것이었다. 그리고는 또 묻기 전에 자신의 얘기를 하는 것이었다.

"저도 그랬어요."

간단하였다. 그 속에 모든 얘기가 들어 있었다. 그것을 다 알 것 같았다. 장쇠도 고개를 끄덕이다가 먼 산을 바라보는 대신 그녀를 끌어안았다.

미연은 가만히 있었다. 남자가 하는 대로 아무 반응도 없이 따르는 것이었다.

장쇠는 더욱 힘껏 끌어안았다. 그래도 여인은 그대로 있는다. 아무 표정도 없이, 나무토막같이.

"미안해요."

이래도 되는지, 또는 너무 늦었다는 것인지 무슨 뜻인지 스스로도 몰랐다. 여인도 그랬는지 몰랐다. 세도가 하늘을 찌르던 토호 지주의 딸답지 않게 어쩌면 무척 수줍은 여인이었는지 몰랐다. 용기도 없고 성질도 없고 그런 것이 있다 하더라도 안으로 감추고 내보이지 않았던지 몰랐다.

나이는 들었지만 미모는 여전하였고 세련된 맵시에 곱게 자란 여인의 미덕을 간직하고 있었다. 시대가 바뀌었지만 아무래도 천민인 장쇠에게는 과분한 여인이었다.

"괜찮겠어요?"

"⋯⋯."

"후회하지 않겠어요?"

남자가 다시 물어보았다.

"몰라요."

남자는 더욱 힘껏 끌어안은 채 여자를 놓아주지 않았다.

그렇게 결합을 하였다. 40년 만이었다. 인생의 꽃잎 같은 풀잎 같은 시절은 다 보내고 가랑잎 같은 시기에 만난 것이다.

그 첫날밤이었다.

미연이 손수 꾸민 비단—그것을 오래 개어 싸 놓고 있었다—이 부자리를 펴고 첫 잠자리를 가졌다. 후회하지 않겠느냐고 묻던 장쇠는 자신이 먼저 후회하였다. 죽은 아내가 자꾸 떠오르고 인간의 도리를 어기는 것 같았다. 금순이 말하였다. 잘 했어유. 정말 저보다 훌륭한 여자랑 같이 하니 내 마음이 좋아유. 저는 이제 잊어버리세유. 그래서 더욱 괴로웠다. 그런 환영을 쫓기 위해서하도 가만히 있을 수가 없었다.

"이리 와 봐."

장쇠는 옆 자리에 잠자리 날개 같은 잠옷을 곱게 차려 입고 색색 숨소리를 내고 있는 미연을 끌어당기며 말하였다. 어투부터 바꾸었다.

"그냥 지나지요 뭐."

여인은 포옹을 할 때와는 달리 남자가 하는 대로 따르지 않고 토를 다는 것이었다.

"그냥? 그게 무슨 말이여?"

소리를 버럭 질렀다. 본색을 금방 드러내고 말았다.

"말하자면 말이지요⋯⋯."

"말하자면이 뭐 말라비틀어진 거여? 똑 부러지게 얘길 해야지."

"부러지면 안 되지요. 호호호호……."

여인은 웃음까지 보이며 자리를 모면하려 하였다.

그러나 말로만 실랑이를 하고 있을 수가 없었다. 두 남녀는 아직 열기가 끓고 있었던 것이며 결합이라는 것은 뭐가 됐든 성행위를 생각하지 않을 수 없었다. 아니 이 두 사람의 경우 외로움이 덕지덕지 한으로 뭉쳐 있었던 것이다. 남자는 여자를 마구 끌어안으며 잠옷을 벗기었다.

"여러 소리 말고 나 하라는 대로 해요."

숨을 몰아쉬며 그러나 부드럽게 말하였다.

"알았어요."

"이렇게 어떻게 좀 해 봐."

다시 어투가 험하였다. 마구 옷을 끌어내리고 헤치며 말하였다.

"알았다니께요."

여인은 어느새 순순히 응하였다. 그러나 이내 온 몸으로 항거를 하며 비명을 질러대었다.

"아이고 아이고 이러면 안 되지요."

"안 되긴 뭐가 안 된다고 그랴."

"아이고 이러면 어떡해요."

"애 해 참 어떡하긴. 가만히 좀 있어 봐요."

그녀는 도저히 가만히 있을 수가 없었다. 온통 하체가 다 찢어져 마구 피가 쏟아지고 있었다. 여자만 그런 것이 아니었다. 남자도 온통 피투성이였다. 그러나 마치 첫날밤에 처녀막을 찢듯이 아픈 질통을 참았다. 어쩌면 회열을 느끼며.

그것으로 그들은 모든 악연과 악운을 다 씻어버리듯이 흘려보내었다.

일규가 들은 얘기로 구성해 본 것이었다.

장쇠는 그러나 그 비단 이불에서 계속 잠을 자며 한 지아비로 군림할 수만은 없었다. 타의적으로 그는 쫓기는 몸이었고 자의적으로는 그렇게 안주할 수가 없었다. 지주들에게 군자금을 끌어내고 그것이 안 되어 그들의 금고나 광에 불을 질러 국내에서 머물 수가 없었다. 어떻든 그는 지주들에게 계속 위협적인 존재가 되었다.

탑골 박의관도 찾아갔다. 아들 일양을 만나지 않고 고령의 박의관을 심야에 찾아갔다.

"이 땅에서 일제를 몰아내는데 자금이 필요하다. 무기가 있어야 싸움을 할 수가 있다. 소작인의 피를 빨아 모은 재산 죽기 전에 독립자금을 좀 내놓겠느냐. 아니면 불 속에 다 집어넣겠느냐."

"네 이노옴!"

"전에 동학군으로서 주리를 틀려고 하였었는데 오늘 다시 찾아 왔다. 어쩔 것이냐?"

"고얀 놈! 네가 제 명에 살려고 하느냐?"

보약으로 통통한 동녀를 끼고 자던 박의관은 말을 듣지 않고 소리를 질러대어 금고와 땅문서를 다 불태우고 말았다.

독립군자금을 모금한다는 구실로—그것이 구실만은 아니었지만 —친일파 지주들 토호들의 땅문서 빚문서 그리고 종문서 들을 많이 불태웠다.

김승지의 후신 서울댁에는 가지 않았다. 미연과 만나자 마자 다시 헤어져야 했기 때문에 그녀에 대한 배려가 필요했던 것이다. 결코 봐 준 것이 아니었다. 그러기 전에 그녀는 아버지의 몫이라고 하며 자기 주머니를 다 털어 내놓았던 것이다. 그녀는 만세사건 때부터 동지가 되어 있었던 것이다.

좌우간 그러고 주저앉아 있을 수가 없었다. 두 사람의 결합은, 아버지가 그러고 있으면 자기도 장가를 가지 않겠다고 하는 빌미를 주지 않게 되었던 것이며 만석이를 장가보내고 다시 만주로가 풍찬노숙을 계속하였다.

토지개혁

그리고 해방이 될 때까지 무장 독립투쟁을 하였다. 장쇠는 주로 군자금 모금과 둔전제 공농제 실시와 식산조합 소비조합 등의 일을 맡아 하였다. 일을 맡아 하였다기보다 토지의 문제 영농의 방법과 소비조합의 운영에 대한 업무를 익히었다. 학습이라고 할까, 많은 것을 배웠다. 땅도 많이 개간을 하였다. 땅은 얼마든지 가질수가 있었다. 전부가 황무지였지만 힘만 있으면 얼마든지 농사를지을 수 있었다. 땅 때문에 소작을 부지하기 위해 온갖 수모를 겪던 생각을 하면 꿈만 같았다. 만주로 집단이주한 농민들도 많았다. 질펀한 농지를 일본인 이주자에게 싼값으로 양도된 동양척식주식회사의 직영지 면적이 1937년 6만여 정보에 달하였다. 동척의 농업이민정책은 경제적인 목적보다 정치적인 목적에서 있었지만. 워낙 땅에 굶주린 터라 거기에도 여러 차 기웃거렸다. 그러나독립운동단체의 난립과 암투 좌익과 우익의 갈등을 겪고 이리 저리 끌려다니다가 토지관계의 지속적인 업무에 매달릴 수도 없었다. 아무 이룬 것도 없었고 몸만 부서지고 나이만 먹었다. 결국손바닥만한 땅뙈기도 파 올 수가 없었고 허름한 괴나리봇짐만 짊

어지고 왔다.

장쇠가 다시 미륵동 탑골에 나타날 때는 그래도 겁을 먹고 피해 달아나는 부류들이 많았다. 친일파들 군자금을 거절하고 고발하여 고통을 주었던 인물들이었다. 그들에게는 장쇠가 돌아왔다, 장쇠가 나타났다 하는 것이 여전히 위협이 되었고 공포가 되었다. 다시 시대가 바뀌어 시대착오적인 발상인지 모르지만 그것이 원장군 장쇠의 삶의 표상이라고 할 수 있었다. 그리고 70이 넘은 나이에 그동안 사용하지 않았던 정력을 마구 퍼내며 젊음으로 역주행을 하였다.

그리고 또 한 가지 공농제에 대한 학습으로 또 지주들에게 시달렸던 경험과 사례들로 토지개혁에 대한 투쟁을 하였다. 결과는 아무 것도 얻지 못하고 땅 몇 마지기도 소유하지 못했지만.

장쇠와 나눈 토지문제 토지개혁에 대한 얘기는 참으로 서글픈 것이었다.

"동학농민운동때도 토지개혁을 요구했고 그것이 동학군에 들어간 동기이기도 했지요."

"그랬었군요."

"그러나 갑오개혁에서도 토지개혁은 이루어지지 않았지요."

"예에."

그 뒤에 일어난 여러 개혁에서 토지개혁은 이루어지지 않았고 애국계몽운동 같은 운동에서도 토지개혁은 뒤로 밀리었다. 광복 후 이승만 정부의 유상 몰수 유상 분배가 토지개혁이라고 할 수 있는데 해방 직후 최대의 관심사는 토지 문제였다.

장쇠는 토지의 개혁, 농지의 분배 문제에 대하여 계속 관심을 가졌고 그에 대한 학습을 계속하였던 것이다. 투쟁이었다.

일본인 소유였던 토지가 전국 토지의 12.5%가 되었고 그것을 배분하는 문제는 최대 관심사였다. 문제는 그때까지 토지 소유관계가 정확히 정리되어 있지 않았던 점이었다. 한반도를 식민지화하면서 실시한 일제의 토지 조사 사업으로 근대적 토지 소유관계가 확립되었지만 지주 측의 토지 소유만 일방적으로 인정하게 되어 전통적인 토지 소유는 거의 무시되었던 것이다.

조선 시대의 모든 토지는 기본적으로 국왕의 소유였다. 왕토 사상이다. 그러나 현실적으로는 토지를 경작하는 농민들의 경작권을 인정하는 방식이었다. 그런데 토지 조사 사업으로 토지의 부동산 등기가 이루어지면서 근대적 토지 소유관계에 맞지 않는 농민들의 경작권은 사라졌던 것이다.

해방이 되었다. 식민지 시대의 가혹한 지주, 소작 관계도 당연히 바뀌어야 했다. 모든 농민의 시선은 토지 개혁으로 쏠리었고 그 방향은 (1) 무상몰수 무상분배 (2) 유상매수 무상분배 (3) 유상매수 유상분배 세 가지였다.

토지를 경작하고 있는 농민의 입장에서는 (1)의 방식 무상몰수 무상분배이어야 한다고 생각했다. 그동안 계속 주장하여 온 경자유전의 법칙이 아닌가.

그런데 해방과 동시에 한반도는 남북으로 분단되어 각기 다른 체제가 들어섰고 남과 북이 각기 별도로 그리고 다른 방법으로 토지 개혁을 실시하였다. 북은 (1) 남은 (3)의 방법이었다.

북한은 해방된 이듬해 1946년 1월에 농민연맹이 결성되고, 3월에 토지 개혁이 실시되었다. 3월 말까지 불과 20일 만에 번갯불에 콩 구워 먹듯이 이루어졌다. 민주개혁이라는 이름의 토지개혁은 그렇게 간단히 끝났다. 무상몰수 무상분배의 원칙을 채택했기 때문이다. 지주의 토지를 모두 빼앗아 토지가 없거나 적은 농민들에게 분배하였다. 일본인 소유였던 토지는 모두 국유화하고, 전국 모든 농경지의 52%에 달하는 100만여 정보를 몰수하여 그 가운데 90%를 농민에게 분배하는 것으로 북한의 토지 개혁은 끝나고 그와 동시에 지주 소작 관계는 폐지되었던 것이다.

그러나 유상매수 유상분배의 방법을 택한 남한의 토지개혁은 문제가 그렇게 간단하지 않았다. 그리고 남한은 미군정 치하이므로 마음대로 할 수 없었고 정부 수립 이후 1948년 말에 초안이 작성된 법안을 국회로 넘겼으나 결국 1950년 3월에야 확정되고 5월부터 실행되기에 이른다. 매수 대상은 60만 정보, 분배 예정 면적은 80여 만 정보로 북한에 비해서 아주 적은 규모였다.

농민들 그리고 진보적 정치 세력은 무상몰수 무상분배를 주장했지만 새로 수립된 정권은 친일파들을 몰아내지도 못했고 그들이 주축인 전통의 강호 지주들의 반대를 꺾을 힘이 없었다. 지주들은 토지 개혁 자체를 반대하였으며 무상은 고사하고 유상도 안 된다고 하였다. 정부는 바로 직전에 미군정이 일본인 소유 토지를 분배하던 방식이 바로 유상분배라는 점을 구실로 유상으로 방침을 정하고 토지개혁에 착수하였다. 농지개혁이었다. 농지는 토지의 부분집합이다. 그리고 그나마 이루지 못한 졸속 행정의 극치였다.

유상매수 유상분배가 무상몰수 무상분배보다 더 민주적이었던지 모른다. 그러나 지주에 대한 보상액과 농민들에게서 받아 낼 상환액을 놓고 복잡한 저울질을 하여야 했고 지주들은 정부에 유상매수되기보다는 한푼이라도 더 받을 수 있을 때 팔기 위해 소유 농지를 처분하느라고 비인간적인 허위 매매 등 일대 혼란만 겪게 되었다. 그렇게 토지개혁법은 표류하다가 6월 한국 전쟁의 발발로 불발로 끝난다. 전쟁이 끝난 뒤 불타 없어진 관계 서류들을 재정리하고 다시 집계한 결과 대상 토지는 전쟁 전의 반으로 줄어 있었다. 정부는 전쟁 후에 토지개혁을 계속할 의욕조차 보이지 않음으로 해서 결국 남한의 토지개혁은 무산되고 말았다.

"말이나 되냐고?"

"예?"

"도대체 정부라는 게 뭐고 정권이라는 게 뭐고 국회라는 게 뭘 하는 데인가?"

아예 반말이었다. 얼굴이 붉으락푸르락하였다.

농민들의 기본인 토지 농지 쉽게 말해서 땅의 문제도 해결해주지도 못하는 정부가 무슨 정부냐는 것이었다. 정부가 친일파 지주 토호들에게 끌려다녔으니 말이 되느냐는 것이었다.

"독립운동은 뭣 땜에 하고 해방은 해서 뭘 하냐고……."

"예에. 그래서 전근대적인 토지 소유관계인 지주 소작 관계는 그대로 지속되었지요."

그 뒤의 얘기지만 지주와 소작인 관계가 소멸된 것은 법이나 제도에 의해서가 아니고 농촌근대화와 함께 이농 현상이 급속도로 진행된 자연 현상으로 인해서였다.

그는 화를 갈아 앉히기 위해 다른 얘기를 꺼냈다.

"갑오개혁 을미개혁은 그 중심에 일본이 있었고 그 개혁을 실행한 사람들은 김홍집 등 친일내각이었지요. 토지개혁뿐만이 아니고 군제개혁이라든가 다른 개혁도 결국 일본이 조선을 식민지화하기 위해 필요한 방법을 강구한 것에 불과합니다."

"뭐요?"

"토지제도나 군제를 개혁하면 그만큼 조선의 경제가 성장하고 자립할 수 있는 힘이 생긴다는 것을 미리 안 것입니다."

그는 노인이 못 알아 듣는 것 같아 조금 더 부연하였다.

"도대체 무슨 소리를 하는 거요?"

노인은 얼굴이 뻘겋게 되어가지고 빽 소리를 지르는 것이었다. 동학군에게 동학을 폄하한 때문인가. 그러나 그것도 아니었다.

"갑오개혁은 일본의 주도로 이루어졌는지 모르지만 여기에 토지제도의 개혁이 빠진 것은 조선의 자립이 두려웠기 때문이라고 그후 광무개혁 때 토지제도의 개혁을 단행하지만 일본의 방해로 성과를 거두지 못하지. 안 그런가?"

그런 얘기였다.

그는 그러냐고 잘 못했다고 사죄를 해야 했다. 화가 머리끝까지 치올라 있었기 때문이었다.

어떻든 해방 직후 최대의 전 국민적 관심사는 토지 문제가 된 것이었다. 그러나 그런 얘기를 거기다 찍어 붙일 수가 없었다. 그러다 토지대혁의 입장에서는 북이 앞선 것이냐고 물어보았다. 그러나 노인은 더욱 화를 내며 쏘아붙이는 것이었다.

"그걸 왜 나한테 물어? 내가 그런 얘길 한 거야?"

이번에는 얼굴이 퍼래지는 것이었다.

"예. 아니오"

그는 다시 멍청한 대답을 하였다. 미연 앞에서처럼. 그러다 화가 치민 노인에게 그녀의 얘길 물어보았다.

"그 뒤에 해로하셨지요?"

"뭐요?"

장쇠는 다시 버럭 화를 내는 것이었다.

말을 또 잘 못 한 것이었다. 고쳐서 물었다.

"아이가 있으신가요?"

이번에는 아예 화도 내지 않았다. 그냥 입을 다무는 것이었다. 얼굴은 흙빛이었다.

뒤에 안 일이지만 둘 사이에 아이가 있었다. 70이 넘어서의 일이었다. 정력을 마구 퍼올려 쏟아붓고 있었다. 기적이라고 했다.
죽은 나무에 꽃이 피는 것 같았다. 그런데 사산이었다. 여아였다.

"죄송합니다. 괜한 질문을 해서……."

그는 다시 사죄하였다.

지주의 딸

일규가 들은 이야기는 다른 것도 있었다. 얼마나 술을 받아 주고 얻어마시고 물어봤던 것이다. 만주로 가기 전의 얘기였다. 그들의 만남은 참으로 운명적이었다.

서로 미워하기도 많이 했지만 그리고 그리던 연인이었다. 말없이 기다리고 말없이 그리워하였다. 그런데 정말 거짓말 같이 만났던 것이다. 운명의 장난이었다. 서로 그리워한 것이었다. 서로 만나서는 안 되는 사이었다. 장쇠 쪽에서 더욱 그랬다. 아내를 목매달아 죽게 한 지주의 딸이었다. 그녀를 그리워한다는 것은 말도 안 되었다. 무슨 소꿉장난을 하는 것도 아니고 무엇을 어떻게 무엇 때문에 그리워한다는 건지 도무지 정신이 나가지 않고는 생심도 할 수 없는 일이었다. 그러나 그것은 머릿속의 생각이고 실제 행동은 그렇지가 않았다. 마음이 끌리고 있었고 다가가고 있었다. 좋게 해석을 하였다. 맺힌 것을 풀어야 하지 않느냐, 결국 누가 풀어야 하느냐, 그렇게 좋게 생각을 하려 들었다. 아내의 현몽도 곧이곧대로 해석하는 것이었다. 잘 했어유. 이제 저는 잊어버리세유. 평생 그렇게 험하게 살면서 남을 미워만 하면 되겠어유? 아들도 하나 더 낳아야지유. 귀여운 딸도 하나 낳고유. 정말이라유. 제가 진심으로 바라는 기라유. 정말인가. 그게 죽은 아내의 진심일까. 그리고 옳은 일일까. 꼭 그 꿈 애기만 믿는 것은 아니지만 장쇠는 중심을 잃고 흔들리고 있었다. 아전인수로 팔이 굽는 쪽으로 생각하고 있었다.

어떻든 미연이 다가와 매달린 것이 아니고 그가 잡아 끈 것이다. 그가 붙들어 앉힌 것이다.

"이러시면 안 되지요"

해질 녘에 들로 찾아온 미연이었다. 밭둑에서 얘기하다가 장쇠가 그녀를 눕히자 일어나 앉으며 말하는 것이었다.

"안 되긴 인제 와 가지고 뭐가 안 될 게 있다고"

"그래도 제 입장을 생각하셔야지요"

미연은 새침하게 돌아앉는 것이었다. 그러나 화가 난 표정은 아니었다.

"입장은 무슨 얼어죽을! 내숭 떨지 말고 말해봐. 그래 어쩌자는 거여?"

"좀 부드럽게 얘기해요. 왜 이렇게 퉁명스러워요?"

그렇게 붙들린 것이었다. 그녀를 붙들기를 기다리고 있었던 것이다. 어떻게 여자가 되어 가지고 먼저 붙들 수가 있느냐는 생각을 갖고 있었던 것이었다. 그만큼 정숙하다고 할까, 내숭을 떨고 있었던 것이다.

"원 젠장! 내가 부드럽게 됐어요? 따질 것을 따져야지."

장쇠가 계속 그렇게 퉁명스럽고 험상궂게 나오자 아닌 게 아니라 내숭만 떨고 있을 수는 없었다.

"그래 저를 어떻게 하실라고요?"

미연은 이제 그렇게 묻는다. 그러며 배시시 웃는다. 당연히 물을 수밖에 없는 말이요 절차이지만 그녀는 대단히 어렵게 생각되는 것이었다. 첫사랑을 고백하는 것처럼. 그러나 그런 것을 따지기 전에 이미 마음을 던지고 있었다. 마음이고 몸이고 다 던지고 있었던 것이다. 그리고 그가 다가오기를 기다리고 있었던 것이다. 그렇게 공언을 하기도 했던 것이다.

"어떻게 하기는 뭘 어떻게 해?"

"그러면 왜 저를 붙들어 앉히는 거지요?"

"꼬리를 치니까 그러지."

"제가 언제 꼬리를 쳤다고 그래요. 누구의 아내가 되겠다고는 했었지만……."

미연은 다시 웃으면서 말하였다. 그녀는 뭔가 기선을 쥔 듯 여유 있는 자세였다.

"그게 그거지 뭐여."

"호호호호…… 그래요? 어떻게 그게 그건가요?"

"둘러치나 메어치나지. 그래 그런 것만 따지고 말 거여?"

"정말 왜 그러실까. 그만하면 제 마음을 아실 텐데…… 이왕 그렇게 마음을 주었고 여러 사람 앞에서 말도 했으니까 말이에요."

그것은 사실이었다. 미연은 솔직하게 말하였다.

접근하는 것은 물론 미연이 쪽이었다. 군중 앞에서 장쇠의 아내가 되겠다고 약속을 했고 또 그를 도와주고 있었다. 그를 기다리고 있었고 말을 걸어오기를 기다렸던 것이다. 10년 20년도 아니고 30년 도 아니고 40년도 넘게 기다린 것이다. 3.1만세사건 때는 그녀가 할 수 있는 모든 것을 도와주었고 종내는 끌려가 곤욕을 치르기도 했다. 그녀가 만세사건의 주동자가 된 것은 물론 조국과 민족을 위해서이긴 했지만 장쇠의 뜻에 따른 것이고 그를 도와주기 위한 것이었다. 그러나 다만 그것이 알려지기를 바라지는 않았던 관계로 그와의 관계를 실토하지는 않았고 그래서 더욱 모진 고문을 당하였던 것이다. 그를 위해 마음을 바치고 몸을 바쳤던 것이다. 사랑을 한 것이다. 관계가 알려지기를 바라지 않은 것도 그것을 지속하기 위해서였다. 그때만 해도 아무래도 좋았다. 떨어져 있어도 좋고 멀리 있어도 좋았다. 그러고도 10년도 넘고 15년도 넘는 세월이 흘렀다. 그녀도 사람이었고 여자였다. 말만 하지 않고 있을 뿐이었다. 그러나 이제 시간이 없었다. 늙어 꼬부라지고 있었던 것이다.

"톡 깨놓고 얘기해서 사정없이 깔아뭉개려고 했는데……."

장쇠도 솔직히 얘기하였다. 그런데 그게 잘 안 되었다. 어디 하나 나무랄 데가 없다. 도무지 책잡힐 일을 하지 않았다. 그에게만 그런지 모르지만 도무지 한 번도 화를 내지 않고 성질을 내지 않았다. 그의 지원자여서 무시할 수도 없었다. 그의 최대의 지원자였던 것이다. 그러나 그것을 한 번도 표현하지 않았다. 마음에 든다 또는 고맙다 하는 말도 한 적이 없었다. 성격 탓인가. 내키지 않아서인가. 아직도 그때의 저주가 풀리지 않아서인가.

"호호호호…… 제가 그렇게 미웠어요?"

미연은 여유가 있었다. 웃으면서 묻는다.

"밉지 않은데 그러겠어요?"

"저를 사랑하지 않으세요?"

"뭐요?"

장쇠는 정말 못 알아들은 것인가. 무슨 말인지를 모르는 것인가.

"사랑이요?"

미연은 큰 소리로 말하였다. 이번에는 웃지도 않고 정색을 하고 서였다.

그러자 턱에 수염이 숭숭하고 백발이 성성한 사나이는 물을 들여 까만 머리를 가지런히 빗질을 한 여인을 정면으로 바라본다. 봉두난발에다 수염도 반은 세었다.

"얼굴 뚫어지겠어요."

그러자 사나이는 얼굴을 돌리며 따지듯이 묻는 것이었다.

"좋아하느냐 이건가요?"

"좋아하는 것하고 사랑하는 것은 다르지요. 좌우간 좋아하긴 했어요?"

이번에는 여인이 사나이를 정면으로 바라보는 것이었다.

"참 그런 걸 뭐 말로 해야 아는가. 얼굴에 다 써 있지 않아요?"

"솔직히 얘기해 봐요. 저도 다 얘기했잖아요?"

"언제 그랬어요? 좌우간 좋아했다기보다……."

"얘기해 봐요. 이제 뭐 얘기 못할 게 있어요?"

"솔직히 좋아했다기보다 괜찮다고 생각을 했지."

"뭐가요?"

"이뻤지. 근동에서는 제일 나았어. 그런데……."

여인은 고개를 떨구고 전에 없이 얼굴을 빨갛게 붉히며 수줍어하는 것이었다. 실은 그 소리가 듣고 싶었던지 모른다. 그러나 다시 얼굴색을 바꾸며 고개를 드는 것이었다.

그런데 어떻다는 얘기냐고 따지는 것 같았다.

"얼굴보다 마음이 곱고 의리가 있고 배포도 크고 그냥 썩기는 아깝다고 생각을 했지."

여인은 다시 얼굴을 붉히고 수줍어하는 대신 사나이를 물끄러미 바라보는 것이었다. 그러다 한 마디 더 들었다.

"그 소리가 듣고 싶었던 건가?"

여인은 대답대신 다시 물었다.

"참말은 참말이라요?"

"원 참 내! 그동안 쌍말은 많이 했지만 거짓말은 안 하고 살았어요."

"그러셨군요. 저는 죽기 살기로 매달리는 일양씨를 뿌리쳤어요. 그리고 여러 혼처를 다 물리쳤어요."

그녀는 자신의 얘기는 그렇게 둘러대었다. 결국 장쇠를 기다리고 있었다는 얘기를 하고 있는 것이었다. 일양 때문에—일양이 시집 언저리를 돌다가 미연이의 초상화를 떨어뜨린 것이 꼬투리가 되어—친정으로 쫓겨 온 이후 시집이나 방탕한 남편을 돌아보지 않은 것도 장쇠 때문이었는지도 모른다. 일양을 움직여 장쇠가 앞장서는 일을 도와주기도 했던 것이다. 곱기만 한 것이 아니고 독한 데가 있었다. 몇십 년을 독수공방으로 와신상담臥薪嘗膽을 하고 있었던 것이다. 거북한 섶에 몸을 눕히고 쓸개를 맛본다고 하였던가. 원수를 갚기 위하여이기도 하지만 마음먹은 일을 이루기 위하여 온갖 어려움과 괴로움을 참고 견디는 것을 비유하는 말이다. 「사기」에 나오는 이야기이다. 중국 춘추전국 시대 오나라의 왕 부차夫差가 아버지의 원수를 갚기 위하여 장작 더미 위에서 잠을 자며 월나라의 왕 구천句踐에게 복수할 것을 맹세하였고, 그에게 패배한 월나라의 왕 구천이 쓸개를 핥으면서 복수를 다짐하였다는 데서 온 말이다. 참으로 섬뜩한 이야기다. 그녀에게는 그 반대의 이야기가 될지 모르겠다. 그녀가 마음먹은 일이 무엇인지 모르지만 30년 40년 독하게 세월을 보냈던 것이다.

이번에는 장쇠가 물어보았다.

"나를 많이 미워하였지요?"

"우린 만나서는 안 되는 사이였지요. 원수지간이잖아요."

"원수의 딸이지."

운명이 장난을 친 것이었다. 그런데 두 사람은 지금 가장 가까운 사이가 되어 얼굴을 맞대고 몸을 맞대고 있는 것이었다.

"그러나 그건 우리 아버지와 장쇠 씨와의 관계고 저는 그것을 풀려고 했지요."

"아내가 되겠다고 한 것도……."

"그래요. 제가 살겠다고 한 것이 아니고 아버지를 살리고자 하는 일념에서 그런 거지요. 아버지를 위해서라면 못 할 것이 뭐가 있느냐 생각하였어요."

장쇠는 눈을 감았다. 그때, 마을 뒷산에 동학군을 이끌고 나타나 난을 치르던 밤이 떠올랐다. 깊은 산 속 석굴 속 그 절박한 상황 속에서 남장을 한 미연이 군중의 뜻에 따라 두목의 아내가 되겠다고 하던 낭랑한 목소리가 들리는 것이었다.

장쇠는 계획대로 김승지의 부자, 박의관의 부자, 그의 아내를 유괴해 갔던 노랑할멈 등을 연행해다가 그들이 사용하던 형구로 설분의 벌을 가하였다. 그리고 그들의 눈앞에서 종문서와 빚문서를 다 태워버리며 지주들 토호들을 대갈하여 속죄를 시켰다.

"오늘은 하느님께서 너희들에게 천벌을 내리시는 날이다. 너희가 이 생에서 지은 죄를 벗겨주기 위해서 나는 하느님의 명을 받아 온 사람이다."

두목은 하느님의 대리인이 되었다. 인내천人乃天, 사람이 곧 하늘이었다. 시천주 조화정侍天主造化定…… 주문을 외우면서 동학의 교주(최재우) 얘기를 하였다. 종문서를 손수 불사르고 노비를 해방시켜 주었으며 자기 집 종을 며느리로 삼았다.

두목 장쇠는 아직 정체를 밝히지 않았다. 다시 말하였다.

"너희가 그동안 지은 죄상은 낱낱이 조사가 되어 있다. 언제 어느 때 누구를 잡아다가 누명을 씌웠고, 누구를 모말꿇림을 시켰으며, 돈을 얼마를 빼앗았고 한 것이 하나도 빠짐없이 여기 다 써 있으니까 너희는 오늘 이 자리에서 그것을 받은 사람한테 깨끗이 돌려보내야 할 줄 알아라. 그것을 돌려보내지 않는다면 저생에 가서도 염라대왕이 받지를 않을 것이요, 지옥으로 통한 길목에서 다시 불세례를 받을 것이니 깊이 생각들 하여라. 다 알아들었느냐?"

아무도 대답이 없었다. 아무 말이 없다는 것은 할 말이 없다는 표시였다. 이제 구체적으로 그 죄상을 따지었다.

탑골 김승지, 스물다섯부터 지금까지 30년 간에 걸쳐 갖은 구실로 무고한 백성들을 잡아다 치고 돈을 뺏은 횟수가 전후 35건, 남의 유부녀를 욕보인 것이 20건, 처녀를 버려준 것이 22건, 3년 전에는 장쇠의 처를 욕보이고 장쇠와 그 아버지를 또 모함해서 태형을 내리었고 그 후에도 음전이란 어린 것을 욕보이다가 발각이 되자 이를 또 무수히 구타해서 내어 쫓았고…… 귀신처럼 다 주어 섬기었다. 10년 전에 며느리를 상관했다는 누명을 씌워서 재산을 송두리째 빼앗고 동리를 떠나게 한 심구영 얘기도 하였다. 김승지는 초주검이 되어 치를 떨고 있었다. 김승지만은 못하였지만 상사람들의 등을 쳐먹고 살아온 박의관도 몸서리가 쳐졌다.

"김승지 놈 나오지 못하느냐!"

호령이 추상 같았다.

김승지를 끌어내어 초롱불 앞에다 꿇려 앉혔다.

"네가 쓰던 연모 일습이 여기에 있다."

말끓림에 볼기(태형)에 망석말림에 가지가지 린치를 가하던 형구로 김승지를 벌하려는 것이다.

"두목님 죽을죄를 지었습니다. 무슨 분부나 듣겠으니 목숨만은 살려주십시오."

"우선 볼기 삼십대만 쳐라!"

두목은 턱 턱 발을 굴렀다.

형 집행이 시작되었다.

마을 사람들이 그 소식을 듣고 산으로 몰려와 자기들 손으로 죽이겠다고 아우성을 쳤다.

"그 놈들을 우리 손으로 죽이게 해라!"

"우리 원수는 우리가 갚는다!"

"승지 놈을 내 다오!"

두목이 거기에 불을 질렀다.

"죽이지 않으면 안 되겠습니까?"

그러자 군중들은 더욱 격렬하게 들끓었다. 죽여도 그냥 죽여서는 안 된다고 하였다. 자기들 손으로 때려 죽여야 한다고 하였다.

그러는 바람에 장쇠는 자기의 신분을 밝히고 진정시켰다. 장쇠가 김승지네 집에서 죽을 매를 맞을 때에 한사코 아버지 김승지를 움직여 풀려나게 한 미연이도 박의관의 아들 일양이와 함께 거기 와 있었다. 그런데 김승지를 죽이겠다고 소리치는 군중들 속에서 "우리 장쇠하고 미연이를 혼인만 시킨다면 살려도 좋다"고 하여 남장을 하고 나타난 미연이는 그렇게 하겠다고 한다. 군중들은 얼마간 잠잠하다가 다시 소란을 피웠다.

죽여라!

쳐 죽여라!

내가 죽이겠다!

위기일발, 사태를 예측할 수 없는 절박한 순간에 동학군을 좇아 나타난 관군의 북소리가 들렸고 마을 사람들이 몸을 피하느라고 소동을 벌이는 동안에 미연과 일양은 각각 자기의 아버지를 구하고 장쇠는 다시 잠적하였다. 장쇠의 목숨을 구해준 미연은 이번에는 장쇠한테 목숨의 구원을 받았던 것이다.

장쇠는 꼭 미연을 생각해서 그런 것은 아니고 김승지를 죽이려 고 한 것은 아니었다. 그저 죽지 않을 만큼 주리를 틀고 사죄를 받고자 한 것이었다. 받은 재물을 돌려주고 억울하게 당한 만큼 갚아주고자 한 것이었다. 물론 그의 아내를 잡아먹은 놈을 쳐죽여 야 마땅하지만 그는 개인의 울분을 가지고 나선 것이 아니었다. 천민, 빈농의 불의를 참을 수 없어 동학군이 된 장쇠는 김승지, 박의관이라는 이름으로 대표되는 양반 지주의 행패에 맞서 항거 하며 그것을 통렬하게 매도하려 한 것이다. 결국 장쇠가 김승지 박의관을 끌어내었지만 살린 것도 장쇠였던 것이다. 그가 아니었 더라면 지주 토호들은 다 맞아죽었고 뼈도 못 추릴 뻔하였다.

그때 동학—농민혁명—은 얼마나 이루어졌는지 모르지만 동학 군 두목 장쇠에게 베풀어진 최대의 성과였다고 할까, 최고의 순간 이었던 것이다. 장쇠는 눈을 감은 채 말하였다.

"이제 내가 풀 때가 되었군요."

대단히 결연한 어투였다.

"뭘 말인가요?"

"아버지를 위해서 원수의 아내가 되겠다고 하였는데 이제 그 결박을 풀어줘야지. 지금 내가 두목은 아니지만."

"그런데 지금은 그런 생각을 갖고 있지 않아요."

"뭐여? 그러면 어쩐다는 거여?"

사나이는 다시 험상궂은 얼굴로 요상한 여인을 물끄러미 바라 보다가 퉁명스럽게 내뱉는 것이었다.

"호호호호……."

"좌우간 나는 풀어줄 테니까, 좋은 대로 알아서 해요."

"고마운 말씀인데요. 그런 게 아니고 말이지요. 지금은 아버지 를 위해서가 아니고 장쇠 씨를 위하여 뭐든지 하고 싶어요. 그렇게 생각을 바꾸었어요."

장쇠는 아버지의 목숨만 구해준 것이 아니고 그녀의 목숨도 구해 주었다. 그녀가 소박 맞고 삶을 비관하여 투신을 하였을 때 물 속을 달려와 구해 준 사나이가 또 장쇠였다. 그러나 그 말은 하려다 말았다. 너무나 부끄러운 사건이었다. 이제 그녀는 그런 어리석은 짓은 하고 싶지 않았다.

"아니 도대체 그러면 뭐가 어떻다는 거여?"

사나이는 더욱 퉁명스럽게 말하는 것이었다. 도깨비에 홀린 듯하였지만 불쾌하지는 않았다. 마구 아래로 깔고 뭉개려고 했던 생각을 행동으로 옮기지도 못한 채 엉거주춤하고 있었다.

"그러니까요. 풀지 말고 더욱 단단히 붙들어매어 주세요. 아시겠어요?"

"원 참내 무슨 수작인지 모르겠구만! 그러니 도대체 어쩌자는 거여. 뭘 하자는 거여, 말자는 거여?"

"예 알았어요. 조금만 기다리세요."

"뭘 자꾸 기다리라고 그래. 안 되면 말고."

"인제 됐어요. 30년 40년 기다렸는데 뭐가 그리 급해요?"

미연은 그러며 그녀가 마련한 집 안방 비단 이불 속으로 데리고 가는 것이었다. 그것이 그녀의 입장이었다.

두 사람의 운명적인 만남에는 그런 사연이 있었던 것이다. 두 사람의 늦은 첫날밤 전희 과정이었다.

장쇠에게는 논둑 밭둑 풀밭이 제격이었지만 미연은 그렇지가 않았던 것이다. 얼어죽을! 양반 지주의 품격인지 몰랐다. 어쩌면 나이가 든 여성으로서 분위기나 다른 여건으로 채우고자하는 치밀함이 따랐는지 모른다. 뭐가 되었든 그래서 정말 옛날 첫날밤 못지않은 설렘과 희열이 따랐던 것이다. 흰 살결과 연약한 여체에

휘감긴 굶주린 사자와 같은 사나이는 마구 폭포수 같은 성욕을 쏟아부었다. 두 사람 다 정말 그동안 한 번도 성행위를 가져본 적이 없었던 것이다. 장쇠의 경우는 죽은 아내 금순을 생각해서 한 번도 외도라고 할까 오입도 하지 않았던 것이다.

그런데 이날 금순이 떠오르는 것이었다. 운이란 같이 타고 나는 것인데 저같이 박복한 여자를 만나서 고생하시는 걸 보면 안 됐어요. 그 분 참으로 훌륭한 분이세요. 같이 잘 사시고 이제 저는 잊으세요. 제가 지하에서 축수할께요. 금순은 그때 그 스무 살의 모습을 하고 있었다. 귀신 같지 않고 천사 같았다. 선녀 같았다. 그래 미안해요. 어쩌다 보니 이렇게 되었지만 몸만 가고 마음은 가지 않을 거여. 내가 당신을 어떻게 잊겠오? 그렇게 말하였지만 그것은 두고 봐야 알 것 같았다. 자신이 없다기보다 사람 일이란 알 수가 없었다. 당신은 내 가슴 속에 묻혀 있소. 거기 잘 있어요. 내 곧 가리다. 이제 많이 남은 것 같지 않소. 장쇠는 말을 바꾸며 흐르는 눈물을 몰래 닦았다.

"뭘 그렇게 생각하고 있어요. 첫날밤에……."

미연은 그의 속을 다 들여다보고 있는 것 같았다.

"그래요. 알았어요."

두 사람은 다시 격렬한 접전을 벌였다. 철천지원수처럼 마구 피를 흘리고 상처투성이가 되도록.

장쇠가 다시 만주로 떠나고 미연은 아이를 가지게 되어 마을을 떠나 외지에 가 홀로 있었다. 만주로 가지 않은 것은 장쇠를 위해서이고 마을을 뜬 것은 그녀 자신을 위해서였다. 그녀는 모든 시선을 외면하였다. 사실 아버지에게서도 진작 떠났던 것이다. 아버지를 위해 그녀의 모든 것을 바치겠다고 생각했고 장쇠의 아내가 되기로 했다. 그러나 아버지는 그것을 극구 반대하였다. 아버지

뿐 아니라 가까운 모든 사람들이 반대하고 말리었다. 그랬지만 그녀는 한 번 한 약속을 지키기로 했다. 약속을 어긴다는 것은 사람의 도리가 아니다. 다른 약속도 아니고 한 사람의 아내가 되겠다는 약속, 사랑의 약속이 아닌가. 하늘과의 약속이었다. 자신과의 약속은 더욱 어길 수가 없었던 것이다. 그것을 위해서 부모와의 천륜의 인연도 끊어야 했다. 시집에서 소박맞고 돌아와 뒷방 신세를 지고 있었는데 별방에 갇혀 있다가 종내는 집을 나왔던 것이다. 말할 수 없이 고통스럽고 불행을 자초하는 일이었지만 그것은 단순히 아버지를 버리고 장쇠를 택하는 것이 아니었다. 부모를 위하고 사랑을 위하는 상생의 방법이었다. 아버지가 쌓은 악연을 그녀가 온몸으로 풀고자 하는 것이었다. 당시 김승지의 세도가 하늘을 찌를 때는 너무나 어리석고 바보 같은 짓으로 보였지만 미연은 보살처럼 아니 선각자처럼 그렇게 예견하였던 것이다. 그것은 남편에게 소박을 맞고 뒷방에 틀어박혀 있던 고통과 불행 속에서 깨달은 보석과도 같은 발견이었다.

낙향

"일규가 돌아왔다!"

"일규가 마을로 돌아왔다!"

그것이 사실로 밝혀졌다. 처음에 공포에 휩싸이던 분위기는 차츰 갈아 않고 터지기 직전의 폭탄을 보는 듯한 불안도 해소되어 갔다. 적어도 3.1운동 기념식에 참석해 일규를 보았던 사람들은 그랬다. 정말로 혼겁을 집어먹고 달아난 사람들은 물론 코 끝도 볼 수 없었고, 그들은 한동안 얼굴을 나타내지 못하였던 것이다. 좌우간 턱수염이 숭숭한 얼핏 보기에 험상궂은 모습의 일규를 보는 것 자체로 공포에 떠는 사람이 많았지만 거기서 일규가 터뜨린 것은 쭉해야 고폭탄 얘기였던 것이다.

"그것을 어떻게 하게?"

"어떻게 하긴 뭘 어떡해? 다 해체해야지."

"해체?"

"그래가지고 너 죽고 나 죽고 다 죽을라고 그래야?"

"그러니 다 없애버리자는 거지요."

"다 없앤다고?"

"그럼 이대로 그냥 내버려두자는 거요?"

그런 얘기였다.

고폭탄 문제는 마을의 암종이었다. 그것을 누구도 해결하지 못하였다. 국회 앞 국방부 앞에 소와 경운기를 몰고 가서 데모를 몇 번씩이나 하고 국회의원 군의원 도의원으로 출마하는 사람들이 그것을 해결한다고 큰소리를 뻥뻥 치지만 한 발도 한 치도 해결한 것이 없었다. 속만 뒤집어 놓고 허탈하게만 하였을 뿐이었다. 그런데 그것을 그가 무슨 수로 다 없애버린다는 것이었다. 대단히 좋은 이야기이기는 하지만 하나도 믿기지가 않고 곧이들리지가 않았던 것이다. 허풍으로밖에 들리지가 않았다.

어떻든 그것은 일규, 도치와 아무 연관이 없다고 할까 원한이 없는 사람들 얘기이다. 고발을 했거나 불리한 증언을 했거나 그런 쪽에 서 있던 사람들 그런 사람과 연관된 사람들은 일규의 눈 앞에 얼씬도 하지 못하였으며 어디에 있든 공포를 느끼고 불안에 떨고 있었다. 그들에게는 폭탄이다 해체다 하는 얘기만 전해 듣고도 벌벌 떨고 있었다. 그러나 또 그것은 그쪽에서의 얘기이고 장본인인 일규는 아무런 내색을 하고 있지 않았다. 거기에 대한 아무런 생각을 갖고 있지 않았다. 그렇다고 그 모든 것을 없던 것으로 하자고 한 것도 아니고 마음을 깨끗이 비우겠다고 작정을 한 것도 아니었다. 좌우간 이것이고 저것이고 거기에 대하여 아무런 생각을 갖고 있는 것이 아니라는 사실이다.

어떻거나 분명한 것은 일규가 마을로 다시 돌아온 것이다.

살던 집은 폐가가 되어 있었다. 마당에는 풀이 수북하게 자라 있었고 지붕에도 여기저기 풀이 나 있었다. 초가지붕을 고집하여 여러 해 와 보지 않은 동안 지붕이 다 썩었다. 그야말로 쑥대밭이 되어 있는 것이었다.

너무 오랫동안 비워 두었었다. 거기 들어가기 전에 일규가 가끔 가족과 내려와 여름휴가를 보냈었고 언젠가 귀향을 할 것이라고 생각을 하였지만 이렇게 돌아온 것이다. 그가 내려올 수 없는 동안에는 거의 비어 있다시피 하여 집은 흉가와 같았다.

일규는 흙부스러기가 떨어져 있는 마루에 걸터앉아 집 여기저기를 둘러보았다. 찌그러지기 직전이었다.

"으음!"

그는 한숨을 쉬다가 눈을 감았다. 그리고 고개를 끄덕 끄덕하였다.

집이 그동안 돌아가지 않던 그의 모습과 같았다. 이제 다시 돌려야 하겠다.

"그럼!"

우선 집부터 고쳐야 하겠다. 어느 정도로 어떻게 고쳐야 할지 모르지만 당장 착수를 하여야 하겠다.

그렇게 생각을 하고 신발을 신은 채 방 안을 걸어 다니며 이리저리 둘러보았다. 나무 기둥 서까래 대들보는 아직 썩지는 않은 것 같았다. 여기저기 거미줄이 쳐져 있고 검게 그을려 있었다. 아직 비는 새지 않았던 것 같다. 참 나무의 수명이 길었다. 흙 부스러기가 밟힌다. 자꾸 떨어지고 있는 것이었다. 살아 있는 것 같다.

그것을 바라보며 하나의 생각을 떠올리었다. 흙이었다. 황토였다. 밖으로 나와 뒤꼍을 둘러보았다. 산 밑으로 연결되어 있는 곳으로 황토가 흘러내리고 있었다.

"그래. 그것이야."

새복을 하는 것이다. 그리고 흙장을 찍어 허물어진 곳을 다시 쌓고 뚫어진 곳을 때운다. 흙벽돌을 찍어 벽을 부분적으로 다시 쌓는 것이다. 기둥이 실하지는 않지만 벽돌로 중방을 받쳐주면 되었다. 그리고 지붕은 걷어내고 다시 이는 것이다.

일규는 우선 팔을 둥둥 걷어붙이고 괭이를 찾아다가 땅을 파기 시작했다. 숨이 차고 땀이 뻘뻘 흘렀다. 그러나 얼마 안 가서 그 일을 그만 두어야 했다. 숨이 차서가 아니었다. 괭이자루가 불어진 것이었다. 괭이자루가 다 썩어 있었던 것이다. 뭘 하다가 도끼자루가 다 썩었다고 했던가.

일규는 조용히 다시 계획을 세웠다. 오랫동안 비워두었던 집을 고쳐 산다는 것이 그렇게 즉흥적으로 될 일이 아니었다. 우선 돈을 발라야 하는데 잘 하려면 한이 없었다. 우선 비가 새지 않고 바람이 들어오지 않게 최소한의 비용으로 잡아보았다. 그런 아무런 준비가 없었지만 도저히 그냥은 살 수는 없는 것이 아닌가. 빚이라도 내고 외상으로라도 공사를 하지 않으면 안 되었다. 말이 그렇지 이 난데없는 사람에게 돈을 꾸어줄 사람도 없고 아무 기약도 없이 외상으로 물건을 주고 일을 해줄 사람이 없었던 것이다.

그러나 그것도 생각일 뿐 그날부터 공사는 시작되었다. 외상이다 현찰이다 아무 얘기도 없이 무턱대고 놉을 얻고 땅을 파고 흙장을 찍고 헐어야 될 부분은 헐고 털어내야 할 곳은 털어내었다. 흙장이 마르는 대로 뚫어진 벽을 쌓고 그냥 살려둔 벽은 새복을 하고 천장도 상당 부분 헐어내고 알매를 다시 쪘다. 지붕은 짚으로 이는 대신 냇가의 갈대를 베어다 이엉을 엮어 이었다. 짚도 없었지만 그것이 오히려 좋을 것 같았다. 그렇게 몇날 며칠 아니 몇달이 걸려서 옛집의 모습을 되찾을 수 있었다. 옛집이 아니고 새집의 집의 면모를 갖추게 되었다. 새로 지은 집이라든가 거처로서가 아니고 새로운 시작의 거점을 마련한 것이다.

안방과 건너방 앞으로 마루가 있고 안방 옆으로 부엌이 있고 그 옆으로 소 마구간이 있고 그 앞으로 사랑방이 있었다. 마구간 입구 에 소죽을 끓이던 가마솥이 걸려 있던 큰 아궁이가 있어 사랑방 고래로 불을 때었던 것이다. 그런데 지금이야 쇠죽을 끓일 필요도 없고 나무를 해다 때기도 어려웠다. 그래서 다 보일러를 깔고 불 때는 아궁이는 사랑방 하나만 만들고 마구간은 거실로 만들었다. 볕이 안 들어 북향 벽에 높이 창을 길쭉하게 내었고 구유는 그 자리에 그대로 두었다. 지금 소도 없는데 구유가 필요한 것은 아니었다. 하나의 장식이라고 할까, 다 말라비틀어진 구유를 깨끗이 씻어서 거실 입구에 매달아 놓았다. 그 속에다 쇠죽 대신 이것저것 걸리적거리는 물건들을 집어넣어 놓았다. 그 중에 감이나 호두 등 과일이나 음식물을 넣어놓기도 하였다. 그러니까 그 구유에서 무엇이든 꺼내어 먹는 것은 이제는 소가 아니라 그 주인이었던 것이다. 그 옛날 마구간에서 태어나 구유에 뉘어 잠을 재웠던 분의 생각도 하였지만 그 자신 어릴 적 소를 몰고 풀을 뜯기고 작두로 썬 여물을 콩깍지를 섞어 쇠죽 솥에 넣고 끓이던 아궁이에 불을 때기도 하고 그 솥에 메주콩을 삶을 때 어른들의 말을 듣지 않고 너무 많이 꺼내 먹어 배탈이 났던 일들, 불장난을 하면 오줌을 싼다고 하였는데 정말로 이불에다 지도를 그리고 방바닥을 흥건하게 적시었던 기억들이 떠올랐다.

예상 외로 비용이 많이 들고 정말 빚도 많이 지고 몸도 다 부서질 지경이 되어 메지가 난 것이다. 따지고 보면 돈이 아주 없는 것도 아니었다. 그 중간에 가재도구들을 갖다놓았고 책도 다 옮겨놓았고 신주단지처럼 끌고 다니던 노트와 원고 뭉치 자료들도 다 끌어다 놓았다. 그 자료라는 것은 사실 다른 사람이 보기에는 무슨 가치가 있는지 모르지만 그에게 있어서는 참으로 귀중한 것이었다. 그것 때문에 영어의 생활을 했고 그러나 그것 때문에 꿈을 잃지 않고 힘을 잃지 않고 희망을 갖고 있는 것이다. 생명과 같은 것이었다. 생명보다 더 중요한 것이었다. 다른 것은 아무 따질 것이 없어서 그런 것인가. 똑바른 정신이 아닌지도 모른다. 너무 앞서가는 것인지도 모른다. 이것도 저것도 아무것도 아닌지 모르지만 좌우간 그 보따리가 그를 이 모양으로 만든 것이고 그를 이런 상태로 귀향을 시킨 것이었다.

공사를 하는 동안도 일규가 1차적인 목표로 삼았던—목표라기보다 계획이라도 좋고—고폭탄 문제를 해결하기 위해 마을 사람들도 만나고 군과 면에도 여러 번 가고 생각도 많이 하였다. 하루 종일 그리고 밤늦도록 그냥 생각만 하는 것이 아니라 어떤 해결 방안을 찾고 있었던 것이다. 여기 내려오기 전에도 그것에 대하여 많은 생각을 하였다. 그는 출옥이 되는 대로 이리로 오기로 생각을 했었고 와서 어떤 역할을 하려 했던 것이다. 그 자신의 영향력을 보이고 위력을 보이기 위해서가 아니고 그의 힘이 필요하면 투입을 하고 싶었던 것이다. 그의 힘이 필요할 것 같았던 것이다.

보통의 문제가 아니었다. 참으로 심각한 사태였던 것이다. 밤중에 마을 앞으로 군 트럭이 정체불명의 물체를 싣고 골짜기로 들어가는 것이었다. 더구리 골짜기 마을은 그 일을 위하여 다 철수시키고 집과 전답에 대하여 나름대로 보상을 하긴 하였지만—물론 그때는 왜 그러는지 영문을 몰랐다—산꼭대기까지 철조망을 치고 입구를 철통같이 지키고 있어 거기 근무하는 부대 요원들 외에는 들어가 볼 수가 없었다. 좌우간 하루 이틀도 아니고 한 해 두 해도 아니고 거의 매일이다시피 공포의 행진이 계속되었다. 그것이 무엇인지 누가 본 사람이 없었다. 누가 보자고 한 사람도 없었고 한 번도 누가 길을 막고 따져본 적이 없었다. 그런 용기와 간을 가진 사람이 없었던 것이다. 아니 제도적으로 아니 무슨 이유가 되었든 그렇게 할 수가 없었던 것이다.

그것에 항의하여 집회를 열고 시위를 하였을 뿐이다. 국방부 앞에서도 시위를 하고 더구리 부대 앞에서도 하고 국회 앞에서도 하고 여러 경로로 수없이 많은 항의와 시위를 하였지만 아무런 반응이 없었다. 그러다 언제부터 데모의 효과인지 국회의원 도의원 군의원들의 힘이었는지 행정기관을 통해 여러 가지 보상을 해주고 있었다. 골목마다 포장도 해주고 창고도 지어주고 마을회관도 지어주고 전에 없던 선심을 쓰고 있었다. 그것을 군의회나 이장회의를 통해 수용하도록 하고 그리고 최근에는 군교육기관을 유치하는 운동을 벌여 바터제라고 할까, 군민에게 도움을 주는 일과 그 혐오시설과를 상쇄하는 여론으로 몰아가고 있었다.

물론 계란으로 바위치기 같은 헛김만 뺄 것이 아니라 차선을 택하고 실익을 취하는 것이 현명한 일인지 모른다. 많은 사람들이 그렇게 생각하고 있었다. 구호는 "독도는 우리 땅, 매화골은 우리 터전" "이 청정지역에 오염물질이 웬 말이냐" 그렇게 외치고 현수막을 걸어놓고 있지만 생각은 그렇게 어렵게 하지 않는 것 같았다. 쉽게 생각하는 사람들이 늘어갔다.

그런 시점에 그가 나타난 것이었다. 오랫동안 가라앉혀 두었던 속이 다시 뒤집히는 것이었다.

"아니 그래, 그럴 수가 있어? 그렇게도 몰라?"

몰라도 너무 모르는 것이었다. 그러나 그렇게 쏘아붙이지는 못하였다.

"도대체 그게 뭔지를 알아야 되지 않겠느냐고요. 그게 뭘 하는 건지 알고나 있어야 될 게 아니냐 이 말이요."

"뭐는 뭐겠어요 뭐."

"뭐요?"

"그래도 다들 생각들이 있겠지 뭐."

"뭐야?"

속이 터졌다. 그래도 마을 사람을 타박할 필요는 없었다. 그의 처지도 생각하여야 하였지만—감옥에서 금방 나오지 않았는가— 부딪힐 데 가서 부딪히고 맞서야 하는 것이었다. 그래 마을 사람들부터 이해를 넓히어 갔다.

우선 뭘 받아들이든지 간에 그것을 받아먹고 죽을 것인지 살 것인지 생각을 해야 하는 것이 아니냐. 그것이 정말 허용할만한 것인지 절대로 받아들일 수 없는 것인지 그것부터 따져봐야 하는 것이 아니냐. 그것이 무슨 핵무기를 해체하고 있는 것이라면 어떡할 것인가. 그는 추호도 그렇게 생각하고 싶지 않았지만 체르노빌 원자력발전사고 같은 것이 떠오르는 것이었고 그런 이야기를 하였다.

1986년 우크라이나 체르노빌 원자력발전소 방사능 누출 사고 말이다. 사고는 수증기 수소 화학 폭발, 노심爐心이 파괴되고 또 그로 인해 발생한 화재의 소화작업에 나선 종업원 소방원의 대부분이 심각한 방사선 상해를 입고 죽어갔으며 원자로 주변 30㎞ 이내에 사는 주민 92,000명은 모두 강제 이주되었다. 그 뒤에도 6년간 발전소 해체작업에 동원된 노동자 5,722명과 이 지역에서 소개된 민간인 2,510명이 사망하였고 43만 명이 암 기형아 출산 등 각종 후유증을 앓고 있다. 사고로 방출된 방사능은 기상 변화에 따라 유럽 전역으로 확산하였고 한국에도 일부 지역에서 낙진이 검출되었다. 체르노빌 참사 20주년을 맞아 원전을 찾은 AP통신 마라 벨라비 기자는 원자로 주변에서는 여전히 기준치 이상의 방사능이 측정되고 있다고 보도했고 세계보건기구 산하 국제암연구센터(CIRC)는 앞으로 60년 동안 16,000명이 사망할 수 있다고 예측했다. 그린피스는 10만 명의 추가 암 사망자가 발생할 것이라고 주장했다. 옥사나 로조바 소아 전문의는 여러 세대에 걸쳐 영향이 나타날 것이라고 말했다. 러시아 환경아카데미는 체르노빌 주민의 사망률이 평균 4% 높다고 결론지었다. 지금도 러시아 4343개 마을 주민이 암 검진을 받고 있으며 호흡기 질환과 알레르기, 면역결핍 등을 호소하고 있다. 참으로 끔찍한 사고요 사건이었다. 이건 한 나라의 재앙이 아니라 세계적인 재앙이었다. 가위 천벌이었다.

이 작은 마을 산골짜기의 사고가 전 세계의 재앙을 초래할 수도 있는 것이었다. 물론 그렇게 생각하고 싶지 않지만 그렇지 않다는 아무런 보장이 없는 것이었다. 그의 얘기는 바로 그것이었다.

"우선 그 괴물들의 정체를 알고 나서 뭘 받아먹든지 뱉든지 하자는 거지요. 급할 것이 없잖아요."

얘기가 조금씩 먹혀들어가고 있는 것 같았다.

"우선 먹기는 곶감이 달고 당장은 살기가 나아지고 편리할지 모르지만 산천이 다 망가지고 나서 돌이킬 수가 없게 되면 그것을 어디다가 호소할 수가 있겠느냐고요."

이 사람 저 사람 상대에 따라 늦추기도 하고 강도를 높이기도 하였다.

"똥인지 된장인지 죽을 구덩인지 살 구덩인지 모르고 널큼널큼 받아먹기만 해서 되겠느냐고요. 안 그래요?"

그의 얘기가 설득력을 가지기 시작하면서 다시 마의 아킬레스건을 헤집기 시작하는 것이었다. 그의 얘기가 먹혀들어가면 갈수록 거부반응이 커지는 것이었다. 네가 어떤 놈이었는데 네가 어떻게 했는데 그렇게 몰고 가는 것이었다. 그것이 억울한 것이었든 아니었든 거칠 것을 다 거친 마당에서 뭘 어쩌자는 것인지 다시 꺼진 불을 붙이기 시작하는 것이었다. 그런 것이 이제 와서는 치명적인 약점이 아닐 수도 있는지 모른다. 그것이 훈장이 될 수도 있고 그렇지는 않다 하더라도 그 대가를 충분히 보상 받을 수도 있는 것이 아니냐는 것이었다. 그의 생각이 아니고 다른 사람들의 생각이었다. 그래서 그러는 것이 아니겠는가.

그러니 다시 원점으로 돌아간 것이었다. 그의 생각은 오로지 땅의 문제였고 이 나라에서 실패한 농지개혁을 실현해보자는 것이었는데 이적행위로 낙인이 찍혔고 그것에 대한 값을 단단히 치른 것이다. 몸으로 치른 것이다. 그런데 그때 그랬던 것처럼 이번에 다시 그의 순수한 생각과 행동을 형편없이 짓밟는 것이었다. 네가 지금 어디서 오는 길이냐는 식으로 콧대를 꺾어 놓으려는 것이었다.

후조처럼 다시 선거철이 돌아온 것이다.

절종

꼭 그때의 모양이 된 것이었다. 상황은 그대로 있고 시간만 흐른 것이다.

일규가 나오면 된다는 것이었다. 그리고 절대로 그렇게 되지 못하게 될 것이라고 하였다. 하나는 이상이고 하나는 현실이었다. 둘 다 다른 사람들 얘기였다. 그의 생각과는 아무런 상관이 없었다. 그의 생각과는 전혀 다른 것이었다.

지금도 그랬다. 계속 얘기가 이상하게 벌어나가고 있었다. 한마디로 그는 이번 선거에 간여할 생각을 갖고 있지 않았다. 다만 그 말만 안 했을 뿐이다. 있다 없다 아니다 기다, 그가 누구에게 보고를 하고 신고를 해야 될 처지가 아니었던 것이고 그래서 가만히 있었던 것이다. 그가 어떤 당에 속해 있는 것도 아니고 무슨 단체에 들어 있는 것도 아니었다. 모두들 물어보지도 않고 넘겨 짚고 있었고 그런데 대하여 그가 뭐라고 아는 체를 하고 무슨 내색을 하지 않았던 것이다. 굳이 내색을 해 봐야 아니라는 것인데, 묻지도 않는 대답을 할 필요가 없었던 것이다. 그러다 보니 그의 의도와는 상관이 없는 이상한 상황이 벌어지고 있었고 결국 그와 상관이 없지 않게 되었다.

4선 5선을 하고도 욕심을 버리지 못하고 주변의 배척을 받아가면서 다시 출마를 하는 것이었다. 그동안 굵직한 감투들을 울러매고 대단히 영향력이 있는 존재가 되었지만 여전히 상대를 모함하고 밟고 일어서려고 하였다. 한 번만 더 하고 그것도 자신의 아들에게 그동안 쌓아둔 기반을 물려주겠다는 것이었다. 인맥 금맥을 휘둘러 대며. 그래서 대적을 할 사람이 없었다. 아니 일규가 나오면 된다는 것이었다. 아니 그것도 아니었다. 그가 당한 것을 설분할 수 있는 기회라는 것이었다. 억울하게 뒤집어 쓴 것을 낱낱이 폭로하며 역공을 하면 그 펄펄한 기가 꺾일 것이라고 하였다. 기를 꺾을 수 있는 사람은 그밖에 없다는 것이었다. 그가 유일한 대안이었고 그때를 맞추어 내려온 것이라고도 하였다. 그러나 또 그렇게 안 될 거라고 하였다. 절대로 다른 사람이 되도록 내버려 두지 않을 것이라고 하였다. 돈이 있어야 하는데 무슨 돈이 있느냐는 것이었다. 그래서 아무나 하는 것이 아니라고도 하고

제멋대로 찧고 까불고 볶아대었지만 아무 내색도 하지 않고 꾸린 입도 떼지 않았다. 그런데 그것으로 끝나지 않았다.

도대체 밸도 없느냐고 하였고 의식도 없느냐는 것이었다. 그러다가 옥살이를 하면서 그런 의기고 욕망이고가 다 사그라지고 마비가 되었다고도 하였다. 그것도 그를 모함하는 것인지 모르지만, 그런 구태의연한 비리 덩어리 복마전 같은 아성을 왜 그냥 보고만 있느냐는 것이었다. 가능한 일, 틀림 없는 일을 왜 팽개치겠느냐는 것이었다. 기회가 없고 재주가 없고 능력이 없어 망정이지 다 차려주는 밥상을 왜 물리치고, 굴러들어온 복을 차버리겠느냐는 것이었다.

또 그것이 된다면—금 뺏지를 달 수 있다면 말이다—그 동안의

들어가 있었던 것이 잘 못 된 일도 아니고 오히려 전화위복이라고도 하였다. 계속 맞 붙어봐야 돈만 깨졌을 거라는 것이었다.

참 별 소리를 다 하였다. 대개 감옥에 갔다 와서 한 자리씩 해 먹지 않았느냐고, 그런 것이 하나의 코스처럼 되어 있지 않느냐고 하며 얼마나 좋은 기회냐는 것이었다. 참으로 바보라고 하였다. 심지어는 어디가 꿀리는 것이 있어 그런다고 하였다. 괜히 때어들어간 것이 아니라고도 하였다.

도저히 참을 수가 없는 얘기들이었지만 역시 입을 꾹 다물었다. 그래서 또 아무래도 무슨 꼼수가 있다고 얘기들을 해 대었다.

좌우간 그가 추진하는 고폭탄 문제가 이상한 방향으로 왜곡되고 순수한 의도가 변질이 되어 일이 자꾸 어렵게 되어갔다. 말이 씨가 먹히지 않고 계속 모함이 들어가고 악재가 튀어나왔다.

그런 대로 밀어붙이는 수밖에 없었다.

고폭탄 문제를 이리 저리 입을 막는 것으로 해결하려 하였다. 마을마다 생물을 저장할 수 있는 저온 창고를 지어주고 마을회관을 지어주고 골짜기까지 길을 아스팔트로 포장을 해 주고 군교육 기관을 유치하고… 결국 그렇게 굳어지고 기정사실이 되어가고 있었다. 결사적으로 반대하며 시위를 하고 군부대 앞을 가로막고 항의를 하고 하던 마을 사람들도 이제 지치기도 했지만 시나브로 설득당하여 주저앉는 것이었다. 그가 움직여 일으켜 세우려 하였지만 그것이 갈수록 잘 안 되었다.

"길이 문제가 아니고 창고가 문제가 아니고 얼마 늘어나는 군의 세수稅收가 문제가 아니여."

"그리여?"

"목숨보다 더 중요한 게 어디 있나? 우리야 뭐 많이 살았지만 아이들 생각을 해야지."

"그렇지!"

마을 사람들은 다들 그의 말에 동의하였다. 원래도 기를 쓰고 반대한 사람들이었다.

"저들 말대로 아무 것도 아니고 아무 염려할 것이 없다면야 상관이 없지만 그렇지 않고 거기서 생명을 위협하는 유해 물질을 발산하고 있다면 어떻게 되는 거여? 그러면 어쩔 거여?"

"그러면 안 되지. 그런데 도대체 그걸 알 수가 있나?"

"얼마 전 핵 폐기장 때문에 군수가 몰매를 맞고 코뼈가 부러지고 생난리를 피웠잖은가."

"그랬지. 대단했지."

전북 부안에서였다. 위도 핵폐기물처리장 유치에 반대하는 주민들로부터 군수가 집단 폭행을 당하고 주민과 경찰 50여명이 부상을 입는 사태가 발생했다. 절—내소사—로 피해 간 군수가 흥분한 주민들에게 몰매를 맞고 머리가 깨지고 코뼈가 완전히 함몰되었다. 경찰 2천여 명이 30여 분 동안 진압작전을 편 끝에 절 바깥으로 나왔다. 주민들은 경찰관들도 폭행을 하였으며 관용 승용차의 유리창을 부순 뒤 방화를 하고, 차를 뒤집었다. 주민 20여명도 부상을 입었다.

위도 핵폐기물 처리장의 경우 떠들썩하게 세상에 다 알려진 사실이었지만 여기의 경우는 도무지 뭘 하는 곳인지 뭘 하는 것인지 한 마디 말이 없는 채 철저한 비밀에 붙여져 있었다. 말이 안 되었다. 무슨 꿍꿍이 속인지 몰랐다.

백보 천보를 양보하여 보상 문제만 해도 그랬다. 거기는 가구당 1억씩을 준다고 하였다. 그것 때문에 그 섬에 들어가 버티며 돈을 받아내려던 축도 있었지만 그런 조건임에도 불구하고 죽기 살기로 반대하였던 것이 아닌가. 그런 조건도 그렇고 어떻든 여러 가지 사정이 비교도 안 되었다.

"우리도 1억씩 준다면 또 모르지."

그 얘길 듣고 마을 사람들은 그런 얘기도 하였다.

"그렇지. 소시랑(쇠스랑)은 둘이고 입은 하나라고 하잖은가. 그러나 돈도 좋지만 도대체 뭘 하겠다는 건지 알고 돈을 받든지 주든지 하지. 안 그리여?"

"왜 안 그리여."

"안 그렇단 말이여?"

"아 그렇단 말여."

그의 말은 설득력을 가지게 되고 공감대가 확산되었다. 그러나 그것이 효력을 발생하지는 않았다. 오히려 그 반대였다. 많은 사람들 대부분의 마을 사람들이 동의를 하였지만 그것이 행동으로 움직여지지가 않았다. 주저앉은 사람들을 일으켜 세울 수는 있었지만 다른 행동으로 옮겨지지는 않았다. 반대를 하지 않으면서도 밀어붙여지지가 않았다.

그가 명예를 회복하기 위해서 하는 술책이라고 모함을 하고 있었다. 군이니 면이니 관에서도 전혀 움직여주지 않고 이빨이 들어가지 않았다. 자꾸만 이쪽을 설득하려 하고 있었다. 그를 다시 적색분자로 몰아붙이고 이적행위라고 뒤집어씌우고 있기 때문이었다. 군과 면에서 호응을 하지 않았고 이장이나 통장들이 말을 듣지 않기 시작하자 그런 이상한 분위기가 날로 확산되어갔다. 말도 안 되는 일이었지만 그것은 분명한 사실이었다.

참으로 심각한 상황이었다. 그것을 벗어나고 극복하기 위해서는 정면 돌파를 해야 하는데 그에 대한 억측과 모함들에 대하여 미주알고주알 해명을 하고 따지고 대응을 해야 했다. 가능하면 그의 입장에서 수세만 취할 것이 아니라 역공을 취하고 있는 사실대로 다 까발리고 없는 사실도 있다고 적극적인 공세를 취해야 하였다.

그것은 그 욕심 덩어리 부정의 화신과 맞서서 싸우는 것이었고 감투가 됐든 권력과 명예가 됐든 그것을 놓고 피비린내 나는 쟁탈전을 벌여야 하는 것이었다. 그러나 그것은 아니었다. 설욕을 하는 것도 좋고 명예회복을 하는 것도 좋고 지는 것보다 이기는 것이 백번 좋은데 그것은 아니었다. 원래부터 그런 생각이 없었다. 공연히 다른 사람들이 지레 짐작을 하고 흔들어댔을 뿐이었다.

지금 그가 서 있어야 할 곳은 거기가 아니었다. 시간이 없었다. 그동안 시간을 너무 많이 아니 다 허송하였다. 빨리 그가 가야 할 길로 궤도 진입을 해야 하는 것이었다. 30년을 기다린 것이 아닌가. 해가 서산에 넘어가고 있었다.

어쩌면 이런 상황을 극복하고 그것을 딛고 일어서는 것은 양수겹장을 부르는 것이며 그것이 상승작용을 해서 자의든 타의든 그동안 허비한 시간 공간을 일시에 복구하는 수단이 된다고도 볼 수 있었다. 그러나 역시 그런 곡예는 하지 않기로 했다. 그가 그런 결심을 한 데는 또 다른 사정이 있었다.

그의 정작이 떨어져 나간 것이었다. 그의 후계자라고 할까, 희망이 갑자기 사라져 버린 것이었다.

갑자기는 아니었다. 농과가 어떻겠느냐고 권하였다. 아니라고 고개를 흔들었다. 유기농학은 어떠냐고 다시 얘기해 보았다. 그게 그것이 아니냐고 하였지만 생각을 해 보겠다고 하였다. 그리고 얼마 후에 와서는 우주공학을 하겠다고 하였다. 참으로 거창하게 나왔다. 좋지. 산골의 농촌, 논바닥에 머무는 것보다 세계로 우주로 뻗어나가겠다는 원대한 꿈을 펼치겠다는 것이었다. 참으로 거창하고 가슴 벅찬 일이 아닌가. 국가 백년대계를 위해서도 얼마나 대견한 생각이냐. 그것을 그가 반대하고 발목을 잡을 이유가 없었다. 그는 야망을 가지라 대망을 품으라고 늘 강조하였고 그의 말을 벽에다 써 붙여놓고 늘 바라보았다. Boys be ambitious. 그의 말을 잘 들었다. 그래 좋지, 고개를 끄덕거리면서도 그의 마음은 동의하지 않고 있었다. 너무 먼 얘기라서가 아니었다. 그의 힘이 미치지 못하는 분야였다. 그는 그렇게 단순하다고 할까 제 털 뽑아서 제 구멍에다 꽂을 줄밖에 몰랐다. 촌뜨기였다. 그것이 표정에도 역력히 나타났다. 그의 감방으로 1년에 한 번쯤 찾아와서 시무룩하여 돌아가는 녀석에게 그는 다시 한 번 생각해 보라고 하였다. 노력해 볼께요. 그래 그래. 그러나 그 뒤 몇 년 뒤에 왔을 때도 같은 소리를 하였다. 전자 출판 쪽은 어떻겠느냐? 참으로 엉뚱한 제안이었다. 출판이요? 직접적으로 못하면 간접적으로라도 그 역할을 하도록 하자는 것이었다. 전자공학을 하고 있다고 해서 한 말이었다. 글쎄요오. 먼저보다 더 난감해 하였다. 그리고는 얼굴을 못 보았다. 연락도 없었다. 그렇게 몇 년이 지났을까, 그가 나오기 얼마 전에 연락이 왔다. 그러나 그 소식은 절망이었다. 차마 말로 할 수가 없었다.

도무지 어떻게 되었다는 것인지 알 수도 없었다. 좌우간 그 후로는 만날 수가 없었다. 다시는 만날 수가 없다는 것이었다. 처음에는 그것이 믿어지지 않고 꿈을 꾸고 있는 것 같이 생각되었다. 악몽을 꾸고 있는 것 같았다. 그러나 도무지 꿈은 깨지지가 않았고 현실의 중압감은 갈수록 무거워졌다. 아내는 다 그의 고집 때문이라고 하였다. 그가 죄인이었다. 정말 그런 것일까. 잘 못이 있다면 집념이 강한 것이었다. 집념은 우라질 무슨 놈의 집념이야. 쓸 데 없는 옹고집이지. 그는 그저 그의 생각을 얘기하였고 그것을 권하였을 뿐이다. 그 모든 것이 희망사항일 뿐이었다.

마지막으로 그를 면회 왔을 때 녀석은 MBA를 하겠다고 하였다. 결혼도 했다고 했다. 아이도 있다고 하였다. 그는 고개를 끄덕끄덕하였다. 그러나 그는 다시 말하였다.

그런 것보다도…… 아니 그러면 도대체 저보고 뭘 어떻게 하란 말이에요. 내가 할 수 있는 것을 해야 될 것이 아니냔 말이에요? 그래? 그렇잖아요.

그는 다시 한 번 강조하였다. 땅의 혁명에 대하여. 땅이 묵고 있다. 젊은이들은 농촌을 떠나고 있다. 지금 이런 제도와 관행으로는 농촌 농민은 멸망한다. 멸종을 한다. 땅을 다 합하고 모든 노동력을 합하는 두 협업 공동체를 이루면 다시 살릴 수 있다. 그것을 내가 하지 않으면 안 될 것 같다. 누구라도 이땅을 지키는 사람이 있어야 할 것이 아니냐. 아직도 그 생각을 버리지 못하고 있는 거에요? 버리다니 그것이 나의 꿈인데. 저와는 상관 없는 일이에요. 내 꿈을 네가 이뤄달라는 것이 아니다. 그것이 미래의…… 미래가 중요한 것이 아니에요. 그럼 뭐가 중요하냐. 현재가 중요하지요. 지금 다 시들고 말라 비틀어져 있는 것을 붙들고 도대체 뭘 어쩌자는 거예요? 아무러면 밥이야 못 먹겠느냐. 쌀 한 가마니에 얼마인지 아냐? 그까짓 거는 알아서 뭘 해요. 그까짓 거라니. 답답해서 숨이 막혀요. 그렇게 답답해? 말이 안 나와요. 그만 하지요.

더 말을 할 수가 없었다. 그의 말은 가령 80kg 들이 쌀 한 가마를 15만 원이라고 했을 때 그것만 가지면 1년을 먹을 양식이 되고도 남는데 그 벌이도 못 하겠느냐 하는 얘기였는데 답답하여 숨이 막히고 말도 할 수 없을 것이었다. 그때 우울증이 심하였고 어느 것이 먼저였는지 모르지만 학교도 그만두고 아르바이트를 하던 데도 안 나가고 가정이고 친구들 관계고 유지를 하지 못하였던 것이다. 그러던 어느 날 검은 쪽지를 보내왔던 것이다. 도무지 어떻게 된 일인지 알 수가 없었다. 악몽은 깨어지지가 않았다.

땅을 칠 수도 없고 허공에 삿대질을 할 수도 없고 멀건히 그냥 있을 수밖에 다른 도리가 없었다. 아니라고 하면 그 뿐이고 싫다 못 하겠다고 하면 그만이지 이렇게 가슴을 찢어놓을 것까지야 뭐가 있는가. 그 뿐이 아니고 온 가슴의 오장육부를 온통 갈기갈기 찢어놓았던 것이다. 그가 원흉이 되어버렸다. 아니 그들을 볼 면목이 없었다. 그것이 사실이든 아니든 엄연한 현실 앞에 무릎을 꿇어야 했다. 고통스러웠다. 아무리 참으려 해도 참을 수가 없었다. 단말마의 통증이 가셔지지가 않았고 점점 심해졌다.

절망이었다. 절종絶種이었다. 희망이 사라진 것이었다. 희망이 있을 때는 사실 감방 속에서도 힘들고 괴롭지 않았다. 거기는 학습의 장소였고 준비의 공간이었다. 노역을 할 때나 밥을 먹을 때나 쉴 때나 잠들기 전까지 꿈속에서도 늘 그의 주장을 실천하기 위한 계획을 세우고 있었다. 형을 사는 것은 그동안 묶여 있던 사항들 규제들을 뛰어넘는 것이라고 생각했다. 그러나 기다리고 기다린 출옥이 그에게는 반갑지가 않았다.

그는 나오는 대로 이리로 바로 온 것이었다. 그런 얘기를 다른 누구에게도 하지 않았지만 그의 사정을 잘 모르는 곳으로 와서 한 시라도 빨리 멈춰 선 녹슨 그의 바퀴를 다시 돌려야 했다. 그것이 고통을 잊는 길이고 이 상황을 극복하는 길이었다.

해가 바뀌었다. 해가 바뀌면서 새 세기가 시작되었다. 21세기가 되었다. 절종, 절망의 끝에서 돌아온 시간이었다.

이제 다시 시작하는 것이다. 모든 것이 굳어져 멈춰 서기 전에 한 발씩이라도 떼어 놓아야 한다. 무엇이 됐든 헛바퀴라도 굴려야 한다. 며칠 째 두문불출하며 다짐을 하였다. 끼니도 거르고 술만 마셨다. 어느 때가 되었는지. 두 잔에 술을 가득 따랐다. 양 손에 잔을 들었다. 한 잔은 재두 것이었다. 잔을 서로 부딪었다. 대작을 하고 있는 것이었다. 그래, 그래. 사정은 잘 모르지만 무슨 사정이 있었겠지. 그런 네 맘은 얼마나 괴로웠겠느냐. 죄송해요, 미안하다. 이제 그런 거 따지지 말자. 술이나 마시자. 나는 너를 마시고 너는 나를 마시고. 또 한 잔을 따랐다. 나는 너를 밟고 간다. 너를 의존하는 것이 아니고 혼자 가는 것이다. 그래, 그래. 술이 거나하였다.

무슨 소리가 나는 것 같았다. 문 두드리는 소리 같고 누구를 찾고 있는 것 같았다.

"계세요?"

"안 계세요?"

문 밖에서 소리가 들리는 것 같았다. 그러고 보니 아까부터였던 것 같다.

매원 결의

문을 두드리고 있었다. 그리고 소리가 다시 들렸다.

"계세요?"

"선생님!"

누가 온 것이다. 그를 찾아온 것이다.

한 무리의 젊은이들이 밖에 서 있었다. 반가운 동지들이었다.

"아아니!"

놀라서 벌어진 입이 다물어지지 않았다.

너무도 반가운 얼굴들이었다. 구세주와 같았다.

"어쩐 일들이랴? 정말!"

"세배 드리러 왔습니다."

"아니 뭐여? 지금이 어느 땐데?"

"그러고 서 계시기만 할 거예요?"

여성 동지들이 따지었다. 내외들이 온 것이었다.

"원 사람들도 참!"

그는 아직도 엉거주춤하고 있었다. 그러나 방문객들은 그냥 서 있지 않고 안으로 밀고 들어오는 것이었다.

다섯 커플이 온 것이다. 캠퍼스 커플들이었다. 제자들이었다. 제자들이라기보다 뜻을 같이 하는 동지들이었다. 농촌 농업 공동체라고 할까. 그에게 강의를 듣던 학생들이, 그것이 정말 가능한 일이냐 소설을 쓰는 것이 아니냐 너무 이상적인 얘기가 아니냐고 질문을 해 대다가 밤을 새워 얘기를 하고 술을 마시고 같이 농촌 봉사 활동을 하고 등산을 하고 그들끼리 결혼을 하고 주례를 서고 하던 처지들이었다. 농촌 출신도 있고 서울 토박이도 있었다. 농촌을 개혁하자고 의기투합이 되어 막걸리를 몇 섬을 마시며 열을 올리던 청년들, 이제 그들도 머리가 희끗희끗하였다.

들어서자마자 말대로 모두들 절을 넙죽 하였다. 그리고 복 많이 받고 건강하고 그동안 미뤄 두었던 계획을 빨리 실현하라고 하였다. 덕담에다가 당부까지 하는 것이었다. 위로인지도 몰랐다. 이루지 못한 꿈을 속히 이루라는 것이었다. 도무지 어색한 순간이었다.

"아니 정말 지금 무슨……."

세배냐고 다시 말하려 하자 규호가 말을 막는 것이었다.

"처갓집 세배는 앵두 따가지고 간다고 하지 않아요."

"그럼요."

규호의 부인인 현희가 얼른 말을 받는 것이었다. 그를 주례로 세우고 결혼을 하겠다고 하여 여태 식을 올리지 않고 있는 처지들이다. 이들은 그의 출옥을 기다리다 기다리다 결국 면회실에 와서 약혼의 예를 올리고 살고 있는 커플이다.

"여기가 뭐 처갓집이여?"

"그러니까 이렇게 일찍 왔지요."

"매화 필 때 왔으니 말이에요."

다른 사람들도 말하였다.

그가 말을 할 수가 없었다.

뭘 많이들 사들고 왔다. 술도 가지고 왔다. 다른 술―양주니 맥주니 소주니―도 있었지만 막걸리도 있었다. 그와 늘 막걸리를 퍼마셨었다. 농주라고 하면서. 그것이 마치 농촌 농업 그 자체인 것처럼.

잔뜩 늘어놓은 채로 금방 술자리가 마련되었다. 그야 뭐 아무 준비도 없었지만 금방 술자리가 되었다. 사온 것들을 그냥 헐어서 놓은 것이다. 여자들은 부엌에서 무엇을 씻고 불에 올려놓고 묻지도 않고 지글지글 냄새를 피우고 있었다.

도대체 어떻게 된 건지 몰랐다. 어떻게 이 먼 거리를 한꺼번에 몰려온 것인지, 고맙기도 하고 미안하기도 하였다. 그러나 그럴 생각을 할 사이도 없이 술판이 어우러졌다. 점심 때가 좀 지난 시간이었다. 일찍들 출발을 한 모양이었다. 그는 아침도 안 먹고 혼자 술을 마시고 있었다. 어제 저녁은 먹었는지 기억에 없다. 그러나 기운이 펄펄 나는 것이었다.

"아니 어째 바람이 이리로 불었나 그래. 어떻게들 연락이 돼서 온 거여?"

"나오셨다는 말을 듣고 바로 올려고 하였는데 사정들이 있어서 이제야 왔습니다."

"죄송합니다."

"용서하십시오."

"여자들 때문이에요."

돌아가면서 한 마디씩 하였다. 정말로 송구스런 표정과 몸짓을 하면서.

"아니 왜들 이러나. 무슨 벼슬이라도 하였다고"

그는 난색을 지으며 말하였다.

"아니지요. 그걸 무슨 벼슬에다 댑니까?"

"그렇지요."

"그럼요!"

"정말 면목이 없네."

너무나 가까운 처지들이지만 정말 부끄럽고 입장이 난처하였다. 얼굴까지 붉어졌다.

"선생님 정말 왜 그러십니까?"

"그동안 변하셨습니까?"

동지들은 그의 겸양을 받아들이지 않고 정색을 하고 따지었다. 그리고 정말 그의 그 긴 고투에 대한 의미를 극찬을 하는 것이었다.

그것이 처음은 아니고 돌아가면서 면회를 올 때마다 하던 얘기들이긴 했다. 그때는 그것이 위로도 되고 들을 만했었는데 지금은 그렇지가 않았다. 불편하기 짝이 없었다.

그렇긴 하지만 그것을 가지고 자꾸 시간을 끄는 것이 인사가 아니었다.

"뭐가 됐든 고맙네."

그가 잔을 들며 말하였다.

모두들 잔을 들고 그의 잔에 부딪쳤다. 그러며 소리를 질렀다.

"우리는!"

"농촌으로!"

대들보가 덜썩 하였다.

여자들이 또 한 번 그와 잔을 부딪치며 유리 깨지는 소리로 같은 구호를 외쳤다.

늘 그렇게 소리를 질러대며 술도 마시고 의기를 투합했었다. 그것이 그들의 구호일 뿐 아니라 실천 목표였다. 물론 1차적인 목표였다. 농촌으로 갈 뿐 아니라 농촌을 살리자는 것이고 일으키자는 것이고 개혁하자는 것이었다.

일규는 시간 강사 때부터 그런 강연을 하였다. 대학 내에서도 많이 하였지만 전국을 순회하며 강연을 하였다. 청중이 많이 모였을 때는 수만 명이 되었다. 열렬한 환영을 받고 박수갈채를 받기도 했다.

농촌으로 돌아가자. 농촌을 살리자. 농촌이 죽어가고 있다. 농촌에 젊은이들은 다 나가고 노인들만 서성거리고 있다. 그들이 떠나면 농촌은 없다. 농촌은 병들고 시들어가고 있다. 죽어가고 있다. 농고를 나와서 전부 대학을 가고 농대를 나와서 농촌으로 들어가지 않고 도시에만 머물면 농촌은 어떻게 되는 것인가. 10년이 안 가서 농민의 수는 반으로 줄 것이요, 다시 10년이 안 가서 반의 반으로 줄 것이다. 그러면 식량 생산을 누가 하는가. 수입을 할 것인가.

박수를 쳤다. 옳다고 하였다. 그의 주장보다 수치가 앞질렀다. 50%가 넘던 농민은 8% 이하가 되었다. 그러나 그의 말을 믿고 그의 의견을 따르는 사람들은 없었다. 많지 않았다.

여름 방학을 이용하여 농촌 계몽활동 봉사활동 농활이라는 이름으로 농촌으로 들어가는 대학생들에게 그는 또 역설하였다.

농민들을 가르치려고 하지 말라. 가서 배우라. 그 겸허함과 근검 절약, 허리가 굽도록 땀 흘리며 일만 하다 죽는—이무영은 그런 농민을 흙의 노예라고 하였다—그 인고와 비극을 배우고 와라. 아무 말도 하지 말고 가서 보고만 와라.

농촌 계몽운동이 아니고 도시 계몽운동이었다.

그 운동을 시작한 것이었다. 범국민 범민족운동처럼. 동지들이 모였다. 그 호응이 전국적으로 확산되었다. 그 파장이 절정에 달

할 때 그의 날개를 부러뜨렸고 그 수없이 많은 동지들은 연락이 끊어졌던 것이다.

오늘 몰려온 친구들은 최초의 동지들이었다. 어쩌면 최후의 동지들인지 몰랐다. 이들은 물론 인기 몰이 강연이나 듣고 그를 추종하는 것이 아니고 그의 강의를 듣고 강연장마다 따라와 토론을 하고 논쟁을 벌이고 맞서기도 하고 싸우기도 하고, 그러다가 농촌 협업 공동체를 만들자고 결의를 하고 여러 번 깨졌다가 다시 모이고 하였다. 지금은 물론 20년 30년째 선장이 없이 배만 띄워놓고 있는지 모른다. 배도 없이 물만 있는지도 몰랐다. 물도 다 말랐는지 모른다.

규호가 그 핵심 멤버였다. 캡틴이라고 그가 별명을 붙였었다. 그 내외가 그랬다. 다른 사람은 몰라도 이들은 상앗대라도 하나 쥐고 있을 위인들이었다. 그동안도 계속 그에게 공동체 얘기를 했었던 것이다. 방법을 가리켜 달라고 했고 어떻게 하라고 지시를 해 달라고 하였다. 무엇이 되었든 말만 하라는 것이었다. 물로든 불로든 가겠다고 하였다. 그러나 그는 아무 지시를 할 수가 없었다. 아무 말을 할 수가 없었다. 방법을 몰라서가 아니었다. 방법이 없어서가 아니었다. 때를 기다린 것이었다. 때가 너무 늦은 것은 아닌지 모르겠다.

규호는 아까부터 일규를 바라보고 있다가 술잔을 건네고 술을 따른다.

"선생님께 한 잔 올리겠습니다."

"그래요. 사업은 잘 되지?"

규호는 인쇄업을 하고 있었다. 대규모는 아니었다.

"잘 안 됩니다. 요즘 되는 게 아무 것도 없습니다."

"밥만 먹으면 되지 뭐. 아이는 많이 컸겠네."

"애는 잘 큽니다."

이번엔 현희가 대답했다.

"이제 때가 된 것 같습니다. 그동안 용케도 잘 넘기셨습니다."

"그런가? 정말 그런가 잘 모르겠네."

그는 너무도 마음에 드는 제자의 말을 그대로 시인하기가 주저되었다. 첫마디부터 정곡을 찌르고 있었던 것이다.

"어떻게 하라고 지시만 하세요. 지금 그 말씀을 들으려고 이렇게 다 같이 왔습니다. 다른 말씀은 하지 마세요."

규호의 어조는 대단히 정중하고 결연하였다. 여러 사람들의 의견을 대변하는 것이기도 했다. 다른 사람들도 숙연한 자세를 취하고 있었다. 지글거리는 소리도 내지 않았다.

일규는 그들에게 압도되고 있었다. 그들에게 끌려가는 것 같았다. 아니 그 분위기를 깨고 싶지 않았다. 공연히 헛소리를 늘어놓고 있어서는 안 될 것 같았다. 그것은 이 사랑하는 제자들에 대한 도리가 아닌 것 같았다. 그도 그들의 분위기에 말려들다가 껄껄껄 웃어젖히며 말하였다.

"아 뭐가 그리 급해? 우선 술부터 좀 들자고."

그의 이런 분위기 반전을 모두들 쾌히 받아들였다.

"좋습니다."

"옳습니다."

그래서 다시 술판으로 이어졌다. 서로 그에게 술을 따르고 한 마디씩 하였다. 고생 고초가 많았다기도 하고 그동안 찾아뵙지 못하여 죄송하다기도 하고 선생님의 뜻을 계승하지 못하여 죄스럽다기도 하고 이제 다시 시작해 보자기도 하였다. 그가 훨씬 젊어졌다고도 하고 생각보다 젊어 보인다고도 하였다. 그 말이 제일 마음에 들었다. 일규는 일일이 다 반배를 하였다. 자신은 들만큼 받고 상대방에게는 잔을 가득 채워 주었다. 전에도 그랬었다. 여러 제자들과 일당 백으로 대작하는 방법이었다. 이 날은 특히 많이 마신 것이다. 연일 독작을 한 것이다. 재두와 대작을 한 것이다.

"선생님은 참 여전하십니다."

"맞아요."

여자들이 웃으며 말하였다. 모두들 따라 웃었다.

"뭐가?"

다시 웃었다.

"그럼 내가 뭐 잔뜩 변해 가지고 있었으면 좋겠어?"

"아닙니다."

"맞습니다."

모두들 이구동성으로 말하였다.

서로 잔을 주고받았다. 일규에게 인사로 한 잔씩 권하다가 자기들끼리 어울렸다. 그들도 웃어대며 술도 마시고 음료수도 마시고 목소리가 높아졌다. 그들끼리도 오랜만에 만난 것이다. 이렇게 한꺼번에 만난 지는 얼마만인지 몰랐다. 한 형제와 같이 한 가족처럼 지나기로 피가름을 하였었지만 그의 투옥으로 자주 만나지를 못하였던 것이다.

네 것 내 것이 없었다. 술값이나 밥값을 낼 때도 같이 내었고 있는 대로 되는 대로 내었다. 서로 많이 내려고 하였다. 그런 것뿐이 아니었다. 학비를 대어주기도 하고 결혼 자금을 대어주기도 하고 부모들의 장례비를 대기도 하고 복을 같이 입기도 하고 주기만 하는 것이 아니라 많이 받기도 하였다. 집이 넘어갈 때 모두 같이 은행에 담보를 제공하여 건져주기도 하였다. 그런 것은 일규가 없을 때도 지속이 되었다. 소송 비용을 대기도 하고 대신 유치

장엘 가주기도 하고 아이가 물에 빠져 죽었을 때 며칠을 같이 지내며 끌어안고 울고 같은 집에 살기도 하였다. 그러나 일규의 갇힌 몸을 빼어낼 수는 없었다. 그가 그것을 허락하지도 않았다. 항소를 하는 것이고 그 비용을 대는 것이고 줄을 대어주는 것인데 일규는 그것을 사양하고 거절하였다. 돈을 거절하고 도움을 거부한 것이 아니고 거짓말을 하지 않은 것이었다.

나는 그렇게 배우지 않았다. 나는 그렇게 가르치지 않았다. 내가 그렇게 가르쳤나? 그렇게 구걸을 하며 거짓을 말하고 빠져나오고 싶지 않다.

그러며 변론을 스스로 다 뒤집어 놓았다. 변호사와 판사가 그를 물끄러미 바라보며 원심을 파기하였다.

자기 형이 검사이며 오빠가 변호사 집안인 명환 윤애 부부가 일규에게 대어들었다.

선생님 바보입니까. 나는 바보일세. 진실을 짓밟을 수가 없네. 세상이 그렇지가 않습니다. 그런 세상에 살고 싶지 않네. 진실한 세상을 만들고 싶네. 전 관두겠습니다. 세상이 바뀌면 만나세. 싫습니다. 나도 싫네.

그가 먼저 돌아섰다. 그리고 들어가 편지를 썼다. 자네들의 얼굴이 떠올라 잠을 한 심도 자지 못했네. 그것 가지고는 안 되겠나. 참는 데까지 참아 보세. 아무리 해도 거짓이 몸에 배지를 않네. 10년만 기다려 주게. 서서히 체질을 바꿔 보겠네.

답장이 오지 않았다. 나중에 들으니 이들 부부는 이혼을 했다고 했다. 아이는 둘이 하나씩 키우고 있다고 했다. 물론 일규 때문은 아니고 처음부터 티격태격하던 그들끼리의 의견 차이 때문이었다. 그 이유는 듣지 않았다. 폭력이 있었고 여자는 10미터 이내로 접근해서는 안 된다는 판결을 받아내었다. 세상이 그런 것이냐고 그

는 묻는 대신에 모르는 척 침묵을 하였다. 좌우간 그들도 여기에
다 왔다.

　이날 갑자기 그런 모든 것이 복구되기라도 한 것 같았다. 정말
한 집안 가족 같았다. 여자들이 서로 부엌일을 하려고 하였고 여
자들의 일을 남자들이 들락날락하며 도와주었다. 서로 감싸주었
다. 남의 부인을 끌어안고 얘기를 하기도 하였다. 웃어대기도 하
고 무슨 사연인지 눈물을 뽑기도 하였다.

　일규는 명환에게 다시 잔을 내밀었다. 막걸리를 가득 따랐다.

　"미안하네. 너무 오래 기다리게 해서."

　"아닙니다."

　명환은 얼른 반배를 한다.

　"선생님 말씀이 옳았습니다."

　이번에는 일규도 잔에 가득 술을 받았다.

　"그런 것이 아니고 세상이 바뀌었네."

　일규는 잔을 들고 눈을 감았다. 간에 기별을 하는 것에서 지나
취기가 꽤 올랐다. 그가 고개를 끄덕거리며 눈을 다시 뜨자 영숙
이 자기가 마시던 잔에 발린 루즈를 물로 씻어 가지고 와서 술을
따른다. 준기의 아내이다. 그녀는 조금 전에 눈물을 보이고 있었
다. 왜 그랬느냐고 묻는 대신에 그녀의 잔도 사양 않고 다 따르게
했다.

　"세상이 좋아진 것입니까?"

　영숙은 혀가 꼬부라져 있었다.

　"왜 안 그런 것 같은가?"

　모두들 웃었다. 다른 사람들은 그녀의 사정을 알고 있는 것 같
았다.

　"다른 것이 아니고, 세기가 바뀌지 않았나? 이제 우리 스스로

달라져야지."

모두들 이번에는 고개를 끄덕였다. 옳다는 것이었다. 맞다는 것이었다. 새 시대가 열리었다. 21세기가 되었다.

그때를 기다렸다는 듯이 규호가 자리에서 일어선다. 무슨 선언이라도 할 자세이다.

"자, 제가 한 말씀 드리겠습니다. 조용히 해 주세요."

모두들 말을 그치고 잔을 내려놓았다.

"정말 우리가 기다리던 때가 왔습니다. 그동안 사실 중단 상태에 있었다고 할 수 있는데 다시 시작을 해야겠습니다. 우리끼리 얘기를 여러 번 했습니다만 선생님을 모시고 결론을 내려야 되겠습니다. 거두절미하고 새로 가동을 해야 되겠습니다."

공동체 얘기였다. 농업 협업 공동체. 그 주축인 일규가 없는 상태에서 움직이지가 않았던 것이다. 앞에서 얘기한 대로 배만 띄워 놓고 있었던 것이다. 그런데 이제 그가 나온 것이다. 그는 일각이 여삼추로 이날을 고대하였던 것이다. 그 긴 세월 동안 하루도 공동체 생각을 안 해 본 적이 없었다. 거기 있는 동안 매일 도상훈련을 했다. 훈련 때마다 결론은 된다는 것이었다. 가능하다는 것이었다. 이론으로 그림으로만이라고 할지 모르지만 한 번 두 번이 아니고 열 번 스무 번이 아니고 백 번 이백 번도 아니고 십년 이십년 삼십년을 반대 의견과 이론으로 부정적으로 비판을 했지만 하면 된다는 것이었다. 그것을 지금 하자는 것이다. 새로 시작하자는 것이었다.

가만히 듣고만 있으면 그렇게 시작이 될 것이었다. 회의라고 할까 얘기를 주도하고 있는 규호가 마치 의사봉을 땅땅 치듯이 박수를 짝짝 치면 말이다. 그 결정적인 순간에 그가 나서서 말하였다.

"가만 있어봐. 뭘 어쩌자는 거여?"

"뭘 어쩌는 것이 아닙니다."

"자, 가만 있어 봐. 왜 이렇게 서둘러."

"선생님은 가만히 계세요."

현희도 가세를 하였다. 그러자 모두들 선생님은 가만히 계시라고 하였다.

"먼저 할 일이 있네."

일규는 이번에는 일어서며 말하였다.

그러자 모두들 얘기를 거두고 일규를 바라보았다.

"자네 일어서."

일규는 돌아앉아 있는 윤애를 보고 말하였다.

윤애는 전혀 예상치 못한 일이어서 얼굴이 빨갛게 되어 그를 올려다 보는 것이었다.

"어서."

그는 보다 큰 소리로 말하였다.

윤애는 영문을 모르고 일어서는 것이었다. 죄인처럼 고개를 푹 숙이고 영문을 모르기는 다른 사람도 마찬가지였다.

"자네 말이야. 도대체 뭐야?"

무엇을 말하는 것인지 큰 소리를 질러대었다.

"뭘 말씀이신가요?"

윤애는 정말 무슨 말인지 몰라 일규를 다시 바라보는 것이었다. 다른 사람도 모두 일규를 바라보다가 고개를 숙이는 것이었다. 무슨 얘기인지 알 것도 같았던 것이다.

"뭐는 뭐여. 당장 합쳐."

그런 얘기였다. 그 얘길 하려고 회의를 중단시킨 것이다. 이의들이 있을 수가 없었다. 누구 하나 소리를 내는 사람이 없었다.

"알았어?"

다시 다그쳤다.

윤애는 얼른 대답을 하지 않았다. 그렇게 쉽게 대답할 수 있는 얘기는 아니었다. 어려운 문제였다. 어느 영이라고 안 된다고 대답할 수도 없었는지 모른다.

그런데 윤애는 정말 또 알 수 없는 말을 하는 것이었다.

"제가 아니에요."

"뭐야?"

그것이 무슨 소리인지는 또 다들 알 수 있었다. 참으로 의외의 말이기는 하지만 그 정도의 말귀를 못 알아듣는 사람은 없었다.

일규는 이번에는 명환을 일으켜 세웠다. 그리고 호통을 쳤다.

"당장 합쳐."

명환이는 고개를 푹 숙이고 있다가 힘없이 대답하였다.

"예."

"아니 무슨 대답이 그리 쉬운가?"

모두들 같이 웃었다. 그리고 박수를 쳤다. 그리고 두 사람을 옆으로 붙여 앉히려 하였다. 한참 시간을 끌다가 두 사람이 옆으로 앉았다. 그때 일규가 다시 말했다.

"아이들도 합치고."

그 말에 대한 대답은 들으나 마나였다. 속마음은 알 수 없지만 그렇게 넘어가는 것 같았다.

그런 공동체였다. 그들에게 일규는 부모보다도 무서웠다. 그만큼 혈맹관계가 이루어져 있었다.

규호가 다시 일어났다. 회의가 다시 시작되었다.

다른 문제는 없었다. 시작만 하면 되었다. 그 결의를 하는 것이었다. 새 세기와 함께 21세기의 농업 농촌을 열자는 것이었다.

2000년 봄이었다.

술들이 취하여 밖으로 나왔다. 마당에 매화꽃이 활짝 피어 있었다. 동지들이 몰려와서 갑자기 개화를 한 것 같다. 어깨동무를 하고 소리를 질러대었다.

"우리는······."

"우리는······."

이미 여러 차에 걸친 타진이 된 것이다. 몇 년 동안 실은 몇 십 년 동안 연구 실험을 한 것이었다. 가장 큰 실험은 일규의 투옥이었다. 참으로 어리석었다고도 할 수 있지만 너무나 순진했고 너무나 세상 물정을 몰랐던 것이다. 동지들도 불만을 표시한 대로 바보 같은 대응이었다. 그러나 이제 되돌릴 수는 없고 그 자체가 소중한 실험으로 생각할 수밖에 없었다.

이제 그가 나왔고 고향 농촌으로 돌아왔다. 잘은 모르지만 앞으로 다시 그의 날개를 부러뜨리고 끌어 넣을 일도 없을 것이고 이 고향에서 그를 몰아낼 수도 없을 것이었다. 그 말도 안 되는 술수에 다시 말려들지는 않을 것이었다. 그것을 물리칠 용기와 뚝심을 그렇게 오랫동안 배운 것이었다. 참으로 바보같이 수업료를 너무 많이 내었다. 돌다리를 두드리며 건넌 것이다.

일규는 명환을 다시 불러 앉혔다.

"자네 말이 옳았네."

"아닙니다. 그렇지 않습니다."

"그러나 어쨌든 10년이 다 가버렸네. 늦은 대로 힘을 합하여 시작해 보세."

"알겠습니다."

술을 거두고 커피를 들며 얘기를 바꾸었다. 구체적인 논의로 들어갔다. 자금을 모으기로 했다. 현금이 없으면 담보를 대기로 했다. 영농법인을 만드는 것이었다. 한 동지가 자금을 대겠다고 하였다. 남훈이는 전부터 자금을 대겠다고 말을 하였었는데 부모의 유산인 불모지가 최근 개발되어 예상 외의 재산을 갖게 되었다. 그 일부를 내놓겠다고 하였다. 누구의 재산이든 그것이 많든 적든 그 규모에 비례하여 정산이 된다는 것은 이 공동체의 기본 취지이고 물론 남훈의 의사도 그것이 전제된 것이다.

규호는 노트를 꺼내어 기록을 하고 그것을 들여다보며 기억을 되살리기도 했다. 규호는 결혼식 혼례 비용을 다 내놓겠다고 하였다. 그리고 식은 여기 와서 찬물을 한 그릇 떠놓고 올리겠다고 하였다. 그러자 현희는 그래도 면사포는 있어야지 하는 것이었다. 모두들 웃었다. 그러며 면사포 값을 거두어 주겠다고 하였다.

결혼식 비용을 쓰지 않고 그 돈을 울릉도 이일선 목사(의사)에게 갖다 주며 가난한 사람 치료비에 쓰라고 한 교직의 친구가 있었다. 그것이 그들의 신혼여행이었다. 언젠가 그런 이야기를 하였던 것 같다.

이야기 도중 한 동지가 이상한 질문을 하였다.

"선생님은 땅이 있습니까."

농토 얘기였다. 경수였다. 그 옆에서 아내인 인자가 꼬집었다.

그가 웃기만 하자 경수가 다시 물었다.

"전혀 없습니까?"

"왜 없어. 전에 붙이던 너 마지기가 있지."

그러나 그것은 남의 손으로 넘어간 지가 오래 되었다. 학교 앞 도로 가에 있는 논 속에 밭이 조금 있는 일등호답이었다. 다른 전답도 있었지만 늘 거기를 지날 때마다 도로 찾아야 되겠다고 생각하였다. 그러나 계속 그런 형편이 되지 않았던 것이다. 그의 마지막 땅이었다. 언젠가는 그것을 되찾으리라.

"허허허허……."

그는 자기도 모르게 서글픈 웃음을 지었다. 무척 부끄러웠던 것이다. 그러며 늘 하던 얘기를 다시 하였다.

"그런데 땅이 필요 없네. 네 땅 내 땅의 차이가 없는 거여. 다 합치는 거여."

그것이 협업 공동체의 기초였다. 모든 논과 밭을 다 합쳐서 온 들판이 하나의 농토가 되는 것이다. 소유는 다르지만 경작은 하나의 시스템에 의해서 추진하는 것이다. 넓은 땅을 가진 사람에게 많이 분배하고 많이 일한 사람에게 많이 분배하는 것이다.

토지의 개혁이었다. 순리였다.

*주—이 이야기의 시작 시간은 2000년임

이상향

땅을 합치는 것이었다. 힘을 합치는 것이었다. 하나의 들판을
이루는 것이었다. 개혁이 아니라 원래대로 돌리는 것이었다.

그가 처음 말하는 것이 아니고 처음부터 만날 때부터 하고 있
는 말이었고 그들도 너무나 잘 알고 있는 사실이었다. 계속 말만
하여 오던 것을 이제 실행에 옮기려 하는 것이었다.

이제 시작하려 하는 것이었다. 시작만 하면 되는 것이었다. 아
니 이미 시작된 것이었다.

일규가 다시 말하였다.

"땅을 다 합치는 마당에 내 땅 네 땅이 없는 거지. 다 하나가
되는 거여."

"그렇게 되면야 이상향이 되는 거지요."

"되면야가 뭐여? 돼야지. 되는 거여."

"알겠습니다."

토를 달았던 남훈이 얼굴이 빨갛게 되어 고개를 끄덕였다. 같은
생각이었던지 모두들 같이 고개를 끄덕이는 것이었다.

"아아니 아직들 실감이 안 나는 거여? 아직도 반신반의하는 거

여?"

"아아닙니다."

"아아니에요."

모두들 손을 저으며 아니라고 하였다.

그리고 모두들 스크람을 짜고 '우리는! 농촌으로!' '우리는! 농촌으로!' 목청을 높여 몇 번씩 선창을 하고 복창을 하였다. 그리고 모두 웃었다.

그렇게 시작을 하였다. 반은 억지였다. 그러나 다지고 다진 출발이었다. 더 생각할 것은 없었다. 계획이나 계산에는 문제가 없었다. 추진력이 있으면 되는 것이었다.

처음 그가 시도하려 할 때보다 조건은 더 좋아졌다. 건강이라든지 정열이라든지 인적 자원 같은 것이 그때에 비해 여러 가지가 다 불리하게 되어 있었지만 의욕은 열 배 더 하였다. 절박함이었다. 더 밀릴 수도 없고 더 늦출 수도 없었다. 계획대로 추진하고 성취시키는 일 밖에 없었다. 밀어붙이는 수밖에 없는 것이었다. 그 외에 다른 아무 방법이 없었던 것이다. 벼랑 끝이었다.

안 될 것이 없었다. 모든 농토를 다 합치고 모든 노동력을 다 합친다. 그리고 모든 기계 장비를 다 집합시킨다. 그것을 추진하기 위한 계획을 다 세워 놓았다. 몇 번이고 도상 실습을 한 것이었다. 그것을 적용시키면 되는 것이었다. 면 내의 소유 면적 경작 상태 등을 나오기 전에 어느 정도 조사가 되어 있었던 것이다. 옛날 자료도 그대로 갖고 있었다. 옛날 그러니까 그가 들어가기 전에 접근하고 추진한 것도 있었다. 많이 변하긴 하였지만 그것을 계속하는 것이었다. 그때에 비하여 현격하게 달라진 것이 인력이었다. 일꾼을 구할 수가 없었고 특히 젊은이들이 없었고 인건비가 비쌌다. 노인들만 서성거리는 농촌이었다. 그래서 묵는 땅도 많고 버려진 땅도 많았다. 남에게 대리 경작을 시키는 경우도 많았다. 벼와 보리 농사를 짓지 않고 다른 수익 작물을 재배하였다. 주로 포도가 많았다. 그런 사정은 이 사업을 추진하는데 유리하기도 하였다. 인력이 달리고 인건비가 비싸므로 농사를 같이 짓는 협업 공동체가 그때보다 오히려 설득력을 가지게 되었다.

좌우간 하나도 밑갈 것이 없었다. 밑져봐야 본전이었다. 모든 땅과 인력 장비를 다 합치고 그것에 비례하여 나누는 것이었다. 누가 더 가지는 것도 없고 덜 가지는 것도 없었다. 많은 땅을 내놓은 사람에겐 많이 배당되고 많이 일한 사람에겐 많이 배당된다. 장비를 내놓은 사람에겐 그에 해당하는 몫을 배당한다. 모든 것을 다 시의 적절하게 계획을 세워서 같이 갈고 심고 거두고 또 공동 출하를 하고 정산을 한다.

물론 모든 농가에게 협업 공동체에 동참하도록 적극 권하지만 억지로 하라는 것은 아니었다. 지금 당장이 아니고 보아가면서 하여도 좋고 또 해보다가 마음에 안 들면 언제라도 해약이라고 할까 그만 둘 수 있도록 하였다. 그리고 언제라도 다시 가입하면 되는 것이었다. 그러므로 마다 할 이유가 아무 것도 없었다. 손해 갈 것도 없었고 불편할 것도 없었다. 편리하고 무엇을 떼일 것도 없었다.

이 마을 상리에서부터 점차 확대하여 나가면 되었다. 우선 그들부터 시작하는 것이었다. 그들이 물론 다 이리로 이사를 와야 하는 것이고 아무래도 여기 일규의 집이 본부가 되어야 했다. 그리고 그의 집안 친척 동창 친지 지기 들을 먼저 동참하도록 하고 마을의 이장도 동참하도록 하는 것이었다. 상리, 중리, 하리 이장이 셋인데 앞집에 사는 상리 이장과는 이미 약속이 되었다.

"밥은 미기 줄 티라요?"

젊은 이장 김태진은 정색을 하며 그렇게 따지는 것이었다. 밥만 먹여주면 하겠다는 얘기도 되었다.

"밥만 먹고 살아요?"

그가 웃으면서 되묻자 김태진도 웃으면서 말하는 것이었다.

"식구가 많아서 밥 굶을까가 걱정이라요."

여태까지 하던 농사의 형태를 바꾼다는 것이 역시 불안하다는 얘기였다.

농민들의 입장에서 불안한 것은 당연한 일이었다. 개혁이란 섬찟한 것이었다.

"결단코 얘기하지만 지금보다 나으면 나았지 못하지는 않을 것입니다."

"그러면사 좋지요."

이번에는 웃지는 않았다. 불안한 기색이었다.

김태진은 포도와 복숭아를 재배하는데 계분에다 이것저것 섞어서 하는 거름을 주어 수확도 많이 올렸지만 제일 달고 때깔이 좋은 명품을 생산하고 있었다. 같이 과수 재배를 하는 사람들도 정말 감탄을 하는 맛이었고 제일 먼저 동이 났다. 비법을 가르쳐 준다고 하였지만 도저히 그 맛을 내지 못하였다.

"그 노하우도 털어놓으실 거지요?"

그가 다시 웃으면서 물었다.

"예?"

"하하하하…… 잘 되면 말입니다."

"잘 되면사 뭐. 허허허허…….."

"로얄티라는 거 아시지요?"

"예?"

"하하하하…….."

"허허허허……."

같이 웃었다.

아무래도 김태진은 신뢰감이 들지 않는 모양이었다. 그가 1차로 동참하겠다는 것은 바로 앞집이고 이장이고 하는 이유에서라기보다 마음에 안 들면 언제라도 그만 둘 수 있다는 것이고 농사에 자신이 있다는 것인지도 몰랐다.

누구를 위하여든 잘 돼야 하는 것이고 그렇게 되면 이 마을 모든 복숭아나무에서 열리는 달고 때깔 좋은 복숭아가 불티나게 팔려나갈 것이었다.

좌우간 이 마을 상리부터 시작하여 온 마을로 확대하고 이웃 마을 근동 원동 옆의 군 다른 군으로 확산되어 전국적인 협업 공동체가 이루어진다면 정말 토지개혁이 되는 것이고 농촌 농민 혁명이 되는 것이었다. 지금 그거야 꿈이고 계란을 헤아리는 것이 될지 모르지만 그것을 목표로 하고 있고 반듯이 이루고자 하는 소망인 것이었다. 자꾸 재고 또 재고 수없는 도상 훈련과 이론적 반복을 하고서도 여전히 미지수이고 불안한 희망이며 아직 부화 전의 계란인 것은 사실이었다. 그렇게 된다면—자꾸 이렇게 가정법을 쓴다—이 공동체는 하나의 농림부 같은 정부의 부처와 같은 규모가 되는 것이었다. 그래서 개혁이며 혁명이며 걷잡을 수 없는 돌풍인 것이다. 또 바람의 속도는 가속이 되고 전국적으로 거국적으로 확대될 경우 점점 경비는 줄어들고 이익은 증가할 수밖에 없는 것이었다. 가구 단위 마을 단위의 소규모로 시행할 때에 비해 두 배 세 배 조건이 좋아지고 거기에 이탈할 이유가 없어지는 것이었다. 경자유전耕者有田이라 하였는데 실제로 밭을 갈고 농사를 짓는 사람이 밭을 가지고 있어야 한다는 말이다. 그것은 하나의 이상이었고 옛날 이야기였다. 그러나 밭을 가는 사람은 머슴이었고 관리하는 사람은 마름이었고 주인은 장죽을 빼어물고 나무 그늘에 앉아 있었다. 지주 토호들 그리고 일제에 수탈당하였고 조그만 논다랭이를 끄적거리는 빈농들은 결국 허리를 펴지 못하고 가난을 면치 못하였으며 집과 고향을 버리고 만주까지 갔다가 거기 주저앉고 돌아오지 못하였다. 그 후예들 중에는 아직도 어디서나 마주치는 식당의 연변 아줌마로 와 있기도 하고 두만강 가에서 노점상을 하기도 하고 있는 것이다. 밭을 갈고 농사를 짓는 사람이 밭을 가지고 있어야 한다는 것은 너무도 당연한 일인데도 현실은 그렇지가 않았다. 실현되지 않는 이상이었다. 그것을 실현시키자는 것이었다. 덕지덕지 맺힌 한을 풀고 뿌리 깊은 병폐를 뽑아버리는 것이었다.

이상향이란 것이 있다. 이상촌 건설은 농촌 계몽시대의 꿈이었다. 참 듣기만 해도 얼마나 매력이 있는가. 낙원이며 지상 천국인 것이었다. 도연명陶淵明의 『도화원기桃花源記』에 신선이 살았다는 중국의 무릉도원을 그리고 있다. 무릉의 한 어부가 배를 저어 복숭아꽃이 아름답게 핀 수원지에 이르니 산이 있고 굴이 있는데 그 속으로 들어가자 환한 별천지가 열리었다. 그곳에는 기쁨에 찬 얼굴로 살고 있었다. 그들은 하도 살기가 좋아 바깥세상의 변천과 세월의 흐름도 몰랐다. 어부는 거기서 며칠 머문 뒤 돌아와 태수에게 알리었다. 태수가 사람을 시켜 같이 가 보았으나 길을 잃고 찾지 못하였다는 이야기이다.

이상향은 결국 찾을 수 없고 갈 수 없는 그래서 현실에는 존재하지 않는 곳이다. 하나의 꿈같은 세계이다. 근심 걱정 없이 살 수 있는 마을, 그런 이상촌을 현실로 만들고자 하는 것이다.

일규는 그런 생각을 하며 그 자신을 반평생을 구속시키고 이상하게 몰아붙인 것이 어느 정도 이해가 가기도 하는 것이었다. 이적행위다 공산당이다 또 뭐다 뭐다 하며 죄를 뒤집어 씌워 생을 망치게 한 것이 물론 악의에 찬 정상배들에 의한 것이기는 하지만 그 뒤 그가 너무 어이가 없고 억울하여 자학을 함으로써 오히려 기간을 연장하기만 했지만 그의 주장은 참으로 엄청난 것이었다. 국가 기강을 송두리째 흔드는 것이었다. 아니 국가의 기반을 완전히 바꿔놓을 수 있는 공작이었던 것이다. 그야말로 혁명이 아닐 수 없었다. 그의 생각을 잘 못 읽고 거꾸로만 해석한 것이었다. 그러나 또 어쩌면 일이 되게 하느라고 악이 바치고 절치부심하게 만든 것이었다. 도저히 그 일을 성취하지 않고는 견딜 수 없게 만든 것이었다.

"이 일이 성취되면 말이지요……."

그의 심정을 꿰뚫기라도 하듯 명환이가 말하는 것이었다.

"아직도 되면인가?"

아직도 가정법을 쓰고 있느냐는 것이었다.

"되면이 아니고 되는 거여."

"알겠습니다. 좌우간 말이지요 그러면 선생님은 마르크스 같은 존재가 되는 겁니다."

"맞아요. 엥겔스 같은 존재예요."

옆에서 윤애가 맞장구를 친다.

"그런데 그런 게 뭐 그리 대단한가?"

"아니지요."

"선생님은 아직도 그것을 모르세요?"

"뭐가 어쨌다는 거야?"

"그래서 그렇게 고생을 하시게 한 것이 아니냐는 거지요"

명환이 그렇게 말하자 모두들 맞다고 했다.

"그런 얘기인가……."

그제야 일규도 그 말을 수긍하였다.

좌우간 그런 수난을 몸으로 다 때웠고 시간으로 다 해결하였다. 이제 그런 과거의 얘기로 다시 시간을 끌 필요는 없었다. 생각할 필요도 없었다.

"자 그러면 실전으로 들어가자고."

그는 결연하게 말하였다. 마치 축구 코치처럼 포즈를 취하였다.

이미 포지션이라고 할까 부서 역할을 다 정하여 놓았던 것이다. 그것을 규호가 척척 적용하여 노트에 적으며 일변 발표를 하는 것이었다.

모든 멤버들이 다 동원된다. 다른 사정은 없다. 사정이 있다 하더라도 말을 할 수가 없다. 그럴 경우 대신 인력을 투입하기로 하였다. 처음 얼마 동안 돌아갈 때까지는. 우선 여기 그의 집이 본부였다. 집이 넓지 않으므로 마당에 천막을 치고 난로를 놓아 사무실로 쓰고 식사는 면사무소 앞에 있는 두개의 식당을 사용한다. 단계적으로 공동체에 귀속시켜 운영한다. 식당 건물도 토지처럼 계산하며 식당의 일도 들에서 일을 하는 것과 같이 계산한다. 모든 것에 경중과 고하를 구분하여 적용한다. 물론 원할 경우 그렇게 하는 것이고 사무실 식당 창고 그 외 여러 가지 필요한 건물들을 지어나가야 할 것이다.

공동 작업을 하는데 공동 식사는 필수적이다. 임금은 사실 천천히 줘도 된다. 당장 돈을 쓸 일이 없을 경우 예치를 하며 그랬을 경우 당연히 이자가 붙는다.

저녁 식사 후는 내일 작업에 대한 계획을 발표하고 선택하도록 한다. 일을 하고 안 하고도 자유이고 경중을 가려 어떤 일 어떤 작업장을 선택하는 것도 자유이다. 일하는 것도 자유이고 노는 것도 자유이고 먹는 것도 자유이고 안 먹는 것도 자유이다. 거기에 따른 지불 대가도 정비례한다. 너무도 당연한 일이다.

"술은 어떻게 하지요? 일하고 나서 막걸리 한 잔 해야 하는 것 아닌가요?"

규호가 그런 이야기를 하였다.

"그래야겠네요."

"그런데 소주냐 막걸리냐 맥주냐 그런 게 또 있지 않아요?"

"그러네. 막걸리로 통일하면 되는데."

"시골 사람들은 소주를 좋아하는 것 같던데."

서로 한 마디씩 했다. 여자들은 술 대신 커피에 대하여 얘기하였다.

"그런 게 아니고 말여."

그가 이야기들을 막았다. 그리고 이스라엘 키부츠에 갔을 때 본 이야기를 하였다.

일단 공동으로 하는 것은 식사이다. 우리의 경우 밥이다. 단계적으로 아침 점심 저녁 세 끼 식사를 다 한다. 거기에 참도 따른다. 그러나 술이나 커피나 담배 같은 기호 식품은 선택 사항으로 거기에 대한 지불은 각자가 별도로 한다. 그렇게 되면 자연 적게 하게 된다. 얼마든지 많이 할 수도 있고 또 권할 수도 있다.

모두들 고개를 끄덕거렸다.

규호는 계속 메모를 하고 있었다.

출정식

　밤이 깊은 줄도 모르고 이야기를 계속하였다. 오늘 얘기를 다 끝내려고 하는 것 같았다. 사실 모든 계획은 다 되어 있었고 오늘 확인을 하는 것이었다. 거기에 아무도 의의가 없었다.

　"그러지 말고 계획대로 지시만 해. 그대로 따라갈 테니까."

　"그래. 그렇게 하는 게 좋겠어."

　"그래."

　모두들 규호에게 그렇게 말하고 일규를 바라보았다. 일규는 웃으면서 좌우를 둘러보며 고개를 끄덕였다. 그는 강의를 일찍 끝내는 형이 아니었다. 늘 시간이 지나고도 조금만 더 얘기하면 안 되겠느냐고 했었고 인사도 못 들으며 꾹꾹 밟아서 얘기를 했었다. 그 생각이 났다.

　"아직도 학생들 같애."

　제자들이라고 할까, 동지들은 일규의 너무도 의외의 말에 놀라지 않을 수 없었다. 규호가 그것을 대변이라도 하듯이 물었다.

　"아니 갑자기 무슨 말씀을 하세요?"

　"졸리는 것 같애."

일규는 또 그렇게 말하는 것이었다.

그러자 모두들 절대로 그렇지 않다고 항변을 하는 것이었다.

"절대로 아니에요."

"절대로."

"필수과목 선택과목 다 꿰고 있어요."

여자들도 손을 저으며 말하였다. 식사와 기호식품에 대한 얘기였다.

그러다 누가 얘기하였다.

"선생님 강의를 듣고 싶습니다."

모두들 까르르 웃었다.

"누구야? 정말이야?"

명환이 얼굴을 뒤로 돌려 감추었다. 사실은 반대로 얘길 한 것이다.

"내가 못 할 것 같은가?"

다시 한 번 웃었다.

그러나 일규는 정말 강의를 하듯이 말하는 것이었다.

"이제 농사를 농민을 위하여 짓는 게 아니고 도시민을 위해서 짓는 것이여."

그런 이야기를 여러 번 하였었다. 논농사를 짓지 않으면 여름 장마 때 모든 강이란 강은 다 범람하고 말 것이다. 그 많은 물을 논으로 끌어가 담아 놓지 않으면 어떻게 감당할 것인가. 홍수가 마을을 덮치고 도시를 뒤덮을 것은 불문가지다. 그 많은 논에 물을 가두어 두지 않으면 지하수의 고갈을 막을 수가 없다. 벼 농사는 쌀의 생산만 하는 것이 아니다. 엄청난 지하수를 생산하는 것이고 산소를 생산하는 농사이다. 벼에서 어떤 작물에서보다도 많은 산소가 발생하는 것이다. 농민을 위하고 도시민을 위해서라기보다 국가를 위해서 민족을 위해서 농사를 짓는 것이다.

"그런 의미에서는 남과 북도 없지. 그러다가……."

옥살이를 하고 고초를 겪었던 것이다.

얘기가 늘어지자 이번에는 정말 졸고 있는 것이었다.

그러자 규호가 다시 일어서서 말하는 것이었다.

"예 그럼 계획대로 시행하는 것으로 하고 이제 행동으로 들어가도록 하겠습니다."

모두들 박수를 쳤다. 그러는데 다시 일규가 초를 치는 것이었다.

"나는 용기가 없네."

어깨를 축 늘여뜨려 가지고 말하는 것이었다. 풀이 죽은 말이기도 했다.

"왜 그러세요? 인제 와서."

"무슨 일이 생겼습니까?"

명환과 현희가 물었다. 다른 사람들도 걱정스런 눈으로 바라보며 따지려 들었다. 주객이 전도된 것 같았다.

"아니 뭐. 그런 것은 아니야."

일규는 무슨 얘기를 하려다가 멈칫하고는 고개를 저었다. 재두 얘기를 하려던 것 같았다.

"그럼 다른 의견은 없으신 거지요?"

규호가 다시 물었다. 묻는다기보다 이제 그렇게 시행을 한다는 선언이었다.

"그럼 계획대로 하는 겁니다."

"선생님이 모든 책임을 지는 거지요."

또 한 번 박수를 치기 전에 윤애가 일규를 바라보며 묻는다. 따지듯이 그러나 웃으면서.

모두들 웃으면서 일규를 바라보았다.

"내가 책임을 어떻게 지면 되는 거지?"

"저희들 다 밥을 먹여 주어야지요"

윤애가 다시 대답한다.

일규는 좌중을 돌아보며 천천히 말한다.

"아무러면 밥이야 못 먹겠나. 쌀 한 가마 가지면 1년을 먹는 거여. 쌀 한 가마에 값이 얼마인지 알어?"

일규는 또 그렇게 묻는다.

꼭 윤애에게 묻는 것도 아니었다. 그러나 그녀는 얼굴이 빨갛게 되어가지고 대답을 한다. 답은 틀리었다. 80kg 들이 한 가마를 말하는 것을 알아듣지 못한 것이다.

"요즘 한 15, 6만 원 가는데 쌀 개방이 되면 그 3분의 1 값이 될 텐데 그것도 못 사먹겠나 말이여."

"쌀만 있으면 됩니까?"

명환이 자기 아내의 변명이라도 하듯이 그렇게 묻는다.

"야채도 가꾸면 되는 거여. 풀 뽑을 힘만 들이면 되는 거여."

"그러나 밥만 먹고 사는 건 아니잖아요?"

또 그런 얘기도 누가 하였다.

이번에는 일규도 일어서서 말하였다.

"난 그 이상은 책임 못 지네. 그건 모르겠네. 좌우간 밥 굶지 않는 것은 책임지겠네."

그러나 그것마저 책임을 못 진다고 해도 할 수가 없는 일이지만 모두들 얘기들을 많이 하였다.

무엇보다도 아이들 교육문제를 얘기하였다. 그러자 아이들은 우리가 가르치자고 얘기하기도 하였다. 여기 물한리 골짜기 안에 대안학교도 있다고 하였다. 학교 이름이 '물꼬'였다.

그런 것에 대하여 여자들은 대단히 심각하게 생각하였다. 물론 중요한 일이었다. 그러나 남자들은 당하는 대로 살자고 하였다. 20년 30년 기다려 온 일을 지금 다시 재론하고 싶지 않은 것이다. 그런 문제점들을 다시 확인한 것이었다.

"아무 문제가 없습니다."

규호가 다시 말하였다.

"아무 문제가 없으면 안 되지. 문제가 항상 있어야 돼."

일규가 말하였다.

"예 그러면 정말 문제가 있습니다."

모두들 다시 웃었다.

"그래. 됐어. 내게 문제가 있으니까."

"무슨 문제인데요? 말씀을 하실 수 없어요? 아까부터 이상해요."

현희가 그를 빤히 쳐다보며 그것을 끄집어내려 하였다.

"글쎄. 그게 문제일쎄."

아무래도 말을 할 수가 없는 것이었다. 재두의 얘기였다. 그냥 참고 딛고 일어서야 할 문제이다. 그를 밟고 가리라.

"그래, 그래. 우리에게 문제가 있어야 돼. 그렇지 않아?"

어떻든 그것이 결론이었다. 출정식은 그렇게 끝났다. 이미 이야기 한 계획들을 다시 확인한 것이고 어떤 난관이 있더라도 추진을 하며 올라가는 대로 정리를 하여 내려온다는 것이었다. 아이들 교육뿐이 아니고 여러 가지 문제들이 있었지만 시작한다는 것이고 추진하면서 해결한다는 것이었다. 그런 결의를 몇 번 반복한 것이었다. 그리고 일규는 거기에 계속 초를 치프로 해서 초석을 다진 것이었다.

그리고 밤중에 아니 새벽에 다들 떠나갔다. 거센 썰물이 지나간 것 같다.

규호와 현희는 하루 더 있다가 가겠다고 떨어졌다. 세 사람이 새 차비로 술을 따르고 밤참을 해서 먹었다. 계속 술이었다. 규호는 혀가 꼬부라진 채 다시 강의를 들려달라고 하였다. 일규는 앞뒤가 안 맞는 얘기로 계속 죽을 쑤는 강의를 하고 말하였다.

"이광수가 『흙』을 쓸 때 농민이 80프로였는데 지금은 8프로여. 나중에 1프로까지 갈 것인가 모르겠어."

"아마 그렇지는 않을 겁니다."

규호가 대꾸를 하였다.

"그런 보장도 없지."

"농토를 다 버릴 수는 없지요. 그러니까 아마 지금 하한선에 다달았다고 볼 수 있을 겁니다."

물론 규호는 아무 근거도 없이 얘기한 것이었다. 그러나 아주 그럴 듯하게 들리었다. 혀가 둘 다 꼬부라졌다.

그는 두 사람을 같이 자지 말고 규호는 자기와 같이 자자고 했다. 방이 없는 것이 아니고 아직 결혼식을 올리지 않았기 때문에 그렇게 예기한 것이었다. 그러자 고주망태가 된 규호가 반발하였다.

"그런데 요즘 그런 게 어디 있습니까?"

"그래도 그렇지. 그럼 여관에 가서 자고 오든지. 우리 집에서는 안 되네."

"참 선생님은 여전히 선생님이시네요."

현희도 그렇게 비꼬듯이 말하는 것이었다. 그러나 그의 옆으로 앉으며 애교 있게 술을 따르는 것이었다.

그러다 그에게 다시 아까 하던 얘기를 하는 것이었다. 그녀는 아직 취하지 않은 것이다.

"선생님 아무래도 이상해요."

"뭐가?"

"저는 못 속여요."

"그럼 어디 맞춰 봐."

"저는 알고 있어요."

"그래애?"

"선생님 얼굴에 다 써 있어요."

"그래애?"

"그럼요."

"그래. 그럼 됐어."

"뭐가요?"

"알고 있으면 됐어."

그는 정말 말하고 싶지 않았다. 그런데 정말 그녀는 그에게 정곡을 찌르는 것이었다. 그놈의 애길 꺼내는 것이었다.

몸과 마음

"그래 맞아."

"뭐가 어떻게 맞단 말이에요?"

다시 원점으로 돌아와 묻는 것이었다. 그러나 마구 고성으로 그를 흔들어대며 눈물을 흘리면서였다.

그는 하는 수 없이 얘기하고 말았다. 다 털어놓았다.

방안은 울음바다가 되었다. 그도 함께 울었다.

마구 함께 끌어안고 울어대다가 술을 있는 대로 다 마시고 한 방에 나동그라져 갔다.

이튿날 아침 현희는 제일 먼저 일어나 몸을 추스르고 이것저것 있는 대로 찾아서 국을 끓이고 밥을 해 놓고 남자들을 깨웠다.

찬물로 세수를 하고 숟갈을 들었지만 모두들 입만 쩝쩝 다시고 먹지를 못하였다.

주인인 그가 같이 그럴 수는 없어서 웃옷을 걸치고 양조장으로 가서 막걸리를 사가지고 왔다. 해장을 하자고 했다. 아닌 게 아니라 그것은 조금 들어갔다.

그래 다시 시작한 것이다.

"내가 어제 밤 도깨비한테 홀린 것 같애."

"여우가 아니고요? 호호호호……."

"무덤에까지 그냥 가슴에 묻고 가려고 하였는데……."

"그러셨어요? 죄송해요."

현희는 이번에는 웃지 않고 말하였다.

"얘기 했으니 말인데 절망을 느낄 때가 많아. 도저히 참을 수 없어."

일규는 말 그대로 말할 수 없이 절망적인 표정을 하고 울먹였다.

"도대체 내가 뭘 그렇게 잘 못했나? 아니 나는 또 그렇다 치고 다른 사람들이야 무슨 죄가 있나 말이야?"

그의 아내나 딸을 얘기하는 것이었다. 그들은 고개를 푹 숙이고 끄덕끄덕하였다.

"절종이야. 절종."

"저희들이 있지 않습니까?"

듣고만 있을 수가 없어 규호가 말하였다.

"그럼요. 저희가 후계자가 되어 드릴게요."

현희도 그렇게 말하였다.

"말만 들어도 고맙네."

"어디 저희뿐인가요? 우리 부대가 있지 않습니까?"

"그런가?"

"그럼요."

현희는 그의 옆으로 바싹 다가앉으며 여우짓을 한다.

"제가요오 다아 해드릴게요."

"자네가 뭘 할 수 있다고 그래?"

"두고 보세요."

현희는 그것을 당장 보여주기라도 하듯이 규호만 먼저 올라가라고 하고 그녀는 떨어진다. 설거지를 좀 하고 반찬을 좀 해 주겠다고 가겠다고 하였다. 규호는 두 말 않고 먼저 간다. 어떻든 둘이 남아 있을 수는 없었다. 일도 있었고 아이들이 기다리고 있었던 것이다. 그녀도 가야 되는 것이지만 우선 하나라도 먼저 가야 하는 것이었다.

그는 현희도 같이 가라고 화까지 내며 등을 떠밀었지만 대답만 네 네 하고 결국 주저 앉는 것이었다. 미안하기도 하고 적잖이 부담이 되었다. 그야 뭐 늘 그러는 대로 죽을 끓여 먹어도 되고 김치나 된장에 한 술 뜨면 되는 것이었다. 한동안 그렇게 살았고 그것이 편하였다. 그런데 그녀는 그러면 안 된다고 하였다. 그러고 있다 큰일 난다고 겁을 주었다. 앞으로도 그녀가 그의 건강을 챙겨 주겠다고도 하였다. 그러며 마을에 있는 연쇄점에서 뭘 잔뜩 사다가 찌개도 끓이고 밀가루로 전을 붙이기도 하고 밥도 새로 하고 부산을 떠는 것이었다.

"나는 막걸리만 있으면 되는데……."

그가 미안하여 앉았다 섰다 하며 말을 하자 그녀는 얼른 가서 사오겠다고 하였다. 그건 그가 사오면 된다고 하였다.

"그러세요, 그럼."

그녀는 또 돈을 꺼내어 주는 것이었다.

"왜 그래. 나도 막걸리 살 돈은 있어."

"제가 사 드리는 것이 맛이 있을 텐데요."

"아니야."

그는 그것만은 고집을 부렸다. 그런 체면이라고 차려야 될 것 같았다. 그래 다시 양조장으로 가서 막걸리를 사왔다.

좀 이른 시간이었지만 현희가 정성스레 점심상에 다시 막걸리를 올려놓았다. 그가 낼 것은 그것밖에 없었다.

현희가 그의 잔에 술을 따랐다. 그리고 그가 그녀에게 술을 따랐다.

그녀는 사양하지 않고 잔을 받았다.

"제가 대작을 해드릴께요."

"고맙네. 그런데 이래도 되는지 모르겠네."

고맙기도 하고 너무나 미안하였다.

"아아이, 또 왜 그러세요? 뭐가 어떻다고 그러세요?"

무슨 문제가 있느냐는 것이었다.

"그래 알았어."

정말 고마웠다. 참으로 푸근한 식사였다.

그들 부부는 정말 그에게 지극 정성이었다. 그의 일이라면 열일을 제쳐놓고 달려왔다. 별로 가르친 것도 없는데—아니 한 마디 하면 열 마디 스무 마디 알아들었다.—적극적으로 그를 따랐다. 무슨 일이든 어떤 경우든 그의 일에 앞장을 섰다. 제자라면 제1의 제자였다. 그의 모든 면을 좋아하였고 그를 무조건 지지하였다.

그가 구속이 된 것까지 영향을 주지 않았다. 오히려 더 존경하였다. 감옥에 와서 살았고 변호사를 대었고 모든 옥바라지를 다 하였다. 규호와 사귀면서도 그의 주례가 아니면 안 된다고 하여 그냥 결혼식도 않고 살았다. 아이를 둘 셋 낳도록.

현희가 더 그를 따랐다. 두 사람을 그가 연결한 것이었다. 원래 그녀는…… 다른 사람은 싫다고 하였다. 규호도 마음에 안 든다고 하였다. 다른 누구도 마음에 차지 않았던 것이다.

"아니에요. 마음에 안 들어요."

"뭐가 그렇게 마음에 안 드는데?"

그의 강의를 듣고 그의 협업 농업의 이론에 매료되어 같이 공동운명체가 되기로 한 멤버들이었다. 그 중에 별과 같고 꽃과 같은 존재였다. 남자 중에 꽃이었고 여자 중의 꽃이었다. 그녀는 가장 열정이 많았다. 너무 많았던지 몰랐다.

인물이 못 생겼다, 머리가 벗어졌다, 허약하다, 헤프다, 비현실적이고 너무 이상적이고……

그녀의 요구는 어쩌면 당연한 것인지도 모른다.

"그런 것은 중요한 것이 아니야."

"그럼 뭐가 중요하지요?"

"마음이지. 마음 쓰는 거. 진실한 사람이야."

"그건 그래요."

"그게 제일 중요한 거야."

그런데 그런 결정적인 포인트에서 고개를 흔드는 것이었다. 아니라는 것이었다. 계속 그와 비교하고 있었던 것이다. 그가 병을 주었었다. 아내와 이상이 맞는다 안 맞는다, 이 세상에 안 되는 일은 없다, 열 번 찍어 안 넘어가는 나무가 없다고 하는데 왜 열 번만 찍느냐 백 번 천 번 찍어봐라…… 물론 학문과 일의 열정에 관한 얘기였었지만 하늘 끝까지 이상을 펼치고 실현하겠다는 것이고 그렇게 해야 된다는 것이었다.

"내가 보니까 그만하면 괜찮은 것 같애. 나 같애."

그래서 그렇게 말하였다. 그의 어법은 아니었다.

"선생님은 안 될까요?"

아니나 다를까, 그녀는 본색을 드러내었다.

물론 술이 고주망태가 되어서였다. 자주 의기투합이 되어 심야까지 술타령을 하였다. 모두들 같이 하기도 하고 둘이 하기도 했다. 모처럼 하루 외출한 날도 둘이 밤 깊은 줄 모르고 술을 마시었다.

"그게 말이 되나? 거야 당연히 안 되지."

그는 위엄 있게 말하였지만 혀가 다 꼬부라져 있었다.

참 말이 안 되는 얘기지만 처음 듣는 것은 아니었다. 실은 그래서 다른 좋은 상대를 연결하려 하고 있었던 것이다.

"역시 안 된다는 말씀이신가요? 왜지요?"

"사제간에 뭐가 되나?"

"아니 그게 안 될 게 뭐가 있어요? 그게 이유의 다인가요?"

"유부남이고."

"그것도 넘어설 수 있지요. 안 그래요?"

"그렇지. 사랑을 위하여 왕실도 버리고, 뭐 그러지 않나?"

그는 제자를 나무라기보다 설득을 해야 했다. 웃기까지 했다.

"그런데 우리는 왜 안 되는 거지요?"

"우리는 사랑이 없어."

그도 우리라는 말을 썼다.

"정말이세요?"

"그래."

"저는 안 그런데요."

"나는 그래."

사실이 아니었다. 너무 사랑하였다. 사랑스러웠다. 그러나 그들은 운명적으로 안 되었다. 사제간이 문제가 아니었다. 그는 아이가 둘이 있고 아내가 있고 뭐가 맞느니 안 맞느니 해도 그것은 그가 걸머져야 할 운명이었다. 철부지도 아니고 멀정하게 악운을 만들면 안 된다. 살다가 이혼하는 사람도 있다. 그러나 그는 적어도 이런 말은 들을 수가 없었다. 당신 그런 사람이었어? 아버지 실망했어요. 그럼 아버지 안 해도 되지요?

"순리라는 것이 있어. 그리고 잘 선택해야 돼. 자네는 아직 너무나 젊고 정열이 많고 아름답고 마음씨도 곱고 좋은 배필이 기다리고 있어. 자네는 지금 눈이 멀어서 그것을 보지 못하고 있어. 그것을 내가 점지해 주는 거여."

"아니에요. 싫어요. 변명이에요."

"아니야. 정말 그렇지 않아."

"좌우간 아무래도 좋아요. 뭐가 됐든 오늘은 못 보내드려요."

"안 돼."

"안 돼도 할 수 없어요."

"그러면 혼나."

그날 밤 어디까지 갔던가. 서로 너무나 취하여 몸을 가눌 수가 없었다. 그의 말은 하나도 위력이 없었다.

규호와는 그 후 얼마 안 되어 이루어졌다. 같이 면회를 와서 함께 하기로 했다고 말하였다. 계약 결혼을 한다고 하였다. 살아보고 좋으면 산다는 조건이라고 하였다. 현희가 제시하는 조건을 규호는 받아들인 것이었다. 뭐가 됐든 잘 하였다고 하였다. 결국 그가 연결한 것이었다.

일규는 그때의 생각을 하며 얼굴을 붉히었다. 그때 현희와 대작하던 모습이 떠올라서였다. 그리고……

"왜 그렇게 바라보세요?"

"미안해서 그래."

실은, 예뻐서 그래라고 하고 싶었다.

"그래요? 호호호호……"

"아이들 많이 컸지?"

"예. 다 컸어요."

그녀는 고개를 숙인다.

"이제 계약은 다 끝났겠지?"

그가 웃으면서 말하였다.

"그런 게 어기 있어요? 선생님도 참!"

"그렇지!"

조곤조곤 마신 낮술이 적잖이 올랐다. 대작을 하여주고 있는 그녀도 얼굴이 빨갛게 되어 있었다.

그녀는 찌개를 데워다 놓고 그의 옆으로 다시 바싹 다가앉으며 자신이 비운 잔을 내민다.

"제 술 한 잔 받으세요"

"여태 받았잖아? 취하였어."

"에해 또 받아보세요 그리고 저도 한 잔 주세요"

그녀도 취하였다. 물론 그가 더 마시기는 하였지만 그녀도 여러 잔을 하였다.

"그래. 그리고 어서 가."

그가 잔을 받으며 말하였다.

"아아이, 왜 자꾸 가라고 그러셔요? 저 자고 갈 거예요. 아시겠어요?"

"알긴 뭘 알아? 여러 소리 말고 어서 가."

그는 잔을 받아 놓고 다시 그녀를 바라보았다.

어째 그런지 그때 말도 안 되는 소리를 하며 매달리던 그녀가 생각나며 이상하게 엉켰던 기억이 되살아나는 것이었다. 그녀도 그랬던 것인가.

"저어 말이지요, 선생님!"

혀가 잘 돌아가지 않았다.

"왜 그래, 또"

"또는 또 뭐가 또예요?"

말도 참 이상하게 하였다.

"저어 말이지요오……."

아무래도 이상하여 그가 일어섰다. 자꾸만 그때 생각이 떠오르는 것이었다.

그러나 그녀는 그를 꽉 붙들어 앉히었다.

"제 말을 들어보세요."

하는 수가 없었다. 가만히 앉아서 마음을 다잡았다.

"다른 게 아니고 말이지요오……."

그녀는 계속 뜸을 들이며 무슨 말을 하려 하였다.

"제가 말이지요…… 아들을 하나 드릴게요."

그런 얘기였다. 정말 의외였다.

"그게 무슨 소리야?"

"정말이에요."

그는 너무나 어이가 없어서 웃음이 나왔다.

"허허허허…… 마음만으로 고맙네."

"빈 말이 아니예요."

"그런데 그게 어디 자네 맘대로만 되는 건가?"

"저는 제 맘대로 해요."

"그러면 안 되지."

"돼요."

"허허허허……."

그는 다시 웃다가 또 이상한 생각을 하였다.

"혹시……."

"아니에요."

그녀는 그가 채 묻기도 전에 대답을 하는 것이었다. 말하기도 어려워 머뭇거리고 있었는데 뭘 말하려고 하는지 다 알고 있었다는 것이었다. 그 이상 서로 할 말이 없었다.

　그는 술을 한 잔 자작을 하며 눈을 감고 있다가 말하였다.

　"좌우간 안 돼. 뭐 아이가 물건인가?"

어느 때보다도 결연하였다.

그러나 현회는 그보다 훨씬 강하게 반격을 한다.

　"그러면 제가 하나 낳아드릴게요."

　"뭐야?"

그는 시꺼먼 얼굴로 버지기 깨지는 소리를 하였다.

　"정말이에요."

　"정말 혼나고 싶은가?"

그때와 달리 몸도 가눌 수가 있었고 말도 위력이 있었다.

그러나 그녀는 어느새 옷을 벗어 던지고 있었다.

　"이게 무슨 짓인가? 자네 지금 제 정신인가? 이건 아니지."

　"그러면 이렇게 생각을 하세요. 제가 외도를 하는 것으로. 그러시면 안 될까요? 저도 하나의 여자예요."

　"그래서 아이를 낳겠다고?"

　"그래요. 호호호호……."

그녀는 요염하게 웃으며 말하였다.

　"그게 무슨 외도인가?"

　"이것 저것 다 따지지 마세요."

　"무엇이 됐든 이건 안 돼."

　"저도 안 돼요."

　"이번에 자네가 져주게."

그는 그렇게 얘기하기도 하였다. 할 얘기는 다 하였다.

　"안 돼요. 못해요."

　"정말 화낼 거야."

"화내세요."

막무가내였다. 그녀는 전라가 되어 있었다. 참 말이 안 되는 것이지만 너무나 고혹적인 매력에 정신을 차릴 수가 없었다. 백 마디 권위 있는 말과 논리들을 일거에 압도하였다.

"됐네. 자네의 마음은 받았네. 그러니 이러지 말고……."

"몸도 받아주세요."

그의 말을 가로채었다.

"몸도 받았네. 그러니 그만 하세."

"그러면 제가 부끄럽지요."

"갈 데로 다 간 것보다 낫지. 부끄러운 건 괜찮아."

"제가 화내겠어요."

"그래도 좋아. 그게 훨씬 더 나아."

말만 하였지 몸은 말을 듣지 않았다

그녀는 계속 돌진하여 왔다. 그를 넘어뜨리고 옷을 벗기었다. 기운이 세었다. 기운만 센 것이 아니고 의지가 강하였다.

얼마나 그렇게 당하고 있었을까, 그는 그 곤란한 상황을 벗어날 수가 있었다. 칼부림만 안 했지 그가 할 수 있는 모든 것을 다 하였다. 젖 먹던 힘을 다하였던 것이다. 그러나 힘에 의해서가 아니라 차마 표현할 수 없는 육체의 변화가 발생한 때문이었다.

"이건 뭐에요."

"미안하네. 아니 미안한 건 아니지. 좌우간 일어서자고."

그제서야 그는 일어섰다.

"정말 이러시기예요?"

그녀도 옷을 입고 일어섰다. 어떻게 더 할 수가 없었다.

"참 선생님은 천상 선생님이셔요."

그녀는 제자리로 돌아와 정말 부끄러운 표정을 짓는 것이었다.

"샌님이라 이건가?"

"아니에요. 그게 아니고, 정말 선생님은 어쩔 수가 없어요."

"그 소리 들을려고 그러지 않나?"

"호호호호……."

"하하하하…… 됐네. 그렇게라도 이해해 주게. 자네의 그 마음은 정말 인간의 한계를 넘었네."

그는 현희를 다독거려주었다.

"선을 넘은 건가요?"

"성인과 같은 신의 경지일세."

"성인은 선생님이시고 저는 악녀지요."

"성녀야."

"정말이지요? 그럼 혼내지 않는 거지요?"

"혼은 나야지."

"그럼 뭐예요?"

"우리 오늘 밤새도록 마시세. 위가 터지든 양조장 바닥이 나든……."

"좋아요. 역시 선생님이셔요. 그런데 미련이 있으신 거 아니에요?"

"자꾸 유혹하면 안 되지."

장군 멍군이었다.

"호호호호…… 알았어요."

그렇게 출정식의 후반부는 끝났다.

그들은 한 가족이었다. 그 이상이었다.

땅의 혁명

한 바탕 난리를 치르고 난 것 같았다.

그가 생각해도 스스로의 자제력이 대견스러웠다. 참 그러기를 잘 하였다. 그녀가 하자는 대로 따라갔다가는 어떻게 될 뻔하였는가. 그럴 수는 없었다. 좋아하고 따를수록 지켜야 될 것이 있었다. 그래서는 안 되었다.

온 몸이 부서진 것 같고 머리가 아팠다. 그러나 그것으로 해서 현실을 다시 되돌아보게 되었고 추진하는 일에 박차를 가하게 되었다. 어수선한 몸과 마음을 추스르고 일어나 실질적인 사업의 실천의 발동을 걸었다.

현희가 올라갔다 다시 내려왔다. 그녀와 함께 여러 동지들이 짐들을 꾸려 가지고 내려 왔다. 대부대를 이끌고 온 것이다. 모든 준비를 해 가지고 와서 계획된 일을 하기 시작했다.

이미 예상을 하였고 여러 번 도상 훈련을 하였으며 수 없이 연습을 한 대로 적용을 하면 되었다. 아니 적용을 하였다. 여전히 불안하고 실패의 그림자가 마음속에 드리우고 있었지만 누구나 말로는 하지 않았다. 오히려 그 반대로 희망적인 말들을 하였다.

"시작이 반이라고 하였는데 이제 시작을 하였어."

"그래. 이제 절반의 성공을 한 거야."

표정들도 밝았다. 웃으면서 애기들을 하였다.

"내가 약속한 것은 밥은 굶지 않게 하겠다는 거야. 그것은 변함이 없어."

그도 큰소리를 쳤다. 조금도 보탠 것은 없었다.

지휘를 그가 맡아 처음부터 그가 다 챙겨야 했다. 실은 계획을 세우고 지휘를 하고 하는 사람도 다 정해져 있고 추진하는 부서를 다 정하여 놓았지만 실질적인 추진은 그가 하였다. 하나하나 확인을 했다.

우선 계산부터 다시 하였다. 그동안 조사한 땅의 면적 소유의 실태를 다시 확인하였다. 추가된 것, 변동된 것이 있어봐야 별 것이 아니지만 철저한 자료조사부터 하였다. 그리고 그것을 합치고 인력으로 나누고 영농비로 나누고 그리고 이익으로 분배하고 하는 적용을 해 보았다. 짐을 싸들고 온 인력들을 투입하여 그런 계산부터 시켰다. 자신감에서 시작을 하고 싶었던 것이다.

전체 논밭의 면적을 다 합친다. 물론 그의 면面을 대상으로 한 것이다. 다 계량화 한다. 토지, 땅의 투자이다. 전체 노동력을 다 합치고 장비를 다 합친다. 또 자금을 다 합친다. 노동력 자금의 투자이다. 다시 애기하지만 기업의 3요소가 다 동원된 것이었다. 고전적인 아주 단순한 셈법인지도 모른다. 그것을 다시 나누는 것이다. 그것이 들어맞느냐 안 맞느냐를 확인하는 것이 아니고 잘 들어맞고 큰 이익이 분배된다는 것을 확인하려는 것이다.

계산을 백 번을 해도 같은 답이 나왔다. 공식이 같으니까 같은 답이 나올 수밖에 없는 것이다. 합해서 나누는 것이다. 다른 계산법이 있을 수도 있겠다. 그러나 틀린 계산법이 아닐 뿐 아니라 좋은 답을 부정할 필요가 없었다. 그런데 역시 같은 답이, 희망적인 답이 나온 것이다.

그런데 왜 또 확인을 하려는 거냐고, 동지들이 안도의 숨을 쉬며 물었다.

"자네들의 의구심을 떨쳐버리려 하는 거야."

모두들 웃으면서 다시 물었다. 짐을 다 싸 가지고 어지 안았느냐고, 따지는 것이 아니라 재미로 하는 말이었다.

"기분 좋게 시작을 해야지."

그도 대답을 하며 웃었다.

"기분이 좋습니다."

"자네들이 기분이 좋으니까 나도 좋지."

정말 그렇게 기분 좋게 시작을 하였다.

모든 것을 합친다고 하였는데 그가 내놓을 것은 아무 것도 없었다. 전에도 얘기한 대로 땅이 있는 것도 아니고 자금이 있는 것도 아니었다. 헌집 한 채밖에 없었다. 물론 저금통장에 돈이 한 푼도 없지는 않겠지만 무슨 염치로 그것을 아내에게 요구를 할 수가 없었다. 그렇다고 그가 아무 것도 내놓지 않고 제자들 아니 동지들에게만 무엇이 됐든 요구할 수가 있는가.

그래서 그의 몫이라고 할까, 그가 내놓아야 할 최소한을 내놓았다. 빚을 얻은 것이다. 이자를 내는 것이다. 이자를 내는 것과 투자를 해서 받는 것과 차이는 있었다. 그러나 그렇게 큰돈이 아니면 대단치 않았다. 그렇지만 그는 형식을 갖추어야 했고 체면을 세워야 했다. 그가 얼마를 냈다고 하는 투자했다고 하는 것이 필요했다. 체면을 세우기 위하여서만은 아니었다. 그가 솔선을 하여야 했다. 아니 그것도 아니었다. 실제로 자금이 필요하였고 현금을 쥐고 있어야 했다. 언제든지 쓸 수 있는 현금을 은행에 넣고 있어야 했다. 그것을 확보해야 했다. 그가 투자한 효과가 있었다.

자금을 어느 정도 대겠다고 한 남훈이 그의 뒤를 이어 돈을 내놓았다. 얼마를 내 놓을까 하고 그에게 묻는 것을 여유 있는 대로 투자를 하라고 하였다. 할 수 있는 대로 하라고 하였다. 투자라는 말이 참으로 적절하였다. 다른 데에다 투자할 것 이리로 하라는 것이고 다른 데만큼 수익을 보장을 해 주겠다고 하였다. 다른 데보다 조금 늦을 수는 있다고 하였다.

남훈은 정말 그렇게 하였다. 그의 말을 믿은 것이고 원래 한 말에 대한 약속을 지킨 것이었다. 어떻든 책임은 그가 지는 것이다. 그가 꾸어 달라는 것이나 다름없었다. 남훈의 것만 책임을 지는 것이 아니고 모든 사람의 것을 다 책임지는 것이다. 그의 개인 것을 책임지듯이.

다른 사람도 그랬지만 남훈은 그것이 자신이 하는 회사의 운용 자금이었다. 그만한 돈이 그냥 남아 있었던 것이 아니고 다 투자되어 돌아가고 있는 것이었다. 그것을 빼어 준 것이다. 처음 말을 할 때에도 그랬지만 약속을 지킬 때도 주저를 많이 하였다. 그런 표현은 않았지만 버리는 셈 대고, 허당에다 넣는다 치고 돌아가는 자금을 이쪽으로 빼돌린 것이었다. 일규, 은사의 얘기가 아직은 이상이고 현실이 아니었던 것이고 동지들에게 말로 할 때 하고 실천을 옮길 때 하고 달랐던 것이다. 그러나 결과적으로 공동체의 계좌로 약속한 자금을 넣은 것이다. 처음엔 단계적으로 넣을까도 생각하였는데 그러지 않았다. 그가 내놓을 수 있는 최대한을 내놓았다. 적지 않은 액수였다. 10억이었다. 말로는 그의 자산을 다 투입하겠다고 하였지만 그가 얼마를 가지고 있는지 다른 사람들은 몰랐다. 모두들 기대한 이상이었다. 말이 더 이뻤다.

"선생님. 제가 할 수 있는 대로 했습니다."

"고맙네. 너무 무리한 건 아닌지 모르겠네."

그는 아직 액수도 모르고 말하였다. 그것을 얘기하지 않았기 때문이었다.

남훈의 투자도 다른 모든 원칙에 의해서 처리되는 것이었다. 무엇보다도 분기별로 액수에 비례하여 이익 배당을 하도록 했다. 그러나 아직 이익이 발생한 것은 아니므로 이자 계산을 철저히 해주어야 했다. 그리고 처음부터 한꺼번에 자금 투입이 되는 것이 아니어서 단기간에 과실금이 발생할 수 있는 투자를 해야 했다. 그런 것을 또 남훈에게 맡기었다.

이래저래 남훈의 인기라고 할까 역할이 커지고 이번 공동체 협업의 핵심적인 존재가 되었다. 무엇보다도 겸손하고 말을 아꼈다. 자기를 내세우지 않았다. 그런데 한 가지 문제를 안겨주었다. 그의 몸을 조금 빼어달라는 것이었다. 다른 사람을 보내겠다고 하였다. 워낙 바빴다. 바쁘지 않은 사람은 없지만 남훈의 경우 회사를 비워둘 수가 없었다. 애초의 의견들은 그런 것이 아니었지만 딴소리를 하는 것이었다. 사정들은 차이는 있지만 서로 비슷했다. 남훈도 대단히 미안하게 생각하고 있었다. 남훈의 아내 경희가 더 많이 뛰겠다는 주문도 했다.

어떻게 보면 대단치 않은 문제일 수도 있지만 공동체로서는 쉽게 결정할 수가 없었다. 모두들 안 된다고 할 수가 없지 않느냐는 분위기였다. 그러면서도 처음부터 예외가 있어서는 안 된다고 하였다. 돈 때문에 그래서는 안 된다는 얘기도 조심스럽게 제기하였다. 같이 논의를 하면 어떻게 될지 미지수였다. 부결될 일은 아니지만 남훈에게 상처를 줄 수도 있었다. 그래서 그가 나설 수밖에 없었다.

"내가 얘기할게."

그가 다른 사람은 가만 있으라고 제지하였다.

그가 특별한 방안을 갖고 있는 것은 아니었다. 그러나 남훈의 좋은 뜻을 훼손해서는 안 되었던 것이다. 특혜라도 주어야 했던 것이다. 그러나 또 특혜를 주어서는 안 되었던 것이다.

"뭐 대단한 것이 아니야. 간단한 얘길 가지고 뭘 그렇게 복잡하게들 생각하나?"

그는 엉뚱한 소리를 하였다. 쉽게 문제를 풀려는 것이었다.

남훈의 경우는 특별한 것이 아니라고 했다. 일을 안 하면 계산(분배)을 안 하면 되지 않느냐 것이었다. 그리고 남훈의 경우는 꼭 내려와서 일을 하지 않아도 된다는 것이었다. 일의 특성상 어디서나 연구를 해서 성과를 올리면 된다고 하였다. 투자, 관리, 계산, 분석 그런 것은 오히려 다른 두뇌를 이용해야 하는데 그 일을 하라고 했다. 물론 전혀 안 와서는 안 되고 주말도 좋고 주중도 좋고 밤중도 좋고 틈이 있을 때마다 내려와서 같이 합류하면 된다고 하였다.

그런 길을 터 놓았던 것이다. 그에 대해서 대체로 불만이 없었다기보다 그의 의견에 따랐다. 새로운 원칙을 하나 추가한 것이고 거기에 동의를 한 것이다.

"선생님 죄송합니다."

"아니야."

"저 때문에 공연히 여러 사람 불편하게 해서."

"그렇지 않아."

"뭐가 어떻게 됐든 빨리 내려오겠습니다."

"알았네. 자네는 다른 사람 몇 몫을 하고 있는 거여. 그러니 미안해 할 것도 없고 나 하라는 대로 해."

"정말 죄송합니다. 선생님."

"아니래도 그러네."

오히려 그가 미안하였다.

그렇게 또 한 바탕 하였다. 그가 시키는 대로 하였다. 그런데 그것으로 끝나지 않았다. 그 정반대 케이스라고 할까. 미리 계산해 달라는 친구가 있었다. 못 해 줄 것도 없었다. 그렇게 해 주었다. 쌀이 떨어졌다고 하여 쌀도 대 주었다. 무슨 문제든 공동체를 해치는 일이 아니면 따지지 않았고 다 해결되었다. 문제는 땅이 있고 노동력이 있으면 언제고 채워지는 것이었다. 조사를 하면 쌀이 있나 없나, 돈이 왜 필요한가, 무슨 사정이 있나를 알 수 있지만 다 이율을 따지는 것으로 모든 것이 공평하였다. 그의 경우는 금방 도정한 것을 조금씩 조달하였다. 갓 찧은 쌀은 참 밥맛이 좋았다.

들이 돌아가기 시작했다. 움직이는 것이 보이었다.

처음에는 노동력이 달려서 땅을 반은 놀렸다. 놀리는 땅, 논밭도 다 계산을 하였다. 뒤의 얘기지만 생각이 있는 사람 협조하는 사람들은 배당을 돌려주었다. 계산은 그런 것이 아니라고 하였다. 그것을 다시 투자를 하라고 하였다. 넉살이 좋은 것이 아니었다. 손해 갈 것이 없었다. 이자를 다 쳐 줄 뿐 아니라 투자 자금은 은행이나 신탁과는 계산이 달랐다. 일단 남는 돈은 은행에 다 넣었다. 은행에는 또 단 10원이라도 맡아주겠다고 하고 가장 높은 이율을 적용해 주었다. 물론 마을에 있는 농협이다. 그러나 적든 크든 돈에 관한 한 남훈의 지시에 의하여 이루어졌다.

재투자는 자금을 은행에 넣어 두는 것이 아니었다. 닭을 기르고 토끼를 기르고 가공을 하고 하는 팀을 구성하였다. 판매도 하여야 했지만 자체 소비도 해야 했다. 젊은 사람들 의욕 못지 않게 영양을 채워야 했다. 토끼는 생산력이 좋았다. 통조림 공장도 만들고 생수 가공도 하고 할 수 있는 것은 다 하려고 하였다. 그러나 그러한 각론 들은 하나의 운영방법이고 수단이고 총론은 목적은 땅이었다. 온 들의 논과 밭을 다 집합시키는 땅의 혁명이었다.

그에게 찾아와서 인터뷰를 하자, 글을 써 달라, 사진을 찍자, 여러 가지 청들이 있었다. 그런 것들을 규호에게 남훈에게 분산시켜 주었다. 사실 그는 무척 바빴다. 눈코 뜰 사이가 없었다. 오줌 눌 사이도 없었다. 젊은이들의 사활이 걸린 문제이고 그것으로 끝나지 않고 한국 농촌 아니 한국의 미래가 달린 문제이고 그 책임을 그가 지고 있었던 것이다.

시작은 좋았다. 잘 돌아갔다. 땅을 다 합치고 노동력과 자금을 다 합치고 다시 다 나누었다. 노는 땅 노는 인력이 없고 노는 자금이 없는 치밀한 영농이었다. 몇 번 되풀이하지만 그것이 기본 공식이었다. 후하게 계산을 하였다. 동지들 것은 제일 나중에 돌아가게 하였다. 그리고 동지들은 먹는 것만 제하고는 다 재투자를 하였다. 교육비 등은 부모들 조부들 외조부모들이 맡아 하였다. 우선 그런 것은 계산을 할 수가 없었다. 완전히 징발을 당한 것이다. 군대나 다름없는 비상시와 같은 전쟁터를 방불케 하는 물샐 틈 없는 작전과 기민한 움직임으로 잡아 돌리었다. 끌어주고 밀어주고 당겨주고 후원해 주고…… 앞으로 안 갈 수가 없었다. 잘 돌아갔다.

그럴수록 그의 두 어깨는 무거워졌다. 책임도 책임이지만 그 자신은 어떻게 되는가. 동지들의 전력투구 앞에 늙어죽도록 이상만 펼치다 말아서는 안 되었다. 다른 동지들도 그랬지만 남훈의 경우 정말 고마웠다. 눈물이 났다. 돈이 얼마나 많고 적고 또 무엇이 어떻고의 문제가 아니고 마음 씀이 참으로 고마웠다. 그것은 사제의 관계 동지의 관계 그 이상이었다.

"자네를 위해서라도 반드시 일어서도록 하겠네. 실패가 없도록 하겠네."

"그래야지요."

남훈은 웃으면서 말했다.

"언제 선생님이 주저앉아 계셨어요?"

그때 영어의 나날을 얘기하는 것이었다.

"그동안 시간은 많이 갔지만 도상 실험을 반복해서 할 수 있는 기회를 가진 거지요. 그때는 제가 역할을 할 수도 없었고."

"그래. 좌우간 그런 시간은 다 가고 인제 수확만 남았다고 생각하세."

"그래요."

"나는 자네들이 있어 정말 행복하네."

"불행은 불행하다고 생각하는 사람에게 있는 거예요."

"그런가? 그 점은 자네한테 배워야 하겠네."

"죄송합니다."

"뭐가 자꾸 죄송해?"

"호호호호…… 아이 참 선생님도!"

남훈의 처 경희의 웃음이 더욱 예뻤다.

그러나 행복에 대해서는 동의할 수가 없었다.

재두에 대한 것 때문이었다. 현희가 위로를 계속하여 주고 있지만 감정조절이란 남의 힘만으로 되는 것이 아니었다. 버리고 포기하고 비워야 되는데 아무리 노력해도 잘 안 되었다. 고통이 계속되었다.

다시 내려온 현희는 다짜고짜로 이렇게 말했다.

"이제 한 단계 뛰어 넘을 거예요."

미안하다는 말도 없이 정말 한 단계를 건너뛰는 것이었다.

그는 불안하였다. 그러면 어떻게 되는 건가. 사실 미안하기도 하고 서먹한 것들을 어떻게 푸나 하고 있는데 그녀가 말하는 것이었다. 그럴 것이라면 그가 먼저 얘기할 것을, 뭐라고 해석을 내려줄 것을 그랬다. 가령 그냥 미안하게 되었네라든지, 자네의 마음은 잘 알았네라든지, 또는 너무나 자네의 마음이 고맙네라고 할 수 있었을 것이다.

그러나 그녀가 이윽고 말하였다.

"이제 사제의 관계가 아니고……."

아니나 다를까, 그러면 무슨 관계가 되는가.

"이제 말이지요. 남남이에요. 이해관계에서 움직이는. 가족과 같은 관계라고 할까요? 뭐가 됐든 전과는 전혀 다른 관계로 말이에요."

그런 얘기였다. 그와 같은 심정이었다. 그러나 그는 그럴 수가 없었다.

"아니 왜 자꾸 관계를 들먹거려? 우린 아무 관계도 없었어."

"맞아요. 그래요."

그녀는 웃으면서 대꾸하였다. 그를 쓰다듬어 주기도 하는 것이었다.

"선생님 불편하실까봐 제가 먼저 말씀드리는 거예요. 좌우간 저는 아무 상관 없으니까 신경 쓰지 마세요. 전보다 더 잘 할께요."

거꾸로 되었다. 그가 해야 될 말을 그녀가 하는 것이었다.

"거기서 어떻게 더 잘 하나?"

"그러니까 잘 못하는 거지요."

"그래."

현희는 내외가 왔다. 같이 있는 데서도 그런 이야기를 하였다.

"그럼……."

남자 남자제자도 아느냐는 것이었다. 규호를 말하는 것이었다.

"그럼요. 우리끼리 모르는 것이 뭐가 있어요."

"그래?"

"아이 참 선생님도!"

그러나 그런 것—그가 염려하는—을 다 얘기할 수는 없었다. 그저 재두에 대한 얘기, 그 빈자리를 얘기했고 그 대책을 얘기했던 것이다.

"제가 아들이 되어 드리겠습니다."

"그래. 말만 들어도 고맙네."

"아니 정말이에요."

"알았다니까."

"저어……."

"우선 다른 사람들에게는 얘기를 하지 말아 줘."

"그럴 필요가 있을까요?"

"그랬으면 좋겠어. 그러고 싶어."

"예, 알겠습니다. 그렇게 할께요."

현희가 약속을 하였다.

"저어 제가 그냥 말로만 하는 것이 아니고 입양을 할께요. 허락하신다면……. 뭐든지 할 수 있어요."

"그래. 좌우간 고마워."

"정말이에요."

"알았다니까."

정말 허전한 그의 빈 자리가 채워지는 것 같았다.

다른 일은 잘 진행이 되었다. 본격적으로 가동이 되었다.

한참 잘 돌아가는데 한 가지 문제가 또 생기었다. 다시 출마설이 불거진 것이다.

다시 흔들리다

출마를 하지 않겠느냐고 하는 것이었다. 출마를 하라는 것이었다. 다시 출마를 하기만 하면 된다는 것이었다. 당이 문제가 아니고 돈이 문제가 아니라는 것이다.

출마를 하라는 것이라기보다 출마를 하느냐고 묻는 것이었다. 떠보는 것이었다. 얘기도 종잡을 수가 없었다. 결론적으로 하나는 하라는 것이고 하나는 하지 말라는 것이었다.

어느 것이 되었든 그의 위력이 되살아난 것이었다. 법을 들고 나오기도 하였다. 일규가 오랫동안 옥살이를 하긴 했어도 다 살고 나왔고 그것이 문제될 것은 없다고 하였다. 그래서 법조항을 들어 그가 나와도 된다는 것이었다. 어떻든 그가 들어가기 전 사정과 꼭 같았다. 그리고 얼마 전 그가 나올 때 사정과 꼭 같았다.

그때 그 사람이 여전히 하고 있었고 그의 아들까지 시키고 있었다. 그를 이기려면 아버지가 다시 나와야 된다고 하고 있었다. 그러니 그때보다 더 확실하다는 것이었다. 되는 것, 당선이 말이다.

그것이 말로만 오고 가는 것이 아니고 진행이 되고 있었다. 실제 상황이었다. 호응이 컸고 가능성이 컸다. 가능성이 아니라 가능하였다. 그것이 눈으로 보였다.

일규는 그런 말이 나올 때마다 아니라고 하였다. 가능하지 않다는 얘기가 아니고 그럴 수가 없다고 하였다.

"내가 지금 해야 될 일은 들판을 돌아가게 하는 일이여. 그보다 급한 게 어디 있고 더 중요한 게 어디 있나."

"들은 잘 돌아가고 있습니다."

"아니여. 아니여."

그럼 지금 일이 잘 안 되고 있는 거냐고 주변 사람들이 따졌지만 그는 고개를 흔들었다. 이제 꿈틀거리고 있는 것이었다. 그 중요한 시기에 그가 딴 짓을 하면 안 된다는 것이었다. 딴 마음을 먹으면 안 된다는 것이었다. 그것이 잘 돌아가야 다른 것도 따라서 되는 것이었다. 그것이 사실이었다. 실제로 그랬다.

그런데 안 나오겠다고 하는 그 자체가 더 위력이 있었다. 단원들 동지들도 자꾸 권하였지만 그는 고개를 흔들었다. 동지들이 권하는 데는 그만한 이유가 있고 논리가 서 있었다.

"선생님이 정계에 나가서 입법도 하고 제도적으로 확확 돌아가게 만들어야지요."

맞는 말이었다.

"나가서 뒤에서 밀어주어야 일이 더 잘 되지요."

"아니여. 앞에서 끌어주어야지."

거기에도 일리가 있긴 하고 명분도 분명했다. 양쪽 다 논리가 섰다. 그러기 때문에 더욱 위력이 있었다.

허풍이 아니고 나오는 것도 이유가 있고 안 나오는 것도 그럴 만한 명분이 있었다. 그러니 아무래도 좋았다. 안 나오겠다고 얘기하면 할수록 권위가 섰다.

심지어는 얼마를 줄테니 나오지 말라는 제의가 있어서, 그것을 받아서 운용자금으로 쓰면 된다는 생각도 했지만 그래서는 꼴이 안 되었다. 꼴이 문제가 아니고 말이 안 되었다. 돈은 있는 대로 필요하였다. 남훈의 돈도 일부 돌려줄 수 있는 것이고 그러나 그런 계산만 있는 것은 아니었다. 안 나오는 자체 돈을 받았다는 자체가 이상하게 좋게들 보는 것 같았다.

소문이 금방 났다. 남훈이한테까지 알려져 자기 때문이라면 받지 말라는 것이었다. 돈이 필요하면 더 내놓겠다고 하여 서로의 입장을 묘하게 하였다. 소문만 나고 돈을 안 받으니까 더 주가가 올라갔다. 그럴 뿐 아니라 그러면 또 나오는 게 아니냐고도 하였다.

그러니 이러지도 저러지도 못하고 엉거주춤하였다. 알 수 없다고 하였다. 우물 속이라 속을 들여다 볼 수도 없고 사람 마음을 알 수 없다고 하였다.

아닌 게 아니라 그러다 보니 자기 자신도 잘 모르게 되었다. 솔직히 말하면 안 나오는 것인데 속을 털어 놓을 수도 없었다. 아니 그것을 아무도 믿지 않았다. 정말 그의 진심은 이러다가 어떻게 되는 것이 아니냐 어떻게 되었으면 좋겠다 아니 그것도 아니고… 정말 그러다 보니 정말 그 자신의 마음도 잘 모르게 되었다.

참 이상한 일이었다. 이제 그런 말을 물으면 서슴 없이 대답하였다.

"나도 잘 모르겠네."

동지들에게뿐 아니고 누구에게나 그렇게 말하였다.

그러니 다른 사람들은 더욱 모르게 되었다.

출마 얘기는 정말 이상하게 되었다. 정치라는 것이 그런가 모르지만 사람을 이상하게 들었다 놨다 하는 것이었다. 나오면 된다는 것이고 안 나오면 바보라는 것이다. 그런데도 안 나오겠다고 하니 이상하게 생각하는 것이었다. 뭐가 있지 않느냐는 것이고 아니 뭐가 있다는 것이다. 병이 있다고도 하였고 곤란한 다른 뭐가 있다는 것이다. 법적인 하자가 있다고도 하였다. 뭐가 됐든 말을 않고 꾹 참으면 되는데 그도 인간인지라 화도 나고 쓸데없는 겁도 나는 것이었다. 그래서 정말로 솔직하게 진심을 말하였다.

"내가 정말로 하고 싶은 게 있어요. 그런데 그것이 제도상으로……."

"아니 뭔데 그래요. 국회의원보다 더 어려운 게 뭐에요?"

"그래 말이에요. 그게 도대체 뭐에요?"

주로 그의 제자들 동지들이 묻는 것이었다.

"아니 그래 국회의원이 뭐가 그리 대단하고 그것 말고는 그렇게 할 것이 없단 말인가."

"없기야 왜 없어요. 대통령도 있고……."

"뭐 많지요. 얼마든지 있지요."

"원 사람들도 참, 그래 내가……."

"왜요, 뭐 되고도 남지요."

"그럼요, 무슨 말씀을 하시는 거예요?"

동지들은 모두들 대통령 감이 된다는 것이었다. 누구 하나 다른 소리를 하는 사람이 없었다. 비꼬는 말이 아니었다. 우스갯소리로 하는 말도 아니었다.

"이 사람들이 나를 놀리는구만. 그래 뭘 어떻게 봐서 내가……."

대통령이 될 수 있다고 생각하느냐고 말하려다가 객기를 부렸다.

"하하하하…… 그래 어디로 보니까 내가 대통령밖에 안 될 사람인가? 날 어떻게 보고 하는 소리여?"

그리고 다시 웃었다. 그러자 동지들은 따라 웃지도 못하고 얼굴이 푸르죽죽하여 서로를 바라보기만 하는 것이었다.

그런데 그는 너무나 거리가 먼 이야기를 하는 것이었다. 도무지 이상한 말을 하는 것이었다. 그가 원하는 것은 그런 것이 아니라고 하였다. 정말로 원하는 것이 있다면 면장이라고 하였다.

무슨 말을 하는지 모르겠다. 면장이 어떻다는 것이 아니었다. 도무지 가능하지 않은 것이었다. 제도적으로 불가능하였다. 선거로 뽑는 것이 아니고 임명직인 것이다. 군수라면 말이 된다. 도무지 알다가도 모르겠다.

그러나 일규의 말은 진심이었고 어깃장을 부리는 것이 아니었다. 말을 하지 않았지만 그의 아버지 입장에서 생각해야 한다. 그래야 이해할 수 있는 것이었다. 만세 사건으로 허리가 부러진 안준이 설분의 면장을 하기도 했지만 그가 면장이 된다면 마을 이장을 지낸 아버지—장도리 이종호—의 명예를 살리는 것이며 더구나 독립운동자의 명단에도 빠져 있는 상황에서 명예를 회복하는 일이 되는 것이었다.

그런 얘기였다. 그런데 좌우간 그것은 불가능한 것이었고 이장이라면 모를까 또 군수라면 모를까 면장이 되는 것은 어려웠고 결국은 생각뿐이지 현실성이 없는 신소리로 그치었다. 그것은 다시 안 나온다는 결론이 되었고 여전히 진의를 의심하게 되었다. 그렇게 이야기는 다시 원점으로 돌아갔다.

또 하나의 문제는 재두에 관한 것으로 양자를 서로 주겠다고 하였다. 물론 제자들이다. 그가 알리고 싶지 않았지만 어떻게 서로 다 알게 되었다. 대를 이어야 되지 않겠느냐는 것이지만 성도 다르고 본도 달랐다. 그냥 건성으로 얘기하는 것이 아니고 진심으로 하는 얘기였다. 아직 어리기도 하고 제법 큰 아이도 있었는데 금쪽 같은 아들을 주겠다는 것이었다. 귀하지 않은 자식이 어디 있으며 힘들여 놓지 않은 자식이 어디 있을까마는 다들 누가 됐든 선택하는 아이를 그에게 주겠다는 것이다. 시대착오적인 생각인지 모르지만 그가 무슨 상전이라고 그에게 바치겠다는 것이었다. 대개 아이가 둘씩 있었고 딸만 있는 동지도 있었는데 정말 눈물이 나왔다. 아들이 둘 셋 된다 하더라도 어떤 경우라도 그가 받아들일 생각은 없었지만 오히려 주겠다는 쪽에서 서운하게 생각하는 것이었다. 남의 성의를 무시하느냐는 것이다. 그러니 또 누구의 이야기를 듣느냐 하는 것도 쉬운 일이 아니었다. 차라리 누구의 이야기도 듣지 않는 것이 방법이었다.

좌우간 너무나 고맙고 눈물이 나왔다. 그것이 돈이나 땅에 대한 것, 어떤 물질적인 것이 아니고 인간적인 정에 관한 것으로 동지들의 마음을 단적으로 표현하는 것이었다. 피가름을 한 혈맹의 동지들이었다.

그리고 현희와 같이 그의 아이를 낳아 주겠다는 것은 물론 다른 생각이었다. 누구에게 말할 수도 없는 것이었고 있을 수 없는 이야기였다. 그녀의 생각을 사제간의 정으로는 설명할 수가 없고 어떤 관계로도 설명할 수가 없었다. 조금 지나친 정이었다. 조금이 아니고 많이였다. 좋게 생각하면 분에 넘치게 고마울 뿐이었다. 그가 말한 대로 신의 경지였다.

그러나 뭐가 어떻다 하더라도 양자가 그의 아들 그의 혈육을 대신할 수는 없었다. 점점 아들의 비중이 커지고 재두의 자리가 크게 느껴지는 것이었다. 옥과 돌같이 비교가 되는 것이었다. 눈물겨운 동지들 제자들의 뜻을 받아들일 수도 없지만 받아들여 그의 빈자리를 채워준다 하더라도 나무로 깎아 만든 인형처럼 생각되는 것이었다. 그렇다고 현희의 말과 같이 입에 담기도 힘든 의

사—아니 의지—를 돌이켜 생심할 수는 없는 일이고 참으로 이상한 데서 비지자루 터지듯이 터졌다.

그 언저리에 초등학교 후배 순덕이 나타났다. 전에는 서로 모르고 지내던 처지였다. 도계인 길마재를 넘다가 목이 말라 들린 주점—주점도 아니고 주점을 하다 만 고개 마루 길가집—에서 만났다. 물을 달라고 하여 두 그릇이나 마시고 비를 피하여 앉았다가 인사를 하였고 술을 한 사발 대접을 받고 거기 사는 사연을 들었다. 이것저것 다 해보고 아이들도 여럿 되었지만 다 떠나고 혼자가 되었다고 하였다. 푸성귀는 심어 먹고 쌀은 1년에 한 포대만 가지면 남는다고 하였다. 남은 밥으로 술은 담아서 먹고 커피는 설탕 없이 진하게 마셨다. 귀농도 아니고 귀향도 아니고 귀천이라고 하였다. 그게 무슨 뜻이냐고 하자, 그것도 모르느냐고 나무랐다. 시도 안 읽느냐고 하였다. 가끔 들러 그 술을 얻어먹다가 취하여서였다. 아이를 하나 낳을 생각이 없느냐고 물었다. 그녀는 화도 안 내고 말이 될 말을 하라고 하였다. 지금 나이가 얼마고 또 그러면 뭐가 어떻게 되느냐고 하였다.

"글쎄 뭐가 되든가 안 되든가 하겠지요 뭐."

"보기보다 싱거운 양반이시네요."

"소금 없어요?"

"뭐요?"

"새우젓도 좋고"

"참말로 형편이 없는 양반이구만."

좌우간 아이에 대한 것이라고 할까 그런 개인적인 일로 하여 또 한 번 흔들렸다.

그러나 들은 잘 돌아갔다. 좀 더 자리가 잡히고 서로들 힘 있게 잡아 돌리었다. 전쟁터 같았다. 결전장이었다.

건물을 지었다. 다른 들판의 논 밭 일도 물론 하였지만 일차적으로 건축을 하는 것이 큰 일이었다. 설계도 그들이 하였고 시공도 그들이 다 하였다.

우선 흙장을 찍었다. 위치도 마을과 들의 중간 지점에 잡았다. 건축 허가를 내고 설계를 마무리하기 전에 벽채를 쌓을 흙장부터 찍었다. 뒷산 황토흙을 파고 소를 먹이려고 쌓아 두었던 짚을 나중에 채워 주기로 하고 실어다가 작두 대신 카트기로 잘라서 섞었다. 물도 마을 수도가 아닌 냇물을 퍼다 부었다. 대대적인 공사였다.

흙장을 재래식으로 짚을 섞어 지륵하게 버무려 발로 밟아 한 장 한 장 찍어 내었다. 그 숫자와 시간을 생각해서 흙벽돌 찍는 기계를 제작하여 생산해 내려고 하였지만 옛날식으로 하기로 하였다. 긴 설명이 필요 없었다. 벽이 숨을 쉬도록 하자는 것이었다.

대역사였다. 공동체 협업이 집짓기부터 시작되었다. 한 머리서는 흙을 파고 한 머리서는 반죽을 하고 찍고 나르고 말리고 쌓고 덮고… 분업적으로 일사분란하게 진행되었다. 인력들이 얼마든지 투입되었다. 또 한 머리서는 집 앉힐 자리를 다듬고 기초를 파고 그 옆으로 흙장을 쌓아 두고 또 한 머리서는 쌓고 다시 터를 다듬고… 일 하는 사람은 시키는 대로 하면 되었다.

작업지시를 치밀하게 하였다. 일을 않고 지시만 하는—그게 일이지만—사람들이 있어서 계획대로 움직였다. 들 일과 건축 공사로 구분하고 어디에 누가 지정이 되었고 일에 따라 계산이 다르지만 가급적이면 그것도 적성과 전공 능력 희망에 따라 정하였다. 대개 인력이 모자랐지만 남아돌아갈 때 작업지시의 위력이 있었다. 철저한 기록을 위주로 하기 때문에 정실이나 다른 무엇도 개입될 수가 없었다. 이것은 또 다른 기준이지만 일의 능률, 다시

155

말하여 얼마나 일을 잘 하나 하는 것은 참고가 되었다. 그것을 계량화하기도 어렵고 평가하기도 힘들지만 그렇게 정확하게는 안 되더라도 누가 일을 잘 하고 부지런히 하는 것은 다 알고 있었다. 그러나 그것이 기준이 되지는 않았다.

좌우간 일하는 것과 하루하루 노임이 액수로 기록이 되었다. 들일 하는 것과 건축공사를 하는 인건비를 같이 책정을 하였다. 6만원씩, 많고 적고 간에 마을에서 행해지는 시세였다. 된 일이 있고 좀 쉽고 편한 것이 있었지만 일단 기본 일당이 그랬다. 한 가지 특기할만한 것은 여자들의 노임으로 마을에서는 절반이었었는데 일원화하였다. 참으로 획기적인 것이었다.

"도대체 지금이 어느 시대예요?"

여동지들이 주장하였다.

"아니 그런 야만적인 처우가 어떤 기준에서 나온 거예요?"

여자들이 펄펄 뛰었다. 누구보다도 그에게 따졌다.

"이 마을의 실례가 그래. 그러나 이 마을 근동뿐이 아니고 대부분의 농촌에서 그렇다고 보는데."

그것은 사실이었다. 밭을 매고 고구마나 감자를 캐고 하는 것도 그랬지만 포도를 봉지에 싸고 상자에 넣고 하는 일 사과 배 복숭아도 마찬가지지만 그런 일은 여자들이 주로 했다. 노임이 절반이었다.

그는 아는 대로 얘기했다. 여동지들은 말도 안 된다고 하였다. 있을 수 없는 일이라고 하였다. 남자들도 거들었다. 농촌에서는 남녀평등이 이루어지지 않고 있다고 하였다.

"평등이란 그런 것이 아니지."

"평등이란 그럼 뭐지요?"

"주어진 조건에 맞추어야지. 남자와 여자가 신체적인 조건이 다른데 똑 같은 일을 시키는 것은 평등이 아니여."

아니라고 하였다. 그게 그 말이라고 하였다. 좌우간 임금이 차이가 나면 여자들은 일을 안 하겠다고 하였다. 아주 단호하였다.

"시골 여자들만 시키세요."

"네 그렇게 하세요."

네, 네… 모두들 같은 소리를 하였다.

그에게 항의하는 것 같았다.

"그럼 자네들은 뭘 할 건가?"

"그런 걱정은 하지 마세요. 가지는 않을 테니까요."

현희가 웃지도 않고 말하였다.

"혼자 갈 수야 없지요."

"그럼요."

모두들 같은 말을 하였다. 그냥 놀겠다고도 하였다. 남자—남편을 말하는 것이다—들이 일을 하니 밥이야 먹여주지 않겠느냐는 것이다.

사보타지를 하는 것도 아니지만 여자들을 이길 수가 없었다. 정말로 화를 내서 따지는 것이었고 남자들이 여전히 가만히 있었다. 부창부수였다. 그렇다고 시골 마을 여자들은 그냥 두고 그들만 올리자는 것도 아니었다. 오히려 그것은 더 거세게 반대했다. 야단들이었다. 요는 여자 여성의 지위를 말하는 것이었다. 그래서 참할 수 없이 여자들의 노임을 남자와 같게 하였다. 그러나 그렇게 결정한 데에는 논리도 있었다.

일규의 논리는 물론 달랐다. 그러나 갑론을박 하는 가운데 여성의 역할은 여성 자신이 얼마나 일을 많이 하고 적게 하고 잘하고 못하고의 문제가 있는 것이 아니고 같이 일하는 남자들의 능률이 오른다는 것이었다. 참으로 그럴듯한 이야기였다. 그 반대라기도 하였다. 그러나 그런 주장을 한 사람들은 야만인 취급을 받았다. 어떻든 여동지들 때문에 여자들 전체의 임금이 올랐고 그것이 화제가 되었다. 나중의 얘기지만 그래서 여자들의 호응이 대단히 컸고 여동지들의 여성적인 지위를 높이 평가하게 되었다.

"그 여자들 그렇게 볼 게 아닌데! 참 대단한 여자들이여!"

"남자 몇 못 하는 여자들이여."

그렇게 바람을 일으켰다.

일규도 내키지는 않았지만 그렇게 따라갔다. 그의 생각이 시대에 뒤떨어진 것이고 수에 밀려서가 아니라 그로서도 주장만 할 것이 아니고 져 주어야 했다. 장점을 최대한 살리기로 한 것이다. 그러면서 그가 하나만은 강하게 주장하였다. 주장이라기보다 당부였다. 어떤 경우라도 시골 여자 서울 여자 따지지 말라고 하였다. 그들보다 더 낫다고 생각해서는 절대로 안 된다고 하였다.

좌우간 흙장이 건조하는 대로 집이 올라가기 시작하였다. 한 두채만 짓는 것이 아니고 여러 채를 한꺼번에 지었다. 밤에도 하고 비가 와도 하고 목수 토수가 따로 있었지만 이것저것 되는 대로 시켰다. 그가 작업 지시를 하였다. 물론 작업 책임자가 있었다. 영농관계 건축관계, 기계분야, 기술분야, 기타 여러 분야와 구분이 있었다. 그러니 일규는 모든 분야를 관장하고 지시를 하였다.

집이라는 것이 식당이었고 주거였다. 또 작업 공간이었다. 그의 집을 사용하였고 몇 집을 임시로 사용하였었지만 불편하기 짝이 없었다. 넓고 좁은 것만이 아니고 공동생활을 하기에는 여러 가지로 문제가 있었다.

식당 주택 창고 사무실 공장…… 서로 다 기능이 달랐다. 그렇게 설계가 되어 있었다. 건축 허가도 진행이 되고 있었다. 용도가 다르고 규모가 다르고 구조가 달랐지만 전부 벽채를 흙장으로 하였다. 목재 기둥을 쓰기도 하고 전혀 흙만을 사용하기도 하였다. 인력을 들인 만큼 재료가 생산되었다. 흙에다 물을 붓고 짚을 썰어 넣고 찍어내면 되었다. 그렇게 인건비를 발생시키기 위해서이기도 했지만 흙 속에서 풀 속에서 산다는 중요한 상징적인 의미가 있었다. 그리고 모든 인력을 다 투입하여 가동을 시키는데도 의의가 있었다. 근동의 인력이 다 집합하였다. 다른 데서도 왔다. 아무 불편 없이 잘 수가 있고 먹을 수가 있었다.

제일 먼저 지은 것이 식당과 숙소였다. 완성된 것은 아니고 공사를 해가며 사용하였다. 미완성이지만 식당으로서 손색이 없고 모든 기능을 다 발휘하였다. 무엇보다도 일시에 한꺼번에 식사를 할 수 있는 자리였다. 저녁식사를 하고 다음날 작업에 대하여 알리는 게시판이 큼지막하게 전광판으로 설치가 되어 있었다. 정말 의외의 직종이나 장소로 배치되는 경우도 있어서 저녁마다 폭소가 터지기도 하는 수수께끼의 시간이었다. 불만은 있어도 불공평 불평등은 없었다. 식사 당번, 차량 보조, 아이 보기, 물 긷기 등 가짓수가 많았다. 식사 당번도 재료 사오고 밥하고 반찬 만드는 사람, 청소하는 사람, 배식하고 서빙하고 계산하는 사람, 감독하는 사람이 있고 하루 종일 하는 경우와 시간적으로 하는 경우가 있었다. 아이 보는 것도 남자와 여자를 같이 배치하였고 단순히 얼르고 놀아주기도 하고 공부를 시키기도 하고 여러 파트가 있었다.

방이 있고 홀이 있는데 양쪽에 대형 TV와 여러 군데 스피커가 달린 라디오 FM 오디오가 설치되어 음악을 듣고 뉴스와 오락 프로를 함께 들을 수 있었다. 다른 얘기지만 그런 것뿐 아니고 냉장고 세탁기 탁구대 등을 여러 기관에서 기증을 하였다.

식사 후에 커피나 다른 차를 마실 수도 있고 매점 구판장이 붙어 있어 술이나 음료수 그리고 기호대로 여러 가지를 사서 들 수가 있었다. 식사에 딸려 있는 숭늉 외는 개인적으로 계산을 하여야 했다. 물론 식사도 세끼 다 계산이 되었다. 일하는 것 먹는 것을 낱낱이 기록을 하였다. 자는 것도 기록을 하였지만 값은 없었다.

술과 담배는 권하지도 않았지만 금하지도 않았다. 다만 그런 것들은 필수적인 것이 아니고 원하는 경우만 값을 지불하고 취하도록 하였다. 다른 것도 그랬지만 유통 비용만 붙여서 구판하도록 하여 다른 데서 사는 것보다 훨씬 쌌다. 가끔 막걸리 파티를 하기도 하고 누가 내기도 하고 또 특별한 날 같이 하는 외에 따로 혼자 갖다 먹는 알콜 중독자는 없었다. 식사 후 끼리끼리 좌석이 마련되기도 하지만 어디까지나 식당이지 술집은 아니었다.

그런 것들은 하나의 기본적인 생활이었고 협업 공동체의 두뇌들은 커피를 몇 잔씩이고 마셔대며 계획을 세우고 새로운 방안을 찾았다. 누가 시키는 것도 아니고 돈을 받는 것도 아니었다. 물론 청구하면 되는데 그런 얘기가 아니었다. 토의를 하고 머리를 짜내는 데는 자기의 방보다도 식당의 한 구석이나 사무실 책상 위가 나았다. 뭘 먹을 수도 있고 마실 수도 있고 자료도 있고, 아직 창고 같은 사무실에서 온통 나라를 걸머진 사람들처럼 밤 새는지 모르고 열을 올렸다.

단순한 협업 공동체를 잡아 돌리기만 하자는 것이 아니었다. 이번에 새로 집착하게 된 일은 신품종 종자의 개발이었다. 금보다 몇 배가 비싼 게 씨앗이었다. 금 1그램에 4만 3천 원인데 토마토 씨앗은 1그램에 13만 원이다. 세 배다. 파프리카 씨앗은 금값의 두 배다. 세계 1위 종자 기업인 몬산토는 지난 해 매출이 13조이다. 종자산업이 황금알을 낳는 거위였다. 이런 이야기를 하다보면 도무지 잠이 오지 않고 열이 뻗혔다.

"아니 도대체 금보다 비싼 게 다 씨앗이라니!"

"작은 씨앗 한 톨에서 30여 개(토마토)를 거둘 수 있으니 그럴 수밖에."

정부가 이런 종자산업 육성에 나서고 있고, 곡식 채소 가축 등의 종자 연구에 막대한 자금을 투입하고 있다. 거기에 같이 보조를 맞추자는 것이었다. 고추 배추 토마토 등 종자 개발뿐 아니고 종자 수출을 하자는 것이다. 남훈이 업종을 바꾸기로 했다. 투자가 아니고 주력사업으로 말이다. 내려오면서부터 그럴 생각이었다고 했다. 무슨 일을 낼 것 같았다.

파종기

봄이 되면서 그야말로 본격적으로 공사가 시작이 된 것이다. 그동안은 준비 단계라고 할 수 있었다. 모든 것을 실전 태세로 움직였지만 움이 트고 씨를 넣기 시작함으로써 대역사가 시작되었다는 실감이 났다.

실은 가을에 보리씨는 이미 뿌리고 벌써 퍼런 싹이 눈 속에 자라고 있었다. 그동안 보리는 기피를 하고 갈지 않았지만 식생활의 자급과 균형을 위하여 일단 몇 판—5,000평 정도—만 파종을 하였다. 여러 가지 이유로 1모작만 하여 2모작은 옛날이야기가 되어 있었다. 그것은 농토의 효율을 높이는 일이기도 하였지만 노동력을 최대한 사용하는 방법이 되었다.

"농토를 놀리지 않고 알자리를 늘리는 것이여."

너무도 쉬운 얘기였다.

"ㄴ자 돌림이네."

"ㅁ이네."

맞다는 것이었다.

마을에 허리 구부러진 노인들만 있었고 젊은 사람들이 없었는데 젊은이 부대가 대거 이주해 온 것이다. 그것도 그냥 젊기만 한 것이 아니고 고급 인력들이었다. 작정을 하고 온 행동대였다. 농촌을 살리고 농업을 일으키겠다고 하는 맹랑한 친구들이었다. 정신이 나간 사람들이 아니면 참으로 무서운 친구들이었다. 농수산부의 기술팀이 투입된 것과 같았다. 아니 그보다 더 적극적이며 모든 것을 걸고 있었다. 죽기살기였다.

외부 인력이 투입되자 마을사람들도 더욱 부지런해졌다. 노인들 나이 많은 사람이 허리가 아프다 다리가 아프다 하는 핑계—사실이 그랬지만—도 쑥 들어가 버렸다. 일을 하면 돈을 주고 일을 안 하면 안 주는 것이다. 노력한 만큼 대가를 주는 것은 당연한 것이고 자유스런 선택이었던 것이었다. 누가 늙었다고 탓하는 사람도 없고 일을 안 한다고 뭐라고 하는 사람도 없었다. 오히려 노인들 나이 많은 사람들을 우대하였다. 나이가 많거나 노동력이 힘에 부친다고 해서 꺼리지 않고 희망하는 한 젊은이보다 늙은이를 먼저 받아주고 처리하였다. 계산상으로는 맞지 않는 얘기였다. 노동량이나 여러 면에서 차이가 있었지만 그런 것은 따지지 않았다. 남자와 여자의 노임을 일원화한 것과 같은 맥락이었다. 노약자를 배려하고 봐주고 한다는 인식보다는 이 공동체의 권위였으며 새 질서였다. 거창하게 그런 것을 걸터들일 것도 없고 무슨 예의라고 할 것도 없고 실질이었던 것이다. 능률의 확대였다. 여자는 남자 일을 하였고 늙은이도 젊은이 일을 하게 되었던 것이다. 거짓말 같았다.

좌우간 농민 8% 시대, 노인들만 마을에 머무는 농촌, 어디에나 볼 수 있는 현상을 일신하였고 젊고 활기가 넘치는 기운이 이 마을을 잡아 돌리고 있었다.

일을 하기도 전부터 소문이 나서 많은 사람들이 구경을 오고 견학을 와서 아예 그런 부서도 만들어 운영하였다. 실험 마을이었다. 여러 가지 홍보자료를 만들고 영상 자료도 만들었다. 그 일은 아직 내려오지 않은 윤애에게 맡기었다. 전에 별거를 하던 것이 정리가 덜 되었는지, 왔다갔다하는 그녀가 서울에서 머물면서 해결할 것을 하도록 하였다. 커플인 명환이는 물론 내려와 있었다.

쌀 보리 채소 과일 등 식물성 농사만 짓는 것이 아니었다. 동물성이라고 할까 벌레 농사도 지었다. 농약은 원래 사용하지 않아 가만 있어도 메뚜기가 뛰어다니고 배추벌레 고추벌레 등이 끓기 시작하였는데 벌레 먹은 배추는 유기농 인증서였다. 설명을 할 필요가 없었다. 수확의 감소 수익의 감소가 문제가 아니었다. 메뚜기의 경우 의도적으로 사육을 하였다. 처음에는 부정적인 의견이 많았고 하자 말자 논란이 있었는데 결론은 계속 밀어붙이기로 하였다. 그동안 다른 사람들에게는 쉬쉬하다가 이제 작전이 시작되었다.

쌀 이름을 메뚜기라 하고 메뚜기 잡기대회를 하고 메뚜기를 브랜드로 하는 것이다. 메뚜기 그림으로 로고도 만들었다. 메뚜기쌀을 '대지大地'라고 하였다. 소설 이름이었다. 소설에서는 그것이 주제는 아니지만 메뚜기떼의 재앙을 그리고 있었고 그래서 반대들을 하였지만 모험을 하기로 하였다. 그런 불길한 재앙을 우려한 것이라기보다 브랜드를 신중히 정하자는 것이었다. 궁극에는 큰 땅 대지를 지향하는 것이었다.

"우리가 무슨 노벨상을 받을 것도 아니고……."

"알 수 없지."

「대지」의 작가 펄벅을 생각해서 하는 말이었다.

"흥분들 하지 말어. 공연한 얘기들을 할 때가 아니여. 우리는 과거의 사례들을 뒤집어야 돼. 재앙은 이미 내가 다 치렀잖아."

일규가 말하였다. 의미심장한 얘기였다.

그러자 모두들 부정적인 얘기는 하지 않았다. 로고에 대해서 말이다. 그 대신 이것저것 조사해 본 자료들을 냉정하게 검토하였다. 대원들은 모두가 연구원들이었다. 소설에 나오는 메뚜기는 풀무치라는 것으로 종류가 달랐다. 풀에 묻혀 있다는 뜻으로 풀무치인데 메뚜기보다 순하나 큰 무리를 짓는 습성을 갖고 있다. 무리를 지을 때 평상시와 달리 가슴과 다리가 짧아지고 날개가 길어지며 떼 지어 이동하기 적합한 몸으로 변신한다. 삼국사기에 나오는 황충蝗蟲의 피해는 이 풀무치에 의한 것을 말한다. 성경의 요엘서에도 유다의 땅을 습격한 메뚜기 이야기가 나온다. 팥중이가 남긴 것을 메뚜기가 먹고 메뚜기가 남긴 것을 느치가 먹고 느치가 남긴 것을 황충이 먹었다…… 고난의 연속에서 종말을 예언하고 있다. 과거 농경사회에서 메뚜기에 대한 재앙의 기록이 간간이 있지만 최근에 메뚜기는 씨가 말라 향수의 대상이 되었다. 무엇보다 메뚜기는 유기농의 대명사가 되었다. 약이 되기도 하였다. 약도 보통 약이 아니었다. 허준의 「동의보감」에도 나와 있었다.

"간간히 음경의 힘이 없는 것을 치료하고 정력을 보충하며 성욕을 세어지게 하여 아이를 낳게 한다. 이 이상 더 좋은 것이 어디 있어요."

한 동지가 기록을 복사한 것을 펼쳐 놓으며 쾌재를 올렸다.

저계樗雞는 메뚜기를 말하는 것이었다. 그것을 근거로 하여서인가, 숫메뚜기를 말려 가루를 내어 조 껍데기로 만든 누룩과 술을 담가 항아리에 밀봉하여 정력제로 먹는다.

"정력이라면 사족을 못 쓰는 사람들 있잖아?"

"많지."

"많은 정도가 아니지."

메뚜기는 여러 모로 쓸모가 있었고 인기가 있었다. 그것을 이용하는 것이었다. 일규도 처음에는 농사 짓는 것, 생산하는 것만 생각을 하였지만 쌀을 소비하기 위한 방법으로서 동지들의 의견을 반대할 수가 없었다. 방침이 정해진 이상 적극적으로 밀고 나가야 했다.

전담 부서를 만들었다. 강하게 밀어붙이던 사람들 중심으로 연구팀을 구성하고 한 두 사람은 그것에만 매달려 머리를 짜내었다. 봄부터 온실에서의 산란을 위시하여 가을 이벤트에 이르기까지 치밀하게 물샐틈없이 추진하였다. 우선 논이 아니고 산이었다. 야산에 범위를 정하여 미리 사육을 하는 것이었다. 볏논에 서식하도록 하여 볏잎을 갉아먹지 않도록 하는 방법을 택한 것이었다. 대단한 발상이었다. 그렇게 정하기까지 많은 탐색이 있었다. 국내외 여러 군데를 찾아다니며 알아보고 연구를 하고 용역을 주고 탐색을 하였던 것이다. 대형 비닐하우스도 설치하였다. 자금도 상당이 소요되었다. 큰 투자였다. 메뚜기를 닭에다가 먹여 메뚜기 닭을 사육하기도 하였다.

그 뒤의 일이지만 메뚜기 잡기 대회를 할 때는 메뚜기 사냥을 하도록 모임을 주선하기도 하였지만 얼마든지 사서 가지고 갈 수 있도록 판매 물량도 준비를 하였다. 기간을 정하여 윷놀이 줄다리기 자치기 같은 전통놀이 판을 벌이고 술멕이(호미씻이) 백중놀이 격양가擊壤歌 등 민속놀이 농악 공연을 하였다. 사과 배 감 호두… 생산 과일을 판매하고 복숭아 철에는 복숭아 포도 철에는 포도 그리고 고사리 취나물 말린 것을 내놓았고 집에서 재배한 도라지 무말랭이 고구마 줄거리 호박고지 미나리…… 있는 대로 내놓는 장마당을 열었다. 저온 창고에 저장해 두었다가 이때에 출고를 하도록 하였다. 시장보다 가게보다 비싸지 않게 팔았다. 싸다기보다 생산자가 소비자에게 유통 마진을 없애고 직접 거래하는 것이었다. 술도 있었다. 마을 양조장의 막걸리 가양주인 매실주 포도주 더덕주 대통주가 있었다. 뒷산에 대나무가 지천으로 많았다. 아무리 캐내고 뽑아내도 끈질기게 밭으로 뻗어내려 오는 대나무를 잘라 술을 담고 밀봉한 대나무통술은 값이 들 것도 없었다. 술이 있으니 술국 무 배추 파 정구지전…… 안주가 있었다. 메뚜기술도 있었는데 그건 모두들 사서 싸들고 갔다. 메뚜기 축제 난장이었다.

벼메뚜기뿐만이 아니고 땅개비 풀무치 콩중이 팥중이 섬서구 등 메뚜기를 다양하게 관찰하고 채집할 수 있도록 하여 아이들의 흥미를 유발하고 교육적으로 활용하기도 하였다. 엿기름 누룩 메주를 생산하는 팀도 짜 놓았다. 보리와 함께 밀 콩도 대량 재배하려는 것이다. 된장 고추장 간장의 제조와 술—막걸리—양조도 계획하고 있었다. 소비 수요에 맞추어 생산을 하려는 것이다. 그런 생각을 하여 다 예비해 놓았던 것이다. 감방에서부터이기도 하지만 동지들과 같이 모든 가능성을 열어놓고 전략을 말 짜듯이 짰고 그때 그때 여건과 판단에 따라 시작만 하면 되었다.

모든 행사를 생산 라인으로 연결하여 최대한의 소비가 되고 유통이 되도록 하였다. 계속 새로운 안을 창출하였다. 행사나 축제의 목적이라고 할까 실익은 물론 생산품을 판매하고 소비하는 것이다. 화학비료나 농약을 사용하지 않고 유기농법으로 재배한 쌀 보리쌀 채소 과일 등을 사서 들고 갈 수도 있고 차에 싣고 갈 수도 있었고 택배로 부치고 갈 수도 있었다. 유기농이라는 것이다. 모든 생산물 위에 메뚜기—대지를 얹어 놓았다. 메뚜기…… 대지…… 꼭 사지 않더라도 그런 인식을 가지게 하려는 것이었다. 쌀뿐이 아니었다. 여기서 생산한 보리쌀 감자 고구마 채소 과일의 브랜드였던 것이다. 아무튼 단기적인 계산에서 출발한 것이 아니었다. 소비 유통의 문제뿐만이 아니고 그 뒤의 여러 가지 가능성을 기대하는 것이었다. 이상촌에 대한 꿈, 농토의 소유에 집착하지 않고 땀 흘려 일하고 거두는 욕심을 부리지 않는 땅의 혁명에 대한 평화로운 꿈이었다.

그런 생산에 관한 것 이상으로 기획하고 토론하고 연구하였다. 여러 각도로 홍보도 하였다. 아직 그렇게 큰돈을 들여 광고를 하지는 않았지만 이 사람 저 사람 회사 단체 그룹에 입소문을 내도록 하였다.

축제기간 이전에 주말마다 장을 마련하고 이벤트를 하였다. 축제 준비를 위해서 예행연습을 하고 시행착오를 줄이기 위해서였다. 제일 먼저 동지들의 친지들을 다 집합시켰다. 엄청났다. 일규의 제자들이랄까 동지들이 기를 쓰고 최대한으로 동원하였다. 서로 세 경쟁이나 하듯이 내외가 열을 올렸고 연락받은 사람들이 또 한 두 팀씩을 데리고 왔다. 내외와 아이들 그 이모 고모가 같이 왔다. 아이들의 경우도 그렇고 친구가 따라왔고 친구의 친구가 묻어왔다. 와서 보고 모두들 공동체의 가능성을 냉정하게 평가하고 인정하였다. 아이디어도 하나씩 주고 갔다. 가서 소문을 내었고 그것이 새끼를 치도록 하였다. 그런데 정말 액면 그대로였다. 그 이상이었다.

금전적인 협찬을 하기도 하였다. 그런 것을 바라고 기대한 것은 아니었는데 참으로 어정쩡하게 되었다.

"우리가 이러려고 한 것이 아니었는데……"

아무도 말리지 못하여 일규가 나섰다.

"뭐 자선사업 하실 작정이셨습니까?"

"그런 것은 아니지만……"

"선불하는 것으로 하겠습니다."

"투자하는 것으로 하겠습니다."

"그러면 치부를 해둬야지."

"그러세요."

도리가 없었다.

적지 않은 돈이었다. 행사에 참여한 사람들은 동지들의 뜻을 잘 이해하고 어떤 면으로든 도와주고자 하였던 것이고 성의를 나타내고 싶었던 것이다. 그것을 그에게 주는 것이다. 꿈만 거창하고 계획만 부풀어 있지 현실적으로 실감이 나지 않았던 것이다. 가까운 사람들 보기에는 참으로 걱정스러웠던 것이다. 결국 동지들에게 힘을 더 내게 해 주었던 것이다.

"고마워요. 다음에 올 때는 다른 얘기를 하도록 할게요."

그러자 이번에는 모두들 박수를 쳤다.

그 답례나 하듯이 동지들이 고개를 숙였다.

다음은 이 마을 출향 인사들을 마을 사람들이 연락하여 집합시켜보았다. 마을 사람들의 자녀들도 같이 합류시켰다. 출향인사들은 일규를 의식해서 오는 사람들이 많았다. 고향에서 일을 벌여놨다고 해서 와 본 사람들도 많았지만 도하 신문의 출마 예상자 명단에 올라 있어 관심이 있었던 것이다.

"그동안 고생을 했으니 한 번 해 봐야지 뭐."

"그럼! 그래야지!"

"되는 건 틀림없어. 정말 잘 내려왔어. 잘 시작했어."

친한 사람들은 그 얘기만 하는 것이었다. 아니라고 손을 혼들고 설명을 해도 아무도 곧이듣지 않았다. 그래서 아예 편하게 얘기했다.

"예, 알았어요."

간단하게 대답하고 고개만 끄덕거렸다. 그의 생각은 이미 정해져 있었고 그런 정도의 얘기로 다시 흔들리지 않았다. 지금 다시 그들과 토론을 하고 싶지 않았다.

출향 인사들도 이것저것 많이 사고 성금도 내고 또 선물도 하였다.

내려온 사람들 중에는 와서 일을 할 수 있느냐고 물어보기도 하였다. 정말 설명한 대로라면 계획대로 된다면 낙향을 할 수도 있다고 생각하는 것 같았다. 그쪽의 형편이 좋지가 않아서가 아니라, 그것은 정확히 알 수 없었지만, 이쪽의 형편이 좋아졌던 것이다.

참으로 반가운 일이었고 바라던 일이었다. 그러나 일규는 아주 신중하게 대답을 하였다. 일단 와서 일을 좀 해 보면서 스스로 판단해서 결정하라고 하였다. 책임을 회피하기 위해서가 아니고 여유 있게 말한 것이다. 자신이 없어서라기보다도 그렇게 말하고 싶었던 것이다. 그것이 오히려 신뢰감을 가질 것 같았다. 또 마을에 현재 사는 사람들과 달리 출향한 사람들은 부담이 되었던 것이었다. 사람의 일이란 알 수 없었던 것이다.

하루는 순덕이 내려왔다. 한 번 구경하러 왔다고 하였다. 길마재 외딴집에도 소문이 났던 것이다. 한동안 들리지 못하였었다. 눈 코 뜰 사이 없이 바쁘기도 하고 정신이 없었다. 어쩌면 그를 만나러 온지도 몰랐다.

한참 여기저기 둘러보고는 이상한 소리를 한다. 자기도 할 일이 없겠느냐고 말하는 것이었다.

"왜 없겠어요? 많지요."

"뭘 할 게 있을까요?"

"정말로 하시는 말씀이라요?"

건성으로 하는 소리로 들렸다. 그래 그도 인사로 말하였다.

그러나 그녀는 진담을 하고 있었다.

"뭐 설거지 같은 건 할 수 있는데……."

"하하하하… 그런 것 말고도 할 일은 얼마든지 있지요. 정말 아무 것이나 해 보시지요. 여자도 남자 품을 주고 노인도 젊은 사람 품을 쳐 주지요."

"호호호호…… 어째 그리 후해요?"

"하하하하…… 그래야 많은 사람이 일을 하지요."

"그렇겠네요."

그녀는 상당히 호감을 보이었다. 정말로 일할 생각이 있는 것 같았다.

그것을 알고 그가 한 번 운을 떼어 보았다. 아무래도 말을 꺼내기가 어려웠다.

"설거지보다 술을 한번 담가보면 어떨까요."

"뭐시라요?"

빽 소리를 지르는 것이었다.

공연한 말을 하였던 것이다. 참으로 미안하였다.

"한 번 해본 소리라요. 미안해요."

"뭐 미안할 거까지야 없고, 말이 안 되지요."

그녀의 말은 방 안에서 술을 담아 뽀글뽀글 익었을 때 몇 사람이나 먹는 것이지, 그것을 온 들판의 일꾼들이 다 먹도록 할 수야 있겠느냐는 것이다. 여러 가지를 생각해서 하는 말이었다. 그러나 그도 아무 계획 없이 던진 말은 아니었다.

"안 될 것도 없어요. 안 되는 것은 되게 하면 되는 기라요."

"뭘 믿고 그렇게 큰 소리 치는지 모르겠네요."

"하하하하…… 믿는 건 나밖에 없어요."

"기라성 같은 제자들 많잖아요."

"그래요? 제자들이라기보다 동지들이지요. 나를 믿고 따르는 우리 젊은 동지들. 그러나 그 모든 책임은 내게 있어요. 사실은 조금 불안하기도 해요. 그런 내색도 할 수 없고……."

"잘 되겠지요."

"그렇게 믿어주세요."

"시작이 반이라잖아요."

"하하하하…… 예 맞아요."

일규는 앞으로 주조공장도 할 계획이라고 말하고 미리 좀 해보자고 하였다. 그냥 그렇게 둘러치는 소리만은 아니었다. 여건이 닿는 대로 하려고 하였다. 그러나 그때는 그때이고 우선 그녀가 밥 남은 것으로 술을 담가 혼자 마시는 대신 쌀이든 보리쌀이든 고두밥을 하여 맛있게 술을 빚어 일꾼들 동지들이 나누어 먹을 수 있으면 좋겠다는 소박한 뜻을 얘기한 것이었다. 그러나 그녀는 손까지 흔들며 고개를 저었다. 차라리 설거지를 하겠다고 하는 것이었다. 그러면서 하더라도 소문내고 할 것이 없다고 하는 것이었다. 나중에 낮은 소리로 말하는 것이었다. 생각보다는 사려가 깊었다.

그러다 한 가지 근사한 일거리를 찾아내었다. 그녀가 아는 사람에게 연락을 하는 것이었다. 산전수전 다 겪은 여인이었다. 사업가도 있었고 정치를 하는 사람도 있었다. 그녀의 말대로 사기꾼도 많이 있었다. 명함 받아둔 것, 메모장들, 주소 전화번호들을 다 동원하여 한 번 오도록 하는 것이었다. 어째 그런 생각을 하였는지 모르겠다.

여행 삼아서 한 번 와보세요.

입에 착 달라붙는 것도 담아놨어요.

한 번 놀러 오라는 것이었다. 와서 회원이 되도록 하고 투자도 하도록 하겠다는 것이었다.

뭐 조금도 과장이 없이 사실을 전하는 것이었다. 미인계를 쓰는 것도 아니었다. 입에 착 달라붙는 술도 거짓말이 아니었다. 문장을 미끈하게 써 보내었다. 아이디어와 함께 문장력을 총동원하고 몇 가지 틀을 만들어 누구나 공감이 가도록 하였다. 문안을 만들어 주는 대로 쓰기는 그녀가 직접 썼다. 글씨가 촌스럽고 서툴렀지만 내용은 분명하고 솔직했다. 그렇게 많은 숫자는 아니었지만 상당히 열을 올렸다. 사흘도리로 내려와 성의를 다하는 것이었다. 그에 대한 관심에서 출발을 한 것인데 협업공동체에 대한 공감을 하기 시작한 것 같았다. 뜨거운 정을 느끼었다. 동지와 같았다.

"참으로 고마워요. 정말 뜻밖이에요."

"뭐가요."

"이렇게까지 해 주실 줄은 몰랐어요."

"뭘 어떻게 했다고 그래요. 참 내! 아무 것도 한 것이 없구만은."

"좌우간 고마워요."

금방 연락이 오기도 하고 사람이 오기도 했다. 친구들 아는 사람들과 같이 오기도 했다. 길마재 그녀의 집으로 들러 가기도 하고 그 근처서 오르는 백두대간 코스인 민주지산 삼도봉으로 가기도 하였다. 편지 사연 속에 그런 소개도 하였던 것이다. 의외로 여러 사람이 다녀갔다. 온 사람들이 다시 연락을 하기도 하고 거액을 투자하겠다고 한 사업가도 있었다. 물론 그녀의 힘이었고 입에 착 달라붙는 술 때문이고 더 다른 것이 있는지 모르지만, 오겠다고 약속한 사람이 아직 많이 있다고 하였다.

틈을 내어 순덕에게 올라갔다. 그녀가 자주 내려 와서 답례로 찾아간 것이었다.

　말대로 예의 술이 단지에서 뽀글뽀글 익고 있었다.

　"어째 참 용케 맞추어 오셨네요."

　무엇보다도 그럴 때 찾아온 것이 신기하다는 듯이 반갑게 맞았
다.

　"저 건너 성 권농 집 술 익었단 말 어제 듣고……."

　"그기 무슨 소리라요?"

　"그런 시가 있어요. 언치 놓아 지즐 타고……."

　"뭐 문자 쓰러 왔어요?"

　"하하하하…… 미안해요. 정말 고마워요."

　"그런데 뭘 자꾸 고맙다고 그래싸요."

　"미인계도 써 주시고……."

　"호호호호…… 쓸 것이 있기나 해요? 한 내끼도 없어요."

　"아니에요. 그렇지 않아요."

　"안이고 밖이고 다 썩어서 문드러질 몸 아껴서 뭣에다 쓰겠어
요?"

　"그렇지요?"

　이랬다저랬다 하는 것이었다. 술이 한 잔 들어가자 그 말이 이
상하게만 들렸다. 정말 입에 착 달라붙었다. 속이 찌르르하였다.

　같이 대작을 하였다. 그녀는 조금만 마셨는데도 혀가 꼬부라졌
다.

　"나는 거짓말은 안 해요. 못 하는 것은 못 한다고 하고 안 하는
것은 안 한다고 하면 되잖아요?"

　"그래요. 맞아요."

　"그게 뭐 어려워요?"

　"어렵다면 어렵고……."

"무슨 대답이 그래요?"

"왜 어째서 그래요? 틀렸어요?"

"술에 물 탄 듯……."

"물에 술 탄 듯, 아니 술이 되게 독하네요."

"물은 안 탔어요."

"좌우간 이걸 조금 확대하지요."

"이기 뭐라요?"

"이거요."

그는 잔을 들어보이었다.

"뭘 어쩌라고요?"

"이걸 말이지요. 어떻게 좀 달리 해보자 이거에요."

전에도 얘기했었다. 그것을 골방에서 끌어내어 생산으로 연결해 보자는 것이었다.

순덕은 그제서야 말귀를 알아차렸다. 그러나 이번에는 소리를 지르지도 않고 화를 내지 않았다.

"안 될 것도 없지요 뭐."

그는 자신의 귀를 의심하였다. 이상하게 잘 풀리는 날이었다.

"그래요?"

"뭘 그래요라요?"

"된다는 기라요?"

"참 내!"

말 귀를 못 알아차리는 사람은 그였다.

"뭐가 됐든 고마워요."

술이 취하였다. 그녀의 손을 잡았다. 잔에 가득 술을 따라 건네었다.

그것도 사양하지 않는다.

그를 물끄러미 바라본다.

"어쩔라고 이래요?"

"잘 부탁해요."

그도 혀가 꼬부라졌다.

그의 잔에도 가득 술을 부어준다.

잔을 부딪었다. 무슨 합환주 같았다.

"저어 우리……."

아이도 하나 만들자고 하였다. 전에도 한 번 한 말이었다. 그때도 취하여 한 말이었다. 그러나 취담만은 아니고 속엣말을 한 것이다.

그녀는 술잔을 소반에 내려놓고 표정을 싹 바꾸어서 말하는 것이었다.

"아니 이 양반이 아주 경우가 없는 양반이구만!"

"그래요?"

"뭘 자꾸 그래요라요?"

"그게 아니고 말이요, 사실은 말이지요……."

"귀신 씻나락 까먹는 소리 하지 말고 일어나세요 그만."

뿌옇게 닦이었다.

배동바지

곧 볍씨를 넣고 바쁜 파종기가 되었다.

포도를 주로 심던 들판에 우리 주곡인 벼를 많이 심었다. 그리고 옛 농사라고 생각하고 있던 보리와 밀을 대량으로 심었다. 빵 공장의 주문을 받아 귀리도 심었다.

파란 귀리싹을 보고 마을 사람들마저 향수를 느꼈다. 그러면서 아무래도 이상하고 믿음성이 가지 않는지 물어대었다.

"아니 이걸 어디다 쓸라고 심은 기라?"

"무슨 자신이 있는 모양이지?"

촌로들은 도무지 이해가 가지 않았던 것이다.

"계약이 되어 있어요"

"계약이라고?"

"주문 생산이에요"

도무지 모를 소리였다.

"염려 말아요"

단원들이 설명하여도 통하지 않아 일규가 말하였다.

계속 고개를 갸웃거렸다. 그러나 마을 공동체가 마을 사람들의

177

의견에 따라 움직이는 것이 아니고 철저한 계획과 계산에 의하여 운영되었다.

귀리뿐 아니고 다른 밀과 보리도 계약에 의하여 재배되고 소비가 되고 있었다. 우선 그것으로 생산비는 건지었다. 나머지도 계속 주문을 받고 판촉을 하였다. 판매 팀은 그것에만 매달려 전화로 우편으로 팩스로 메일로 연락을 하며 자료를 보내주고 상담商談을 하였다. 그래서 내년에 생산하는 것도 이미 상당히 계약이 되었다. 계속 계약이 확대될 것이고 전량 주문 생산을 하게 될 전망이었다.

그리고 우선 마을 사람들, 아니 단원들부터 보리쌀과 밀가루를 많이 먹도록 하였다. 밥은 보리를 반을 섞어 하였고 국수를 이틀에 한 끼씩은 먹도록 하였다. 수시로 수제비와 빵도 먹는 식단을 만들었다. 거기에 아무런 거부반응이 없었다. 문제가 있다면 방귀가 많이 나와서 향기를 피우는 것이었는데 그럴 때마다 완전 소화의 청신호라고 번번이 한 마디씩 하여 연방 웃음이 터져나왔다. 여자라고 봐주지도 않았다.

미리 주문을 받고 계약 재배를 하는 경우에 선금을 받기도 하였다. 아직 계약금을 요구하지 않았지만 자청해서 일부 지불을 하고 전액을 보내기도 하였다. 모르는 사람이 계약의 표시를 하기 위해서이기도 하였고 아는 사람이 사업을 도와주기도 했다. 사양을 하면 할수록 그 반대현상이 일어나곤 하였다. 그러나 그럴 경우 이자 계산법을 철저히 적용하였다. 너무도 당연한 얘기였다. 사실 이자가 문제가 아니고 안전한 자금을 확보하는 것이고 다 준비되어 있는 것이지만 다다익선이었다. 경영의 삼대 조건이 무엇인가. 자본금은 많을수록 좋았다. 어떻든 여유 있는 기획 영농을 할 수 있었다.

그렇게 숨을 돌리었다. 다시 한 단계 올라선 것이다. 그렇게 된 데에는 또 다른 문제의 매듭이 지어졌기 때문이었다. 일규의 욕망을 주저앉힐 수가 있었던 것이다. 시골에 내려오면서부터 줄곧 흔들리고 있었던 것이다. 그 자신보다도 다른 사람들이 그렇게 생각하고 있었던 것이다. 좌우간 말도 많은 출마 문제의 종지부를 찍은 것이었다. 누가 뭐라고 해도 절대로 안 나가겠다고 스스로 마음먹었고 그 얘기는 더 이상 거론하지 않도록 날을 잡아 선언을 하였던 것이다.

그가 정계에 나가서 이익이나 장점이 있다고 주장하던 동지들이나 주변 사람들은 계속 밀어붙이고 있었지만 완강히 뿌리쳤던 것이다. 워낙 그쪽도 강경해서 그냥은 안 되었다. 트릭을 써야 했다.

"나가더라도 이번은 아니여."

"그래요?"

"정말이지요?"

그의 생각은 주효하였다.

"무슨 일이 있더라도 변동은 없을 거여. 절대로. 그러니 이제 그 얘기는 그만 끝을 내고 하는 일에만 전념하자고."

우선 동지들에게 그렇게 얘기해서 그 주장들을 잠재울 수가 있었다. 물론 말은 그렇게 했지만 결연히 생각을 접은 것이다. 좌우간 너무도 단호하였다.

"예, 알겠습니다. 그동안 생각을 더 해보세요. 선생님의 개인적인 생각을 버리시고 우리 공동체의 위상이나 이익과 발전을 위하여서 말씀드린다는 것을 잊지 마시기 바랍니다."

"알았다니까."

그 문제는 그렇게 일단락이 되었다. 이야기를 길게 할 필요가 없었던 것이다. 무엇보다도 흔들리고 있던 그 자신이 확고한 결정을 한 것이다.

오래 묵은 뿌리가 뽑히지가 않고 한 발이 거기서 **빠지지가** 않았던 것이다. 말이 그렇지 생각할수록 억울하였던 것이고 절치부심 갇혀 있던 보상을 그렇게라도 받고 싶었던 것이다. 그런 욕심을 접기까지 계속 흔들렸던 것이다.

자신의 마음을 확실히 정하자 모든 것이 똑바로 보이었다. 억울한 것도 없고 손해가 간 것도 없다 싶었다. 역지사지로 생각하기도 하였다. 과연 그가 북을 이롭게 한 것으로 논리를 세울 수가 있는가. 그를 집어넣고 출마하여 당선하고 지금까지 같은 주장을 할 수 있는가. 백 보 천 보를 양보하여 바라보면 그럴 수도 있다고 생각이 되었다. 방하착放下着이라고 하였던가. 욕심을 내려놓으니까 다 이해가 되고 보이었다. 당시 법률은 국가보안법이라는 틀에 갇혀 그를 가둘 수밖에 없었다. 그때 20년 30년 앞을 내다보는 깨어있는 판검사를 만날 것을 기대하였는가. 그것은 기적을 바라는 것이었다. 또 정치란 다 그런 것이다. 생선만 보지 말고 고양이의 습성을 생각해야지. 요순시대 얘길 한다. 옛날 케케묵은 고리짝 얘기이다.

무릉도원이 현실에는 없는 꿈에서 잃어버린 길을 찾고자 하는 이야기이고 그런 환상적인 이야기일 뿐인 것과 같이 이루어질 수 없는 것인지 모른다. 무릉동이라고 이 근처에도 하나 있는데 가난하고 살기가 힘든 산간마을일 뿐이다. 이상적인 정치를 기대하는 것보다 스스로 이상촌을 실현하는 것이 **빠를지** 모른다. 산토끼를 잡으려다 집토끼도 놓쳐버린다.

지금 그는 보통 모험을 하고 있는 것이 아니다. 이런 주장을 할 수도 있고 저런 주장을 할 수도 있다. 인기를 위해서 허황된 주장을 할 수도 있다. 자신 없는 강의를 하기도 한다. 물론 그래서는 안 되는 것이다. 그는 그러지는 않았다. 그의 생각이 꼭 옳은 것이 아니고 생각이 아무리 옳다고 해도 이론과 실재가 다르다. 실천을 못하면 공론에 불과한 것이다.

좌우간 그의 말—이론—을 믿고 20년 30년을 기다리고 따르는 부대가 있고 그는 그 부대를 이끌고 있는 대장이다. 함장이다. 여기까지 끌고 온 배가 가라앉으면 그만 죽는 것이 아니다. 공멸이다. 지금 그런 조짐이 있는 것은 아니지만 그렇지 않는다는 아무런 보장도 없다. 가족들도 다 같이 내려와 있다. 그래 가지고 삐끗하면 어떻게 되는가. 그래서 그런가 아이들은 두고들 왔다. 큰아이들도 그랬지만 어린아이들을 할머니 할아버지 외할머니 외할아버지에게 기약도 없이 맡기고 온 동지들이 많았다. 농촌을 일으키고 모든 것을 다 갖춘 공동체를 만들어가고 있지만 2세 교육만은 서울에서 중앙에서 시켜야 된다고 생각한 것이다. 그것을 보면서 더 책임을 느끼었다. 그는 왜 아이들은 두고 왔느냐는 소리를 못하였다. 데리고 오라는 소리는 더욱 할 수가 없었다.

이래저래 책임이 컸다. 어깨가 무거웠다. 잠도 오지 않았다. 하고 있는 일에 다들 신념을 갖고 있었고 자신감에 차 있었다. 그럴수록 더욱 책임감이 느껴졌다. 그런 생각을 갖는 것부터가 불안을 느끼게 하였다. 지금 냉정히 더 생각을 하여 최종 결정을 하여도 늦지 않다고 생각을 하였다. 이쯤에서 빼도 박도 못할 때가 되기 전에 말이다. 그러나 그런 결정도 다 하였다. 이제 다른 것은 없었다. 앞으로 나가는 것 외에 길이 없었다. 죽으나 사나 하는 것이다. 안 할 도리는 없는 것이다.

한 번 더 다짐을 하였다. 한 번 더 확인을 한 것이다. 또 한 단계 넘어선 셈이다. 그러나 그런 내색도 하지 않았고 표시도 내지 않았는데 그의 속을 다 들여다본 듯 동지들은 하나의 의식을 마련하였다. 그냥 저녁이나 하고 술이나 한 잔 하는 것이 아니고 거창하게 판을 벌이는 것이었다.

"샴펜을 너무 일찍 터뜨리는 것 아녀?"

회식 자리에 영문도 모르고 불려 나온 그가 웃으면서 그러나 진정으로 염려가 되어 말하였다.

"예, 샴펜은 터뜨리지 않겠습니다."

무슨 자격으로인지 규호가 말하였다.

그러자 도열한 동지들이 같이 웃었다. 제자들 내외가 빠짐없이 다 참석하였다.

"염려 마세요, 선생님."

현희 윤애 등 여성 동지들도 웃으며 말하는 것이었다.

"정말 왜들 이러는 거여? 내 말은 아직 그럴 때가 아니란 말이여."

일규는 정색을 하고 큰 소리로 말하였다.

"알았어요, 선생님. 그런 것이 아니고……."

"그럼 뭐여?"

그러는데 모두들 일어서는 것이었다. 그리고 노래를 부르는 것이었다. 합창이었다. 무슨 시위를 하는 것 같았다. 위협까지 느껴졌다. 머리카락이 쭈뼛 서는 것이었다.

그런데 이상하였다. 귀에 익은 노래였다. '스승의 은혜'였다. 뭐가 어떻게 된 건지 얼떨떨하였다. 이윽고 노래가 끝나고는 '선생님!' 하고 그를 한 목소리로 부르는 것이었다.

"감사합니다."

역시 한 목소리였다. 그리고 손을 머리에 올려 하트 모양을 만들어 가지고 다시 일사불란하게 한 목소리로 말하였다.

"선생님, 사랑합니다."

미리 그렇게 연출을 한 것이었다.

하트 모양을 풀고는 손에 손에 촛불을 켜들었다. 전기를 끄고 규호가 다시 말하였다.

"오늘은 스승의 날입니다. 우리는 오랫동안 이날 선생님을 모시지 못했습니다. 아무 것도 해 드리는 것은 없습니다만 우리의 마음만이라도 전해드리고 싶어서 이렇게 자리를 마련했습니다. 선생님 그동안 우리들을 가르쳐 주시고 이끌어주신 고마운 은혜에 감사드립니다. 앞으로 저희 몸과 마음을 다 바쳐 보답하겠습니다. 다른 무엇보다도 이번 우리가 하고 있는 공동체를 성공시킴으로써 선생님의 뜻을 이루는 것입니다. 선생님의 뜻은 우리 뜻이고 우리의 뜻이 선생님의 뜻입니다. 이것이 우리의 마음입니다. 받아주시면 감사하겠습니다."

그런 이야기였다.

정말 의외였다. 그의 머리카락이 누그러지고 표정이 이상야릇하게 변하는 것이었다. 너무나 당혹스러움을 감출 수가 없었다. 갑자기 그가 스승의 날 행사의 주인공이 된 것이다. 전혀 예상치 못했던 그는 표정관리하기가 어려웠다. 애를 써서 부드럽게 하려고 하였지만 그럴수록 딱딱해지는 것이었다. 그러는데 다시 규호가 큰소리로 선창을 하는 것이었다.

"우리는"

그러자 모두 한 목소리로 복창을 하는 것이었다.

"농촌으로."

구호는 반복하여 선창을 하고 복창을 하였다. 세 번째 구호를 외칠 때는 그도 같이 복창하였다.

그 화답이라도 하는 듯이 모두들 박수를 쳤다.

그는 참으로 고맙다, 정말 뜻밖이었다, 다 같이 잘 해보자, 솔직하게 얘기하였다. 다시 박수를 받았다. 가장 중요한 것은 마음을 변치 말고 이 일을 밀고 나가는 것이라고 덧붙였다. 그러자 그것을 증명하려는 듯이 다시 한 번 구호를 선창하고 복창하였다.

"우리는"

"농촌으로!"

그날은 어떻든 하나의 축제였다. 그도 흠뻑 취하였고 모두들 술이 취하여 인사불성들이 되었다. 술주정을 하는 사람도 있었다. 정말 자신의 인생을 당신이 책임지라고 하는 것이었다. 그도 취하였다. 그래. 걱정 마라. 내가 다 책임진다. 마누라 고쟁이를 팔아서라도 끝까지 책임질 테니까 염려 붙들어매라…… 할 소리 안 할 소리 다 하였다. 며칠 술병이 날 정도로 취하였다.

그 얼마 후 또 하나의 문제가 해결되었다. 그의 아내가 내려온 것이었다.

그도 노력하였지만 동지들의 노력이 있었던 것이다. 제자들이 마을로 내려오면서 그는 아내에게 부탁을 하고 사정을 하였다. 젊은 사람들 부부가 다 내려오는데 우리가 이러고 있으니 체면이 안 선다고 하였고 여러 가지 명분을 내세워 내려오라고 사정을 하였다. 그럴 때마다 아내는 코도 들썩이지 않았다. 언젠가부터 그의 말을 믿지 않았던 것이다. 처음에는 물론 그의 이상론에 대한 논리에 대하여 신뢰를 하였고 거기에 대한 매력을 가지고 있었지만 거기 들어간 이후 그것을 믿지 않았고 농촌 농업 고향이라면 진저리를 치면서 살았던 것이다. 콩으로 메주를 쑨다고 해도 믿지 않았다. 재두가 그렇게 되고 나서부터는 완전히 부부의 연까지 끊어버린 것이다. 나라도 못하는 것을 왜 자식에게까지 시키려고 고집을 부리는가. 그러다 참 잘 되었지. 말뚝하지. 물론 그녀도 말할 수 없이 괴로웠지만 차라리 안 보고 생각을 하지 않는 것이 나았던 것이다. 그래 아무리 사정을 하고 애걸을 하여도 안 되었다. 전화도 받지 않았다.

그런데 동지들이 그녀를 움직인 것이다. 현희는 동지들과 같이 찾아가 부탁을 하기도 하고 내외 같이 가서 사정을 하기도 하였다. 역시 들으려고도 하지 않았다. 규호와 현희는 아내도 특별히 생각하는 제자 부부였고 일규가 들어가 있을 때도 자주 찾아가 물심양면으로 위안이 되게 하였던 것이다. 현희는 일규와 있었던 일에 책임을 느끼기라도 한 듯이 선생님 부부를 어떻게든 합류시키려 한 것이다. 이심전심 일규가 노력하여도 안 된 것을 알고 있었던 것이다. 현희는 얘기를 하다 하다 안 되어 협박을 하였다. 그럼 우리도 철수하겠다고 하였다. 그러나 아무 소용이 없었다. 자기와는 상관 없는 일이니 마음대로들 하라고 하였다. 하는 수 없이 다시 사정을 하였다. 아이를 하나 드리겠다고도 하였다. 내외 같이 얘기하는 것이었다. 아내는 현희를 바라보았다.

"정말이에요, 사모님!"

현희는 눈물까지 보이며 말하였다.

"미안해요. 정말 미안해요."

아내도 눈물을 보이었다. 거꾸로 되었다고 하였다. 그러나 온다는 것인지 안 온다는 것인지 알 수는 없었다.

그런데 어느 날 아내가 말도 없이 내려온 것이다. 구실이 필요하였던지 제자들을 보내 사람을 못 살게 하여 왔다는 것이다.

"고마워. 정말 미안해."

그는 아내를 포옹하며 말하였다.

"미안한 줄은 알아요?"

"나는 사람도 아닌가."

185

그도 눈물이 나왔다. 아내도 고마웠지만 제지들, 특히 규호 현희 부부가 정말 고마웠다.

아내는 짐을 다 싸가지고 온 것은 아니고 일단 내려왔다가 다시 올라갔다. 준비를 하여야 했다. 밥벌이를 하던 직장의 일도 인계를 하여야 했고 방마다 세를 주고 산 집도 수습을 하여야 했다. 그뿐이 아니고 정리할 것이 많았다. 그래 얼마 후 다시 내려온 것이다. 그때도 조건을 달고였다.

"아주 온 것 아니에요. 마음에 안 들면 갈 거예요."

나무꾼과 선녀 같았다. 그는 고개를 끄덕이며 웃었다.

"그래. 좋을 대로 해요."

아내는 내려와서도 같은 일을 하였다. 언젠가부터 봉재 일을 하였었는데 여기서도 그대로 하던 일을 하면 되었다. 미싱도 쓰던 것을 가지고 왔고 시키는 일만 하던 것을 계획을 세워서 하였다. 일은 만들면 얼마든지 있었다. 옷감을 사다 남녀 작업복을 만들기도 하고 수선도 하였다. 아내는 일로 하여 금방 적응이 되었고 눈코 뜰 새 없이 바빴다. 나중에는 혼자 일이 벅차 사람을 붙이었다. 순덕이도 그쪽으로 가겠다고 했다. 그 일이 제일 어울린다고 하였지만 다른 생각이 있는지 몰랐다.

"아니 이런 참한 부인을 두고 그렇게 헤매고 다녀요?"

그의 부부 정면에다 대고 한 마디 하는 것이었다.

할 말이 없었다. 사실은 그런 것도 아니었지만 틀린 말도 아니었다.

"집에 앉혀 놓고 다니는 것은 상관 없겠지요?"

"참 멀쩡한 양반이구만!"

넘겨짚는 일규에게 그녀는 또 한 마디 하였다.

보리 다음으로 벼가 익어가고 있었다. 배동바지였다.

쌀 생산을 준비하였다. 뭐니 뭐니 해도 쌀을 쏟아내는 것이 대목이라고 할 수 있었다. 모든 인력을 다 동원하여 주문을 받고 계속 확대해 나갔다. 메뚜기가 매달린 벼 이삭을 사진을 찍어 홍보를 하였다. 대부분 주문이 되어 있었지만 그것을 다시 확인하고 내년 내후년으로 연장하고 늘리고 주변으로 확대하고 하였다. 메뚜기 축제에 초청을 겸하여서이다.

여러 번 얘기하였지만 메뚜기가 서식하기까지 유기농으로의 농사를 이끌어왔다. 비료 대신 퇴비를 사용하였다. 퇴비 생산도 대대적으로 하여 그것을 유통시키기도 하였다. 비료가 알약 치료제라면 퇴비는 보약이었다. 탕약을 달이고 짜고 하는 번거로움이 있고 향기롭지 못한 냄새를 풍기지만 흙을 살리고 기운을 돋우었다.

농약이나 제초제도 물론 사용하지 않았다. 제초제를 먹은 땅은 금방 못 쓰게 되었다. 화학반응을 일으켜 황폐되고 생명을 잃었다. 그것을 모르기도 하고 알면서도 풀을 뽑는 인력과 시간이 자라가지 않아 쉬운 방법을 택하는 것이다. 농사란 풀과의 싸움이었다. 풀이 이기느냐 곡식이 이기느냐. 인력이 없었던 것이다. 사람이 없고 젊은이가 없었던 것이다. 그러나 이제 인력 노동력은 얼마든지 있었다. 투입만 하면 되었고 계산만 하면 되었다. 밑이 가느냐 걸이 가느냐 따질 것이 없었다. 고급 인력이냐 저급 인력이냐도 따질 것이 없었다. 죽어가는 땅을 살려놓고 보아야 하는 것이었다.

논리는 분명하지만 유기농이란 것이 여러 병충해에 시달려 수확이 저하되고 때깔이 좋지 않았다. 그것을 감안하여 가격을 정하여야 했고 자연 비쌀 수밖에 없다. 그래서 시장성이 없고 소비에 큰 영향을 주었다. 그러나 그것은 동시에 장점이 되었고 매력이 되었다. 벌레 먹은 배추 잎은 그 자체가 경쟁력이었다. 그 가치를 가격으로 정하여 소비하고 유통시키었다. 아직은 일부이지만 주문 생산, 이벤트 행사 때의 특별판매 등. 그러기까지는 많은 홍보와 이해가 따라야 했고 농촌을 살리고 미래를 지키겠다고 하는 의지가 있어야 했던 것이다. 그런 기반이 점점 튼튼해지고 확산되리라는 확신을 가지고 있었다. 그런 신념이 이 공동체를 이끌고 있었다.

마을에 도정공장도 세웠고 정미기 현미기 정맥기 제분기 등의 시설을 해 놓았다. 그 공장 자체도로도 운영이 되었다. 그것도 물론 여기 들판에서 생산되는 것 외에 여러 군데서 물량을 대었던 것이다. 실어 오고 실어다 주고 가격과 품질이 경쟁력이 되었다. 일류 기술자를 초빙하였고 일급 정보를 공유하였다. 시골구석에 위치하고 있었지만 전국을 상대로 안테나가 세워져 있었다. 그쪽으로도 인력이 자꾸 보강되었다. 밤을 새기도 하였다.

여기서의 쌀은 대부분 정미에서 현미로 하였다. 현미는 좀 덜 찧는 것이었다. 기계를 조금 적게 돌리고 동력을 적게 사용하여 쌀을 조금 덜 깎아내는 것에 불과하였다. 양도 그만큼 많아졌다. 그러니 값도 그만큼 덜 받는 것이 맞았다. 처음부터 전량을 다 현미로 할 수는 없었고 소비자들의 요구에 맞추어야 했다.

포도 농사도 지었다. 그러나 마을 사람들처럼 전부 포도에 의존하지는 않았다. 4분의 1 수익인 벼농사, 그보다 수익이 적고 불투명한 보리 밀 농사를 밀어붙이는 데에 대한 일규 나름의 생각이 있었다. 그것에 대한 비판과 토론이 있었다. 특히 FTA라든가 농업개방에 따른 대책과 관련하여 논란이 많았다. 그러나 중론에만 따르지 않았고 그의 주장을 내세웠다. 그야말로 고집이고 아집인지 몰랐다. 비민주적이고 그의 생각과 주장이 맞지 않을런지도 모른다.

"지금 우리는 많은 양의 쌀을 수입하고 있어. 그리고 언젠가는 쌀이 무기가 될 수 있어."

"그러면 그때 가서 전환하면 되지 않아요? 그것을 대비해서 실험적으로 벼 농사의 기술을 발전시키면서 말이에요."

"쌀값이 폭락하고 있어요."

"지금 쌀 시장이 뒤숭숭합니다."

사실이 그랬다. 어떻게 된 건지 쌀이 160만 톤이 남아서 쌀 소비의 구조조정을 해야 된다고 신문에 떠들고 있었다. 그러면 왜 수입은 하느냐고 했을 때 그 사정도 뭐라고 뭐라고 설명을 하고 있었다.

동지들의 반론에 그는 고개를 저었다.

"포도 이상의 수입이 있어. 그것을 찾아내어 보자고. 흑미黑米 녹미綠米 그리고 적미赤米도 있고. 적미는 4배가 아니고 10배도 넘는 수익을 올릴 수가 있어. 그러나 우리는 붉은 쌀을 먹고 사는 것이 아니고 주로 흰 쌀을 먹고 사는 것이며 포도가 우리의 주식은 아니지."

"밥만 먹고 사는 것도 아니잖아요."

윤애가 웃으며 토를 달았다.

"밥만 먹고 못 살지."

"그럼!"

얘기는 웃음으로 끝났다. 그러나 수익이냐 주식 주곡이냐 논란은 그것으로 끝나지가 않았다.

메뚜기 축제를 벌이는 동안 혼이 빠져 그런 한가한 얘기는 쑥 들어갔다. 모든 인력 두뇌가 그쪽으로 집중되었다. 온 마을이 장마당이 되었고 메뚜기는 말할 것도 없고 물건이 있는 대로 동이 났다. 아는 사람보다 모르는 사람이 더 많이 왔다. 수입이 얼마가 생겼느냐가 문제가 아니고 많은 주문을 하였고 그보다 많은 홍보가 되었다. 사농공상士農工商이라고 하였었는데 현재의 농촌은 장사가 잘 되어야 했다. 그것이 농업을 좌우하였다. 서열이 바뀌었다. 연일 주문 등 기록을 갱신하는 판매팀이 희소식을 전하였다. 저녁 식사 후 게시판을 볼 때마다 모두들 한 마디씩 하였다.

"이거 정확한 거여?"

"소설 쓰는 것 아녀?"

시련의 시작

잘 익어가던 벼가 쓸어졌다. 모든 논의 전부가 쓰러진 건 아니고 들판의 반 이상의 다 자란 벼가 드러누운 것이다. 특히 그들이 재배한 것이 주로 피해를 본 것이다. 농약 비료를 너무 썼거나 전혀 안 쓴 것이 쓰러졌다.

가을비가 며칠 퍼부었다. 60년만의 기록을 세우며 집중호우가 쏟아질 줄이야 누가 전혀 예상을 못한 것이었다. 미리 알았더라도 무슨 대책을 세울 수는 없었다. 농사라는 것은 아무래도 날씨에 달린 것이었다. 하늘에 의존하는 것이었다. 끝까지 잘 하다가 하늘이 뚫린 듯이 장대비를 쏟아 붓는 데는 장사가 없었다. 속수무책으로 멀건이 하늘만 바라볼 수밖에 다른 무슨 방도가 없었다. 어안이 벙벙했다. 말이 안 나오고 생각이 멈추어버렸다.

일규로서는 의욕에 찬 젊은 동지들 보기가 미안했다. 라기보다 괴로웠다. 특히 절망의 눈초리를 내리고 있는 여성동지들 보기기 무척 괴로웠다. 날이 개고 햇빛이 난 뒤에도 도무지 무슨 말을 할 수가 없었다. 제자들 대원들은 더 말할 수가 없었다. 겨우 한다는 말이 하늘 원망뿐이었다.

"아니 도대체 왜 우리 것만 그러냐 말이에요. 벌을 주는 것도 아니고 도대체 어쩌라는 거예요. 이게 도대체 뭐냐 말이에요."

"두 손 두 발 다 들어버렸어요."

일규도 같은 생각이었다.

"너무 교만했던 것 같애. 이것저것 너무 걸터들이고 욕심을 부린 것 같애."

그의 말에 잠시 숙연하여 있다가 모두들 그게 아니라고 말하였다.

"그게 어떻게 욕심이라고 할 수 있어요? 우리의 욕망을 펼치고 있는 거지요."

"멀리 보고 의욕적으로 획을 펼치고 있는 것인데."

"이렇게 철퇴를 가하려면 왜 우리를 내려오게 했느냐 말이에요."

그러나 원망만 하지는 않았다.

"이 정도 가지고 주저앉으면 안 되지. 우리의 의지가 한 방에 나가떨어질 수가 없지."

그렇게 말하기도 하였다.

"맞아요. 그래요."

말문이 트이었다. 표정은 그렇지 않았지만 안간힘을 쓰며 주먹을 쥐었다.

또 팔을 둥둥 걷어 부치며 일어나서 소리를 지르기도 하였다.

"여어어어…… 야아아아……."

규호였다.

"우리 이럴 게 아니고 심기일전心機一轉을 하자고."

규호는 유일하게 웃음을 띠며 주먹을 휘둘렀다.

모두들 시선을 그쪽으로 집중하였다.

규호는 말만하고 있는 것이 아니었다. 현희와 다른 여성 동지들이 부산히 움직이며 일을 벌이고 있었다. 늘 하는 대로 커피를 마시자는 것이 아니고 막걸리를 준비하고 있었다.

"기운을 내야지. 시련은 있어도 실패는 없다, 뭐 그런 거 있잖아요, 선생님."

"누가 한 번 써 먹은 말 같은데……."

"그 사람 실패했어."

규호의 말에 토를 달았다.

그러자 또 옆에서 말했다.

"아니야. 대통령은 떨어졌지만 1,001마리의 소떼를 몰고 군사분계선을 넘어 평양을 갔었지. 우리에게 감동을 주었어."

명환의 말에 모두들 이의가 없었다. 그러자 명환은 CNN에서 몇 시간 생중계를 하였는데 광고료가 몇 조이고 뭐가 어떻고 계속 주어 섬겼다.

"맞아."

일규가 맞장구를 치자 다른 말들은 중단되었다. 지방방송은 다 끄라고 하였다.

"그게 농사꾼의 방식이여. 농업적 사고지."

그런 이야기였다. 그리고 다시 말하였다.

"우리의 시련은 이게 시작이여. 성공이냐 실패냐 하는 것은 천천히 따지고 계획대로 가는 거여. 포기하지 않는 한 다른 길은 아무 것도 없어."

그의 말은 막걸리 잔 앞에서도 계속 되었다.

꼭 규호의 아이디어만인지 모르지만 갑작스럽게 술자리가 되었다. 안주는 김치에다 매실 장아찌였다.

"우리가 잘 못한 것은 없어. 죄받을 일도 하지 않았고 다만 너무 자만심을 가지면 안 되고 교만하면 안 되는 거지. 경고를 받은 거여. 현실을 확인한 거여. 계속 하던 대로 하면 되는 거여. 자 우리 심기일전하여 다시 시작하자고."

그것이 건배사가 되었다.

술들이 들어가지가 않았다. 신이 나는 것은 아니었다. 다만 한 숨을 구겨 넣고 복구 계획들을 세웠다.

우선 마을 사람들의 자문을 받기로 했다. 그것이 체면 유지를 하는 방법이기도 했다. 술자리로 불러내었다. 농사 경험이 많은 사람들 촌로들의 의견을 듣는 자리를 마련한 것이었다.

"다른 게 없어여. 하나 하나 일으켜 세우고 묶어야지."

"그럼. 다른 게 뭐가 있어."

마을의 여러 노인들도 뾰족한 수가 없다고 말하였다. 사실이 그랬다. 너무도 당연한 얘기였다. 다른 방법이 없었다. 그래도 유의할 일에 대하여 요령에 대하여 이장을 몇 번 지낸 정갑식 노인에게 설명을 좀 하라고 하였다. 그러자 책을 펼쳐놓고 읽으며 강의를 하듯이 오히려 어렵게 말하는 것이었다.

우선 용어부터가 생소했다. 벼가 쓰러진 것을 도복倒伏이라고 하였다.

농작물의 키가 커지고 씨나 열매가 형성되면 그 농작물의 맨 끝의 무게가 점차 무거워지게 된다. 여기에 외적 요인, 바람이나 비가 가해지면 스스로의 무게와 외력外力을 견디지 못하고 쓰러진다. 이에 따라 작물체의 기관이나 조직이 손상되면 양분이나 수분의 이행이 방해되고, 성숙은 억제된다. 또 토양에 오염되거나 병충해에 걸리고 때에 따라서는 자라는 동안에 씨가 발아를 시작하기도 한다. 그 결과 수확량이나 수확물의 품질이 저하된다. 도복 방지를 위해서는 너무 빽빽이 심지 말고 질소비료의 과잉 사용을 피해야 한다.

정노인은 원론적인 것을 말하였다.

지금 그런 지식을 아는 것이 급한 게 아니지만, 그렇게 교양강좌를 시골사람에게 듣는 것도 방법이라고 일규는 생각한 것이다. 그렇게 시킨 것은 아니지만 그가 제지하지 않음으로써 계속되었다.

결론은 한 포기 한 포기 심는 것처럼 일으켜 세우는 도리밖에 없다. 빠르면 빠를수록 좋다. 서둘지 말고 침착하게 한 가락 한 가락 일으켜 세우는 만큼 살리고 거두는 것이다.

"난관은 계속 있어."

"알겠습니다."

"어떤 시련이 또 올지 몰라."

"네, 알겠습니다."

시련과 난관은 큰 교훈이 되었다. 백 마디 천 마디 말보다 효과가 있었다. 일규가 굳이 얘기하지 않아도 다 알고 있었다.

수확이 좀 줄어든 대로 추수는 풍성했다. 벼의 수확이 줄고 수입이 감소하고 한 것이 큰 문제가 되지 않았다. 결산은 종합적인 것이었다. 보리 밀도 있고 귀리도 괜찮았다. 그 외에 잡곡과 감자 고구마 채소가 있었고 씨앗 개발을 한 것이 효자 노릇을 하였다. 그런 대로 쏠쏠하였고 연구와 개발에 따라 무한한 가능성을 안겨 주었다. 계산상으로는 천문학적인 것이었다. 도정도 많이 하였다. 도정은 밤낮 없이 계속 하였다. 이 들판의 벼 말고 근동의 것, 먼 곳에서도 물량이 왔다. 몇 가지는 그런 대로 쏠쏠하였다.

좀 앞의 시기이지만 밀 보리는 작황이 아주 좋았고 귀리도 괜찮아 재배 면적을 늘려 잡았다. 빵 공장도 만들었다. 우선 고급 빵이 아니고 식빵을 주로 생산하는 것으로 하였다. 식생활을 해결하자는 것이 아니고 식생활을 개선하자는 것이었다.

왜 그렇게 여러 가지를 벌이느냐고 문제를 제기하기도 하였다. 능률을 생각하여야 했다. 그러나 유휴 인력을 다 투입하고 고급 인력을 사용하자는 것이었다. 그리고 밑져 봤자 본전이었다. 소비가 안 되면 먹으면 되는 것이었다. 그것은 장사가 아니고 농사였다.

차츰 그 중에서 주종을 택하게 될 것이다. 그 과정이며 시험 단계라고 볼 수 있었다.

"뭐 앞으로 한참 걸릴 거여."

그것이 얼마나 될 거냐고 물었을 때도 일규는 막연히 대답하였다.

"봐야지."

사실 그도 몰랐다.

좌우간 농한기가 없었고 쉴 틈이 없었다. 쉬기도 해야 되지 않느냐고 하였지만 그것은 말뿐이지 실제는 교대로 얼마든지 쉴 수 있었다. 참으로 기현상은 여자들이 더 극성이고 악착 같았다. 빨리 돈을 벌어야 되지 않느냐, 빨리 이 터널을 벗어나야 되지 않느냐, 안달복달이었다.

"참으로 고마워. 어째 그런 생각을 하였지."

그 대장 격인 현희에게 칭찬을 하자 대답은 의외였다.

"왜 그러세요. 착각하지 마세요. 우리를 위해서예요."

"넓은 우리를 위해서 말이지."

현희는 웃었다.

"그럼요."

"맞아요."

옆에서 여성동지들이 맞장구를 쳤다.

계획을 세우고 손익 계산을 하고 하는 것은 고급인력이었다. 그러나 고급인력도 저렴하게 사용하였다. 급료라고 할까 임금 계산을 할 때 가급적이면 일원화하였다. 물론 불공평하지 않게 하였다.

농장 건축 외에 주택 건설도 많이 하였다. 주택을 짓는 것도 사업으로 등장하여 그쪽을 전담하는 팀을 만들었다. 거기서는 농번기에도 건축 일을 계속하였다. 그러다 농한기에 집중적으로 전체 인력을 투입하였다. 외부에서도 인력이 많이 들어왔다. 여기가 인력시장이 되기도 하였다.

아이들 교육의 현장 체험학습 현장 프로그램 개발도 수입이 되었다. 모든 것이 수입이고 돈으로 연결되었다. 그것을 위해 또 전문 인력을 외부에서 들여오기도 하고 그런 공부를 돈을 들여서 하기도 하였다. 투자였다. 그 모든 것을 기획하고 운영 관리하는 팀이 있고 그것을 분석하고 검토하는 팀이 있어 계속 문제점이 지적되고 수정되고 추가되었다. 그 손익이라는 것이 다 돈으로 연결되었지만 당장의 수입보다도 10년 후 20년 후를 내다보고 계획을 세우고 추진하였다. 거기에는 국내의 정보나 사정만 동원되는 것이 아니고 세계 곳곳의 것이 다 망라되었다. 컴퓨터가 있고 인터넷이 있고 국내뿐 아니라 외국에도 여러 곳에 뜻을 같이 하는 지인이 있고 동지도 있었다. 편지도 오가고 메일이 오가고 여기가 시골 촌구석이며 농촌이라는 생각이 안 들고 달리는 차 안으로 보이기도 하였다.

누가 시켜서 일을 하는 것이 아니고 시간을 정해 놓고 일을 하는 것도 아니었다. 꼭 일을 수입으로 소득으로 연결시키지도 않았다. 빠뜨리기도 하였다. 생각만 있으면 얼마든지 기록하면 되는 것이고 또 그렇게 하였지만 그런 것을 초월하여 일을 하였다. 잊어버리기도 하였다. 공동체를 위하여 일을 하고 생각하고 그것은 자신을 위한 것이 되었다. 자다가 일어나 일을 하기도 하고 새벽에 하기도 하였다. 한 참 일을 하는 시간에 쉬고 싶으면 또 쉬고 그것을 정직하게 기록을 하면 되었다. 질서가 없는 것이 아니라 아주 철저하게 귀신같이 일이 추진되고 있었다. 이름을 붙이지 않아서 그렇지 무수한 회사가 이 공동체 안에 움직이고 있었다. 여러 개의 연구소가 들어 있었다. 실제로 대학이 세워지기도 했다.

대학이라고 할 수가 없었지만 좌우간 일규의 대학 강의가 재개되었다. 그가 원한 것이 아니고 제자들이 강요하여 억지로 강단에 선 것이었다.

"자네들한테 더 얘기할 게 없어. 이제 이론이 아니고 실천과 행동을 하면 되는 거여."

일규는 손을 내 저으며 여러 소리 말고 들판으로 나오라고 하였다.

그러나 들판이 됐든 칠판이 됐든 얘기를 해 달라고 하였다. 팔뚝으로든 백묵으로든 강의를 해 달라는 것이었다.

"그것을 자네들이 하여야 돼야. 행동은 자네들한테 배워야 돼야."

"좌우간 뭐가 됐든 선생님부터 시작을 해 주세요."

그러는 데야 거절할 수가 없었다. 그렇게 등을 떠밀어서 정말 뭐가 됐든 강의를 하게 되었다.

농촌체험 농업사고 농업개혁, 주제 제목을 제자들이 만들었다. 처음엔 인터넷으로 원고를 올리고 일규의 저서 논문을 입력하여 올리고 하였는데 결국 현장강의가 되어버린 것이었다.

그것이 공동체 사업을 위해서도 좋겠다는 것이다. 그러니 이 마을에 대학이 들어서는 것이었다. 무슨 빌딩이 들어서는 것도 아니고 가건물 흙집에 나무 의자에 엉성하기 짝이 없었지만 흑판이 아니고 백판에 매직으로 쓰도록 되어 있는 칠판 차트 비디오 등 그들이 갖고 있는 것을 우선 동원하였고 빔 프로젝트 같은 시청각 기재를 설치해 놓았다. 전기 전자 시설은 계속하였고 필요한 교구들을 생각나는 대로 갖추었다. 실은 전부터 준비를 하였던 것이고 영이 떨어지자 일시에 갖추었던 것이다.

개강하는 날 일규가 대학에 있을 때 강의를 듣던 학생들이 대거 몰려왔고 그 일부는 실제로 강의를 다시 듣겠다는 것이었다. 공동체 멤버들은 무조건 당연히 듣는 것으로 알고 있었다. 그냥 강의만 하는 것이 아니고 학점제로 하자는 것이었다. 그런 모든 것이 다 계획되어 있었던 것이다.

"아니 자네들 정말!"

"죄송합니다."

"뭐 사기 치는 것은 아니에요. 선생님의 강의를 다시 듣고 여러 사람들이 같이 듣게 하고 싶어서 그런 거예요."

남훈이 말하였다. 윤애도 보태었다.

"갖고 있는 지식을 전달하자는 거지요. 그것을 선생님만 알고 계실 필요가 없지 않아요. 우리들만 알고 있을 필요도 없고요."

"그런가?"

"그렇지요."

"내 얘기는 책(저서)과 논문에 다 있지 않아?"

"그것은 이미 다 나간 거지요. 인터넷으로 다 내보냈어요."

"그러면 됐지 않은가?"

"이제 현장 얘기를 해 주셔야지요."

"그것도 다 얘기한 거여."

"오늘의 논리를 세워주셔야지요."

"그건 자네들이 해야지."

"선생님이 시작을 해주세요."

"이 사람들 아주 지독한 사람들이구만!"

"하하하하……."

"호호호호……."

제자들 동지들이 다 나서서 그에게 대응을 하였다. 그를 끌어내고 내세우려는 것이었다.

"낫을 갈아야 날이 서고 녹이 슬지 않잖아요."

"머리를 써야 발달이 된다 그 말인가."

"그럼요."

"선생님도 녹슬면 안 된다 그 말인가."

"예?"

"얼마든지 좋게 생각할 수가 있잖아요?"

"그래요."

"그래. 자네들 얘기가 다 맞네. 괜히 투정을 부린 거여. 자네들이 나를 끌고 가고 있구만!"

"아닙니다. 그런 것이."

"그게 아니고 뭐여?"

"밀고 거는 것입니다."

"그래?"

"예."

"그럼요."

"자네들이 나를 앞서고 있네. 그런데 그것이 나는 기분이 좋네."

"하하하하……."

"호호호호……."

"역시 선생님이십니다."

좌우간 간판도 없는 대학이었다. 실은 일규가 그런 것 하지 마라고 하여 종이로 출력한 안내 표시만 붙여놓았을 뿐이었다. 그런데 대학이 하나만 생긴 것이 아니었다. 하나만 만든 것이 아니고 몇 개를 만들게 되었던 것이다.

노인들 할머니들이 창 너머로 들여다보고 대학이 뭐 이러냐고, 뭐 그렇게 시시하고 하나도 어렵지 않다고 하면서 자기들도 배우고 싶다고 하였다. 진담이 아닐 수도 있지만 농담 속에 진심이 들어 있었다.

"사실 대학이 그렇게 어려운 것이 아닙니다. 중고등학교가 어렵지 대학은 쉽습니다."

"정말이라요?"

"제가 어르신들에게 거짓말을 하면 되겠어요. 사기를 칠 데가 따로 있지 여기서 제가 그러면 안 되지요."

"그라마요. 그럴 분이 아니지요."

모두들 고개를 끄덕거렸다. 그것을 절실히 공감하고 있었다. 중학교 수학 영어가 얼마나 어려운지는 잘 알고 있었다. 대학은 물론이고 고등학교도 가보지 않았고 중학교도 다니지 않았거나 들어가지 못하였고 초등학교를 겨우 졸업한 사람들도 많았는데 그들은 일규를 하늘같이 높게 생각을 하였고 그가 한 말을 실감하고 있었다. 그러나 정말 그들을 놓고 전문적인 강의를 할 수는 없었다. 그래 노인들을 대상으로 대학을 다시 만들었다. 노인들뿐 아니고 젊은이들 중년들 희망하는 사람들이 함께 할 수 있는 반을 만들었다. 그저 반을 구성한 것뿐이다. 이름도 노인대학이라 하지 않고 개방대학이라고 하였다. 교육을 받지 않은 사람들을 전부 다 교육하였다. 왜 갑자기 교육의 물꼬가 트이었는지 모르지만 이상하게 그렇게 되었다.

참으로 기현상이 벌어진 것이다. 정말 상상도 할 수 없었던 대학이 마을에 들어서자 새로운 분위기가 조성되고 이상한 풍경이 만들어졌다. 서로 배우려고 하고 가르치려고 하고 진지하고 진취적으로 되었다.

강의는 동지들이 하나씩 맡았다. 일규는 농업경제를 기반으로 한 농업의 변화방법을 재정리하였다. 동지들은 자기가 할 수 있는 것을 하나씩 맡았다. 한글 문법반 영어 초급반부터 시작하여 여러 취미반이 있었다. 음악 요가 제과 제빵 육아 등 과목이 수십 가지가 되었고 강의시간도 아침 6시부터 밤 10시까지 하였다. 농사일을 하는 틈틈이 지장이 없는 시간을 택하여 새벽이나 밤중에 들으면 되도록 하였다.

그런데 어떤 노인 할머니는 모든 강의를 다 들었다. 빵과 우유를 들고 다니며 하나도 빼지 않고 듣는 것이었다. 그동안 못 배운 것이 한이 되어 그런 것이 아니고 너무 즐겁고 신기하고 행복하다는 것이었다. 이러다 대학생이 되기라도 하는 것 같다고 하는 것이었다. 이웃마을에서도 오고 근동에서도 왔다. 배운다는 것이 유행처럼 느껴졌다.

하루는 순덕이 왔다. 늘 왔지만 이날은 뭘 무겁게 싸가지고 왔다. 그게 뭐냐고 하자 알아맞혀 보라고 하였다.

"글쎄. 뭘까."

수수께끼였다.

떡이다 엿이다 또 뭐다 여러 가지 물건을 대었지만 다 맞히지 못하였다.

"그러면 합격이네요."

순덕은 흡족한 듯이 보따리를 끌러 놓는 것이었다.

먹는 것이 아니었다.

"못 맞혔니……."

그녀의 의견을 받아들여야 한다는 것이었다. 호기 있게 말했다.

너무도 의외의 물건이었다. 간판이었다. 빈 간판으로 뭐라고 쓰라는 것이었다. 4각의 아주 좋은 나무를 잘 다듬고 칠도 하여 반지르르하였다. 먹을 갈아서 쓰기만 하면 된다는 것이었다. 참으로 놀라왔다. 더욱 놀라게 한 것은 그녀도 여기 와서 배우게 해달라는 것이었다. 그 수업료를 먼저 조금 가지고 온 것이니 받으라는 것이었다.

일규는 도무지 말이 나오지 않았다. 고개만 끄덕끄덕 하다가 무슨 반에 들어가겠느냐고 겨우 물어보았다.

"노인이니 노인대학에 들어가야지 어디 갈 데가 있어요."

포도를 주로 심던 들판에 우리 주곡인 벼를 많이 심었다. 그리고 옛 농사라고 생각하고 있던 보리와 밀을 대량으로 심었다. 빵공장의 주문을 받아 귀리도 심었다.

파란 귀리싹을 보고 마을 사람들마저 향수를 느꼈다. 그러면서 아무래도 이상하고 믿음성이 가지 않는지 물어대었다.

"아니 이걸 어디다 쓸라고 심은 기라?"

"무슨 자신이 있는 모양이지?"

촌로들은 도무지 이해가 가지 않았던 것이다.

"계약이 되어 있어요."

"계약이라고?"

"주문 생산이에요."

도무지 모를 소리였다.

"염려 말아요."

대원들이 설명하여도 모르는 것 같아 일규가 말했다.

계속 고개를 갸웃거렸다.

마을 공동체가 마을 사람들의 의견에 따라 움직이는 것이 아니고 철저한 계획과 계산에 의하여 운영되었다.

귀리뿐 아니고 다른 밀과 보리도 계약에 의하여 재배되고 소비가 되고 있었다. 우선 그것으로 생산비는 건지었다. 나머지도 계속 주문을 받고 판촉을 하였다. 판매팀은 그것에만 매달려 전화로 우편으로 팩스로 메일로 연락을 하며 자료를 보내주고 상담을 하였다. 그래서 내년에 생산하는 것도 이미 상당히 계약이 되었다. 계속 계약이 확대될 것이고 전량 주문 생산을 하게 될 전망이었다. 그리고 우선 마을 사람들 아니 대원들부터 보리쌀과 밀가루를 많이 먹도록 하였다. 밥은 보리를 반을 섞어 하였고 국수를 이틀에 한 끼씩은 먹도록 하였다. 수시로 수제비와 빵도 먹는 식단을 만들었다. 거기에 아무런 거부반응이 없었다. 문제가 있다면 방귀가 많이 나와서 향기를 피우는 것이었는데 그럴 때마다 완전 소화의 청신호라고 번번이 한 마디씩 하여 연방 웃음이 터져나왔다. 여자라고 봐주지도 않았다.

미리 주문을 받고 계약 재배를 하는 경우에 선금을 받기도 하였다. 아직 계약금을 요구하지 않았지만 자청해서 일부 지불을 하고 전액을 보내기도 하였다. 모르는 사람이 계약의 표시를 하기 위해서이기도 하였고 아는 사람이 사업을 도와주기도 했다. 사양을 하면 할수록 그 반대현상이 일어나곤 하였다. 그러나 그럴 경우 이자 계산법을 철저히 적용하였다. 너무도 당연한 얘기였다. 사실 이자가 문제가 아니고 안전한 자금을 확보하는 것이고 다 준비되어 있는 것이지만 다다익선이었다. 경영의 삼대 조건이 무엇인가. 자본 자금은 많을수록 좋았다. 어떻든 여유 있는 기획 영농을 할 수 있었다.

멋두레

마을에 대학이 들어서고, 사실 이름 그대로의 명실상부한 대학은 아니지만, 여러 가지 변화가 생기었다.

우선 주문이 늘어났다. 계약 재배의 주문이 매일 들어왔다. 수업료를 받지 않았었는데 낼 형편도 안 되었고 받을 형편도 안 되었다. 백판에 매직펜만 가지고 떠들어대는 강의여서 돈을 받을 염치가 없었다. 연구를 안 하고 아무 투자를 않은 것은 아니지만 수업료 등록금을 받기가 민망했다.

그러나 돈은 안 받는 대신 그보다 훨씬 값진 대가를 받게 되었다. 우선 주문 생산 물량이 배로 늘어난 것이다. 쌀도 있었지만 보리 밀 콩 등 곡식에다 무 배추 고추 가지 토마토 옥수수 감자 고구마 등의 주문이 1년 농사를 상회하고 있었다. 주문량은 자꾸 늘어나고 있었다. 수업료 등록금 대신 주문을 받아 준 것이고 기를 쓰고 그 일을 성사시켰다. 대략 얘기해서 될 일이 아니었다. 계약서를 쓰고 계약금을 받고 탄탄하게 약속하는 것이었다.

마치 보험을 드는 것과 같았다. 친분에 의해서 어쩔 수 없이 이해 관계를 떠나서 들어주는 것이 보험이다. 물론 다 그런 것은 아니지만 억지로 들어주는 보험이 많았다. 그러나 이것은 그런 것이 아니었다. 억지로 드는 경우도 있었지만 상당히 현실적이고 실리적이었다. 당장 필요한 것들이었다. 매일 아침부터 저녁까지 식탁에 오르는 것이었고 유기농이라고 하는 생명과 직결된 장점이 있었고 그것이 결코 다른 어떤 것에 비교하여 비싸다거나 불리한 것이 아무 것도 없었다. 오히려 저렴하였다. 할머니 떡도 싸야 사먹는다고 하는데 손해 갈 것이 아무 것도 없었다. 그보다 더 중요한 것이 있었다. 아무 이해관계 없이 정말 믿을 수 있는 사람이 추천하는 것이었다. 순수한 때문지 않은 농사꾼의 부탁이고 약속이었다. 사실 자기 것이라면 부탁할 수가 없었지만 마을 공동체의 생산품을 천거하는 것이었다. 여러 가지 신빙할 수 있는 자료를 가지고 공인시켜주는 것이었고 조금이라도 문제가 있거나 약속이 틀리면 배상을 해 주는 시스템이 되어 있었다. 또 대단한 것은 아니지만 덤을 주었다. 100% 유기농은 물론이고 감이니 밤이니 호두를 조금씩 선물로 주었다. 물론 많이 주문한 사람은 그만큼 더 주었다. 그런 것이 다 계량화되어 있었다.

주문을 받아준 사람에게도 혜택을 주었다. 열이면 열 백이면 백으로 그 기준을 마련하여 수당을 주었다. 그래서 주문을 많이 하여준 사람은 상당히 수입이 많았다. 아주 그 일에만 매달려 일로 삼기도 하였다. 일부러 그런 것은 아니지만 그것을 품으로 삼는 것이 땀 흘려 일하는 것보다 나은 경우도 있었다. 이 세상에 무엇이나 그냥이 어디 있는가. 온 마을이 외판원이 되었고 온 공동체가 세일즈맨이 되었다. 그것이 자랑이었고 보람이었다. 능력이 많고 발이 넓고 활동이 많은 사람은 그에 비례하여 많은 곳의 주문을 받았고 적지만 깊이 있는 활동을 한 사람은 또 대량으로 주문을 받았다. 그런 경우 상당한 수당이라고 할까 그 대가를 사양하기도 하였지만 그것은 허용되지 않았다. 형평이 맞아야 했다.

주문은 다 외지 사람에게였고 도시 사람에게였다. 어떤 사람은 한 번만이 아니고 몇 년씩 계속해서 주문을 하였고 그에 대한 계약금 이상의 선금도 내었다. 1년이고 2년이고 어떤 사람은 몇 년 치를 미리 내었다. 그것을 예금하여 두었고 또 그에 대한 금리도 계산이 되도록 하였다. 보험을 드는 것과 같다고 하였는데 미리 판매를 1년 2년 치를 한 셈이었다. 입도선매立稻先賣가 아니었다. 그 반대였다.

농토를 자꾸 늘려야 했고 이 마을뿐 아니라 바로 옆 마을 이웃 마을까지 유기농 공동체가 확대되었고 좀 거리가 떨어진 지역까지도 공동체에 참가하였다. 부분적으로 협력하기도 하였다.

가까이 있는 유휴지도 개간하였다. 마을 뒤 골짜기에 묵어 나자 빠져 있는 논밭이 많았다. 개간하는 것이 아니고 재개발하는 것이었다. 새로운 사업단이 또 하나 추가되었다. 장비가 들어가 반듯하게 논과 밭으로 다듬어 놓았고 길도 차가 들어가게 넓히고 단단하게 닦아 놓았다. 주인이 없는 땅은 없었다. 소유자가 다 있었고 버리고 도시로 떠난 사람이 많았다. 죽은 사람도 있고 소재 불명인 사람도 있었다. 원래 주인이 있고 권리가 있고 값이 있는 것이지만 장비에 기름값에 인건비 개발비가 상당히 들었다.

배보다 배꼽이 더 컸다. 그러나 계산은 천천히 하여도 되었고 어느 면으로나 유리하고 좋은 쪽으로 처리하면 되었다. 중요한 것은 생산성을 높일 수 있느냐는 것이었고 당장의 손익보다도 10년 20년 단위로 생각을 하였다. 버려진 농토를 복구하는 것은 마을을 움직이는 데도 활력이 되었고 개간 또는 재개발 사업단의 활동은 옆 마을 이웃 마을로도 확산될 수 있었다. 농촌을 되돌려 놓는다는 여러 가지 상징적인 의미가 있었다. 어떻든 많은 인력이 투입되는 새로운 사업이 하나 더 생긴 것이다. 흔하게 주장을 하고 있는 일자리 창출이었다. 방법은 가까운 곳에 있었던 것이다. 외지에서 막노동을 하겠다는 사람들이 하나 둘 몰려왔다. 인터넷을 보고 오기도 하고 소문을 듣고 오기도 하였다.

산 밑으로는 포도와 감 복숭아 등을 입지에 맞게 작물을 선택하기도 하였고 저수지도 만들어 골짜기 물을 받아 농업용수를 쓰기도 하고 냇물을 끌어올리기도 했다. 모든 것이 장비와 인력에 의해 이루어지고 그것이 돈 방천을 하는 것이기는 하였지만 천수답이니 봉답이니 하는 것은 이제 향수 어린 옛말일 뿐이었다. 뽕나무밭이 바다가 되고 있었다.

기존의 농토도 길을 넓힌다든지 길을 새로 닦는다든지 수로를 바꾼다든지 시설을 새로 하고 환경을 개선하고 생산성을 높이었다. 집들도 새로 짓기도 하고 많이 개량하였다. 개량이라는 것은 지붕을 수리하고 동선을 바꾸고 창문을 넓히고 한 것도 있지만 문화공간을 넓히는 것이었다. 책장이 들어서고 책상을 들여놓고 책이 꽂히었다. 아이들 책도 있고 어른 책고 있었다. 월부로 아이들 백과사전도 사고 위인전도 사고 기술서적도 샀다. 읽고 안 읽고는 둘째였다.

책을 읽도록 천거도 하고 좋은 책을 공동으로 많이 구입하기도 하였다. 그것을 또 읽고 돌아가면서 얘기도 하고 독후감을 쓰게도 하고 거기에 대한 상을 주기도 하였다. 상은 책을 더 주는 것이었다. 상을 주는 것은 물론 수강생이라고 할까 마을 사람들을 대상으로 하고 있었지만 읽고 토론을 하는 것은 동지들, 제자들—그들이 가르치고 있으니까—선생들 교수들도 함께 하였다. 책을 구입하는 것은 개인적으로 부담하기도 하였고 공동구입을 하기도 했다. 대량으로 구입하기 때문에 할인도 되었고 그냥 주기도 했다.

무료 공급을 하기도 했다. 책값이 문제가 아니고 그것을 읽고 소화하는 것이 문제였다. 보통 발전한 것이 아니었다. 그 수준의 고하를 떠나 책 구경도 못하고 책 근처도 안 간 사람들이 책꽂이에 책이 늘어가고 그것을 읽고 토론을 하기도 하였다. 글을 쓰기도 하였다.

주기적으로 토론회를 가졌다. 그것이 마을 사랑방에서도 하였지만 대학 교실에서 이루어졌고 저자를 초대하여 질문을 하고 답변을 듣기도 하였다. 그럴 때에도 이웃 동네 다른 동네 뜻을 같이하는 사람들이 다 모이기도 하였다. 여러 곳에서 책을 기증하기도 하였다. 출판사에서도 기증을 하고 저자도 기증을 하였다. 물론 이 마을 농업공동체를 위하여 의미 있는 책이며 뜻 있는 일이라고 생각하여서인 것이었다. 어떤 순수한 목적이 있기도 하였다. 책을 내기도 하였다. 강의를 하는 내용인 농업기술 새로운 공동체의 논리 방향 등을 기술한 것도 있고 강의와는 다른 전하고 싶은 내용을 책으로 내기도 하였다. 작가라기보다 저자가 하나 둘 나오기 시작했다. 강의나 강연과는 다른 또 하나의 전달 방법이었다. 물론 인터넷 강의 사이버 강의는 그것대로 확대해 나가고 있었다. 이 공동체는 그런 면에서 하나의 시장이기도 하였다. 그리고 책을 내면 이 공동체에만 뿌리는 것이 아니었다. 전국으로 나가는 것이고 외국으로도 나갔다. 일본과 미국에 있는 독자가 주문을 해 오기도 하였다. 출판을 하기도 했다. 처음에는 이 공동체의 교재로 보급을 하기 위해서였지만 점차 확대되어 갔다. 엉성한 대로 잡지도 만들었다. 소식지였다. 공지사항을 싣고 몇 사람들의 의견을 싣고 했지만 작은 대로 방향과 흐름이 있었다. 일규가 쓰는 것도 있지만 동지들이 돌아가면서 좋은 의견 중요한 기사를 썼다. 이름을 〈멋두레〉라고 하였다. 무슨 공동체라고 하자고 하였지만 그렇게 낙착이 되었다. 제본이 제대로 된 책은 아니고 여러 쪽을 포개어 접고 구멍을 뚫어서 같이 철할 수 있도록 만들었는데 내용은 공동체를 이끄는 것이었다.

이 마을 공동체는 한 마을의 존재가 아니라 하나의 도시였다. 크다면 대단히 큰 도시이며 전국과 세계로 연결된 지방이며 중앙이었다.

그리고 두레 21 농민 21은 그러니까 첨단 현대 농업 농민을 말했다. 아날로그라고 할까 옛 농업을 현대적으로 되돌리는 것이었다. 사람의 정신상태를 말하는 것으로 단순한 농업이 아니고 공동체 농업이며 전통적 농업사고를 간직하고 있는 현대 농업이었다. 농업을 용도폐기하고 있는 여러 가지 사례들을 되살려 1차 산업인 농업을 2차 3차 산업으로 이끌고 있는 것이었다.

이 시골구석에 농업 개혁을 실현하려는 엘리트들이 똘똘 뭉쳐 있고 대학이 들어서 있고 대학도 온라인이었다. 강의의 내용 공동체의 논리가 전국으로 발송되었다. 기본적인 데서부터 다시 정리한 논리는 조용한 파문을 이루며 전파되어 나갔다.

생산의 3요소가 토지 노동 자본이다. 이것은 중학교 때 배운 초보적인 경제 지식이다. 토지는 생산을 하는 데에 필요한 땅을 말한다. 농작물을 가꾸어 내기 위해서는 농토가 필요하고 공장을 세우기 위해서는 공장 터가 있어야 한다. 노동은 생산을 하기 위하여 들이는 사람들의 노력을 뜻하며 육체 노동, 기술 노동, 정신 노동이 있다. 자본은 생산을 하는 데에 필요한 원료나 기계 시설 등을 마련하는 데 드는 돈이나 일을 시키고 주는 임금 등 자금을 말한다. 이 세 가지 요소를 다 합하여 나누는 것이 땅과 흙의 논리였다. 너무도 쉬운 얘기이고 계산이지만 엄청난 농촌의 혁명이었다. 토지개혁 이상이었다.

땅, 농토 농지와 노동력 시간 자금 장비 등 농업에 드는 모든 것을 이 공동체에 다 내어 놓도록 하고 그것을 한 시스템에 의해 움직여 나가는 것이었다. 거기에서 빠지겠다는 사람이 더러 있었고, 합류하겠다고 말만 하고 있는 사람도 있었다. 생각해 보겠다 안 하겠다는 사람들에게 자꾸 권하거나 강조하지 않았다. 스스로 원하도록 했고 현재까지 계획대로 잘 굴러가고 있었다. 이웃 마을 근동으로 차츰 확산 되어 갔다. 이곳뿐이 아니고 전국으로 온라인을 통해 연결되고 있었다. 같이 이사를 와서 합류하겠다는 사람도 있었고 그 지역에서 땅과 흙의 논리를 실현하겠다고도 하였다. 책을 사서 읽고 와서 얻어가기도 하고 강의를 들으러 오고 체험을 하러 오고 우선 노동만을 투자하며 그 논리를 익히기도 하였다. 좌우간 전국 네트워크가 되어 있었다. 여기서 진행되고 있는 것으로 그치지 않고 그것이 전국에 공급되고 있었다. 그 수가 하나 둘씩 늘어나고 있었다. 미미한 대로 계속 확산되어갔다.

먹는 것만이 아니고 사는 것이 이 공동체 속에 다 들어 있었다. 농업이란 1차 산업이 아니고 3차 4차 산업이었다. 삶 그 자체였다. 그렇게 자위를 하고 논리를 세워나갔다. 기고만장이었다. 전에 하였던 일규의 이야기를 대원들이 하고 있었다. 그것이 온라인 강의를 통하여 책을 통하여 전파하고 있었다.

쓰러진 벼를 일으켜 세우며 실의에 빠졌던 대원들의 사기가 파란 보리싹과 함께 살아났다. 일규는 대원들과 자축을 하기보다 길마재로 순덕을 찾아갔다. 술이 익었을 것 같았다. 재 넘어 성권 농…… 하는 시조가 생각났다. 전혀 내용은 다른 것이지만 그녀가 친구처럼 느껴졌던 것이었다.

"귀신 곡할 노릇이네요."

"그렇게 됐네요."

술이 익자 당도한 일규가 못내 반갑다는 얘기였다.

입에 착 달라붙는 가양주를 한 잔 하자 빈속이 찌르르하였다.

"안주는 없는데요."

말이 그렇지 두부 붙인 것에 새로 담은 김치가 있고 부지깽이 나물을 묻힌 것이 작은 소반에 올려져 있었다. 전에 이름을 알려 준 것이었다. 향긋한 것이 눈으로도 느껴졌다.

묵직하게 술이 담긴 주전자는 불을 많이 지핀 온돌방 방바닥에 자꾸 내려놓았다.

"정말 성공하셨어요."

"성공이 뭔데요?"

"그 이상 어떻게 성공을 해요."

"아니오. 저에겐 그저 불안하기만 한 걸요."

"뭐가 그렇게 불안하세요?"

"최선을 다 하여 합심 전력하여 하고 있지만 잘 될지 모르겠어요. 이제 시작인 걸요."

"잘 될 기라요. 안 될 이유가 없잖아요?"

"그럴까요?"

"그럼요. 잘 되고 있잖아요?"

순덕은 그에게 술을 따르며 말하였다. 그녀가 입에 발린 칭찬을 하고 있는 것은 아니었다. 사실이 그랬다.

일규는 거기에 실망을 안겨주고 싶지 않았다. 엄살을 부리고 싶지도 않았다. 문제는 많이 있었지만 그것은 그녀에게 늘어놓을 일이 아니고 전문적인 것이었다. 그 대신 다른 얘기를 꺼내었다.

"아무 준비도 없이 무덤에 들어갈 생각을 하니 불안하고 겁이 나요."

솔직한 심정이었다. 일만 열나게 했고 그것이 성공을 하느냐 마느냐에 목을 매었을 뿐 내세에 대한 아무 생각을 갖고 있지 않았던 것이다. 거기에 대한 지식이 전혀 없었던 것이다.

"무슨 새 따먹는 소리를 하고 있는 기라요?"

순덕은 어이가 없다는 듯이 실소를 하며 말하는 것이었다.

"자다가 봉창 뚜드리고 있네요."

"아니, 솔직한 얘기라요. 문득 문득 생각이 나요. 그런 얘길 가면을 쓰고 거짓말을 하는 사람 봤어요?"

"앞길이 구만리 같은 양반이 왜 그런 말을 해요."

"그런가요?"

순덕은 그에게 술을 한 잔 가득 따른다. 그리고 그녀를 빤히 쳐다보는 일규에게 전혀 다른 톤으로 말하는 것이었다.

"세상이 여기서 끝나는 것은 아니지 않아요?"

실소가 아니고 상당히 여유 있는 미소까지 띄고 있었다.

"무슨 소리를 하는 거지요?"

이번에는 거꾸로 그가 묻고 있었다. 무슨 말을 하는지 말귀를 못 알아들었다.

"하늘의 영원한 집이 있는데 뭘 걱정하세요?"

"천당이요?"

"왜 그것이 믿어지지 않으세요?"

"그래요."

"그러니 불안하지요?"

"제가 그랬잖아요."

그는 물끄러미 순덕을 바라보았다. 아닌 게 아니라 그녀는 아주 편안한 얼굴이었다.

일규는 고개를 끄덕끄덕하며 잔을 들었다.

"자, 축하해요. 그런 근사한 집이 예비되어 있으신 걸 몰랐네요."

순덕은 액면 그대로 받아들여 참으로 기분이 좋았다. 잔을 들어 그의 잔에 부딪었다. 그리고 호기 있게 말하는 것이었다.

"길이 있는데 그 길로 가시면 되는 기라요."

넓은 길 밝은 길이 있다는 것이다. 그것을 원하면 가면 된다는 것이었다.

"그런데 그게 왜 안 되는지 모르겠어요. 답답한 일이지요."

일규는 더 다른 말은 하지 않고 남은 술을 자작하여 마시며 그 것이 무슨 뜻인지 고개를 계속 끄덕거렸다.

그러다 엉뚱한 질문을 하며 일어났다.

죽고 다시 태어난다는 것이다. 다만 예수를 믿어야 한다는 것이다. 하나님을 믿어야 하고 하나님의 외아들인 그 분을 믿어야 한다는 것이다. 그러면 죽지 않고 죽어도 다시 산다는 것이었다. 그래서 영원히 사는 것, 영생이라는 것이었다. 그 말은 오늘 처음 듣는 것이 아니고 여러 번 여러 사람에게 들었다. 공동체 단원 제자들에게도 들어 다 아는 일이었다. 오늘 그녀에게 한 번 더 들었을 뿐이다.

"죽어서 다시 태어난다면 언제쯤의 모습으로일까요?"

지금처럼 욕구가 왕성하고 형편이 조금 피었을 때일까, 감옥 생활을 할 때처럼 욕구 불만 투성이일 때일까. 정작을 잃고 괴로워할 때도 있었고 병들어 단말마를 견딜 때도 있을 것이다. 예수의 죽을 때인 33세쯤이 제일 좋은 때일 것 같기도 하고, 좌우간 우리가 원하면 원하는 대로 될 것인가 하는 얘기였다.

순덕은 어리둥절하며 여러 가지 들은 얘기를 하여 주는 것이었다. 결론은 어린 아이 때나 늙고 병들어 죽을 때는 아니라는 것이었다.

"이렇게 입에 착 달라붙는 술을 마시고 있을 때면 제일 좋을 것 같네요."

그러며 너털웃음을 허걸차게 웃어젖히며 눈 덮인 마당으로 나왔다.

"좌우간 구제불능인 양반이구먼!"

그녀는 웃지도 않았다.

길마재에 다녀온 후 마을에 있는 교회에 관심을 가졌다. 교회라기보다 종교에 대하여이다. 면내에 교회가 두세 개 되었고 마을에 있는 교회는 목사도 없이 장로가 예배를 인도하고 있었다. 교회에 높은 종탑이 있었지만 그것이 울리지 않은 지는 오래 되었고 피아노가 있었지만 반주할 사람이 없었다. 교인이 100명 가까이 되었고 일요일마다 찬송가가 울려퍼졌다. 목사가 여러 차 왔었지만 붙어 있지를 못하였다. 윗면에 천주교 공소가 있었고 마을 뒤 토실 골짜기에는 옛날부터 있던 절이 있었다. 사월이면 연등이 많이 걸렸다. 앞을 가리고 있는 산 너머에는 큰 사찰이 있었다. 신라 고찰이었다.

일규는 종교의 문제라고 할까 신앙의 문제를 주제로 논의를 하였다. 단원들도 기다리기나 했던 듯이 대단한 관심을 가지고 얘기를 했다. 농업공동체라고 하는 그리고 일규의 논리에 대하여 절대적인 일체감을 가지고 있는 것은 사실이지만 신앙에 대한 생각은 다 달랐다. 다를 뿐 아니라 아주 신랄한 논전이 벌어졌다. 문제는 종교는 자유이며 이 시골구석에서 그 점에 대하여 대단히 불편함을 느끼고 있었던 것을 토로하는 것이었다. 그래서 그 점에 대하여도 해결점을 찾도록 하였다.

제일 먼저 해결한 것이 피아노 반주였다. 현희가 자신이 잘 치지는 못해도 원하면 반주를 하겠다고 하는 것이었다. 규호는 불교였다. 그는 불교 신도를 이끄는 회장이라고 할까 연락 총무를 맡았다.

"이거 완전히 콩가루 집안이구만!"

모두들 한 바탕 웃었지만 그것은 농이었고 그런 현실적인 사정을 다 이해하였다.

각 종교에 대한 대표를 뽑았다. 같이 차를 타고 움직일 수 있는 팀을 만들었다. 그것이 무슨 명예가 될 리도 없고 경쟁이 있는 것도 아니었다. 자연스럽게 보기 좋게 결정을 한 것이다. 명환이는 천주교 총무를 맡았다. 그리고 수원에 놀고 있는 목사가 있는데 이리로 오도록 연락을 해보겠다고도 하였다.

하나의 문제가 더 해결되었다. 중요하다면 상당히 중요한 정신 세계의 문제였다. 참 얘기 꺼내기를 잘 하였다. 순덕에게도 교회 문제 해결을 위해 노력하도록 부탁을 하였다. 그러나 그런 것들은 종교에 대한 논의이고 교회에 대한 논의일 뿐이고 믿느냐 안 믿느냐 무엇을 믿느냐 하는 것은 별개의 문제였다. 그러니까 일규 자신에 대한 문제는 아무 것도 해결된 것이 없었다.

일규는 가만히 듣고만 있다가 또 엉뚱한 얘기를 하였다. 제사 문제였다. 그것은 추도 예배를 하면 된다고 했다. 천주교를 믿으면 된다고도 했다. 그 얘기를 하다가 천주교인 구교가 개신교인 기독교보다 훨씬 개방적이라고도 하였다. 불교에서 천도제를 지내면 된다고도 하였다. 조상에게 봉제사를 하는 것은 종교가 아니고 윤리 실천이라고도 하였다. 마음이 가난한 자는 복이 있다고 한 성경의 산상수훈은 해석을 잘못하고 있다고도 하였다. poor를 우리가 잘못 이해하고 있다고 하였다. 중국 성경에는 허심적인유복 虛心的人有福이라고 되어 있다고도 하였다.

갑론을박 얘기가 끝이 없었다. 종교에 대한 강의를 하나 만들자고도 하였다. 현 단계로는 돌아가면서 얘기를 하기로 했다. 먼저 일규보고 하나 맡으라고 하였다. 그는 쌍수를 들어서 사양하였다. 자신이 없었다. 아니 아직 아무 정한 것이 없었다. 우선 그 방면에 대한 책을 좀 읽고 또 강의를 한다면 돌아가면서 듣고 싶었다. 그리고 교회 사찰 순례도 해야 할 것이다.

먼저 마을 교회부터 시작을 해야겠다.

"친구 따라 강남 간다고 하잖아요."

친구라고 할 수는 없었지만 순덕을 두고 하는 말이었다. 그녀는 그 말을 얼른 알아차리었다.

"맞아요."

봄이 움트고 있었다. 제비가 올 때가 가까웠다.

한우리

봄이 왔다. 입춘이 지난 지는 한참 되었고 우수 경칩도 다 지나 꽃샘바람이 불어대었다. 땅이 녹고 산골짝마다 물이 녹아 흘러내렸다. 버들강아지도 통통하게 살이 올라 있었다. 매화부터 꽃도 많이 피었다.

매원결의 이후 여러 과정을 거쳐 이 마을 농업공동체가 자리를 잡고 활기를 갖게 되었다. 제일 중요한 것이 그와 뜻을 같이 하여 모인 동지들이 여기에 뿌리를 내린 것이었다. 이론적으로 여러 번 도상훈련도 하고 시작한 것이지만 정말로 현실적으로 그것이 잘 돌아갈지는 의문이었다. 의문이었다기보다 확신이 없었던 것이다. 그런데 그런 안개와 같은 불신들은 다 가셔지고 나무에 잔뿌리가 나고 땅내를 맡았다. 여러 가지 사정들 문제들이 있었지만 다 이 공동체의 바퀴를 굴리는 데로 쑤셔박았다. 정말 아무 다른 이유가 없었다.

큰 문제 중의 하나인 아이들을 떼어놓고 와서 오르락내리락하고 전화를 해 대고 하여 불안하였는데 남아 있는 사람들이 그 문제를 해결하였다. 부모들, 부모들도 친가와 외가가 있었고 형제들이 있었는데 그들끼리 서로 연락망을 조직하고 사무실도 만들어 연락을 하며 아이들도 보아 주고 집도 지켜 주고 어려운 사정을 해결도 해주고 하였다. 그 사무실은 업무용 서울 사무실이 되기도 했고 서울 가는 길에 아이들을 거기서 만나기도 하였다. 자기 아이들만 만나는 것이 아니라 다른 동지 아이도 만나 형편이나 사정을 알고 가기도 하고 군기를 넣고 가기도 했다. 또 볼 일을 몰아서 같이 가서 보기도 하고 한 사람이 대표로 가기도 하였다. 학비라든지 용돈이라든지 비용 등도 일원화하여 지급하도록 하고 그것도 이 공동체에서 지출하도록 하였다. 어차피 드는 돈인데 그것을 공적으로 처리하는 것이고 불필요한 것을 줄이는 것이기도 하였다. 그것만 해결해도 큰 힘을 덜게 되었다. 돈이나 시간보다 아이들을 맡아서 자신의 부모처럼 관리하고 채근하는 것이었다. 당번을 정하여 돌아가면서 책임감을 가지고 자기 아이 이상으로 돌보았다. 데리고 있으면서 말썽을 부리고 투정을 부리고 하는 것이 줄어들기도 했다. 부모와 떨어져 자립심을 갖게 되었고 다른 사람이 냉정하게 관리를 함으로써 장점도 있었다. 같이 버스를 타고 오기도 했고 가기도 했다. 좌우간 큰 걱정을 덜었다. 동지들이 무엇보다도 안정감을 가질 수가 있었다. 초등학교는 이 마을에 있는 학교로 데리고 와서 보내기도 하였다.

그런 아이들 교육이나 돌보는 일과 힘께 부모를 모셔야 되는 일도 있었는데 그것도 참 어려운 문제였다. 그것도 아이들처럼 서로 도움을 주든가 이리로 올 수 있는 사람은 다 오도록 하였다. 와서 농촌 일을 돕기도 하며 소일을 하기도 하였지만 같이 모여 지내기도 하였다. 시골 노인들과 같이 있기도 하고 따로 서울 등 외지서 온 사람들이 같이 있기도 하였다. 어떻든 그들도 가능하면 생산의 일에 참여하도록 하였다. 돈벌이를 한다는 것이 아니고 그것이 건강에도 좋다고 하였다.

그런 것에는 그렇게 큰 비용을 안 들이고 해결할 수 있었다. 옳고 생산적이라고 생각이 되면 과감하게 투자를 하였다. 자금은 있었다. 없어도 써야 될 것은 써야 했지만 공동체 수익금도 있었고 남훈이 투척한 것도 대부분 그대로 있었다. 그동안 많이 썼지만 도로 채워 넣은 것도 많았다. 그것은 공동체의 자금이 된 것이지만 그것을 다 쓴 것이 아니고 대부분 그대로 있었다. 사실 돈을 이쪽으로 보냈지만 관리는 남훈의 회사에서 관리하고 있었고 이용할 수가 있었던 것이다. 공동체에서도 가급적 그 자금을 쓰지 않고 자급하도록 하였다. 건축을 하고 여러 시설을 하고 개발을 하고 이벤트를 하고 하는 데에 수익을 다 투입하고 급료는 거의 받지 못하였다. 아이들이라든지 부모에 대한 생활비를 받았고 먹고 산 것이다. 잘 먹지도 않았다. 그러나 배부르게는 먹었다. 그동안 저축을 해놓았다고 할 수 있다. 주문 받은 것도 많고 생산을 하는 데는 계속 투입을 하는 것은 아니었다.

조금 뒤의 얘기지만 공동체 자금으로 인하여 두 가지의 큰 사업을 유치할 수 있었다. 하나는 의료시설이었다. 돈을 많이 들여서 광고를 내었다. 이 공동체의 취지에 동참하고자 하는 사람을 모집하였다. 그런데 정말로 희망자가 있었던 것이다. 그를 알고 공동체의 취지에 동참하겠다는 사람도 있었고 원래 그런 생각을 가지고 있는 사람도 있었다. 봉사정신을 가지고 농촌을 위하는 정신을 가지고 있는 경우도 있었다. 보건소에 차출되는 수준이 아니고 많은 경력을 가진 전문의들이었다. 물론 어느 정도 수입을 보장해 주겠다는 전제가 되어 있기도 했다. 손실에 대하여 보상을 해 주겠다는 것이다. 그것이 얼마나 클지 모르지만.

여러 가지 방법이 있었다. 교차근무를 하고 서로 요일제 근무를 하는 것이다. 가령 월요일은 내과 화요일은 외과 수요일은 무슨 과 그리고 토요일 일요일까지 개설을 하여 일요일 노는 날 와서 진료를 하고 평일 날도 대학에 강의를 나가듯이 하루 **빼어** 내려 오는 것이다. 물론 봉사정신 희생정신이 앞서야 되고 농촌을 생각 하고 위하는 마음이 없어서는 가능한 일이 아니었다. 볼품은 없는 대로 건물을 지어주고 시설을 갖추어주고 거기에 따르는 것을 다 대어주기로 했다. 돈이 엄청난 것이었다. 그것을 위해서 남훈은 자금을 더 끌어오기로 하였고 그것을 투자로 수익을 기대한 것이 었다. 남훈의 투자는 이 공동체와 운명을 같이 한 것이라고 할 수 있지만 다 시장 조사가 된 것이었다. 적어도 10년 후에 회수가 가능하다는 것이다. 그러나 그 모든 책임은 남훈이 지는 것이었 다. 이제 이 공동체에서 지는 것이 될 것이다.

그래서 모든 진료과가 망라된 종합병원이 세워지게 되었다. 이 시골에 최신 시설이 갖추어진 의료시설이 생기자 모두들 인식이 달라졌다. 이비인후과나 피부과 같은 것은 2주일에 하루씩 진료 를 하는 것으로 되어 있기도 하였지만 없는 과목이 없었고 진료 를 받으러 오는 사람도 날짜를 맞추어 줄을 썼다. 물론 예약을 하 기도 했다. 대전으로 김천으로 대구로 가는 대신 다 이리로 왔고 먼 데 사람들도 많이 왔다. 그래서 얼마 후부터는 보조를 해 주지 않아도 되었다. 약속이 그렇게 되어 있었다. 입원실도 있었다. 야 외에 면한 노천 입원실이 대부분이었다. 공동체 동지들 그리고 가 족들부터 특별한 가격으로 종합검진을 받기도 했다. 병원이 생기 자 약국도 같이 생기었다. 약방도 없는 마을이었다. 병원 옆에 요 양원도 설립하였다. 뭐가 이루어질려니까 한꺼번에 딸려서 되었 다. 전문의사를 골고루 갖추어 옆에 모신 요양원이었다.

의료 문제가 해결되자 마치 이 공동체가 갑자기 복지의 낙원이 된 듯 모두들 얼굴에 희색을 띄었다. 노인들은 노인들대로 젊은이들은 젊은이들대로 그리고 아이들을 가진 부모들은 또 그들대로 다 만족스럽게 생각을 하였다. 병원이 근처로 이사를 온 것 같이 생각되는 것이 아니었다. 그들이 경영하는 병원이라고 생각이 되었던 것이다.

"의사들이 옆에 있으니께 병이 다 달아난 것 같애여."

"글쎄 말이여. 괜히 의료보험료만 내고 병원에 가지도 않으니."

"그래도 그게 백번 낫지. 병 안 걸리는 게 의사여."

"의사 쌔빌렀네."

시골 사람들이 복에 겨워하는 얘기였다.

병원 가는 것이 약 사먹는 것보다 쌌다. 그러나 말이 되는지 모르지만 병원도 안 가는 것이 더 싼 것이었다. 같은 이야기로 밥 잘 먹고 술 덜 먹고 일 많이 하는 것이 일거양득이었다. 도랑치고 가재잡기였다. 배부른 얘기였다.

또 한 가지 상상도 못할 일이 실현되었다. 법조팀이었다. 변호사 사무실을 운영하는 것이었다. 그것은 더 쉽게 이루어졌다. 발상이 문제였다.

"아니 도대체 어디까지 가는 겁니까?"

"정신 못 차리겠어요."

동지들이 일규의 발상을 놀라워하는 것이었다. 칭찬인지 염려하는 것인지 알 수 없었다.

"왜 불안한가?"

"어지럽습니다."

"고소 공포증이 있나?"

"비행기를 탄 기분입니다. 너무 달리는 것 같애요."

"아직 멀었지만, 최소한 그런 기본적인 것은 있어야 되지 않겠나?"

"사는 게 문제가 아니고 삶의 질이 문제지요."

"괜히 사람을 들었다 놓는구만!"

아직 도시의 시설이라고 할까 기관 일부를 끌어온 것에 불과
하였다. 그러나 이 시골구석에 대학이 들어서고 종합병원이 들어
선다는 것은 참 대단한 일이었다. 그것이 유지가 된다는 것이 더
대단한 것이라고 할 수 있다. 이 공동체 때문이고 그것을 이끌고
있는 일규 때문이었다. 아니 동지들, 마을 사람들, 멀리 있는 후
원자들 때문이었다.

좌우간 여기에 변호사와 법무사가 와서 사무실을 지키고 있었
다. 매일은 아니고 여러 사람의 지원자가 돌아가면서 오기로 했
다. 이 지역 국회의원인 신기철 변호사도 일주일에 하루 시간을
정하여 오겠다고 하였다. 매주 일요일 이리로 출근을 하겠다는 제
자도 있었다. 부장 판사를 지낸 윤홍열은 『흙』의 허숭 얘기를 하
였다.

"가난한 농촌태생의 고학생으로 고등문관시험에 통과해 변호사
가 되고 부자집 딸 정선과 결혼을 하였으나 부귀영화를 버리고
농촌의 개혁을 위해 헌신하지요."

농업경제학을 교양으로 들었다고 했다.

"구세대구만. 유순이 때문이었지."

보성전문학교 법과에 다니는 숭은 여름방학 때 고향인 살여울
로 내려와 야학을 열고 아낙네들을 가르쳤다. 그 중 유순이라는
귀여운 처녀에게 마음이 끌렸다. 서울로 돌아와 학교를 졸업하고
변호사가 된 숭은 정선이와 결혼했으나 농촌계몽사업에 대한 의
욕과 유순에 대한 미안한 마음이 가시지 않았다. 유순이가 농업기
수에게 뺨을 맞자 한갑이라는 청년이 그 농업기수를 두들겨 팬

223

사건이 벌어졌다. 그것이 계기가 되어 숭은 사치를 좋아하고 행실이 바르지 못한 정선이와 헤어지고 농촌계몽에 헌신하기 위하여 살여울로 돌아간다. 숭을 받들며 따르는 유순은 숭의 권유로 듬직하고 건강하지만 성미가 불같은 한갑에게 시집을 간다. 이 마을에 고리대금과 장리로 돈을 벌다 숭 때문에 이익이 적어진 유정근은 동경유학에서 돌아와 숭을 몰아내는 계략에 의해 순사는 숭을 잡아가고 숭은 한갑을 이용해 유순이를 죽였으며 총독정치를 반항하는 죄목으로 한갑은 부인을 살해한 혐의로 재판을 받는다. 숭과 한갑은 5년형을 받는다.

"뭐가 됐든 제가 이 농촌에 억울한 일이 없도록 하겠습니다. 제가 아직 농촌 개혁을 위해서라고는 말할 수가 없고 농촌정의를 위해서 미력이나마 최선을 다 하겠습니다."

"여기 지금 그런 처녀는 없네."

"저 결혼했습니다. 제 처도 판삽니다. 허락하신다면 저와 같이 주말을 여기서 보내겠습니다."

"그래 참 고맙네. 한 사람은 농사를 지어도 좋을 거야. 하하하하……."

"하하하하…… 그것도 좋습니다."

겪어봐야 알겠지만 이 두 사람의 법조팀만 있어도 될 것 같았다. 넘칠 것 같았다.

내친 김에 한 가지 더 걸터들였다. 참 이것은 정신을 뺄 것도 없었고 모두 웃었다. 아니 무릎을 쳤다. 서당이었다.

물론 그의 발상이었다. 그는 서당에 다닌 적이 있었다. 나이가 들어서 다닌 것이어서 천자문부터 배우지 않고 『명심보감』과 『맹자』를 배웠다. 6.25 피란통에였다. 그때 배운 한자 한문은 실력이라고 할까 든든한 기초가 되었다. 그러나 그의 주관적인 생각은 아니었다.

한자도 한자지만 예의범절 관혼상제 같은 것 그리고 뭐가 됐든 회초리를 가지고 따끔하게 가르치는 알맹이가 좋을 것 같았다. 구체적으로 더 상의해서 정하려고 하는 것이다.

"거 참 좋은데요."

"기발한 생각이에요."

여자들도 반응이 좋았다. 특히 아이들에게 좋을 것이라고 하였다.

"선생님이 하시게요?"

현희가 그렇게 묻기도 하는 것이었다.

아무래도 어울리지 않는 투였다.

"왜 안 될까? 안 어울릴까?"

이번에는 모두들 까르르 웃는 것이었다.

"왜 그래? 안 어울릴지는 몰라도 안 될 것은 없어. 나도 서당 출신이여."

그러자 모두들 정색을 하고 보는 것이었다.

"하하하하…… 나도 한자나 가르치고 있으면 편하겠는데 누구 갓 쓴 양반이 해야겠지."

또 한 번 까르르 웃었다.

"저어 이왕이면 명사를 초빙해서 하면 어떨까요?"

명환이가 아주 정중하게 제안을 하는 것이었다.

"『노자』나 『주역』을 잘 강의할 수 있는 이름난 사람도 좋고 ……."

한자가 아니고 한문 강의를 말하는 것이었다.

"그런 것은 대학에서 하고 좀 고리타분하더라도 시골 훈장을 모셔서 하면 어떨까 싶은데 좌우간 상의해서 하자고"

"현 시국에 대하여 질타하고 너무 돈만 알고 실속만 차리고 파렴치한 사람들 앞뒤도 없는 정치인들 훈계를 할 수 있는 노인을 모시는 것도 좋을 것 같아요."

규호의 의견이었다.

그것도 좋을 것 같았다.

"이제 이런 것도 시작하면 어때요?"

윤애가 오랜 만에 의견을 내었다. 얼굴을 붉히면서.

"농촌 총각 장가보내기 운동 같은 것도 하자고 그러잖았어요?"

모두들 좋다고 하였다. 박수들을 쳤다,

그녀는 얼굴이 더욱 붉어졌다.

"형편이 나아지신 것 같애요."

준기가 말하자 모두들 같이 웃었다.

"저의들 요즘 아무 문제 없어요."

"깨가 쏟아져요."

부부가 얘기하며 웃는 것이었다.

"누구 영이라고 어영부영할 수 있겠어요."

윤애가 한 마디 더 하였다. 얼마 전 냉전 중일 때 일규가 명령을 내린 것이었다. 그러자 모두들 숙연해 지는 것이었다.

사실 농촌 총각 장가보내기 운동은 처음 나온 얘기는 아니었다. 원래 그런 계획을 갖고 있었다. 그동안 급한 것이라고 할까 당한 일부터 추진하다 보니 참 중요한 것을 빠뜨린 것이었다. 참 얘기를 잘 꺼내었다. 이의가 없었다.

농촌에 총각들이 40이 넘도록 장가를 못 들고 늙고 있었고 베트남이다 중국 연변 조선족이다 필리핀 태국 등 아시아 여러 나라 처녀들과 결혼들을 하는 사람들만 해도 행운이고 그들 중에는 이혼을 하거나 사기를 당하는 일도 많았다. 다문화 가정은 농촌사회의 새로운 풍경이 되어 있었다. 우리말이 통하고 정이 통하는 우리나라 처녀와 결혼한다는 것은 마음에 들고 안 들고를 떠나서 참으로 선택된 사람들이 아닐 수 없었다.

이 마을에도 그런 사람들이 많이 있었다. 그렇게 늙어 죽은 사람도 많고 자살해 죽은 사람도 있고 외지로 나간 사람도 많다. 부모들이 생존해 있으므로 가끔 와서 일을 거들어주기도 하고 잠만 자고 가기도 하였다.

이웃에도 나이가 50인데 장가를 못 가고 외지에서 토목공사를 하며 차를 끌고 무슨 날에 다녀가고 하는 노총각이 둘씩이나 있었다. 인물도 좋고 건강하고 흠이라고 한다면, 글쎄 그것을 흠이라고 할 수 있을지 모르지만, 학벌이 없다고 할까 하는 것인데 그것을 물어보기도 민망했다. 그가 개인적으로 여러 차 노력을 하였지만 잘 되지 않았다.

"뭐 인제 혼자 살티라요. 어머니 보기가 안 됐어서 그렇지 불편한 것은 없어요."

"그래. 어머니를 위해서라도 빨리 가정을 이룩하도록 해 봐요."

"잘 안 될 것 같애요."

그가 어떻게 할 수가 없었다. 막걸리를 받아줄 수밖에. 먼 형수의 아들이었다.

재취를 하는 경우도 외국 여성과 결혼한 경우도 있고 이 마을에도 여러 명의 다문화가정이 있었다. 공동체에 일을 나오는 여성도 몇 명 되었다.

농촌으로 시집오는 여자가 없었다. 땅이 많은 것도 아니고 돈이 많은 것도 아니고 아닌 게 아니라 학맥 인맥도 시원찮은 남자에게 뭘 바라고 올 수가 없었다. 사람 하나면 그만이고 무엇보다 마음이 중요하다고 말은 하면서도 현실은 그렇지 않았다. 그는 그것을 잘 알고 있었고 거기에 대한 생각을 늘 하고 있었고 구상한 것이 있었다. 어떤 프리미엄을 줘야 될 것 같았다. 처음 구상을 할 때와 사정이 많이 달라졌는데 우선 여기 노총각에게 시집을 오면 이 공동체의 핵심적인 멤버가 되게 한다. 일거리를 준다는 것은 일자리를 준다는 것이고 생활을 보장해 준다는 것이다. 일하기 싫고 놀고먹기를 바라는 사람이 있으면 그것은 안 되는 것이다. 결혼을 할 때도 여러 가지 특혜를 준다. 가구 전자제품 생활용품을 여러 유명 메이커로부터 기증을 받아 준다. 대단히 명성이 있는 사회의 명사가 주례를 맡게 하고 그리고 이 공동체에서 짓는 새 주택을 준다. 물론 주택은 벌어서 갚도록 한다. 그리고 가능한 많은 것을 지원해주어 금방 안정을 누릴 수 있게 한다. 그래도 안 되면 더 좋은 조건을 제시할 수도 있다. 이 마을 근동의 총각들뿐 아니고 여러 지역 농촌의 노소 총각들에게 시집오겠다는 사람들에게로 확대하는 것이다. 총각이면 무조건 그렇게 지원하는 것이 아니라 나름대로 심사를 한다든지 거르는 장치를 가동하고.

그는 그런 계획을 말하였다. 이의가 없었다. 다 얘기를 하였던 것이다. 무엇보다도 의미 있고 사회적으로 관심 있는 프로젝트였다. 광고를 낼 것도 없이 신문 방송에 보도가 될 것이다. 인터넷에 올리고 보도자료를 만들도록 하였다.

뒤의 일이지만 이 일로 하여 많은 청년들이 이 공동체에 들어오고 관심을 갖게 되었다. 농촌 총각 장가보내기 운동뿐 아니라 대학이다 병원이다 법조팀 운영이다 서당이다 하여 공동체에 대한 인식이 달라지고 위상이 높아졌다. 시골이면서 하나의 도시이고 시장이었다. 대단히 기민한 고도의 시스템에 의해 움직이고 있는 조직체였다. 거대한 회사였고 사회였다. 메뚜기 상표가 붙은 이 공동체의 생산품이 전국적으로 나가고 있었다. 쌀과 보리 밀

귀리 등 곡류에다 감자 고구마 도마도 무 배추 복숭아 사과 배 등 채소와 과일 등이 유기농의 표본이 되었다. 소와 돼지를 길렀고 양계를 하기 시작하여 닭고기와 계란을 출하하기 시작하였고 계속 인력과 기술을 투입하였다. 계속 시작하였다. 씨앗 개발 생산 농업기계 생산 수리 토산품 생산 또 그런 것뿐 아니고 여러 교육프로그램 이벤트 등 그 종류를 댈 수도 없이 다양한 생산라인을 가동하고 있었다. 대학이 있고 종합병원이 있고 법조팀이 있고 세무팀도 있고 거대한 시장이며 공장이고 농장이었다. 그 트레이드마크가 메뚜기였다.

언젠가부터 여기에 그림만 가지고는 안 되어 하나의 상징적인 이름을 붙였다. 여러 좋은 것이 많았지만 '한우리' 라고 하였다. 큰 우리라는 뜻도 있고 하나의 우리라는 뜻도 있고 여러 가지 의미가 있었다. 오랫동안 의견을 모아 그렇게 결정을 하였다. 멋두레는 또 하나의 이름이며 색다르게 쓰는 로고였다.

그래서 모든 생산품에다 메뚜기 그림 밑에 조그맣게 '한우리' 라고 로고를 넣었다. 계란 하나에도 전부 그런 로고가 붙여져 있었다. 무 하나 복숭아 하나에도 다 로고를 넣었고 어떤 경우라도 허실이 없게 하였다. 그리고 언젠가부터 한우리 로고가 붙은 물건은 무조건 신뢰를 하였고 그 상품은 재고가 없었다. 시장 점유율이 하루가 다르게 상승하였다. 한우리 공동체의 활동과 비례하여 한우리 로고가 붙은 물건을 불티가 났다. 시어도 좋고 매워도 좋고 덤덤해도 인정을 하였다.

밤꽃 향기

모를 심었다. 요즘은 망종芒種 전에 모들을 다 심었다.

망종은 벼를 비롯해서 곡식의 종자를 뿌려야 할 적당한 시기이다. 이 무렵에 모내기와 보리 베기를 한다. 망종에는 또 햇보리를 먹었었다. 보리는 망종 전에 모두 베어야 논에 벼도 심고 밭갈이도 하게 되었다. 망종을 넘기면 보리가 쓰러지는 수가 많았다.

지금은 비닐 모판에서 모의 성장기간이 단축되었기 때문에 한절기 더 앞선 소만小滿 무렵에 모내기가 시작된다. 특히 모내기와 보리 베기가 겹치는 이 무렵 농촌 일손이 제일 달리고 바쁜 때였다. 보리 농사를 많이 짓던 시절에는 이때를, 발등에 오줌 싼다고 했다. 그만큼 바쁘다는 얘기였다. 원래 망종은 말 그대로 까끄라기 종자라는 뜻으로 까끄라기가 있는 보리를 수확하게 됨을 의미한다.

밭을 갈아 콩도 심고 다른 여러 작물들의 씨를 심고 모종을 하고 하였지만 모를 심는 것으로 농사의 시작을 알렸다. 아무래도 벼 재배가 농사의 상징적인 존재였던 때문인가.

방금 써려 놓은 논으로 이동한 이앙기가 육묘상자에 담긴 모를 기계소리를 내며 심어 나왔다. 한 머리서는 계속 논을 써리고 있었다.

온 들판의 논을 두 대의 이앙기로 심고 있었다. 이앙기 한 대가 하루 6,000여 평, 30마지기 내외를 심는데 두 대로 아침 일찍부터 저녁 늦게까지 2교대 3교대로 심으면 10여 일 안팎이면 이 들판의 모를 다 심을 수 있었다. 여기 들을 다 심고는 이웃 마을 논도 심기로 되어 있었고 근동 다른 지역에서 모심기 작업을 한 우리서 주문 받아 하고 있기도 했다. 육묘상자에서 잘 자란 모를 기계에 싣고 다니면서 써린 논을 왔다 갔다 하면 되는 것이었다. 한우리에서 육묘판 재배도 다 하였다.

황토흙을 체로 쳐서 약품 처리한 볍씨, 그것도 계속 시험재배를 하고 품종을 개량한 볍씨로 모판을 만들었다. 씻나락을 가장 좋은 것으로 썼고 그런 값은 아끼지 않았다. 미리 예약도 하고 선금을 주기도 하였다. 거기만 일년 내내 매달린 팀이 있었고 자체적으로 연구하고 실험하기도 하고 전문적인 자문을 받기도 하여가며 한 톨 여축이 없도록 하였다. 그 초단계에서 실패하는 경우가 많았다. 날씨도 잘 해야 하지만 철저한 관리에다 시간을 맞추어야 했고 무엇보다도 정성을 다 쏟아야 했다. 못자리 육묘판은 아직 날씨가 쌀쌀할 때 볍씨를 넣었다.

아랫녘 윗녘 기온 차이로 한 보름 먼저 심고 나중에 심고 하였는데 5월 중순 소만 전후로 이 근방에서는 모심기가 한창이었다. 그래서 전에는, 그만해도 옛날이지만, 모심는 품을 파는 인부들이 철새처럼 주욱 올라가며 품을 팔고 또 내려가며 품을 팔고 하였다. 벼를 벨 때도 그랬다. 그만큼 모심기 벼 베기는 시기를 놓치면 안 되는 것이기도 했다.

모심는 날이면 많은 사람들이 품앗이로 이 집 논 저 집 논을 심었고 그래서 중복되지 않게 날을 받아야 했고 그날 날씨도 잘해야 했다. 비가 오면 영 재미가 없는 대로 비옷 도롱이에 삿갓을쓰고 모를 심어야 했다. 벼를 베는 것도 물속에서 베어야 할 때도있었다. 참으로 고통스러운 작업이었다. 그래서 농사가 힘든 것이었다.

그런 농촌 풍물들이 많이 달라졌다. 요즘은 모를 심는데 그렇게여러 사람을 필요로 하지도 않았고 폭우가 쏟아지지 않는 한 비가 와도 상관이 없었다. 전천후였다. 기사 혼자 기계를 운전하면되었다. 온 들을 이앙기 두 대로 심고 있었다. 물론 손발이 척척맞는 보조자가 붙어야 했고 거기에 따라 능률이 좌우되었다. 백마디 말이 필요 없고 시간과 면적을 가지고 작업 성과를 따지는것이었다.

이제 모를 손으로 심는 사람은 볼 수가 없었다. 그런 인력도 없었다. 조그만 다랭이도 다 기계로 심었다. 수동으로 된 이앙기도있어 끌고 다니며 심었다. 이앙기 콤바인을 비롯해서 모든 기계도그렇고 기사도 다 공동체에 속해 있었다. 모든 논을 합쳤을 뿐 아니라 모든 장비를 합쳤다. 기계 장비 뿐 아니라 모든 자금 유용한모든 것을 다 합쳤다. 그것이 이 공동체의 기본 방침이었다. 어떻게 보면 단순하고 주먹구식인 것 같지만 무수한 이론과 도상 실험을 거친 방법이었고 동지들은 이런 일규식 논리와 실천을 뼈속까지 공감하고 긴 시간을 기다려 주었던 것이다. 그것이 정리되고 확대되고 정착된 것이 이 공동체 한우리였다. 계속 확산되고있었다. 규모가 커지는 것도 중요하지만 계속 새로운 방법이 추가되었다. 귀농이 늘어나고 공동체 참여가 늘어났다. 80% 90% 되다가 이제는 이 마을에서는 참여하지 않는 사람이 없었다. 계속연락이 안 되는 경우 무연고 등이 몇 집 있었지만 실제적으로는 땅은 내놓은 상태였다.

좌우간 여기에 동참하겠다는 생각만 있으면 되었다. 생각도 없는 사람이 어디 있는가. 몸만 있어도 되었고 땅만 있어도 되었고 뭐든지 하나 걸치기만 하면 되었다. 그것이 핵심 룰이었다. 자금이 없어도 되었다. 그것도 다 대어 주었다. 융자를 해 주는 것이었다. 이자를 계산한다는 것이었다. 세상에 공것이 어디 있는가. 우선 땅이 있으면 되었고 사람이 있으면 되었고 그것이 없으면 자금이 있으면 되었다. 수없이 반복해서 설명이 되었지만 토지 노동력 자본 산업의 3요소 중의 하나만 있으면 되었고 그 전부 다를 갖추고 있으면 물론 더 좋았다. 얼마나 더 좋고 나쁘고 그런 얘기가 아니었다. 그것이 몸이 됐든 기계가 됐든 땅덩어리가 됐든 돈이 됐든 뭐가 됐든 투자한 만큼 가져간다는 것이다. 철저한 분배 원칙인 것이다. 그런 것도 따질 것이 없이 누구에게나 공평하게 나누자는 것이었다. 계급이 높고 낮고 지위가 높고 낮고 돈이 많고 적고에 전혀 관계가 없이 자신이 갖고 있는 조건 만큼 일한 만큼 받는 것이다. 너무도 당연한 일이 아닌가.

그것이 한우리 공동체였다. 이스라엘 키브츠와도 다르고 북한의 협동농장 중국 러시아의 협동농장 꼼뮨과도 달랐다. 사회주의 공산주의 방식과는 전혀 달랐다. 그런 문제점이라고 할까 다른 방법을 보완하고 근본적으로 뜯어고쳤다. 어쩌면 세계 유일의 것이었다. 공산주의라는 것이, 우리나라에서는 공산주의 정권과 대치하고 있기 때문에 비교하고 따지는 것이 자유스럽지 않지만 아니 불가능하지만, 그 의도는 괜찮은 것이었다. 어쩌면 대단히 이상적인 것이었다. 그렇게 얘기하다가 무진 고초를 당하였지만, 그런 좋은 방법들이 현실적인 여러 가지 문제들 때문에 성공을 못한 것이다. 문제라는 것이 딴 것이 아니고 욕심이었다. 그것을 버리지 못하고 권력이든 돈이든 가지기만 하면 놓지 못하고 움켜쥐었던 때문이다. 공산주의란 말 그대로 민중(인민)의 이익을 위해 만든 것이고 사사로운 생각을 버리는 것이었다. 그 너무도 당연하고 초보적인 단계에서 그것을 만든 사람들 자신이 반칙을 한 것이었다. 일부 권력을 갖게 된 사람들이 그 권력을 휘두르고 재산까지 가지려고 욕심을 부리다가 무너진 것이다. 한동안 잘 해먹다 다 말아 먹었다. 그런 허욕을 가진 세력들 때문에 그 좋은 생각들이 다 물거품이 된 것이었다. 민중 위에 군림한 특권층의 욕심들 때문에 공멸한 것이었다. 현재 공산주의로 성공한 나라가 아무 데도 없다. 일규는 그런 문제를 다 제거하고 전혀 새로운 협업과 분배의 논리를 내놓았던 것이다. 그것을 강하게 주장하고 실천하려 하다 좌초가 되었다. 그 바람에 공부를 많이 하였다. 멀쩡한 그를 모함하고 조작을 한 것도 그 치졸한 욕심 때문이었다. 권력을 쥐려고 한 것이었다. 국가보안법이다 찬양고무다 편리한 대로 끌어다 붙이었지만 그 시대에 그렇게 당한 사람이 한 둘이 아니었다. 열 명 스무 명이 아니고 백 명, 이백 명이 아니었다.

복수를 할 생각도 하였다. 지금도 그런 생각이 아주 없는 것은 아니었다. 그러나 무엇보다 위력 있는 복수는 그 문제를 해결하는 것이었다. 그의 이상을 실현하는 것이었다. 그 한 사람 개인적인 것이 아니고 모든 농민이 아니 국민이 인민이 같이 잘 사는 것이었다. 참으로 평범한 것이지만 그에게는 뼈저린 것이었다.

그가 밖에 나와서도 그리고 동지들의 뜻이 다시 합쳐지고 하였을 때도 입찬말은 하지 않았다. 어떤 새로운 주장을 하고 선언을 하지도 않았다.

"공산주의의 진정한 문제점은 위에서는 특권을 휘두르고 아래서는 자기에게 배당된 일을 기계적으로 하고 시간만 채우는 데 있었어요. 일에 대한 열성이 없었던 거예요. 아이를 키우듯이 꽃을 가꾸듯이 쏟는 사랑이 없었던 거지요."

그런 정도를 얘기하였다.

그가 너무 요령이 없고 고지식하였던 것이다. 뭐가 됐든 잘 못했다, 국가와 민족을 위해서 죄송하게 됐다, 큰 죄를 졌다, 그랬으면 되는 것인데 그 소리를 못하고 호되게 대가를 치른 것이다. 잘 못 하지 않은 것을 어떻게 잘 못했다고 하는가, 한 번도 마음에 없는 소리를 하지 않았고 내키지 않은 행동을 하지 않은 것이다. 그러면 꺼꾸러지는 줄 알았다. 그에게서 그것을 빼면 시체였다. 그러나 넓은 의미에서 보면 대를 위해서 소를 버리는 것이었다. 나만 생각하고 나의 신념만 위하는 것이 아니고 가정도 위하고 또 무엇보다 그를 따르는 동지들도 위하여야 했던 것이다. 그것을 배운 것이다. 그러지 않았더라면 중간에 다시 한 번 난관이 있었을는지 몰랐다.

좌우간 한 치 반 치도 굽히지 않고 끝까지 소신을 지키는 것까지는 좋았는데 그러느라고 그 많은 시간을 흘려보낸 것이고 많은 중요한 것들을 잃은 것이다. 정작도 그래서 떠난 것인지 모른다. 그러나 그 때문에 동지들이 하나도 떨어지지 않고 다 기다려 주었던 것이다. 그를 맹주처럼 신처럼 따르고 이렇게 다시 모였다. 그리고 말로만 하던 이론으로만 주장하던 농업공동체를 온 몸으로 실천하게 되었던 것이다. 봇물이 터진 듯이 방법들이 콸콸 쏟아지고 새 물결이 흘러들었다. 날로 달라지고 변하였다. 하루하루 새로워졌다. 미래 공동체 모형으로 발전하고 있었다.

이야기가 뒷걸음을 쳤는데 이앙기를 비롯한 모든 기계도 그렇고 다 이 공동체에서 움직였다. 한우리가 아니면 모를 심을 수가 없었다. 없다기보다 그것이 편했다. 모판을 만드는 데서부터 써리고 심고 베는 것을 다 기계로 할 뿐 아니라 품을 얻고 품앗이를 하고 신경 쓸 필요 없이 다 해 주었다.

옛날과 달리 모심기든 벼 베기든 일만 있고 흥취가 없었다. 능률만 있지 풍물은 없었다. 모심을 때 부르던 격양가도 사라졌고 참을 한 광주리에 이고 와 풀어놓고 막걸리도 한 잔 하고 점심을 같이 먹으면서 떠들어대고 하던 재미가 없었다. 뭐니 뭐니 해도 음식을 같이 먹는 즐거움이 제일인데 혼자 빵과 우유로 식사를 하기도 하고 짜장면을 시켜 먹기도 하고 이앙기 기사는 음주운전을 하면 안 된다고 하면서 술도 먹지 않았다.

그랬는데 마을이 협업공동체 체재가 되면서 옛날 정취가 되살아났다. 우선 식사 풍경이 달라졌다. 전부 시간만 되면 식당으로 다 모였다. 승용차 오토바이 자전거 그리고 이앙기를 싣고 간 화물차를 타고 낮 12시 30분만 되면 다 모였다. 우선 시원한 냉수나 옥수수차를 셀프 서비스로 갖다가 마시며 숨을 돌리고 부녀회원들이 마련한 음식을 식판에 밥과 국 김치 외에 여러 가지 반찬들을 뷔페식으로 담아다 먹었다. 특별한 날 외에 술은 사서 먹어야 하고 그것도 가급적 점심에는 참고 저녁에 먹었다. 물론 자기 앞으로 달아놓고 먹는 것이므로 조금이라고 재산 축을 덜 내려고 하고 자기 건강 형편에 맞추었다.

"소경 제 닭 잡아먹기여."

"아 왜 눈 감았어? 그냥 제 닭 잡아먹기여."

"그 말이 맞네. 제 닭이든 남의 닭이든 알아서들 해야."

모두들 한 바탕 웃으며 고개를 끄덕거렸다.

그러자 한 술 더 뜨는 친구가 있었다.

"원 사람들 뭐 땅 팔아먹는 것도 아니고 뭘 그렇게 쩐만 따져. 몸 생각들 해서 해야."

술고래 태우가 말하자 모두들 다시 큰 소리로 웃었다.

"나는 빨간 닭 알 낳는 닭 가서 잡아 먹을 티라."

태우는 수술 후 술을 안 먹고 사이다도 안 먹었다. 맹물이 최고라고 하면서 물을 많이 마셨다. 그러며 마을에 병원이 들어온 것에 대하여 눈물을 글썽거리며 말하였다.

"구세주가 따로 없어여. 선상님이 구세주여. 하늘님이라."

일규에게 하는 말이었다.

"아니라요. 이 세상에 하늘 이고 사는 사람들이 다 하늘이지요."

"참 선상님도 뭘 모르시네. 아 하늘 다르고 하늘님 다른 기지요."

태우는 오히려 가르치려 들었다.

어떻든 태우는 공동체 막걸리파티나 어디 공술이 있는 자리에서도 술을 한잔 따라놓고 목만 축였다.

"이 사람 이게 뭐 하는 짓이라. 마음 변했구만!"

"사람이 갑자기 변하면 어떻게 되는 줄 알아."

모두들 한 마디씩 했다.

"무식한 소리 하들들 말라고. 이게 말이여 뭐냐 하면 코냑 마시는 식이여. 알아? 곤냐꾸 말이여."

"어 참 대단히 유식하네. 잘 해 봐."

"대단해야."

그래서 또 웃었다.

술에 대한 얘기였다. 밥도 여럿이 먹어야 맛이 더 있었다. 술이 있으면 있는 대로 없으면 없는 대로 즐거웠다. 술이 얼건히 오르면 기분이 좋았고 안 먹고 맨숭맨숭한 대로 다 생각이 있었다. 몸이 아파도 웃음으로 밀어붙였다. 그것이 이 공동체였다.

포도나무에 매달려 묵은 껍질을 벗기고 다른 과수의 순을 따고 전지를 하고 풀을 매던 여성팀, 농로 공사를 하던 토목팀, 모든 인력들이 식사 때가 되면 식당으로 다 모였다. 밥이고 술이고 가져가는 것보다 사람이 오는 것이 빨랐다. 한 두 군데가 아니었다. 교대도 하고 작업지시를 받기도 하고 여러 가지 정보를 교환하기도 하고 그런 편리한 점이 또 있었다.

망종제를 올리고 검은 콩을 넣고 한 시루떡을 썰어 먹으며 돼지를 한 마리 잡았다. 태우 말대로 빨간 알 낳는 토종닭도 여러 마리 잡았다. 잔치였다. 생일잔치도 하였다. 8순이 되는 동갑내기 세 사람이 술이나 한잔 내겠다고 해서 쇠고기를 댓근 사서 주물럭을 하고 쑥을 넣고 절편에다 바람떡을 하고 술은 막걸리 맥주 소주, 20도짜리 30도짜리 기호대로 골라 마시도록 하였다. 돈은 재료값만 내도록 하였고 구판장 값만 받도록 하였다. 세 사람이 돌아가며 인사말을 하도록 하고 이 사람 저 사람 축사도 하였다. 일규도 한 마디 하였다.

"99 88하던 것도 다 옛날 이야기이고, 120살까지 산다는데 그럴러면 아직도 40년을 더 살아야 합니다. 미수 모수 졸수 백수, 그 뒤에는 이름도 없지만 10년 단위로만 하더라도 여러 번 더 해야 하고 살 날이 아직도 많이 남았습니다. 한우리에서는 노임에 있어서 노소 차이가 없으며 남녀의 차별도 없습니다. 파트 타임으로도 하니 힘들면 한 나절을 다 채우려고 기를 쓸 필요도 없이 힘 자라는 대로 하고 싶은 대로 일을 하시기 바랍니다. 일이란 건강을 위해서 좋습니다. 제가 초등학교 때 배운 것인데 늘 잊혀지지 않는 것이 있습니다. 누구 말인가 앉은 신사보다 선 농부가 낫다고 했습니다. 바쁠 때 일손을 돕고 술값도 벌고 운동도 되고 1석 3조가 아닙니까."

모두들 박수를 쳤다.

"다른 건 알겠는데 모수가 뭐지요? 몇 살을 말하는 기라요?"

유식한 태우가 또 한 마디 하였다. 인기 발언이 아니고 솔직한 질문이었다.

"늙은이 모耄자를 써서 90을 모수라고 그러더군요."

모두들 학생처럼 고개를 끄덕거렸다.

분위기가 서먹하여 일규는 한우리에서 추진하고 있는 농촌 총각 장가들이기 캠페인에 대하여 홍보를 하였다.

그는 얘기만 하고 있지 않았다. 캠페인이 아니고 실제로 성사시키기 위해 노력하는 것이었다. 발로 뛰었다. 모델 케이스를 하나 만들려는 것이었다.

건방진 노처녀가 하나 있었다. 제자였다. 최연경. 인생이 어떻고 신이 어떻고 하며 같이 술도 많이 했다. 결혼을 하면 후회하고 안 하면 더욱 후회할 것이다, 그런 얘기를 여러 번 들려주었다. 그럴 때마다 그와 같이 골치 아픈 결혼을 하느니 차라리 혼자 살겠다고 하였다.

그녀를 만났다. 연락이 끊긴 그녀를 물어 물어 찾아간 것이다. 정말 여전히 질서 없이 살고 있었다. 술에 커피에 절어 있었고 약을 달고 다녔다. 밥은 굶지 않았다. 돈은 그저 살 만큼 벌어 쓰고 있었다. 출판사의 일을 맡아서 번역도 하고 잡문도 쓰고 출근을 하지 않아도 되고 프리랜서로 일거리가 있으면 하고 없으면 놀았다. 국내외 여행을 한 기행문을 써서 고료를 받기도 하였다. 직함이 많았다. 여행작가라기도 하고 무슨 출판사의 편집위원이라기도 하고 또 무슨 회장이라기도 하였다. 비혼 예찬자 모임이라던가. 많이 나아진 것 같기도 하고 완전히 퇴행된 것 같기도 했다.

"그래 이렇게 사는 것이 좋은가?"

그녀의 집으로 찾아 만난 그가 다짜고짜로 따졌다.

"왜 지금 또 다시 결혼을 하라고 그러시는 거지요?"

"그래 이러다 말건가?"

"결혼을 하면 뭐가 달라지는데요?"

술이나 한잔 하자고 하였다. 먹다 남은 소주병을 가지고 와 따르며 과일을 깎는다.

"나 먹던 술은 안 먹어. 술을 할려면 어디 가서 막걸리나 한잔 사."

"그럴까요, 선생님."

근처의 포장집으로 갔다. 거기서 일규는 작정을 하고 그녀를 마구 다그쳤다.

"전 이대로가 편하고 좋아요."

"아니 어떻게 자네 자신만 생각하나. 편한 것만 중요하고 고통 스럽고 힘들고 한 것은 피해 가다가 죽겠다 이거여? 죽을 때 단 말마도 피할 수가 있나?"

"안락사 있잖아요."

"그런 것이 아니여. 인생은 그렇게 안락한 것이 아니란 말이여."

"톨스토이는 인생은 고해苦海라고 했지요."

"까뮈의 「오해」를 봤나?"

"그런데요?"

"하인이 자살하려는 주인에게 안 된다고 말하지. 인생을 오해하고 있다는 거야. 인생이 그렇게 즐거운 것만이 아니야. 애도 낳아 보고 애가 죽어 통곡도 해보고 쓰러져도 보고 자빠져도 보고 그렇게 살다가 죽을 때 꽃가마도 타보고 그러는 거야."

"선생님은 그러셔요?"

"그게 사는 거여. 도대체……."

"또 뭐요?"

"남을 위해서 살아봤느냐 말여. 슬퍼하기도 하고 울어주기도 하고 누구를 위해 나를 버리기도 하고 손해도 보고 대신 죽어도 주고, 아니 아직 죽을 것까지야 없을지 모르지만, 그래 봤느냐 말여."

"요즘 예수 믿으세요? 아니면 신흥종교에 심취하셨어요? 왜 그래야 되는데요? 도대체 뭣 때문에 그래야 하지요?"

"사람이란 사랑을 하는 존재여. 사랑을 하지 않으면 사람이 아니지. 사랑은 받는 것이 아니고 주는 거여. 자기가 가지고 있는 것을 베푸는 거여. 자네가 찾는 이상적인 남자란 나를 행복하게 해줄 사람이었어. 그것은 콤플렉스여. 신데렐라 콤플렉스 백마 타고 오는 남자, 그런 꿈을 꾸지 말란 말이 아니여. 사랑이란 나를 행복하게 해줄 사람을 찾아 누리는 것이 아니고 내가 행복하게 해줄 사람을 찾아 베푸는 거여. 나보다 못한 사람 나보다 불행한 사람을 위해서. 그런 사람을 찾아 봤나?"

시간 가는 줄 모르고 술을 몇 병이고 마셨다. 서로 혀가 꼬부라지고 말이 흐트러졌다. 여가 됐다 야가 됐다 반말을 하다…… 몸도 가누지 못하였다. 그러나 이야기는 발전하고 있었다.

"사랑을 혼자 해요? 상대가 있어야지요."

"내가 구해 줄게. 많아. 쌔고 쌔였어."

"그러면 뭘해요. 마음에 들어야지요."

"여러 사람이 있으니까 골라봐."

"싫으면 안 해도 되지요?"

"그럼. 그걸 말이라고 하나?"

그녀는 새끼손가락을 걸었다.

"도장도 찍어야지."

"복사도 해야지요."

그날 그는 그녀를 집까지 업어서 데려다 주어야 했고 인사불성이 되어 같이 잤다. 그는 침대 밑바닥에서 잤다. 그러며 선생님 같은 남자만 있으면 언제라도 결혼하겠다는 잠꼬대를 듣기도 하였다. 그러나 그녀는 그런 기억은 하지 못하는 대신 도장을 찍고 복사를 하고 한 기억은 하였다.

그녀가 정장을 하고 마을로 찾아왔다. 새 불을 사르지 않고 그는 신랑감을 조건이 좋은 순서대로 나열하였다. 조건이란 뻔한 것이었다. 돈이 있고 학벌이 있고 인물이 좋고 건강하고 부모라든지 주변이 좋고 그런 일반적인 것이었다. 말로만이 아니고 실물을 다 보여 주었다.

"저 약속 지켰어요."

"나도 지켰어."

여기서는 술이 아니고 커피를 마시면서 오래 얘기하였다. 사람도 만나고 농업 현장도 둘러보고 여러 가지 프로젝트도 심도 있게 살펴보았다. 그러고 나서 그녀가 여기 와서 할 것이 있겠느냐고 물었다.

얼마든지 있다고 하였다. 아무 것이나 번역을 해도 되고 농업 또는 공동체 전문 서적을 번역해도 좋고 농촌기행을 써서 잡지고 어디고 실어도 좋고 서울의 일을 가지고 와서 해도 좋았다. 맑은 공기 마시고 이색 체험을 하고 몸도 마음도 뜯어고치면서 말이다. 그녀는 「목근木槿통신」 얘기를 하였다. 김소운의 일본에 보내는 편지였다. 신문에 연재 되었고 일본 잡지에도 실린 수필이다. 꼭 나라 꽃 무궁화라 하느냐. 여기 매화골 매화면 어떤가. 그런 것도 좋을 것 같다고 하였다.

그것이 신호였다. 그녀는 변하고 있었다. 어쩌면 그날 저녁부터 마음이 변하고 있었는지 몰랐다.

"선생님이 한 사람 천거해 주세요."

"뭘 말인가? 총각을 말인가? 내가 나열한 사람 중에서 말인가?"

그는 도무지 실감이 나지 않고 믿어지지가 않아 한꺼번에 물었다.

"예."

그녀의 대답은 너무나 간단했다.

"정말이야? 왜 이렇게 쉬워? 딴 말 않기야."

"저 일어설 거예요."

"뭐여?"

그는 덥석 제자를 끌어안았다. 너무나 귀여웠다. 정말 업어주고 싶었다.

그는 제일 조건이 좋은 대학을 나온 친구를 천거하였다. 집안도 좋았다. 나이도 맞았다.

그러자 그녀가 너무도 분명한 반응을 보였다.

"싫으면 다른 사람으로 해도 되지요?"

"그럼. 그걸 말이라고 하나?"

그날 저녁 하던 말 같았다.

그런데 그녀는 그중에서 제일 조건이 좋지 않은 재은을 택하겠다고 하였다. 학벌도 없고 인물도 제일 빠졌다. 발도 절뚝거렸다. 축농증이 있어 말소리도 탁하였다. 나이도 아래였다.

그는 이번에는 그저 물끄러미 바라만 보았다. 한동안 그러고 있는데 그녀가 정곡을 찔렀다.

"그날 저녁 하신 말씀은 그냥 하신 거였나요?"

그는 아예 말문이 막혀버렸다.

이 마을에 공동체가 자리잡은 뒤로 최대의 경사가 났다. 이재은과 최연경의 결혼식이었다. 온통 군 면이 떠들썩하였다. 신문에 나고 잡지에 나고 방송이 되고 온통 화제였다. 그녀와 친분이 있는 전 국무총리도 오고 전 현직 국회의원도 여럿 오고 전혀 친분이 없는 농림부장관도 오고 유명 인사가 많이 온 마을 야외 혼례식엔 또 각계각층의 성금이 답지하고 침대 옷장 찻장 소파 냉장고 TV 전자레인지 쌀 잡곡 밀가루…… 뭐 없는 것이 없는 벼락부자가 되었다. 갑작스럽게 직함도 부여가 되었다. 최연경은 공동체의 전속작가, 이재은은 기계부의 과장으로 임명하였다. 주례는 모든 사람을 다 마다 하고 일규에게 부탁하였다.

전국적인 잔치가 되었다. 신문기자 잡지기자 방송기자들이 와서 취재를 하고 인터넷으로 중계를 하고 친분 연고가 없는 사람들이 더 많이 와서 거짓말 좀 보태어서 인산인해를 이루었다. 마치 어떤 인기 배우의 결혼식보다 더 야단이었다. 날씨도 좋았다. 비가 한 줄기 뿌리고 지나간 초여름 날씨는 화창한 봄 날씨 같았다. 성욕을 자극한다는 밤꽃 향기가 진동을 하였다.

"이것이 우리 공동체의 모습입니다. 여기는 마을이 아니라 나라입니다."

그는 주례사에서도 흥분을 감추지 못하였다.

관중들은 더 흥분하였다. 마구 발을 구르며 박수를 쳤다.

아기 우는 소리

그 뒤 한동안 농촌 총각 장가 들이기에 전력을 기울였다.

대대적으로 홍보를 했고 가까운 주변의 인력과 모든 친분을 다 동원하여 결연 사업을 추진하였다. 총각이라고 하지만 상대가 있으므로 처녀에 대한 시집 보내기가 되기도 했다. 보내기가 아니라 데려오기가 맞는다. 장가를 못 가는 농촌 총각도 많이 있었지만 시집을 못 가거나 안 가는 여성들도 많이 있었던 것이다. 많은 농촌 총각들이 장가를 못 가고 늙어가고 있고 외국 특히 동남아 여성들과 결혼을 하고 사기를 당하고 하는 농촌현실을 타개하자는 것이었다.

이 마을과 공동체에 속한 농촌 출신 총각들의 리스트를 작성하고 인력 뱅크를 만들었다. 사진을 여러 장 찍어 가장 잘 나온 것을 붙이고 동영상도 만들고 재산 목록 건강진단서 가족관계부 등 참고될 수 있는 것을 다 망라하여 파일을 만들었다. 선을 볼 때 이것저것 따져보고 확인하는 사항들을 물어보지 않아도 알 수 있도록 하였다. 한 점도 궁금증이 없도록 대령한 것이다. 하나의 신상명세서라고 하기보다 장가가지 않은 미혼 남성 그리고 여성들에 대한 데이터베이스를 구축하는 것이었다. 단계적으로 다른 지역 농촌의 총각들도 다 자료를 모으고 연결시켜 나갔다. 장가를 가고 안 가고 원하고 원하지 않고를 떠나서 우선 다 성실하게 자료를 만들었다.

　처음에는 가까이 있는 사람을 그가 개인적으로 만나 사정을 들어보고 얘기를 하여 자료도 만들고 대담을 하고 하던 것을 차츰 규모를 넓히고 공동체에서 작전을 세워 전략적으로 접근하였다. 그래서 공동체는 하나의 농촌 총각을 결연하는 회사처럼 운영하였다. 물론 여러 사람 기관의 자문을 받고 시스템에 따라 움직였다. 모든 기구가 분업적으로 돌아가게 되어 있었고 책임을 분담하고 있었던 것이지만 농촌 총각 장가들이기는 직할 사업이라고 할까 그가 직접 사람도 만나보고 전화도 받고 편지도 쓰고 하였다. 차츰 숫자가 늘어나고 일의 양이 많아졌다. 그러나 그는 열 일을 젖겨 두고 찾아가 만나고 들은 얘기를 기록하여 카드로 만들고 대담을 하고 일화를 채집하여 누가기록철을 만들었다.

　"이야기를 찾아내어야 돼요. 이야기를 만들어 내봐요."

　그런 지시를 하기도 하였다. 스토리텔링의 자문을 받아서였다. 만날 때는 혼자 가지 않고 돌아가면서 공동체의 재원들, 보기 좋은 커플을 대동하게 하였다.

　전자 메일도 보내고 핸드폰 문자도 보내었다. 문장 문구도 여러 사람에게 보여 다듬고 다듬고 호감이 가고 매력 있게 작성하였다. 그것을 그의 이름으로 보내기도 하고 친분이 있고 연고가 있는 사람 이름으로 보내었다. 아는 사람, 여러 가지 일로 연관이 있는 사람, 학연 지연 혈연관계가 있는 사람, 그런 인적 자원을 최대한도로 동원하고 계속 찾아내었다. 그런 관계를 찾아내는 것에 모든 구성원이 총동원되었다. 공동체는 물론이고 다른 제자들 마을 사람들 그 가족들 그 가족의 친척들 그들의 아는 사람들······ 조금이라도 아는 사람 명태 가시라도 걸리는 사람들의 인맥을 찾아 자료로 활용하였던 것이다.

농촌 총각 중에는 대학도 나오고 살기도 괜찮고 유산도 있고 인물도 좋고 심성도 좋은, 한 마디로 괜찮은 신랑감도 더러 있었다. 그런 사람을 전진 배치하고 간판으로 활용하였다. 전략이었다. 사기를 치는 것은 아니었다. 조금도 과장을 하거나 보태는 것은 없었다. 그 정말 괜찮은 사람들은 극소수에 불과하였지만 그들은 오히려 장가를 가려고 하지 않았고 웬만한 여성은 마음에 들지 않아 계속 카드로만 장식되고 있었다. 그런 경우가 더 많았다.

농촌 총각 장가보내기라고 하였지만 꼭 장가를 보내고 결혼을 하는 것만이 아니었다. 물론 장가를 못 간 농촌 총각들이 하나 둘 모여들기 시작했다. 장가를 들고 결혼을 하고 하는 경사스러운 일에 앞서서 젊은 층이 모여들었다. 노인들만 어슬렁거리고 다니는 마을 골목에 젊은이가 눈에 띄게 늘어나고 있었던 것이다. 그 숫자가 그렇게 많은 것은 아니지만 젊은 일꾼이 등장하고 그야말로 젊은 피가 수혈되고 있었던 것이다. 그것은 마을이 젊어지고 농촌이 젊어지는 상징적인 지표였던 것이다.

그렇게 인식이 되어 있었던 것이다. 공동체 한우리에 대한 인식이 달라진 것이다. 한우리에 가면 여러 가지 못했던 공부를 골라서 할 수 있고, 의료 혜택을 보장 받을 수 있고, 법적인 문제라든지 골치 아픈 문제를 다 해결할 수 있는 것으로 인식이 되어 있었다. 물론 주업인 공동체의 농사 외의 호감이 가고 매력이 있는 사항을 말하는 것이었다. 무슨 차를 한 잔 마시고 물건을 하나 사고 하는 것과 같은 문제가 아니고 직업을 선택하고 주거를 선택하고 특히 노후의 삶을 선택하는 중요한 문제를 결정하는 데 있어서 매력 포인트가 되었던 것이다. 그래서 이 마을로 귀농하는 사람이 부쩍 많아졌고 귀농을 하겠다고 문의하는 사람이 많아졌다. 문의만 하는 것이 아니었다. 대답만 해서는 안 되었다. 귀농의 절차를 묻기도 하고 귀농여부를 결정짓기 위한 최종적인 확인을 하기도 하였다. 참으로 심각한 요담일 수도 있었다. 그쪽에 중후한 인력을 많이 배치하고 거기도 그가 필요하면 전화를 바꾸도록 하고 상담을 할 수 있도록 하였다. 그것도 체계적으로 관리하였다. 주먹구구식으로 하는 것이 아니었다. 무작정 상경식으로 무작정 귀농이 아니었다. 여러 가지를 종합적으로 생각하여 결정할 수 있도록 구체적인 이야기를 하였다. 무조건 잡아끄는 것이 아니었다. 마음의 여유를 가지고 잘 선택하도록 하였다. 누구에게나 조건은 같았다. 땅이 되었든 돈이 되었든 투자하는 것만큼 분배를 하고 노동을 하는 것만큼 분배를 하는 원칙이었다. 자본이 늘었고 인력이 늘었다. 일자리는 얼마든지 있었고 자금은 얼마든지 필요하였다. 얼마든지 개인행동을 할 수 있었고 거기에 대한 아무런 제약이 없었다. 팬션을 지을 수도 있고 외제차를 굴릴 수도 있고 땅을 많이 가질 수도 있고 한 평도 안 가질 수도 있었다. 돈이든 무엇이든 투자할 수도 있고 하지 않을 수도 있었다. 어떤 경우라도 공동체의 원칙이 적용되었다. 원칙을 벗어나지는 않았다. 그것만 따르면 되었다. 너무도 당연한 것이었다.

공산주의와 다르다고 했지만 자본주의와도 달랐다. 자본주의라고 하면 시장경제를 기반으로 하여 많이 팔리면 많이 버는 것이고 부자는 얼마든지 더 부자가 될 수 있다. 간단히 말해서 부익부富益富 빈익빈貧益貧의 사회가 된다. 상투적인 설명이라고 생각할지 모르지만 냉정히 따져볼 필요가 있다. 100만장자란 말이 있었다. 오래된 이야기이다. 100만 원이 아니고 100만 달러를 가진 서양의 부자를 말하였다. 얼마 전에는 그것도 오래된 얘기이지만 600만 불의 사나이라는 드라마가 있었다. 다 대단한 거금 거부를 말하는 거였다. 지금은 그 정도 가지고는 명함도 못 낸다. 몇 백 배천 배가 넘는 부자들이 부지기수이다. 우리나라에는 천석군 만석군이 있었다. 천석군이란 도조로 받는 것이 천석이라는 것이다. 석은 섬이다. 두 가마니. 천석을 수확한다는 것이 아니다. 지세를 받는 벼가 천석이라는 말이다. 만석군이면 도조를 만석을 받는 것이다. 그것이 얼마만한 땅인지 상상을 해 보라. 그러니 가히 임금인 것이다. 군림君臨하는 것이다.

신자유주의란 새로운 자본주의이다. 사회의 자원 배분을 시장원리에 위임하는 것으로 결국 자원의 효율적인 배분을 시장의 자유경쟁 하에서 실현하려고 하는 사고방식이다. 이는 그 경제적 좌절 속에서 흡사 상처입은 늑대와 같은 상황에 있다. 늑대는 상처를 입으면 상처를 입을수록 흉포화되는 성격을 가지고 있다. 상처입은 신자유주의는 남은 힘을 복지국가에 대한 공격에 돌려 그 역사적 사명을 수행하려고 하는 것이다. 세계 제2의 경제대국 일본의 경우지만 현재 사회경제의 당면한 과제는 이 신자유주의의 폭주에 제동을 거는 것이다. 3.0이니 4.0이니 하는 것도 그런 것이다.

좌우간 한우리는 그런 쪽으로 치닫지 않는다. 대단히 초보적인 것인지 모르지만 한 사람 한 회사만 부자가 되고 잘 살게 되는 그런 체제가 아니었다. 모든 공동체에 이익이 분배되는 체계였다. 그것이 어떻게 가능하냐 하는 것은 누누이 설명을 하고 강조를 하였지만 한우리 분배의 원칙이다. 공산주의와 다른 것도 설명하였다. 말하자면 자유사회주의였다. 아나키즘이라고 있었는데 그것이 번역도 잘못되었고 이 땅에 정착도 못하고 검거되고 구속되고 결론적으로 불법으로 처리되고 말았지만 이상적인 자유사회주의였다. 꽃을 피우다 만 과거의 역사였다. 지금 그 꽃을 피우려는 것이 아니다. 그 여러 가지 시행착오들의 전철을 다시 밟지 않고 신자유주의 다음 단계의 자유사회주의를 실현하려는 것이다. 그러나 그런 주의 주장을 표방하는 것은 이론의 몫이고 이렇게 저렇게 맞추어 실천하는 것이다. 목표와 병법을 실험하고 있는 것이다. 그런 과정에 있다.

얘기가 가지를 벋었다. 좌우간 그런 딱딱한 문자는 쓰지 않았다. 한우리의 몇 가지 매력을 얘기한 것이다. 그런데 농촌 총각 장가 들이기라고 하는 결연 사업으로 해서 또 하나의 매력 포인트가 추가되었다. 여기 가면 장가를 갈 수 있다는 인식이 되어 있었던 것이다. 그런 인식이 확산되어 갔다. 장가를 갈 뿐 아니라 살림살이의 기본을 갖추게 되고 탄탄한 생활이 보장된다는 인식이 되어 있었던 것이다. 그뿐인가, 평생 동안 몇 가지 참으로 중요한 삶의 보장이 되어 있었던 것이다. 그렇게 소문이 났고 실제로 그렇게 추진이 되고 있었던 것이다.

사실 따지고 보면 장가 못 가는 사람이 장가를 가게 하는 것만 해도 보통 일이 아니었다. 일대 사건이었다. 그런데 장가만 가는 것으로 끝나는 것이 아니라 생활이 되어야 하고 행복이 약속되어야 하는데 그것이 보장되는 것이었다. 그러나 또 그런 것은 나중의 문제였다. 우선 장가를 갈 수 있느냐가 문제였고 마음에 드는 배우자를 만날 수 있느냐가 문제였다. 그리고 사람의 욕심이란 한이 없었던 것이다. 좌우간 그런 것까지를 다 만족스럽게 해 주는 데 관건이 있었던 것이다. 그것을 한우리가 해결해 주는 것이었다.

비방이 있다면 서둘지 않는 것이었다. 천천히 자기 처지를 생각

해 보고 상대방 처지를 생각해 보고 할 수 있는 시간을 갖도록
하였다.

"인생이란 생각보다 길어요. 잘 생각해서 결정을 해요."

아주 평범한 것이지만 그를 통해 전달되는 얘기는 실감이 났다.

"인물이나 재물이나 학벌이나 그런 것이 다가 아니에요. 뭐가
제일 중요한지 알아요? 마음씨에요. 열 길 물 속은 알아도 한 길
사람 속은 모른다고 하지 않아요?"

그것을 그가 가르쳐 주겠다는 것이었다. 구세주였다. 월하노인
月下老人이었다. 돈은 받지 않았다. 다른 것을 요구하지도 않았다.
한우리의 일원이 되면 되는 것이었다. 꼭 마을에 살며 농사를 짓
지 않아도 되었다. 장사를 하면 한우리의 생산품을 유통시키면 되
는 되었다. 어디에 살든 한우리와 연관되지 않는 것이 없었다. 그
러나 꼭 그러지 않아도 되었다. 아무런 조건이 없었다. 결혼만 하
면 되었다. 어디서든 잘 살면 되는 것이었다.

"결혼을 해서 농사를 짓지 않아도 된다 이거지요?"

여자였다. 유명한 인사의 딸이었다.

"왜 그것이 문제가 되는 거예요?"

"아니 꼭 그렇다기보다 이것저것 분명히 해야지요."

그녀는 웃으면서 말하는 것이었다.

"그럼. 사람은 분명해야지요."

"솔직히 말씀드려도 돼요?"

"그럼 솔직히 말해야지요."

"솔직히 말씀 드리면 저는 결혼하고 싶지가 않아요."

그는 고개를 끄덕끄덕하다가 웃으면서 말하였다.

"나도 솔직히 말하지. 내 말을 믿겠어요?"

그녀는 그를 바라보기만 하는 것이었다.

"분명히 말해요."

"예."

"한우리에 와서 1년만 있어봐요. 농사를 짓지 않아도 돼요."

"어렵지 않네요."

"그러면 됐어요. 그러면 우선 꽃나무라도 한 그루 심고 싶을 거에요. 고추나 배추를 한 포기 심고 싶을 거예요. 결혼이 중요한게 아니에요. 결혼을 해서 뭘 하느냐가 중요한 거예요."

"사랑을 얘기하시려는 거지요?"

"미리부터 답을 말하려고 하지 말아요. 분명한 것은 그때 결혼하고 싶을 거예요."

그녀는 동의하지 않았다. 그러나 그렇게 약속을 하였다.

그녀는 그 약속을 지켰다. 박수정은 대학을 나오고 대학 강사도하고 있었다. 학벌도 좋고 가정도 좋았다. 인물도 좋았다. 어디하나 나무랄 데가 없었다. 그런데 결혼을 못 하고 있었다. 최연경보다 나이도 적었다. 혼기를 놓쳤다기보다 조금 늦은 것이다. 보는 사람마다 마음에 들지 않았다. 자신보다 나은 사람을 찾으려는데 그것이 안 되었다.

그는 농촌, 이 공동체에서 일을 하든지 생활을 하면 그녀의 생각이 바뀔 것이라고 생각하였다. 그래도 안 되면 다른 방법이 있었다. 물론 그 혼자의 생각이지만 병원 정신과에 진료를 받게 하는 것이었다. 그러나 그것은 아직 얘기할 수 없었다. 그럴 필요가 없을지 모른다. 그만큼 해결하고자 하는 의지가 강하고 적극적이었다. 좌우간 박수정과의 끈질긴 접근으로 결혼은 언제 어떻게 할지 안 할지 모르지만 우선 마을로 와서 생활을 하게 된 것이고괜찮은 인적 자원을 비치하게 된 것이다. 리스트, 서류상으로는 A급으로 분류해 놓았다. 특A급이었다.

리스트는 누구에게 보여주는 것은 아니었다. 철저한 기밀 사항이었다. 박수정은 마을의 병원 홍보팀에서 프리랜서로 일을 하도록 하였다. 강의가 있는 날은 올라가서 강의를 하도록 했고 다른 일이 있으면 가서 보도록 하였다. 일을 한 만큼 실적이 있는 만큼 보수가 지급되는 것은 병원에서도 같았다. 의사도 간호원도 마찬가지였다.

인생복덕방을 차리고 대대적으로 활동을 전개하고 있었다. 그것이 또 하나의 공동체를 운영하는 방법이라고 생각한 것이다. 무엇보다도 젊은 사람들이 머물 수 있는 공간을 만들고 생산적인 터전을 만들자는 것이었다. 농사가 계산만 가지고 되는 것이 아니었다. 정이 넘치고 사랑이 넘쳐야 했다. 막연하지만 그런 기반을 조성하는 사업이라고 생각했던 것이다.

생각대로 농촌 총각이 모여들었다. 농촌 총각들뿐 아니라 어촌 갯마을의 총각들도 있었다. 꼭 미혼 총각만이 아니고 결혼에 실패한 사람들도 있고 독신주의자들도 있고 어떻든 젊은 사람들이 마을에 들어와 살겠다고 왔다. 공부를 하겠다는 사람도 있고 삶을 다시 시작하겠다는 사람도 있고 그에게 와서 배우겠다는 사람도 있었다. 젊은 내외 커플도 있었다.

실속이 얼마나 있는지는 두고 봐야 알 일이고 우선 젊은 사람들이 하나 둘 모여들었다. 시골 총각들뿐 아니라 도시 총각들 총각들만이 아니고 젊은이들이 모여들었다. 다른 것은 어떻게 되었든 노인들만 있던 마을이 젊어졌고 생기가 돌았다.

"아니 어중이떠중이 아무나 좋다고 받아들여 어떻게 할라는 거여?"

"죽 쑤어 개 존 일 시키는 것 아녀?"

마을 노인들이 걱정을 하였다. 기존의 마을 사람들이 기득권을 잃을까 우려하였던 것이다.

"두고 보세요. 마을이 젊어질 거예요. 이해 득실은 찬찬히 따져 보지요."

"그랬다가 나중에 빼도 박도 못 하면 어떡할라고."

"그 반거충이들이 무슨 일을 춘다고 그래야?"

"천천히가 아니고 찬찬히라고 했습니다. 일을 하는 만큼 대가를 치르는 한우리의 원칙대로 하면 다른 것은 따질 것이 없지요."

그의 의견이라고 해서 그냥 밀어붙일 수 있는 것이 아니었다. 중의를 따라야 했다. 그러나 그에게 확신이 서면 어떻게든 설득을 하였다. 이미 대원들과는 얘기가 끝난 것이었다. 무조건 젊은이들이 들어와야 되고 마을이 젊어져야 한다는 것이었다. 이론의 여지가 없었다.

아직 숫자는 얼마 안 되었지만 젊은이들이 마을에 들어옴으로 해서 새로운 풍경이 등장하였다. 아이들이 늘어난 것이다. 골목에 아이들이 뛰어놀고 웃고 울고 싸우고 하는 소리가 들렸다. 생소한 것도 아니고 이상할 것도 없었다. 오랜만에 볼 수 있는 풍경일 뿐이었다.

옛말에 아무리 거문고 타는 소리가 듣기 좋다고 해도 아이들 글 읽는 소리만 못하다고 하였다. 글 읽는 소리 대신 싸우는 소리 우는 소리가 들리었지만 그것만 가지고도 생기가 돌았다. 조금 뒤의 얘기이지만 폐교 직전의 초등학교도 살아났다. 가임 여성이 늘어나고 하나 둘 신생아들이 출생하였다. 담너머로 아기 우는 소리가 끊이지 않았다.

자진해서 들어온 젊은 여성들도 있었다. 물론 미혼도 있었다. 그 중에는 공동체를 체험하고 홍보의 내용과 실제를 확인하기 위해 입촌한 사람도 있었다.

"제가 견뎌낼 수 있나 실험해 볼려고 해요."

아주 야무진 여성이었다.

"돌다리도 두드려 보고 건너야지요."

"그럼요."

그가 저서를 사인하여 주며 차를 한잔 같이 했다.

그러다 견디지 못하고 나가는 여성도 있었다.

그 중에는 그와 직접 연결된 경우도 있었다. 제자의 후배였다. 와서 직접 체험해보라고 권했었다.

"자신이 없어요. 농촌이란 농활을 할 때 느낀 것과 다른 것 같애요."

"그렇지. 농촌은 일손만 도와주어 되는 것이 아니지. 태풍도 만나고 벼가 다 쓰러지기도 하고, 그런 것을 다 감당해야지."

"저에게 농촌은 수채화 같은 그림 속에 존재하는 것 같아요."

"그림 좋지. 그러나 그 그림 속에서 나와 그림을 그려보면 어때요?"

"아무래도 자신이 없어요."

"어렵지 않은 것은 아무 데도 없어요. 그림을 한 번 그려봐요. 내가 물감을 대어줄게요."

"물감을요?"

"상황 안에 있느냐 상황 밖에 있느냐, 상황 밖에 있는 사람은 책임이 없는 방관자이고 상황 안에 있는 사람이 지식인이라는 거지요."

"저도 읽었어요, 싸르트르의 「지식인이란 무엇인가」."

"그래요? 일한 책임은 있어도 논 책임은 없어요."

"일이 힘들 것 같아요."

"유치원 교사 같은 건 어떨까요. 그림도 가르치고."

"글쎄요"

김을선은 결국 공동체의 일을 하게 되었다. 처음에는, 해 보다가 어려우면 하시라도 얘기하라고 하였다. 다른 더 쉬운 것이 있으면 얘기하라기도 했고 뭐가 됐든 일을 하도록 하였다. 그러나 다른 누구를 위하여서가 아니고 그녀 자신을 위해서 결정하라고 하였다. 그녀는 더 쉬운 일을 찾지 못했고 열심히 맡은 일에 적응하고 있었다. 그의 얘기를 거역할 이유를 찾지 못하여서인지 몰랐다.

그녀는 또 그에게 알 수 없는 주문을 하기도 하였다.

"결혼을 하게 되면 선생님이 주례를 서 주셔야 돼요"

"주례는 하나도 어렵지 않아요"

그러면 뭐가 어려운 것이냐고 묻지는 않았다. 그녀는 그것을 다 알고 있었다.

어떻든 또 하나의 젊은 여성을 입촌시켰고 괜찮은 리스트를 비치하게 되었다.

두 번째 결연, 세 번째 결연이 마을 축제로 이어졌다. 나중에도 그렇게 유지될지 모르지만 장가를 가면 팔자를 고쳤다. 다시 얘기하지만 당장 새 집이 생기었다. 그 집에 가구가 꽉 채워졌다. TV 오디오 냉장고 선풍기 뭐 필요한 가전제품 일습이 갖추어지고 싱크대를 비롯하여 부엌 가구들도 다 장만해 주었다. 여러 사회단체 회사 유명인들이 지원해 주는 것이었다. 가구나 가전제품 뿐 아니고 그 외 새 살림에 필요한 모든 것을 갖추게 되었다. 그러나 그런 물품만이 아니고 여러 괜찮은 기관 명사들이 격려하고 있어 말 그대로 물심양면으로 지원을 받고 있었다.

복이 딴 것이 아니었다. 복이 한 넝쿨 굴러 들어오는 것이었다. 행복이었다.

호랑이 등을 타다

　젊은 사람들이 모여 들었다. 일꾼들이 몰려 왔다. 여성이 들어 오고 두뇌가 들어왔다. 골목마다 아이들 빽빽거리는 소리가 났다.

　젊은 노동력 생산적인 인력만 모여든 것이 아니었다. 농사와 관계 없는 사람들 노후를 시골에서 보내겠다는 사람들이 이 한우리 존(구역)으로 많이 왔다. 관계가 없는 것은 아니었다. 물류비용이 안 드는 소비자들이었다. 의료 교육 금융 법률 세무 등 여러 가지 혜택과 편리함이 있었다. 무엇보다 매력 포인트는 공기가 좋고 물이 좋고 산이 좋은 것이었다.

　물론 귀농을 하겠다는 사람들 와서 농사를 짓겠다는 사람들이 이리로 오는 경우는 말할 수 없이 많았다. 하루에도 몇 명씩 한두 가구씩 들어왔고 문의하는 것은 수도 없이 많았다. 그 상담 문의 전화를 받는 것도 한 사람 가지고 안 되고 몇 교대를 해야 했다. 처음에는 전부 일규가 전화를 받고 상담을 하고 하였지만 이제 그럴 수가 없었다. 상담하는 요원과 상담을 하기도 바빴다.

　그리고 이제 선택적으로 받아들이지 않으면 안 되었다. 집을 짓고 공간을 마련하고 하는 것은 그 자체가 토목 건축 등의 수익

사업이 되고 그만큼 소비가 늘어나고 하는 것이기는 하지만 소비나 유통이나 수입만 따질 수가 없었다. 이미 그런 단계가 지났다. 한 단계 두 단계 올라선 것이다. 이 지역 공간의 균형을 깨뜨리면 안 되었다. 절대 농지를 잠식하면 안 되고 도시처럼 빽빽이 집이 들어서면 안 되고 농촌의 취락 구조를 이뤄야 하는 것이었다. 그러지 않으면 시골로 올 필요가 없었던 것이다. 차별성을 가져야 했다. 라기보다 많은 사람들이 귀농 또는 이주하여 이미 한계에 달하고 있었다.

그래서 다른 새 장소 선정을 하였다. 하나는 여기와 가까운 곳으로 한우리 존의 특구를 확대한 것이고 다른 두 곳은 밀양과 원주, 남쪽 지역과 북쪽 지역으로 정하여 그 쪽 지역 사람들의 협력을 받아 운영하도록 하였다. 정착을 할 때까지 여러 가지 시스템 기술 지원을 하여 그동안 쌓은 노하우를 다 사용하였다. 앞으로 동해안 쪽과 서해안 쪽 지역 몇 군데 선정하는 작업을 하였고 그리고 제주 지역에도 설치하려는 계획을 세워놓았다.

여기 본부는 기획팀을 강화하여 지휘를 하였고 지역으로 핵심 인원을 분산 배치하였다. 본부는 그가 일부 기간 팀과 전산으로 서류로 지원을 하였고 자금을 내려 보냈으며 모든 진행을 통괄하였다.

누가 보기에도 가장 적극적이고 헌신적인 규호와 현희 내외를 제일 먼저 원주로 보내어 신뢰를 쌓았고 명환 윤애 내외를 옆에 있도록 하여 의외의 반응을 보이기도 하였다.

"저희 인제 괜찮아요."

"그래요."

명환과 윤애가 항의조로 말하는 것이었다.

"두 사람 아주 금슬이 좋아요."

"맞아요, 사실이에요."

옆에서들도 웃지도 않고 그 확인을 해 주는 것이었다.

"왜들 이래? 그런 것이 아니여."

그는 가만히 있을 수가 없었다.

"무슨 그런 기준으로 정한 것은 아니여. 그것을 가지고 회의를 할까 하다가 그러면 오히려 여러 가지 의견이 엇갈릴 것 같아 내 나름대로 생각하여 정한 것인데 내 판단이 잘 못 될 수도 있지만 다시 번복하여 정하는 것도 이상하고 하니 그냥 그렇게 해야. 무슨 난이도가 있는 것도 아니고 좌우간 그렇게 알아."

명환 부부가 금방 수긍을 하지 않았지만 일은 중단할 수가 없었다. 그런데 다른 사람들도 다 먼 곳을 자청하는 것이었다.

"자, 1차적으로 그렇게 해야. 앞으로 1년이고 얼마고 정기적으로 여러 가지 특성을 고려하여 이동을 하게 되면 해야 할 텐데 그때는 상의해서 하도록 할게. 이것도 인사인데, 인사는 만사라고 하잖아?"

그렇게 억지로 가라앉혔다. 일규의 1차적인 신임 평가라고 생각하기도 하였다. 그래서 말없이 더 열심히 노력하여 일로 보여 주리라고 생각하가도 했다. 말은 안 해도 그것이 보이었다.

당장은 낯선 곳으로 가야 하고 또 공부하는 아이들과 나이 든 부모들이 같이 움직여야 하는 어려움이 따랐다. 그러나 그것이 무슨 승진이나 되고 신임의 표시이기나 한 것처럼 생각하였다.

그러나 그들만 가는 것이 아니고 많은 신참 요원들이 같이 움직였다. 그것이 여기 취락 구조라든지 인구 배치에도 크게 기여를 하였다. 그 신참 신입 요원은 계속 내려 보내었다. 그러므로 해서 여기로 오겠다는 사람들을 더 받아들일 수도 있었고 상담 과정에서 귀농 귀촌 희망자를 그쪽으로 보낼 수도 있었다. 결과적으로 여기서 가질 수 있는 조건과 누릴 수 있는 혜택을 다 공유할 수 있었다.

그는 모든 것을 다시 시작하는 기분으로 모든 능력을 쏟아 부었다. 아직 전 단계가 다 끝나기도 전에 새 단계로 접어든 것이었다. 그것을 감당할지 불안하고 긴장이 되었다. 모든 것을 전산으로 운영하고 있었고 화상회의를 수시로 하였다. 그러면서도 그는 여기 본부에만 머물러 있지 않았다. 계속 이동하며 지휘 점검 조언을 하였다. 자연히 그렇게 되었다. 가면 묻고 문제를 제시하였다. 본부에서는 본부대로 지역에서는 지역대로 그가 필요하였다. 그가 가는 곳이 본부였다. 처음으로 다시 돌아간 듯하였다. 어떻든 그는 동에 번쩍 서에 번쩍 하였다.

일규는 돌아보면서 가능성을 확인하였다. 밀고 가면 된다는 확신을 가졌고 한 군데서 불을 붙이는 것이 아니고 맞불작전을 함으로써 그동안 그와 그들이 꿈꾸는 농촌사회를 만들고 그것을 앞당길 수 있다는 것을 확인하였다.

미구에 온 나라가 한우리 공동체가 될 것이다. 조금 시간을 걸릴 것이다. 아니 많이 걸릴지도 모른다. 어떻든 이루어질 것이다.

그런 신념을 가졌던 것이다. 그런 생각을 하며 또 하나의 아이디어를 떠올렸다. 결의대회 같은 이벤트를 벌이는 것이었다.

먼저 그것을 규호를 찾아 갔을 때 얘기하였다. 의견을 묻는 것이었다.

"좋습니다. 이 단계에서 2차적인 결의대회가 필요한 것이지요. 박차를 가하는 것입니다."

"그렇지? 굿을 한 번 하는 거야."

"네 맞습니다."

"저는 안 맞습니다요."

난데없이 현희가 끼어들며 찬물을 끼얹는 것이었다.

"아니 뭐여?"

"아니 당신 왜 그래?"

두 사람이 이상하다는 듯이 현희를 바라보았다.

그녀는 배시시 웃으면서 말하는 것이었다.

"선생님은 언제나 다 정해 가지고 어떠냐고 물으시지요."

"그게 불만이란 말여?"

"저희도 인제 중년이에요. 저희가 의견을 내게 좀 하셔요."

"얘기하면 되잖아?"

"저희가 얘기하려 했었단 말이에요."

"예 그것은 맞습니다. 한 번 올라가서 말씀 드리려고 했어요 술을 한 잔 하면서 말이지요."

"그러면 술만 가지고 오면 되겠네."

"그것하고는 다른 얘기지요."

"이심전심 아니겠습니까."

"맞아 그런 거지. 자네는 정말 됐어."

"저는 안 되었어요?"

"그게 아니고, 아니 술 없어?"

"말씀 들어보고요."

"그러면 제대로 말씀을 못하지. 좌우간 그게 아니고 말이여. 자네는 한 말짜리이고…….."

규호를 보며 말하였다. 그러자 현희가 못 참고 묻는다.

"저는요?"

"자네는 한 되짜리야."

그러자 현희가 금방 다시 말한다.

"술은 한 말 짜리가 가져 와야 되겠구먼요."

그러자 규호는 군소리 않고 얼른 가서 막걸리를 사 온다.

"오늘 젖은 안주는 없어요."

"실은 말이야. 그게 조화가 맞는 거예요. 중년이라니까 나도 어투를 좀 추슬러야 하겠네. 만일에 그게 바꾸어 되면 어떻겠느냐 생각해 봐요. 여자가 한 말짜리고 남자가 한 되짜리면 되겠어요?"

그러자 현희는 꿇어앉아서 잘못했다고 사죄하는 것이었다. 그리고 이것저것 안주를 많이 만들어 대령하고는 다시 꿇어앉는 것이었다.

"실은 여자가 약간 삐쭉빼쭉해야 여자답지요."

"아니 선생님! 이제 그만 용서해 주셔야지요."

규호가 말하는 것이었다.

"나는 칭찬한 거에요. 그러니 어서 일어나요."

"선생님 어투도 고치셔야지요."

"알았어."

그러자 그녀는 얼른 일어나 일규의 수염이 숭숭 난 것을 깎지도 않은 데에다 애무를 하며 끌어안는 것이었다. 그것을 보고 민망한 듯이 규호가 말하는 것이었다.

"선생님의 주례사 테이프를 다시 튼 것 같애요."

그리고 묻는 것이었다.

"그러면 선생님은 몇 말짜리인가요? 몇 가마니 아니 몇 섬인가요?"

"그거야 자네들이 평가하는 거지. 자네가 한 말이라면 내가 두 말은 돼야 되겠지. 아들놈 이름을 그렇게 지었었는데……."

재두를 말하는 것이었다.

"왜 그 얘긴 또 꺼내고 그러세요?"

현희가 눈시울까지 적시며 말하는 것이었다. 전에 그녀가 취했던 행동들이 떠오르는 것이었다. 아들을 입적시키겠다고도 하였다. 참으로 눈물겨운 처사였다. 마음은 한 되 한 말이 아니라 몇 섬이 되었다. 바다보다 넓은 것이 여자의 마음이라고 하였다.

"내가 대신 몇 몫을 하면 되지 않을까."

"그래요, 선생님."

"저희들이 해드릴께요."

규호도 같이 말하였다.

"말만 들어도 고마워요."

"또 그러시네요."

"술 많이 있어?"

"예, 그럼요."

"안주도 많이 있어요."

그와 규호 내외는 오랜만에 밤을 새워서 코가 비뚤어지게 마셨다.

누가 먼저 의견을 내었든 다시 출정식을 하기로 하였다. 다른 사람들도 이견이 없었다. 처음 그의 생각과는 달리 진행이 되었다. 매실나무 밑에서 동지들이 모여서 결의를 하는 그런 것이 아니라 여러 사람들, 될 수 있으면 많은 사람들이 모여서 단합대회를 하는 것이었다. 아직 샴페인을 터뜨릴 때가 아니지 않느냐는 얘기도 있었다. 전에 그가 했던 말을 대원들 제자들이 하였다. 맞는 말이었다. 아직도 모든 것이 미지수였다. 그러나 그런 우려를 불식하기 위해서라도 판을 크게 벌일 필요가 있었던 것이다. 굿을 크게 하는 것이었다. 공개적으로 공언을 함으로써 스스로 구속을 받고자 하는 것이었다.

많은 준비가 필요하지도 않았다. 떡과 막걸리만 있으면 되었다. 사람들이 제일 많이 모일 수 있는 큰 강당으로 정하고 올 수 있는 사람들이 다 올 수 있도록 알리었다. 써 붙이고 방송을 하고 외부에도 알렸다. 매스컴에도 연락하고 보도자료를 만들었다. 의도적인 것이 아니고 조금도 과장한 것이 아니고 자연스럽게 한우리의 활동을 알리는 것이었다. 이제 그들의 움직임은 뉴스가 되었다. 1차적인 농업공동체의 성공을 알리고 2차적인 단계로 돌입하는 것이었다.

그런데 의외로 판이 커졌다. 많은 사람들이 모였다. 중앙에서 행정 요로에 있는 사람들도 많이 왔고 기자들 학자들 연구자들이 상당수 왔다. 그 중에는 외국 기자 학자들도 있었다. 무엇보다도 귀농 귀촌 희망자들이 많이 왔다. 한우리의 실체를 확인하기 위해서였다. 그것은 한 지역, 한 공동체를 넘어 사회적인 관심사였던 것이다. 한 단체의 성패 여부가 아니라 농업 농촌이라고 하는 국가 사회적인 문제였다. 계속 지원의 대상이 되고 구제의 대상이 되던 것이다. 적자에서 흑자로 손익분기점이 바뀌고 당장 그런 수치적인 것보다 흐름을 바꾸는 가닥을 잡게 되었다고 하는 것이 큰 관심을 갖게 되었다. 대세가 호랑이 등을 탄 것이었다. 그것을 몇 사람의 젊은 연구자들이 분석해 보이었던 것이다.

일규는 인사말을 통하여 전에 없이 자신 있게 말하였다.

"정말 이제 다시 시작하는 것입니다. 아직 모든 것이 미지수이지만 왠지 자신이 있습니다. 제가 아니 우리가 얼마나 솔직히 말하고 있는지는 여러분들이 잘 알 것입니다. 모두가 다 주인이기 때문입니다."

모두들 박수를 치는 대신 묵묵히 고개를 끄덕이고 있었다.

여기 이 마을에 몇 몇 동지들이 농업 공동체를 시작하고 그것을 온몸으로 이끌고 이제 다른 마을 다른 지역으로 확대하게 되었는데 단순히 그런 공간적인 확장 뿐 아니고 이제야말로 기계가 저절로 돌아가듯이 그동안 조직하고 구성한 기구가 말로가 아니고 그림으로가 아니고 실제로 자발적으로 돌아가고 있었던 것이다. 맹물로 기계가 돌아가지 않았다. 기름보다 끈끈한 땀으로 돌린 것이었다.

농촌 인구가 8% 된다고 한다. 실제로는 더 아래인지도 모른다. 점점 더 줄어들지 모른다. 그것을 스톱시킨 것이다. U턴 시킨 것이다. 이 마을 한우리 마을부터 확대 확산시켜 나가는 것이었다. 그것이 눈에 보이는 것이었다. 그나 그의 동지들 한우리 사람들 눈에만이 아니고 누구에게나 그렇게 보이고 여기 온 사람들에게 다 그렇게 보이었던 것이다. 아직 그렇게 표현하지는 않았지만 기적이었던 것이다.

8할이 농민이던 때가 있었다. 춘원이 『흙』을 쓰고 심훈이 『상록수』를 쓸 무렵만 해도 그랬다. 그러나 그것은 소설이었고 농민은 계몽의 대상이었다. 계몽시대였다. 그러나 지금 시대가 천양지차로 달라졌고 80%가 거꾸로 된 8%도 아니고 7%대의 분포를 보이고 있다. 이런 시대 상황의 전환을 여기 오지 마을에서 시도하였고 그것이 먹혀 들어가고 있었던 것이다. 기선을 잡고 가닥을 잡은 것이었다.

"지원을 해 주고 구제를 받는 하는 농촌은 점점 줄어들 수밖에 없습니다. 그렇게 수십년을 계속하여 왔습니다. 이제 더 내려갈 수가 없습니다. 저희들이 보기에는 이것을 되돌리고 있다고 생각하는데 이것이 전국적으로 확대되면 농촌은 회생을 한다고 봅니다."

농촌과 도시가 바뀐다는 말도 하였다. 그렇다고 빌딩이 들어오고 자동차가 몰려들어오면 안 된다고 하였다. 그러면 또 농촌은 망한다고 하였다. 그래서 이 정도에서 새 공동체 마을을 다시 만들어 가는 것이고 그것이 전국적으로 확대되면 농촌 농민은 완전히 자립을 하는 것이고 그렇게 되면 한우리는 농협중앙회 같은 규모가 아니라 농림부나 재정부보다 더 위력 있는 기구가 될 것이라고 하였다. 그러나 또 그런 것을 바라는 것이 아니고 그 이상의 단계까지 발전해 가야 하며 그것을 넘어서면 농촌은 지원을 받는 것이 아니고 도시나 다른 산업을 지원하게 될 것이라고 하였다.

도무지 어리둥절할 수밖에 없는 얘기만 하고 있었다. 모두들 박수를 치면서도 고개를 갸우뚱갸우뚱하였다.

일규가 얘기한 것을 논문으로 몇 사람의 연구자들이 발표도 하였다. 농업경제학과 미래학 분야였다. 농민들뿐 아니라 다른 사람들도 어려운 얘기였지만 결론적으로 여기 한우리와 같은 농촌 공동체가 전국적으로 확대될 때를 전망하고 그런 상황의 시뮬레이션을 보여주었다. 수학적 통계학적 기법을 이용하여 방정식으로 표시하고 그것을 조립한 계량모델을 제시하는 모의실험이었다. 그리고 그때를 상정한 많은 변화들을 예고하고 거기에 대처하는 방법 등을 제시하였다.

여러 기관장과 단체장들이 많이 왔고 사회 저명인사들도 여럿 왔다. 그래서 이 사람 저 사람에게 축사를 부탁하였지만 서로 사양하는 것이었다. 뭔가 새 변화를 예측하고 규정하기가 쉽지 않았던 것인가. 농촌경제원원장이 앞자리에 있어서 일규가 직접 한마디 부탁하였다. 외국에서 그 분야를 전공하고 그런 정책을 주장하고 있는 학자였다. 농수산부 장관으로도 몇 번 물망에 올랐었다. 그의 제자들과 잘 아는 사이이기도 했다. 그러나 주례사와 같은 축사를 늘어놓지는 않았고 냉정하게 논문들을 평가하고 앞으로의 전망에 대하여 대단히 신중하게 말하는 것이었다. 그러면서 농촌은 그렇게 되지 않으면 안 된다고 강조하는 것이었다. 한미 FTA 를 대비해 전략품목을 키워 수출을 늘리고 농촌 현대화를 추지하 기 위해 농수산식품부에서는 10년간 10조를 푼다고 하였다. 밑 빠진 독에 물 붓기라고 하였다. 결론은 그것으로만 가지고 농촌 구제가 해결 될 수 없다는 것이다.

엄숙한 분위기를 파하는 농악이 울리고 막걸리가 등장하였다. 이 마을에서 생산한 포도주도 나왔다. 농자천하지대본이라는 농기 대신 한우리 깃발이 나부꼈다. 술도 먹고 떡도 먹고 하였다. 그러 나 춤은 추어지지 않았다. 무언가 심각하고 어려운 함수 방정식을 푸는 학도들 같이 머리와 어깨가 무거웠다.

아까서부터 눈이 오고 있었다.

어디선가 봄도 오고 있으리라.

선택

눈이 많이 왔다. 며칠을 펑펑 쏟아 부었다. 길이 막히고 나무 가지가 척척 늘어졌다.

도무지 무슨 일을 할 수가 없어서 일규는 마을 사랑방을 순례를 하였다. 몇 몇 젊은 동지들을 대동하고였다. 사랑방이 따로 있는 것이 아니고 마을 회관이었다. 거기에 노인들이 여럿 뒹굴 뒹굴 누었다 일어났다 하면서 이 얘기 저 얘기 하고 하며 배를 꺼뜨리고 있었다.

그들의 내방은 처음 있는 일은 아니었다. 그러나 한참만이고 또 최근에 큰 행사를 한 다음이라 너무도 반가웠다. 그냥 간 것도 아니고 막걸리를 두어 병씩 들고 간 것이었다.

"안주는 안 가지고 왔어요."

"안주는 무슨 안주가 필요해. 김치만 하면 되지."

"그렇지요? 김치가 있어요?"

마을 회관에 김치가 있었다. 그것을 알고 하는 얘기였다. 노인들을 대접하기 위해 가끔 콩나물밥도 해 먹고 김치찌개에 밥을 해먹었다. 군에서 쌀을 대주기도 했다. 김치는 농협 단위조합에서 담가다 주었다.

"아니 그래 바쁜 사람이 어짠 일이라?"

"우릴 만날 시간이 어디 있어여?"

노인들은 저마다 황송해 어쩔 줄을 모른다. 70을 넘고 80을 넘은 노인들이었다.

"아니 또 우리 일 시킬라고 온 거지?"

그렇게 물어보기도 하였다.

"그런 개비여."

늘 노인들을 일거리를 만들어 일을 시켰던 것이다. 물론 노임을 또박또박 쳐 주었던 것이다. 대단히 고맙기도 하지만 저승사자처럼 아니 무슨 감독관처럼 느껴지는 인물이었던 것이다. 도저히 빠져 나갈 수가 없었던 것이다.

그러나 오늘은 그런 것이 아니었다. 그런 아무런 용건이 없이 온 것이었다.

"아니라요. 그냥 온 기라요. 어르신들 얘기나 좀 들으려고요."

그가 자리에 앉으며 말하였다. 일부러 사투리로 말하기도 했다.

"그래야? 정말이라?"

"하 참!"

그의 말은 또 믿었다.

한 머리서는 김치를 내왔다. 먹던 것이라고 하며 김치찌개도 데웠다.

"눈이 너무 와서 걱정이라요."

술을 한 잔 권하며 그가 말하였다.

"별 걱정을 다 하네."

"그것이 뭐 걱정이라? 오랜만에 풍년이 들겠구만."

"눈이 많이 오면 풍년이 드는가요?"

"정말 그래요?"

같이 간 동지도 물었다.

"늙어가지고 왜 허튼 소리를 하겠어."

"그렇고 말고. 농사는 하늘이 하는 거니께 술이나 해야."

술을 따랐다.

"정말 잘 왔네요."

"노인들 말을 들으면 자다가도 떡이 생기는 거여."

"그러네요. 풍년이 들면 떡이 문제가 아니지요."

젊은 동지들이 술을 자꾸 따랐다.

"눈이 많이 오면 지하수가 많이 저장되어 그런가보지요."

동지들은 그 말을 과학적 이치로 생각하고 있었다.

그러자 한 노인이 말하는 것이었다.

"따지면 다 이치가 있겠지만 도무지 알 수 없는 것이 많아여.
마을 동구나무의 이파리가 자잘하게 많이 피면 풍년이 들고 이파
리가 크고 시들시들하면 흉년이 드는 기라요. 그것은 무슨 조화인
지 몰라여."

"그래요?"

"그럼. 그게 한두 핸가?"

젊은 동지들이 대답을 못 하자 일규가 말하는 것이었다.

"그건 무슨 조화인고 하면 말이지요……."

그는 뜸을 들이고 웃으면서 주위를 둘러보았다.

"무슨 조화인가요?"

"그래 무슨 조화여?"

젊은 동지들과 노인들이 다 일규를 바라보았다.

그는 계속 웃으면서 말하는 것이었다.

"그게 무슨 조화냐 하면 말이지, 천지조화라는 거여."

그러자 모두들 까르르 웃었다.

별 답이 아니었다. 웃자고 한 얘기였다.

"맞어. 천지조화여."

"그럼요. 제가 언제 허튼 소리 하는 것 봤어요? 하하하하……."

막걸리를 한 사발 쭈욱 들이켜고 또 웃어대었다. 그리고 일어나기 전에 노인들에게 부탁하였다.

"저어 이런 말씀을 드리러 온 것은 아닙니다만 분위기가 좋으니까 한 말씀 드리겠습니다. 다른 것이 아니고 마을에도 그렇고 우리 사회에도 그렇고 어른이 없습니다. 요즘 멘토라는 말을 많이 합니다만 진정한 의미에서 스승이 없고 어른이 없습니다. 뭘 가르치고 배우고 하는 것에 앞서서 어려워하고 무서워하는 사람이 있어야 하는데 도대체 그런 사람이 눈을 닦고 볼래도 없습니다. 전부 무슨 잇속을 따지고 이해관계를 따져서 편리한 대로 받들고 따르고 패거리를 지어 끼리끼리 어울리고 있을 뿐이고 진정한 멘토 진정으로 흠모하고 존경하는 것이 없고 그런 사람이 없습니다."

그의 말에 대하여 모두들 고개를 끄덕이며 동의를 하였다. 그는 술을 한 사발 더 하고 하던 말을 계속 하였다.

"군대에서 계급 가지고 움직이는 것은 따질 것이 없고 학교에서도 매도 못 때리게 하지 도무지 말을 안 들어요. 핸드폰으로 선생님을 경찰에 고발하고 있으니 그게 무슨 교육이 되겠어요. 판사들 검사들도 기강이 안 서고 있으니 누가 질서를 잡겠어요. 큰 병원에서 회진을 할 때 인턴 레지던트 의사들이 부동자세로 노트를 하며 따라다니는 것을 볼 때 여기만은 아래 위 턱이 있구나 하는 것을 느낄 때가 있는데 가끔은 그들이 정말로 선배나 선생님을 존경심을 가지고 따르는 것인가 하고 의문을 가질 때가 있어요.

271

다른 무엇 때문은 아닐까. 제가 좁은 생각인지 모르지만 이런 것이 우리 시대의 문제입니다. 제 생각입니다만 여기 이 마을부터라도 젊은 아이들 버릇없는 아이들 마음에 안 들게 노는 놈들 따끔하게 혼을 좀 내주시기 바랍니다."

노인들이 서로 바라보며 입을 쑥 내밀었다. 그의 말은 계속 되었다.

"오래 전, 희재 양반이라고 계셨지요? 노인들은 아실 겁니다. 우리 바로 앞집이었는데 그 양반은 마음에 안 드는 사람이 있거나 이상한 행동을 하는 일이 있으면 참견을 하고 나무랐어요. 그 양반 때문에 함부로 할 수가 없었지요. 지금 어디 그런 사람이 있습니까?"

그렇게 오래된 것도 아니고 5, 60년 전 이야기인데 그때는 택호를 이름 대신 불렀다. 택호라는 것은 아내가 시집 온 동네 이름을 얹어서 무슨 댁이 남편을 무슨 양반이라고 불렀다. 산골에는 희재 방아재 질마재 등 재(고갯길)가 많았다.

희재 양반은 가난하게 살면서도 남에게 아쉬운 소리 안 하고 조금만 거슬리는 행동이나 행색도 그냥 보아 넘기지 않았다. 말리기도 하고 혼을 내기도 하고 욕을 하기도 했다. 빌어먹을 놈들! 정신나간 인간들! 에이 천벌을 받을! 벼락 맞을! 뭐 한 번도 그냥 넘기는 법이 없었다. 마을의 지킴이었다. 그 기준이 일반적인 것이 아닐 때도 있었다. 가령 추석 때 떡을 하고 송편을 해서 차례를 지내는 것을 하지 않고 밥을 해서 차례를 지내며 또 뭐라고 하였다. 아마 근검절약을 하라는 얘기였는지 모른다. 어떻든 남의 일에 대하여 이래라 저래라, 된다 안 된다, 골목에서 큰 소리로 감독을 하였었다.

소신이 있고 한 점 부끄러움이 없는 사람이 할 수 있는 일이었다. 시골 마을에도 그렇지만 도시 대도시에서는 남의 잘못을 지적해 주거나 주의를 주지 않았다. 그렇게 하지 못하였다. 담뱃불을 빌려 달라는 아이에게 버릇없다고 나무라던 할아버지를 살해한 신문기사를 본 적이 있을 것이다.

　도무지 어른이 없는 시대이다. 시골 골목에도 그렇고 우리 사회에 아무도 이래라 저래라 하는 권위 있는 사람이 없다. 범죄인을 다스리는 경찰이 있고 검찰이 있을 뿐이다. 그들이 썩고 병들었다고 언론이 떠들지만 그런 것은 아예 보지 않는 사람들이 많다.

　좌우간 마을 노인들에게 그런 희재 양반과 같은 역할을 해주었으면 하는 주문을 하였다. 얘기가 그렇게 되었다.

　그건 그렇고 한우리는 농림부의 지시를 받고 통제를 받는 하급기관이 아니었다. 여기서 가이드라인을 내놓는 것이었다. 그것을 농림부에서 오히려 받아들이고 이려면 어떠냐고 협의하는 것이었다. 그야말로 정부 기관 그 위에 있었다. 시스템 체계가 훨씬 앞섰다. 월급을 많이 주고 무엇을 보장해 주는 것도 아니었다. 그런데도 인재와 두뇌가 모여 들었다. 가령 학자로서 교수로서 논문을 발표하고 실험을 하고 그것이 학술지에 등재되고 국제 학술지에 발표되고 하였다. 그것이 인용되고 그래서 많은 학자들 학생들이 답사를 오고 그를 찾아오고 하였다. 그가 생각해도 장족의 발전이었다. 예상한 것 이상이었다. 그야말로 어떤 대학보다도 어떤 기관보다도 위력이 있고 권위가 있었다. 그것을 누가 하고 싶어서 하는 것도 아니고 누가 시켜서 할 수 있는 것도 아니었다. 어느 사이 그렇게 된 것이었다. 그러나 군림하지 않고 언제나 자세를 낮추었다. 간판을 크게 달지도 않고 억지로 형식을 갖추지도 않았다. 서둘지 않고 실험을 두 번 세 번 하였다. 그런 연후에 발표하고 실시를 하였다.

그야말로 자타가 공인하는 단체가 되었다. 기관이 되고 기구가 되었다. 일규뿐이 아니고 한우리의 여러 조직책은 그 대표가 되고 그 장이 된 것이었다. 그런 것을 바란 것은 아니었다. 그러나 어느 사이 그렇게 된 것이었다.

그렇게 되면서 다시 출마의 얘기가 대두되었다. 일규만이 아니었다. 한우리의 엘리트들을 끌어내어 국가적인 일을 시키려고 하였다. 그리고 그에 대한 사항은 일규에게 상의하고 결재를 맡으려고 했다.

"아니 그것은 개인적인 문제지. 의사대로 해요."

"그래도 선생님의 허락을 받고 싶습니다."

"허락은 무슨……."

아닌 게 아니라 조금 조정할 필요는 있었다. 효과적인 적용을 위해서도 그렇고 조직의 질서를 위해서도 그랬다. 그의 허락이라기보다 어떤 시스템에 능력을 검증을 하고 순서라고 할까 체계를 세울 필요는 있었다. 그렇게 하였다. 공천과 같은 역할을 하도록 한우리 안에서와 밖에서 객관적인 인사로 구성하여 결정 또는 추천을 하도록 하였다. 거기에 그는 빠지고 싶지만 그것은 또 허락이 안 되었다. 그가 출마를 원할 경우가 아니라면 그럴 수는 없다는 것이었다. 이름만이라도 넣어 달라는 것이었다. 그 과정에서 그의 출마에 대한 문제가 다시 불거지게 되었다. 다시 출마를 하라는 것이었다. 단원들도 그러고 지역에서도 그랬다. 당이라고 할까 중앙에서도 그렇게 얘기했다. 말하자면 전국구로 나오라는 것이었다. 그렇게 하겠다는 것이었다. 물론 사양했다. 거절도 했다.

전에 그런 얘기가 나올 때, 얘기할 때와는 사정이 달랐다. 사정도 다르고 생각도 달랐다. 이 한우리를 위해서라도 나가서 정책적으로 역할을 해야 된다고 말하였다. 그것이 틀린 생각은 아니었다. 그러나 그런 것보다 그를 궁지에 몰아넣고 짓밟은 존재를 설욕한다는 사실, 그런 유혹도 떨쳐 버리기 힘들었다. 굳이 떨쳐버릴 필요가 없었다. 누가 봐도 그랬다. 무리한 욕심을 부리는 것도 아니고 극히 자연스러운 일이었다. 좌우간 나오면 된다는 것이었다. 볼 것도 없다는 것이었다. 그러나 그는 아니라고 하였다. 안될까보아 하는 얘기가 아니었다. 뭐가 됐든 싫다고 하였다. 여기이 마을 공동체에 전력을 하고 싶었다. 그것이 먼저였다. 그것이 안 되면 이것도 저것도 아니었다. 그러면 의미가 없는 것이었다.

이제 상황이 달라졌다. 그때와 달리 정책의 도움을 받아야 되는 것이 아니고 도움을 주고 있었다. 한 사람이 아니고 몇 사람을 나오라고 하였다. 물론 다른 지역, 원주 말양까지 포함하여서였다. 어쩌면 그때 나오지 않았기 때문에 그런 결과가 온 것인지도 모른다. 그것도 그렇지만 어느 사이 한우리 공동체는 정치적 사회적 기반을 갖고 있었을 뿐 아니라 위력을 갖고 있었다. 지난번에 이어 이번에는 그런 분위기가 더욱 고조되어 국회 원내 진출은 기정사실이 되었다. 한우리의 트레이드마크가 찍힌 계란이 불티나게 팔리고 한우리 쌀이 없어서 못 팔듯이 한우리의 모든 농산물이 동이 났다. 그렇듯이 한우리에서 추천하면 다 된다는 것이었다. 그만큼 인정을 하였다. 그만큼 무시하지 못하는 구도가 되었다.

어떻든 지금도 그는 아니었다. 그때라고 할까 처음과는 달리 그런 욕망이 없어졌다기보다 이제 제자들 후배들에게 기회를 주는 것이 좋을 것 같았다. 그것이 그의 자리를 더욱 굳건히 지키는 것이라고 생각하였다. 그것이 그의 스타일을 지키는 것이라고 생각되었다. 언제나 그의 생각은 옳았듯이 이번에도 그러기를 바랐다. 그러자 또 여러 가지 얘기들을 하였다. 대단히 큰 것을 바라는 것이라고 하기도 하고 안 될까봐 그런다기도 하였다. 그건 아무래도 좋았다. 그의 신념대로 산 지가 오래었다. 잘 되고 있는데 지금 와서 바꿀 이유가 없었다.

그런데 참 해괴한 일이 일어난 것이다. 너무나 뜻밖의 일이었다.

그를 모함하고 밟고 서서 당선이 된 후 온갖 수단방법을 다 동원하여 5선을 하고 이제 나이가 많아 더 나올 수가 없자 그 아들을 내보겠다고 하고 있는 것이었다. 평이 좋을 리가 없었다. 5선을 하는데는 두 번은 낙선을 하였고 그러니까 30년 가까운 세월이 흘렀다. 강산이 두 번 세 번 변하였다. 그러면 그 추종자들도 생각도 해야 하는데 오종택 의원은 그러지 않았다. 좀 더 기다리라고 하였다. 장점이라고 할까 호감이 가는 면도 없지 않았다. 크든 작든 모든 부탁을 다 들어주었다. 취직 부탁 인사 청탁 이권 청탁 등은 말할 것이 없고 산간 오지까지 아스팔트를 깔고 보를 막고 영농자금을 끌어오고 행정기관을 끌어오고 군면 이동에서 요구하는 것을 발 벗고 나서서 해 주었다. 수완도 보통이 아니었다. 인정할 것은 인정해야 할지 몰랐다.

그러나 그것도 한계가 있었다. 따지고 보면 부도덕의 극치였고 지역이기주의였다. 시골 산골에서도 알 것은 다 알았다. 나라도 생각하고 미래도 생각해야 했다. 그러나 그런 생각은 있는지 없는지 아들을 데리고 다니며 인사를 시키고 종래에는 아들을 출마를 시키겠다고 하였다. 누가 봐도 그건 아니었다. 말도 안 되었다. 공부도 많이 하고 경륜도 있었다. 굵직한 자리도 하나 울러 메고 있었다. 정치 수업도 상당히 한 것 같다. 아무리 그래도 여론은 좋지 않았다. 좋을 리가 없었다. 나오기만 해 봐라, 찍어주나 봐라, 그런 분위기도 있었다.

그런데 그를 한우리에서 밀어달라는 것이었다. 여기서 나오게 해 달라는 것이었다. 정말 말도 안 되었다. 참 염치도 좋았다. 될 법도 하지 않았다. 모두들 정신 나간 소리라고 하였다. 이제 정말 용을 쓰나보다 마지막 발악을 하나보다 정도로 생각하였다. 누구 하나 안에서든 밖에서든 그런 요청에 대하여 거들떠보지도 않았고 아예 무시해 버리었다.

5선의 오의원은 그런 여론이나 주위의 얘기에는 꿈쩍도 하지 않았다. 안색 하나 바꾸지 않고 대단히 집요하게 접근하는 것이었다. 지역발전기금과 한우리 발전기금을 내놓겠다는 것이었다. 그 액수가 엄청났다. 깜짝 놀랄 정도였다. 일반적으로 생각하는 것보다 0이 세 개나 더 붙은 액수였다. 은밀하게 접근하는 것이 아니고 공공연하게 당당하게 나왔다. 그동안 모은 검은 돈을 다 내놓는 것이라고 생각될 정도였다. 그 이상이었다. 그 얘기를 듣고 정말 정신 나간 제안이며 요청이라고 생각하였다. 일고의 가치도 없는 것이라고 말하였다. 가소로운 이야기였다. 모두들 만나지도 못하게 하였다.

그러나 그의 생각은 달랐다. 뭘 어떡한다는 것이 아니고 우선 이야기를 직접 들어보았다. 그리고 거절해도 늦지 않다고 생각했다.

"아니 왜 굳이 아드님에게 인계를 하시려는 거지요?"

세습이라는 말을 쓰지 않고 인계라고 하였다.

물어보길 잘 하였다. 기다리기나 하였듯이 오의원은 말하였다.

"한 번 만나봐 주시겠습니까?"

아들을 한번 만나달라는 것이었다. 만나보면 생각이 달라질 거라는 것이었다. 갈수록 태산이었다. 그러나 그것을 거절할 수 있는 이유를 댈 수가 없었다. 너무나 똑똑하고 반듯하고 모든 생각이 앞서 있다는 것이었다. 만나보기만 하면 금방 이 사람이다 하고 감탄을 한다는 것이었다. 한 마디로 적임자라는 것을 알게 될 것이라고 하였다. 점입가경이었다.

"그러지요. 한 번 만나보지요."

만나보고 아니면…… 그런 이야기는 할 필요가 없었다.

한 발이 빠진 것이었다.

약속대로 만나보았다. 그런데 정말 말 그대로였다. 너무나 겸손하고 사리에 밝았다. 모든 면에 통달하고 있었고 너무나 진취적이었다. 한 마디로 보기보다 훨씬 괜찮았다. 어디 꼬집어 나무랄 데가 없었다. 인물도 잘 생겼다. 우선 거기서부터 사람을 압도하였다. 학벌도 좋았다.

다른 이유를 댄다면 모르지만 사람은 나무랄 데가 없었다. 답변을 어떻게 하나 하고 고민하고 있는데 바로 연락이 왔다.

"제 말이 맞지요?"

"예, 그렇더군요."

그는 거짓말을 할 수는 없었다. 이 상황에서 칭찬을 할 수는 없었다.

"감사합니다. 그러실 줄 알았습니다."

인사를 깎듯이 하고는 금방 다시 그 요구를 하는 것이었다.

약속은 당장 지키겠다. 자기의 마지막 소원이다. 다음에는 물론 다른 데서 출마를 하든지 부탁하지 않겠다. 한 번만 밀어주고 싶다. 그동안 취한 것이 있다면 다 농민들을 위해 내놓겠다. 그것을 어떻게 사용하여도 좋다.

일일이 다시 확인을 하는 것이었다.

거기에 대하여 아니라고 안 된다고 할 수도 없고 그렇다고 된다고 할 수는 더구나 없고 대답을 할 수가 없었다. 생각을 해 본다, 상의해 보겠다, 그런 것도 대답이 되지 않았다.

"연락드리겠습니다."

그는 간단히 단호하게 말하였다.

꼭 되게 해 달라, 돈을 보내겠다, 믿겠다, 여러 다른 얘기는 듣지 않았다. 딱 자르지 못한 것이 화근이었지만 그렇게 할 수가 없었다. 그러면 어떻게 할 것인가. 이럴 수도 없고 저럴 수도 없고 고민이었다. 그런데 상의해서 결정할 문제가 아닌 것 같았다. 그가 결론을 내려야 될 것 같았다. 문제는 그 요구를 스스로 물리치지 못하고 있는 것이었다. 도무지 말이 안 되었지만 그렇게 말을 못하고 있었다. 그 아버지를 보면 생각할 여지도 없었지만 그 아들은 아버지와 아무 관계가 없었다. 관계가 없다라기보다 이 지역의 악명 높은 사건에는 직접 간여한 바가 없었고 그러한 것을 대단히 부끄럽고 죄스럽게 생각하였다. 그것을 보상하겠다는 것이었다. 그래서 여기서 나오려 한다는 것이었다. 명분은 그럴 듯하였다. 그렇게 만들고 짰는지 모른다. 그 방법 외에 딴 것이 없었는지 모른다. 객관적으로 그 부분만 가지고 따진다면 그럴 수도 있는 것이었고 그럴 수 있는 인물이었다. 선입견을 버리었다. 그리고 전에 있었던 일을 가지고 이는 이로 눈은 눈으로 갚는 일은 하고 싶지 않았다. 소인들이 하는 짓이었다.

그러나 그것은 그의 생각이었다. 다른 사람은 전혀 그렇게 생각하지 않았다. 우선 규호와 명환에게 의견을 물어보았다. 물어보고 말고 할 것도 없었다. 말도 안 되는 소리라고 하였다. 일고의 가치도 없다고 하였다. 두 사람은 출마라고 할까 선거에 자유로운 입장이어서 물어본 것이었다.

일규는 알았다고 그가 알아서 하겠다고 하였다. 두 제자 동지는 생각하고 말고가 어디 있느냐고 그들이 연락하겠다고 하는 것이었다. 따끔하게 정신 차리라고 얘기하겠다고 하였다.

결국 그는 오의원의 요청을 뿌리치지 못하였다. 한 발이 빠지고 두 발이 다 빠진 것이 아니었다. 그가 선택을 한 것이었다. 다른 사람과 상의도 하지 않고 말도 듣지 않았다. 좌우간 오의원의 제안을 받아들인 것이다. 물론 거기서 요구하는 대로는 아니었다. 뭐가 됐든 모두들 반대하였지만 그가 나서서 교통정리를 하였다.

이 지역에서 추천하기로 한 동지를 전국구로 집어놓고 여기는 오의원의 아들 오청수를 추천하기로 하였다. 열심히 닦아 놓은 남훈에게 편하게 나오고 다른 일을 하도록 하였다. 선거에 쏟는 노력을 한우리에 쏟으라고 하였다.

"그것이 좋을 것 같아요. 다른 뜻은 아무 것도 없어요."

정중하게 경어로 얘기하였다.

그의 의견에 대하여 반대할 수도 있었다. 그러나 말로 하지는 않았다. 표정에 나타났다.

"꼭 그래야 한다면 그래야 하겠지만."

전혀 예상치 못한 것이었다. 도무지 납득이 가지 않았다.

그래도 반대는 할 수는 없었다. 대놓고 말할 수는 없었다.

남훈을 지명하고 추천을 하였다고 할까 교통정리를 한 것도 그였다. 그렇다고 취소하고 무효로 하는 것이 아니고 쉽게 하도록 하는 것이었다. 안전한 순번을 준 것이다. 물론 지역구와 전국구의 차이가 있었지만 붙을지 떨어질지 모르는 부담이 또 있다.

"꼭 그래야 하겠는데……."

이제 한 단계 더 진하게 눈빛을 보내었다.

남훈은 알았다고 말은 하지 않았지만 고개를 끄덕거렸다.

처음 남훈 자신을 지명 추천하였을 때 여러 번 고사를 하였었다. 우선 은사 일규의 말만 믿고 이 벌판에 거액을 투입시킨 보상이라고 생각해서이고 이미 그런 액수보다 거대한 자금이 조성되어 있어 어느 사이 그 위력이 쇠하여 있기 때문이었다. 그랬지만 일규는 다른 소리 못하게 했었는데 다시 들어가라고 한다고 뭐라고 할 수가 없었다. 아니 아주 들어가라는 것도 아니었다.

어떻든 그제서야 일규는 속내를 얘기하였다.

첫째로 오청수로 하여금 아버지에 대한 비리라고 할까 죄과라고 할까 30년 동안 저질러 놓은 모든 행패를 사죄하도록 한다는 조건이었다. 그래도 좋다는 것이었다. 어떻게든 되기만 하면 된다는 것이었다. 된다는 보장은 없었다. 안 된다는 보장도 물론 없었다. 여기서 한 번만 나오겠다는 것이고 그런 약속을 안 지키고야 될 수가 없을 것이었다. 그런 것은 말할 필요가 없었다.

두 번째로 돈은 어떻게 내놓느냐. 내놓는 것이 아니었다. 부재지주, 주인을 찾을 수 없는 토지, 그 외 공동체에 편입이 되지 않는 땅에 대하여 다 매입을 하여 참여하는 것이었다. 돈을 주는 것도 아니고 받는 것도 아니었다. 투자를 하는 것이었다. 액수도 문제지만 상당히 어려운 문제였다. 많은 힘과 노력이 필요하였다. 아들의 힘만 가지고는 안 되었다.

그 외 여러 가지 조건이 있었지만 그 두 가지가 핵심이었다. 사죄를 하고 실질적으로 기여를 하도록 한 것이었다.

그의 작품이었다. 누구도 생각할 수 없는 결론이었다. 무엇보다도 누구보다도 일규가 이를 갈 수 있는 암종을 용서한 것이었다. 끌어안은 것이었다. 호인은 간 데 없고 무골이라고 하였다. 욕인지 칭찬인지 몰랐다. 흐리멍덩하고 술에 물 탄 듯 물에 술 탄 듯 도대체 뭐냐는 것이었다.

아는 사람들 가까운 사람들의 시선이 곱지 않았다. 그러나 오히려 모르는 사람들이 대인이라고 하고 여러 언론에 특필을 하였다. 그는 끝까지 사양을 하였고 그 대신 다른 사람을 추천하였다. 한 사람이 아니고 여러 사람이 되게 하였다. 원내 5석을 차지하게 된다, 10석을 차지하게 된다고 하였다. 그는 이제 개인이 아니었다. 한우리를 대표하고 지역을 대표하고 있었다. 이 지역뿐이 아니고 전국 한우리 공동체 농촌사회를 대표하고 있었다. 원수를 사랑하라느니 그는 그런 진부한 얘기는 하지 않았다.

"이름이 청수 아닌가. 맑고 푸른 물이 흐르도록 해요."

그의 제안에 오청수는 울면서 말하였다.

"제가 성명대로 모두들 감탄사를 붙이도록 하겠습니다."

"그래요."

현문 현답이었다.

또 한 가지 주위를 놀라게 한 것이 있었다.

"우리 아이 생각을 했어요."

이번에는 그 아버지를 울리었다.

다시 땅의 문제

다시 한 번 큰 회오리를 쳤다. 선거로 인해 많은 오해가 쌓였고 불만이 노출되고 파열음이 터져 나왔다. 그동안 누적되었던 불만들이 다 튀어나왔다.

그 중심에 그가 있었다. 그가 일을 만들었다. 편하게 지나갈 일을 가지고 공연히 복잡하고 골치 아프게 만들었다. 그렇게들 말하였다. 가까운 동지들도 예외가 아니었다.

그러나 그는 아무 말 하지 않았다. 안 된 일이긴 하지만 그가 뭘 잘 못한 것은 없었다. 아니 안 된 것도 없었다. 원래 그가 의도한 대로 된 것이었다. 그 이상을 바란 것도 아니었다. 몇 번 생각하고 다시 생각해 보았지만 그런 것 같았다. 특별히 잘 못 된 것은 없는 것 같았다. 오히려 그 반대였다. 처음 생각과 달라진 것이 아무 것도 없었다. 그렇다고 그렇게 말하고 주장하고 따지는 것보다 가만히 있었다.

그러나 그것을 대놓고 말하는 사람에게는 가만히 있을 수가 없었다.

"내게 이롭게 하려고 한 것은 아무 것도 없어요. 그 일로 해서 개인적으로 술 한 잔 얻어먹은 것 없고 차 한 잔 얻어마신 것 없어요."

사실이었다. 사실이 그랬다. 다른 것이야 더 말할 필요가 없었다. 오히려 그를 위한 지위와 명예를, 말하자면 그런 것을 다 물리치고 그 자리에 다른 사람을 앉힌 것이다.

한우리를 위하여 한 일이었다. 앞으로를 내다보고 한 것이었다.

그런데 참 일이 되느라고 그가 다 예상한 대로 되었다. 그의 각본 대로 된 것이다. 지역구도 되고 전국구도 되었다. 오청수는 간신히 몇 표 차이로 되었다. 그것도 잘 된 것이었다. 많은 표를 얻어서 된 것보다 그렇게 아슬아슬하게 되므로 해서 오청수 부자는 피가 말랐지만 그와 한우리의 입장은 오히려 느긋하게 되었다. 한우리에서 밀어준 것이었다. 그가 만들어준 것이다. 그런 사정을 모르는 사람이 없었다. 백일하에 그런 관계가 다 들어난 것이다.

어떻든 하나가 아니고 둘이 된 것이다. 아니 국적으로 한우리에서 5명이 되었다. 한우리에서 추천한 사람이 다 된 것이다. 당이란 이름은 붙이지 않았고 그저 한우리라고 하였지만 모두들 한우리당이라고 하였다. 거대한 무슨 당 무슨 당보다 더 많이 얘기하고 화제가 되었다. 인기가 하늘을 찔렀다. 그 화제의 핵심은 그였다. 아무리 아니라고 하였지만 아니라고 하였다. 그를 대선 후보로 나오라고까지 하였다. 되지는 않았지만 국회의원이 아니고 대통령이 된 것 같았다. 말하자면 그랬다. 그가 30년 동안 옥살이를 하고 오의원이 그 난리를 친 것도 결국 그것 때문이었던 것이다. 그게 뭐라고 그러고 나서도 다시 아들에게 세습을 한 것이다. 그리고 그것을 그가 만들어준 것이다.

좌우간 그의 계산은 맞았다. 그는 국회의원에 대해서 그렇게 대단하게 생각하지 않았다. 그렇게까지 생각하지 않다. 그렇게 세도가 있고 월급[세비]이 엄청나고 여러 수행원 비서를 두고 경호원도 둘 수 있고 그래서 그런지 너도 나도 그것을 하려고 줄을 대는 것이었다. 그러나 그의 경우 그가 추진하는 농촌 공동체, 그가 생각하고 꿈꾸는 이상사회가 우선이었다. 여러 가지 면을 생각해서 사양한 것이다. 자신보다 한우리를 생각하고 현재보다 미래를, 적어도 10년 이후를 생각하고 계산한 것이다. 여러 가지 씨나리오를 떠올려 보았다. 그리고 장고 끝에 애초의 결론을 확인하였다. 나보다 젊은 사람, 정치성향이 강한 사람을 추천하고 미는 것이 나을 것 같았다. 그렇게 하였다. 그런데 이렇게까지 난리를 칠 줄은 몰랐다. 농촌만 생각하고 살았는데 그 위에 또 뭐가 있었다. 그것이 국가와 민족인지 몰랐다.

좌우간 이번 일로 그의 생애는 또 한번 크게 변모를 하였다. 그를 자꾸 정치에 나오라고 하였다. 한 사람의 국회의원이 아니라 인기절정으로 부상하고 있는 한 당의 대표 자리에 앉으라는 것이었다. 그가 실질적 대표가 되어 있었던 것이다. 사양하면 사양할수록 더욱 더 강력하게 끌어당기었고 그러면 그럴수록 인기라고 할까 주가가 올라갔다.

그는 어떻게 할 수가 없었다. 그의 의사대로 할 수가 없었고 아무리 좋은 얘기를 해도 안 되었고 별 떼를 다 써도 되지 않았다. 그래 어쩔 수 없이 엉거주춤하고 있을 수밖에 없었다. 그가 나선 것도 아니고 주저앉아 있는 것도 아니었고 이래저래 후견인 역할을 하였다. 그러자 동지들 특히 젊은 친구들이 그를 추앙하며 따랐다. 전과 달리 그를 만나기 위해 목을 매었고 문전성시를 이루었다. 편지가 산더미처럼 쌓였고 인터넷에 불이 났다. 도무지 일을 할 수가 없고 생각을 할 수가 없었다.

하는 수 없이 연락되는 동지들을 불러 모았다. 의견을 듣기 위해서였다. 참고를 하기 위해서였다.

　도대체 이래서는 안 되는데 어떡해야 옳은가. 그의 머리로는 아무리 짜 내어도 방법이 나오지 않았다.

　"일단 대세를 따르는 것이 좋을 것 같애요. 방법이 없을 때는 무방법이 방법이에요."

　명환이 말하자 모두들 가만히 있는다. 그것이 옳다는 것인가. 다른 방법이 없다는 말인가.

　"지금 그러고 있는데 아무래도 이것이 아닌 것 같애요. 남의 신발을 신은 것 같고 맞지 않는 새 옷을 입고 있는 것 같고……."

　신발이 커서 헐떡거리는 것 같았다. 옷도 너무 큰 것 같고 어색하였다. 좌우간 무엇보다 마음이 불편하고 불안했다. 불편한 것이 문제가 아니고 할 일을 할 수 없었던 것이다.

　"그래요. 잘 알겠어요. 그런데 선생님 개인적으로는 편하고 그런 것이 좋을지 모르지만 우리 한우리 전체를 생각하셔야지요."

　"선생님 늘 그러신 대로 너무 겸손하신데 우리 전체를 위하여서는 입장이나 자세를 조금 바꿀 필요가 있다고 봅니다."

　모두들 한 마디씩 했다.

　"지금 한우리만이 아니에요. 우리 나라를 위해서 그래요."

　"한우리가 우리 나라를 이끌어야지요."

　기세들이 대단했다. 듣고 있던 그도 계속 불안한 대로 한 마디 하였다.

　"왜 나라뿐 아니라 세계를 이끌어야지."

　모두들 한바탕 웃었다.

　"웃을 일이 아니야."

　그는 웃음이 나오지 않았다.

　"예, 심각한 일입니다. 너무도 중차대한 사건입니다."

"마음이 불안하다는 얘기예요. 그리고……."

명환이 머쓱하여 다시 말한다.

"위기가 기회입니다. 지금 무서운 속도로 발전하고 있는 겁니다."

가만히 듣고만 있던 남훈도 말하였다.

그는 고개를 끄덕이고 있었다.

"지금이 하나의 전기인 것은 맞아요. 중대한 고비예요."

그렇게 말하였지만 그의 생각은 여전하였다. 그가 할 일은 그것이 아닌 것 같았다. 그 고비를 넘기기 위해 그는 전과 같은 위치에서 보다 하던 일을 적극적으로 추진해야 될 것 같았다. 삐끗하면 그동안의 공든 탑을 다 무너뜨릴 것 같았다. 지금 분초가 아까웠다.

"선생님의 뜻 잘 알겠습니다. 그러면 좋은 분을 추천하시기 바랍니다. 최상이 아니면 차상을 생각할 수도 있습니다. 기다리겠습니다. 그때까지는 어떻게 됐든 선생님이 잡고 계셔야 합니다."

규호의 말에 모두들 안 된다고 말하였지만 일규를 움직일 수 있는 묘안이 나오지 않았고 결국 다른 방법이 없었다.

일규도 계속 같은 얘기를 할 수가 없었다. 추천도 할 수 없고 그렇다고 이대로 뭘 잡고 있을 수도 없었지만 다른 도리가 없었다. 그렇게도 안 해서는 안 된다고 하였다. 가까이 있는 누구나 인정할 수 있는 일꾼을 추천할 수도 있지만 막상 결정 단계에서는 주저가 되었고 그것도 보통 신경이 쓰이고 진이 빠지는 것이 아니었다. 그 모든 것을 그냥 던져서도 안 되었다. 그러니 규호가 얘기한 것이 일단 최상의 방안이었다.

그러는 사이 한우리 농업공동체의 규모가 하루가 다르게 변하고 발전하였다.

시행 지역이 전국적으로 확대되어 각 도에 두 세 개 군 씩 참여하였다. 어떤 도에서는 여기 충북도와 가까운 경북 지역에서는 몇 군의 전체 면민이 참여하였고 계속 확산되어 나가고 있었다.

거기에 따라 모든 시스템이 달라지고 규모가 커졌다. 한우리 은행이 설립되고 여러 군데 지점이 생기었다. 병원이 몇 개 더 생기고 농민을 위한 법률 구조 공단 그리고 대안학교와 대학이 다시 생기었다. 원래 대학이 있었지만 제대로 갖추어 지지 않은 상태였는데 이것은 정규적으로 규모를 갖춘 명실상부한 대학이었다. 먼저 것은 일부 서당과 같이 있었고 새 대학에 합쳤다. 몇 곳의 분교를 설치하였다. 입학의 경쟁이 심하였다. 성적이 높아야 했다. 가장 경쟁력이 센 곳은 농업공동체대학이고 거기에는 농업 후계자 또는 농업법인이나 영농조합 농림부의 추천이 있어야 하고 보증이 있어야 했다. 물론 추천만 가지고 안 되고 실력이 있어야 했다. 성적이 아무리 좋아도 그냥은 안 된다는 것이었다. 점수를 더 주는 것은 아니지만 한우리의 추천이 많았다. 다른 데도 그랬지만 한우리는 그냥 해 주지 않았다. 인성을 중시하였고 결론적으로 농업에 종사하겠다는 것이냐 얼마나 진취적인 영농을 생각하고 있느냐를 확인하였다. 제일 믿을만한 단체였다. 좌우간 대학을 가기 위해서 농업을 선택하는 경우도 있었다. 그런 것까지 따질 수가 없었고 구분할 수가 없었다. 다만 일률적으로 한 가지 더 요구하였다. 농업에 5년 이상 종사하겠다는 약속이었다. 농업이라고 하지만 관련 기관이 많았다. 은행도 있고 병원도 있고 법무 세무 기획 판매 건축 등 다양하였다. 농사뿐이 아니었다. 그 안에 여러 직종의 일이 다 들어 있었다. 어떻게 됐든 농업인구가 확대되고 관심이 확산되었다. 7%이던 것이 갑자기 70%가 된 것은 아니고 30%는 될 것 같았다.

다른 얘기지만 은행 병원은 한우리 분포 지역뿐이 아니고 전국적으로 설립되고 있었다. 그만큼 신인도가 높고 고객이 있기 때문이었다. 한마디로 수요가 계속 늘고 있었다. 은행과 병원뿐이 아니고 법률 세무 구조공단 같은 기구 학교 서당이 자꾸 늘어났다. 상승작용이라고 할까, 한우리의 분포가 늘어나면서 그런 기구들이 늘어나기도 했지만 반대로 그런 기구로 해서 또 농업인구와 농업에 대한 관심이 늘어났다. 한우리가 국회에 진출한 것을 계기로 가속이 붙기 시작했다.

이래 치나 저래 치나 결론은 마찬가지였다. 한우리 인구가 걷잡을 수 없이 늘어나고 있었다. 이제 정제된 한우리를 생각하여야 했고 아니 거기에 주력을 해야 했다. 그가 해야 할 일은 거기에 또 있었다. 그 사령탑 역할이었다. 입촌을 하겠다는 사람이 폭주하고 공동체 농업을 하겠다는 신청이 쇄도하였다. 처음에는 그가 다 관장을 하고 결정을 하였지만 이제 감당할 수가 없었다. 도무지 주체할 수가 없었다. 하는 수 없이 그 임무를 다른 사람에게 인계하였다. 그것을 민주적으로 투표를 하여 정하려고 했지만 그가 지명하라고 해서 그렇게 할 수밖에 없었다. 여러 사람의 의견을 듣는 것이 민주적인 것이라고 했다. 맞는 말 같기도 하고 그것마저 거역할 수가 없었다.

규호를 시켰다. 모두들 그럴 줄 알았다고 하였다. 그러나 아무런 불만이 없었다. 내친 김에 그에게 붙들고 있으라고 한 당이라고 할까 한우리의 정치적인 세력 역할도 넘기려고 하였다. 이번에 비례대표로 당선한 남훈에게 지명을 하였다. 그러나 그것은 안 된다고 하였다. 남훈도 고사하였지만 동지들이 안 된다고 하였다. 면전에서 안 된다는 것보다 일규가 그대로 맡고 있으라는 것이었다. 도리가 없었다. 물어보는 것이 잘못이었다.

그런 체재로 한동안 갔다. 공표한 것은 아니고 동의를 얻은 것도 아니지만 많은 부분을 규호에게 맡기고 여성에 관한 것은 현희 윤애에게 맡기고 순덕에게도 맡기고 일을 분담시키고 역할을 분산시켰다. 그리고도 그는 편하게 앉아 있지 못하였다. 다음 단계의 일을 추진하고 있었다. 거기에 또 여러 동지들을 배치하고 일을 맡겼다. 꼭 그의 제자들에게만 맡긴 것이 아니었다. 그러나 신임이 가지 않고 확신이 가지 않는 사람에게는 역할을 주지 않았다. 누구를 편애하고 미워하고 차별을 두어서가 아니었다. 면도 칼처럼 일의 성향과 능력을 판단하여 결정하였다. 그것은 누구에게 상의하지 않고 그가 생각한 대로 확정하고 발표하였다. 더러 의견을 물어보기도 하고 의중을 떠 보기도 하고 거기에 따라 바꾸기도 하였다. 어느 것이 더 중요하고 덜 중요한 것이 아니었다. 다 중요하였다. 우선순위가 있는 것도 아니었다. 다 그가 추구하고 한우리가 꿈꾸는 원대한 프로젝트였다.

토지, 땅의 소유 체계를 한 단계 더 끌어올리었다. 업그레이드하는 것이었다. 합리적으로 누가 봐도 괜찮은 시스템을 갖추려는 것이다. 지금 운영하고 있는 것에서 문제점을 보완하고 토지 자본 노동에 아무런 충돌이 없는 제도를 만들고자 하는 것이다. 옛날 중국의 균전제나 우리나라의 향약 두레 그리고 이스라엘의 키부츠 공산주의 사회의 꼼뮨 집단농장 협동농장 등 모든 제도 방법 사례의 모든 장점을 다 살리는 것이다. 제도를 바꾸고 바로잡자면 법을 바꾸어야 하고 그 많은 이해관계에 얽힌 사람들의 이로움이 충족되고 해로움이 다 해소되어야 하는데 그런 만능 제도란 없었다. 이것저것 다 따지다 보면 아무 것도 안 되었다. 그래 늘 제자리 걸음을 하였다. 법을 만드는 사람들은 또 늘 표를 의식하고 비판 받을 일을 하지 않았다. 한 마디로 과감한 소신이 없었다.

긴 안목의 역사적으로 소신 있는 일을 할 수가 없었다.

그가 그것을 하려는 것이다. 한우리가 하려는 것이다. 지금 시행하고 있는 운영 방법 제도도 한우리에서 처음으로 시도하는 것이었다. 땅과 자금을 다 합하고 노동 기술을 다 합하여 그 투자한 비율대로 분배하는 것이다. 그것이 어떻게 북한의 제도와 같은지, 그렇게 주장을 하여 감옥을 살고 가정이 풍비박산이 나기도 했지만 그러나 지금 잘 운영되고 있고 확산일로에 있다.

그것을 보완하고 뜯어고치고 바꾸고 하여 새로운 체재를 만들려는 것이다. 일규의 머릿속에는 아니 머릿속뿐이 아니고 노트북에는 그런 계획이 다 정리되어 있었다. 따지고 보면 그것은 어디까지나 안이며 계획인 것이지 실제는 아니었다. 실현된 것이 아니었다. 아직 미지수였다. 열 번 스무 번 백 번도 더 도상 훈련을 한 것이었다. 그가 옥중에서부터 다듬고 다듬은 것이다. 그러나 아직은 꿈이었다.

물론 혼자 한 것이 아니고 그와 뜻을 같이 하는 동지들이 같이 머리를 싸매고 짜 낸 것이다. 언젠가부터 제자라는 말보다 동지同志라는 말을 썼다. 뜻을 같이 한다는 호칭이다. 제자 외의 동지들이 많이 규합되었다. 수천 명이었다. 그것을 가지고 트집을 잡기도 했다. 동지가 동무와 같은 말이라고 하였다. 같은 뜻이라고 하였다. 의도적이라고도 하고 이적행위라고도 하고 우파니 좌파니 떠들어 대었다.

사실 언제부터, 6.25전쟁 이후인가, 소꿉장난을 하고 물장구치며 놀던 동무라는 말을 쓸 수가 없게 되었다. 공산당이 쓰는 말이라고 하여 반납하여야 했고 그 말은 북한을 소재로 한 드라마에서나 볼 수 있었다. 그 정겨운 말은 가령 종간나새끼 같은 섬뜩한 말과 희석이 되고 낯선 말이 되었다. 다만 '가고파' 나 '찔레꽃' 같은 노래에 들어 있는 가사를 읊을 때나 사용하는 옛말로 존재하고 있는 것이다. 영어의 thy와 같이 시에서나 쓰는 말하자면 예술적(?) 용어로나 가능한 말이 되었다. 그래 어깨동무 길동무 같은 말도 잘 안 쓰고 있다. 좌우간 동지가 동무로 발전되어 그 고생을 한 후 땅과 함께 하고 땅을 움직이는 사람들이라는 동지同地 동지動地의 뜻을 같이 사용하였다. 살기 위한 물타기였고 여러 가지 깊은 뜻을 공유하는 것이었다. 지금은 한우리가 다 동지였다. 수천 명이 아니고 수십 만 수백 만이었다.

옛날 얘기를 하려는 것이 아니었다. 그때로 돌아가 설분을 하자는 것이 아니었다. 지금 와서 뒷걸음질쳐서는 안 되었다. 그럴 수는 없었다. 정말 그가 해야 할 일 앞에 직면하고 있었다. 사명 앞에 섰다. 그것을 하려는 것이다.

땅의 문제, 토지 소유의 문제를 해결하려는 것이다. 그것을 합하고 나누는 그동안 시행해 온 논리에서 한 단계 올라서는 것이다. 그것은 키부츠나 모샤부 스피디 같은 단계에서도 벗어나고 세계 어디에서도 그 유례를 찾아볼 수 없는 영농방법인 동시에 농토 소유의 방식이 되는 것이다. 다시 말해서 어떤 나라에서도 실현되지 못한 것이었다. 미국이나 중국이나 러시아나 일본이나 북한이나 동남아 아프리카 서구 어디서도 실현하지 못한 자본주의와 공산주의를 넘어선 체계이며 체재인 것이다. 그런 것을 찾고 또 찾았다. 이제 실현하고자 하는 것이다. 말이 아니고 실천, 생각이 아니고 행동, 아니 어떤 말도 거기에 합당한 것 같지 않았다. 말을 만들어야 될 것 같았다.

노트만 하고 정리만 하는 것이 아니고 수시로 토론도 하였다.

"법이 뒷받침 돼야 되는 것 아니겠어요? 우리가 하고 싶은 대로 할 수가 있을까요?"

"지금 상승일로에 있는 현재의 운영 방법을 조금 더 유지하는 것이 좋지 않을까요?"

"이상농촌, 이상사회, 아직 이상이 아닐까요?"

안 된다기보다 신중하게 발전시키자는 것이었다. 틀린 얘기가 아니었다. 한우리의 핵심 멤버들이었다. 한우리를 생각해서 하는 말이었다. 제동을 거는 것이 아니고 검토를 하자는 것이었다.

"좋아요. 그럼 하나하나 따져 봐요."

그러며 그가 축조심의를 하듯이 물었다.

"법을 누가 만들어?"

"국회에서 만들지요."

"국회에 들어갔잖아."

"그렇지요."

"그럼요."

"이상이 있어야. 현실을 넘어설 수 있지."

그의 말투가 달라졌다.

"……."

"……."

"그만큼 뜸을 들였는데 더 어떻게 기다려요. 아직 여러 가지 고비가 있고 걸림돌이 많이 있어요. 넘어야 될 산도 많이 있어요. 그러나 이미 실현이 되고 있어요. 그것이 현실이에요. 산은 언제나 저만큼 우리를 부르고 있어요. 다 올라간 사람은 꿈이 없고 더 기대할 희망이 없는 거지요. 이상은 현실 속에 있어요."

말투를 다시 바꾸었다.

무슨 철학 강의를 하는 것 같았다. 얼떨떨하였다. 박수소리가 공허하였다.

일규는 땅의 문제에 대하여 구체적으로 장황하게 설명한다.

원시공동체에서는 땅, 토지는 사적 소유물이 아니고 촌락공동체의 소유였고 생산수단의 소유와 분배가 평등하게 이루어지고 있었다. 생산력이 높아짐에 따라 빈부의 차가 생겼고 평등한 이웃 관계가 무너졌고 국가가 형성됨에 따라 공동소유의 관념은 사라지고 토지의 소유권은 통치자에게 넘어갔다. 우리나라의 토지는 통치자인 왕으로부터 하사 받거나 권력과 힘이 있는 양반과 관리 등 소수에게 편중되어 있었다. 그후 해방이 되고 남북으로 분단되면서 자본주의를 채택한 남은 정책적으로 토지의 개인 사유화를 정당화하였고 북은 공산주의 공유화의 원칙에 따라 국유화를 정당화하였다.

　그리고 반세기가 지나고 60년도 지난 지금 남은 토지 사유화로 인한 여러 가지 폐해와 부작용이 만연하고 자살자가 많고 북은 국유화로 인한 토지 이용의 비효율, 생산력 저하로 굶어죽는 사람이 많다. 자살을 하나 굶어죽으나 죽는 것은 마찬가지이다. 자본주의 경제논리로 사유화와 토지를 이용한 부의 독점을 인정하게 되면 빈부의 차—빈익빈 부익부—는 점점 더 심각하게 될 수밖에 없다. 저층을 기준으로 할 때 그렇다. 다 아는 사실이다.

　"공산주의라는 것은 세계 어디에서도 다 나자빠졌지만 결국 어느 쪽이나 토지제도를 근본적으로 바꾸지 않으면 안 돼요. 공산주의가 뭐야. 생산을 같이 하면 소유도 같이 해야지. 사유재산제는 폐기해 놓고 뭐가 어떻게 공산주의가 되나. 말이 안 되잖아요?"

　좌중은 고개를 끄덕였다. 그는 계속 강의를 하듯이 말하였다.

　"인간이 땅에 살면서부터 땅을 많이 가지고자 하는 소유의 문제는 어느 시대 어느 제도로도 절대 만족을 줄 수가 없어요. 인간은 만족을 모르는 존재인지 모릅니다. 절제를 하고 마음을 비우면 되는데 나라가 뭐 종교집단도 아니고 제도로 만들지 않으면 안 돼요. 그동안 토지 공개념을 떠들어 왔지만, 죄송합니다. 주장해 오고 추구해 왔지만, 소유의 공개념으로 실효를 거두지 못했어요. 토지 이용의 공개념으로 개념을 바꾸어 소유 문제로부터 벗어나 모든 사람이 이용에 공유되는 제도를 실시해야 됩니다."

그것을 실현하려는 것이다. 얘기는 좋으나 역시 공허하였다.

소유제도는 그대로 둔다, 세제를 재정비한다, 수용제도를 바꾼다, 위탁경작제도로 바꾼다 등등.

"그것이 가능할까요?"

"정말 그렇게만 된다면……."

"뭐 불가능은 없다 그런 것은 아니고 여러 동지들의 의지에 달렸어요. 이상을 실현하겠다는 의지, 꿈은 이루겠다는 의지, 꿈은 이루어진다는 신념, 그것이면 돼요. 꿈이 없는데 이루어지겠어요?"

"좌우간 그야말로 이것은 세계 초유의 것이고 그러면 뭡니까. 이건 노벨문학상 깜이네요."

현희가 말하였다.

"문학상이 아니고 경제학상이겠지."

모두들 웃었다.

"웃을 일이 아니여."

"울 일입니다."

윤애가 웃으면서 말하였다.

다시 웃었다.

"그런 얘기가 아니란 말이여. 노벨상이 문제가 아니여."

그는 상기되어 소리를 버럭 질렀다.

"그럼 또 무엇이 문제인가요?"

순덕이 물었다.

"우리에게 간절히 요구되는 것이 그런 거여? 우리에게 절실한 것이 노벨상밖에 없느냐 말이여?"

모두들 서로 바라보다가 일규를 쳐다보았다.

아무도 답을 내놓지 못하였다.

그는 답답한 듯이 땅을 쳤다. 그러면서도 스스로 답을 말하지 않고 집어 넣는다.

"한번 잘 생각해 봐요."

통일이었다. 남북통일보다 더 간절한 염원이 어디 있는가.

모두들 박수를 치지 않고 무릎을 쳤다. 한참을 시들다가 다시 일규가 말하여서였다.

땅의 문제는 통일의 문제였다. 언젠가는 반드시 남북통일이 되어야 할 것이고 그 시기가 언제가 될지, 십 년 후일지, 몇 십년이 더 지나서일지 모르지만, 통일이 되었을 때 북의 모든 토지는 국유화되어 있는데 남의 토지는 대부분 사유화되어 있어 땅의 소유 문제를 해결하지 않으면 큰 혼란이 온다. 통일이 아니고 혼돈이다. 이를 대비해야 한다. 그것이 통일 준비이다. 통일작업이다.

지금 실험을 하고 있고 끝난 것이라고도 할 수 있지만 그들의 땅과 흙의 논리, 다시 말하여 모든 농토를 합하고 모든 노동력 장비 자금을 합하여 그 비율대로 나누는 체계는 통일 이후에도 가능하다. 어려운 얘기가 아니다. 국가라고 해도 좋고 정부라고 해도 좋고 권력자 지배 계층이 가지고 있는 토지를 내놓게 되면 다른 것은 다 그 논리대로 적용이 된다. 아주 쉬운 얘기이다. 땅을 누가 가지고 안 가지고는 관계가 없는 것이다.

그러나 그것을 구체적으로 어떻게 할 것인가, 과연 그렇게 이상적인 사회가 들어서는 것인가, 여전히 어려운 과제는 남아 있다. 쉬운 문제는 아니다. 이 단계를 넘어서면 통일 이후 적어도 100

년 이상 갈 수 있는 사회이념이 될 것이다.

그는 이날 다 말하지 않았다. 파일을 꺼내다가 도로 집어넣었다. 아직 한번 더 거르기 위해서가 아니었다. 조금 더 생각해 보기 위해서가 아니었다. 지금보다 더 좋은 타임이 있을 것 같았다.

문제는 아직 많았다. 넘어야 될 산이 많았다.

벼꽃 질 무렵

　유난히 벼꽃이 많이 피었고 도향이 진동하던 가을의 문턱을 넘어서 대지는 온통 황금물결이었다.

　참으로 푸근한 풍경이었다. 금빛이어서 그렇듯 푸근한지, 싯누런 벼의 색깔이어서 금이 귀한 것이지, 가을 들판을 바라볼 때마다 생각해 보는 것이다.

　벼꽃이 지고 누런 벼이삭이 고개를 숙일 무렵 한우리는 가을 축제로 부산하였다.

　어느 해보다도 대대적으로 행사를 벌이었다. 마치 그동안 성과를 다 전시라도 하는 것 같았다. 메뚜기 축제, 감 따기 같은 도시 사람들을 유치하기 위한 행사도 있었고, 그런 것도 전보다 수가 많아졌지만, 그 외 여러 문화행사들을 여러 가지 한꺼번에 개최하였다. 전국적인 관심이 한우리로 집중되었던 것이고 그것이 이 첫 가을 농업의 날을 전후하여 총집합되었다. 11월 11일을 한자로 쓰면 흙 토자 둘이 되어 언젠가부터 농업의 날이라고 하였다.

　농업 농촌의 새로운 비전을 펼치는 것이었다. 농악 농무 국악 등의 전국대회가 열리었고 아리랑 페스티벌이 열리었다. 그것은 국제적인 행사로 미국 중국 일본 등 세계 각국에서 참가하였다. 중국 연변의 조선족도 참가하게 되고 그뿐만 아니라 북한에서도 참가하였다. 실은 북한을 참가시키기 위하여 상당히 공을 들이고 애를 썼는데 전혀 접근이 안 되다가 마지막 단계에서는 자청해서 참가신청을 한 것이었다. 정말 의외였다. 기대하던 이상이었다. 생각할수록 의미가 있는 팀이었다. 행사를 지휘하던 규호는, 북한에서도 한우리를 인정하고 있다고 하였다. 사실이 그런지 모르겠다. 그런 이유는 있었다. 언론에서는 한우리가 기염을 토하고 있다고 쓰고 있었다.

여러 과정이 있었다. 당국자가 북한에서 참가하는 것을 못하게 하여 한참 실랑이를 하였고 결국 정치적으로 해결을 하였다. 국회의원이 된 남훈이 장관도 만나고 요로의 인사를 만나 당의 명분을 걸고 해결한 것이다. 그런데 북한이 참가하기로 되자 또 보통 신경을 쓰는 것이 아니었다. 길을 시원하게 닦아주고 전기시설 전자시설을 싹 다시 하여 주는 것이었고 여러 요청하지 않은 사항도 최고 수준으로 해 주는 것이었다. 아니 계속 사람을 상주시켜 시설을 해 주고 있었다.

초중고등학교 대학생 일반의 백일장이 열리고 시조경창대회가 열렸다. 백일장에는 시 수필 등 문예작품도 있었지만 한시漢詩도 있어 전국에서 남녀노유 구분 없이 많이 참가하였다. 소싸움대회 씨름대회도 열고 격투기格鬪技대회도 열리었다. 다른 지역에 있던 기존의 행사를 옮겨와서 하는 것이었다. 그렇게 하겠다고 자청하기도 하고 그렇게 하도록 압력이 있기도 하였다. 격투기대회는 그가 요청하여 이루어진 것이었다. 그 협회 김총재와의 친분에서 이루어지기도 하였지만 목적이 있었다. 국제타이틀매치였다. 거기 역시 남북이 한 자리를 하는 것이었다. 그런데 그것이 이루어지지는 않았다. 금메달이냐 은메달이냐 하는 것에 신경을 쓴 것 같고 친선 게임이라 하더라도 이기고 지는 문제가 있었던 것이다. 두 사람이 맞붙어 싸워 승패를 가리는 경기로서 유도 권투 레슬링 씨름의 특성을 다 살려 종합 것으로 발로 차고 주먹으로 치고 잡아서 던지고 조르기도 하고 하는 경기로 70년대 만든 것이다. 창시자인 김귀진 총재와 북한을 참가시키기 위해 노력을 많이 하였다. 그러나 금년만 있는 것은 아니었다. 와서 참석만 하는 것을 제안해 놓고 있었다.

"첫술에 배부르지 않지요."

"예, 그렇지요."

"그 숙제를 풀도록 해볼게요."

"통일 전에 말이지요."

"그야 물론이지요."

김총재는 다음이나 그 다음에는 꼭 참가시키도록 하겠다고 하였다. 그동안의 접촉에서 그것을 느낄 수가 있었던 것이다.

농촌문제연구 세미나, 농촌의학연구 세미나, 농촌법률구조 심포지엄 등 학술 세미나 연구회 등 문화 학술 행사가 또 4, 5가지 펼쳐졌다. 전국 한우리 분포지역에서 시간을 교차하여 개최되었는데 그런 행사를 유치하기도 하고 여러 군데서 자꾸 하라기도 하여 두 군데 세 군데서 열기도 하였다. 그 여러 군데 중에는 고위층도 있었다. 정부 말이다.

이번 행사를 위하여 몇 번 준비회의를 하고 전략기획 회의를 하고 두뇌들을 있는 대로 동원하였던 것이다. 한우리 멤버들뿐만이 아니고 다른 쪽 일에 매달려 있는 학자들 행정당국 공직자들도 많이 차출하고 지원해 주었다. 후배들 제자들도 있었고 아는 사람 친한 사람과 관련된 사람도 있지만 그런 인맥과는 전혀 무

관한 전문인력을 찾아서 용역을 주기도 하고 행사가 이루어지기까지 많은 인력과 노력이 투입되었다. 대부분 자원 봉사였지만 자금도 많이 소요되었다.

지휘 총괄은 새로 책임을 맡은 규호가 하였다. 규호 내외는 역량을 최대한 발휘하였다. 그들이 가진 모든 실력을 발휘하고 배경을 다 이용하였다. 선배 후배 사돈의 팔촌까지 다 동원하였고 돈은 아끼지 않고 썼다. 공금이든 개인적인 것이든 상관하지 않고 물 쓰듯이 썼다. 누구 것이 되었든 돈이 문제가 아니고 일의 성과가 문제였다. 쓸 수 있는 데까지 돈 방천을 하였다. 오로지 빛나는 행사의 성과에만 모든 것이 맞추어져 있었다. 예를 들자면 개인적으로 책임을 지라면 모든 그동안 쌓은 것이 다 무너지더라도 좋다는 식이었다. 그것은 무엇을 위하여서였는가. 누구를 위하여서였는가.

일규가 하던 예산 규모보다 열 배 스무 배 크게 벌이었고 그것이 한 치라도 차질이 있을까 염려하여 2선 3선을 대비하였다. 한우리 동지들의 뜻을 다 참작하면서 좋은 것은 받아들이면서 의견이 분분한 것은 과감하게 다 물리쳤다. 일규의 의견도 들을 것은 듣고 마음에 아 드는 것은 듣지 않았다. 묻는 것마다 너무 벌리지 말라고 하였고 처음부터 외형만 치중하지 말라고 하였기 때문이었다. 규호는 그렇게 할 수가 없었다. 일규의 애기가 어떻게 되었든 생각대로 밀어붙이었다. 일규는 그렇다고 앞을 가로 막고 일을 못하게 할 수는 없었다. 불안하고 겁이 났지만 그냥 안 된다고만 하였다. 그가 할 수도 없었다. 규호라든지 젊은 세대의 생각에 동의할 수는 없었지만 부인하고 부정할 수도 없었다. 그가 도저히 상상할 수도 없는 일을 겁도 없이 내놓고 무서운 힘으로 추진하고 있었다.

전시효과를 기대한 것도 있지만 대부분 생산과 직결된 것이고 실제에 적용되는 것이었다. 새 시대의 비전을 제시하는 것이었다. 어느 지역 어느 분야에 속한 것이 아니고 국가적인 것이었고 시대적인 것이었다. 정책적인 것이었고 사회적인 것이었다. 발표자들도 최고 권위자들이었고 실력자들이었다. 괜찮은 자리에 있고 명문 대학에 있고 명성이 있고 그런 것만이 아니고 실질적으로 그 분야에 연구를 많이 하고 실적이 있는 사람들, 자타가 공인하는 사람들로 망라가 되었다.

농촌문제 연구 세미나는 통일 이후의 토지정책에 대한 것이었다. 농촌문제만이 아니고 사회 전반에 관한 문제였고 국가 정책에 관한 것이었으며 국제적인 문제였다. 다른 것도 대부분 그랬지만 이것은 일규가 특별히 공을 많이 들인 것이었다. 정말 명실공히 가장 권위 있는 학자와 논객을 끌어들였다. 그도 발표를 하고 싶었고 모두들 그가 발표를 해야 된다고 하였다. 그러나 그는 그보다 연구를 많이 한 사람이 해야 한다고 사양을 하였다. 아닌 게 아니라 그 분야에 연구를 하고 있는 사람 중에는 그가 알고 있는 사람도 많았다. 국제적으로 알려진 학자도 있었다. 그는 사실 현장을 뛰고 있었지 논문을 쓰고 발표를 한 것은 아니었다. 그 안에 있을 때도 그랬지만 여기 내려와서도 그럴 사이가 없었다. 연구를 안 한 것은 아니지만 현장에서 뛴 것이고 또 분야도 그의 전공과 조금 달랐다. 그랬지만 모두들, 한우리 가까운 사람들이 그가 해야 된다고 하였고 떼지 못하여 사양을 하다가 그 세미나의 좌장을 맡았다. 국회의원 출마를 사양하는 것과 달랐다. 그가 설 자리 앉을 자리를 그때나 지금이나 잘 알아야 했다. 그러나 대회의 실질적인 책임자로서 이곳저곳을 돌아보아야 하고 높은 분들도 만나고 외국 사람들도 만나고 해야 했다. 그래서 처음부터 끝까지 자리를 지켜야 하는 좌장도 할 수가 없어 가까운 사람에게 인계를 하였고 토론자로 참가를 하였다. 발표자는 이미 부탁을 그가 직접 하였던 것이다. 이리 저리 빠지는 것 같아, 주위 사람들에게 도대체 왜 그러느냐고 핀잔을 듣기도 했지만 그런 것은 아무래도 좋았다. 이미 오래전부터 그런 것은 신경 쓰지 않았고 누구 눈치도 보지 않았다. 이 세상에 겁나는 사람이 없었다. 무슨 대통령 장관도 두렵지 않았고 정말 무서운 사람이 있다면 후배들이고 제자들이고 마을 사람들이었다. 사리에 맞지 않는 일을 하여 그들에게 지적 받고 핀잔을 들으면 안 되었다. 한 번도 그런 일은 없었지만 그럴까봐 두려웠다. 언제부터 그런 것이 아니고 처음부터 그랬다. 잘 못했다, 말 한 마디만 하면 되는데 그러지를 않았다. 잘못한 것이 없는데 왜 그런 말을 하는가. 정신이 나가지 않는 한 그럴 수가 없었다. 누구에게도 그는 맞지 않는 말을 하지 않았다. 판사에게도 눈을 똑 바라 뜨고 따지었다. 딴 소리 말고 어느 것이 맞느냐고 물으라고 하였다. 그리고 흔들림 없이 그의 주장을 말하였다. 그래서 배는 아니 3배는 더 살다 나왔다. 친한 동료가 또 말하였다. 다 좋은데 시간도 아깝고 중요하지 않느냐고, 물론 시간이 아깝고 청춘도 아까웠다. 세월이 금덩어리 같았다. 그러나 단 한 시간을 살아도 마음에 들지 않는 자세로 마음에 없는 소리를 하며 살고 싶지는 않았다. 그때나 지금이나 마찬가지였다.

한우리 축제의 행사에는 전에 하던 메뚜기 잡기, 피라미 낚기, 포도주 담기, 그리고 마시기, 감 따기 등 노인과 어린아이들이 함께 즐길 수 있는 행사들이 여럿 있었고 그런 것과는 관계없이 고향의 행사에 참석하는 데 의미를 두는 사람이 많았다. 그런 기회에 고향을 찾고 부모를 찾아보고 하는 것이었다. 가족 아이들과 같이 오고 아는 사람들과 같이 오기도 했다. 고향 소개를 하고 자랑을 하기도 했다. 언젠가부터 화제가 되고 있는 한우리에 대해서 대견하게 생각하고 있었던 것이다.

한우리 행사에는 전부터 생산품 소비와 관련을 맺고 있었다. 그래서 참가와 동시에 농산품을 사고 주문하고 예약하였다. 이번에도 그랬다. 여러 생산품이 동이 났다. 그런 것이 정착되었다. 주문생산이 밀리었다. 몇 년씩 주문을 하고 예약을 하기도 했다. 그런 것이 점점 확대되어 갔고 이제 생산과 소비의 문제뿐 아니고 질을 높이고 향상시키는데 주력을 하였고 보리의 소비 밀의 소비 같은 2모작의 균형을 위한 소비도 충당이 되었다. 빵과 포도주 생산을 연중 무휴로 하기도 했다. 소비가 되지 않는 생산품을 끼워팔기도 하였다. 강매가 아니고 협력이었고 동참이었다. 거기 참여하는 것에 대하여 마치 헌혈운동이라도 하듯이 사회적 의미를 가지고 있었다. 사랑의 열매를 빨간 것으로 하였었는데 이것은 파란 열매를 만들었다. 기념장紀念章을 만들어 주기도 하였다. 닥종이에 한우리 로고를 넣어 '그대를 땅과 흙에 새깁니다' 라고 썼다. 한우리 가족이 3천만에 달하면 한우리 주식 1주를 지급한다는 증서였다. 3천만은 우리나라 인구의 반을 넘어선다는 것을 의미하였고 그렇게 될 때 주식은 고가가 될 것이었다. 그리고 다시 참여 동참이라는 연대의식을 갖게 되었다. 기념장에는 번호를 부여하였고 계인이 있었다. 의외로 그것은 인기였고 줄을 섰다. 장사진이었다. 어떤 신문에는 그것을 1면에 실었다.

이번 행사와 관련해서도 많은 출향인들이 농산물을 주문하였고 그것을 몇 년분씩 예약을 하였다. 출향인들뿐이 아니고 전국의 많은 사람들이 참가하였고 견학을 왔고 관광을 왔다. 그것이 한우리 전 지역에 걸쳐서 이루어졌다. 처음에는 한우리를 지원하고 발전시키기 위하여 친분을 연결하고 관계를 확대하고 하였지만 차츰 실질적 필요에 의한 것으로 전환되었다. 우선 유기농 재배 농산물을 바로 소비자에게 배달이 되었다. 그 간단한 유통 공식이 정착되고 확산된 것이었다. 유기농으로 재배하다보니 생산비가 조금 더 들었다. 그것을 소비자에게 부담시키었고 소비자는 그것을 싸다 비싸다 하는 생각에 앞서 적정한 가격에 구입한다는 생각을 하게 되고 그런 인식은 한우리 농업에 동참하는 것이 되었다.

축제가 한우리 전 지역에서 펼쳐져 일규는 정신없이 바쁜 일정을 보냈다. 행사장마다 그는 로얄석에 VIP들과 같이 참석을 하였고 흰 장갑을 끼고 테이프를 끊고 행사를 눈으로 지휘하였다. 될 수 있는 대로 규호나 남훈 그리고 실제로 애를 쓴 젊은 사람들을 내세웠고 그는 앉아서 박수만 받았다. 그러면 그럴수록 그에게 스포트라이트가 비치었고 인기라고 할까 주가가 올라갔다. 물론 그래서 그러는 것은 아니었다. 억지로 그가 불리어 나가 얘기를 할 때도 실지로 뛰고 노력한 사람들을 칭찬하고 자신은 이번에는 구경만 하였다고 하였다. 그러며 또 말하였다. 이제 누가 해도 잘 돌아가고 있다고 한우리를 칭찬하기도 하였다.

"가속이 붙은 거지요. 이제 모두가 이끌고 있어요."

너무 근엄한 것 같아 허허 웃었다. 여전히 촌티를 내었다. 그의 마음은 하나도 변한 것이 없었다. 처음 그대로였다. 주위에서 그렇게 보고 있었다.

이번 축제 행사의 다른 지역 한우리에 안배를 하였다. 중요하다가고 할까 관심이 집중되고 있는 행사를 균형 있게 배치를 하였다. 다 분산시켰다. 농촌문제연구 세미나는 아무리 반대를 하여도 본산이라고 할까 여기 매화골에서 해야 된다고 하고 하여 그렇게 하였다. 주제가 '통일시대 토지 분배'였다. 발표도 하기 전에 여러 언론에 보도를 하였고 질의 문의가 미리부터 쇄도하였다. 다른 사람도 여러 사람이 답변을 하였지만 대부분 그에게로 돌아왔다. 결론은 참석하겠다는 것이고 좌석이 있느냐는 것이다. 그는 예상할 수 없었지만 자리가 있다고 하였다. 나중에는 그것도 신중히 하였지만 어떻든 자리가 없다고 하지는 않았다.

그러나 시간이 다가올수록 문의가 많아지고 참석하겠다는 사람이 많아지고 결국 서서라도 볼 수 있고 들을 수 있느냐고 물어왔다. 여전히 그렇다고 하였지만 비상을 걸고 그에 대한 대비를 하였다. 세미나 장소인 초등학교 강당인 매곡관 밖 운동장에서도 볼 수 있도록 전광판을 설치하고 개폐의자를 많이 준비하도록 하였다. 그 수량을 측정할 수 없었지만 이웃 면 상촌 황간 추풍령 등의 수량도 확인하고 확보해 놓았다. 계속 문의가 와서 다른 용화 심천 양강 등 면의 의자 영동군의 의자들도 수배를 하고 학교 앞 신작로 그리고 들판에서도 볼 수 있는 전광판을 설치하도록 하였다. 비가 올 것을 예상하여 우산 대산 우비를 마련하는 것은 어떠냐고 하였지만, 그는 하늘이 도울 것이라고 하여 받아들이지 않았다.

그의 대비에 대하여 주변에서 너무 지나친 것이라고 하였지만 규호는 그것만은 시키는 대로 하였다. 그리고 한가지 더 추가하였다. 차량을 우회하도록 하는 계획이었다. 마을에 들어오기 전에 다리를 건너 유전리로 해서 옥전리 앞으로 해서 장척리 앞으로 해서 추풍령 쪽으로 가든지 안골(내동) 쪽으로 해서 황간으로 가도록 하는 우회 코스를 정하고 주차도 내동이나 옥전리 유전리에 하도록 공간을 예상해 놓고 그렇게 요원을 배치하도록 하였다. 그뿐만이 아니었다. 그날 식사 음료 간식 등 먹거리를 준비하기 위해 벌써 여러날 전부터 예행 연습을 해 놓고 있었다. 오자 마자 이 마을에서 생산한 화부차를 대접하는 데서부터 저녁에 술을 마시고 저녁식사를 하는 것에 이르기까지 한우리 식당 뿐 아니고 온 마을 식당을 풀가동하도록 하고 빵과 떡과 우유를 대량 준비해 놓았다. 소비가 안 될 경우를 위해서도 다 예비책을 마련해 놓았던 것이다. 그것은 현희의 안이었다. 그는 그것까지는 생각을 못했던 것이다.

"금강산도 식후경이에요."

"정말 자네들이 낫네."

"청출어람이 아니겠어요?"

현희가 입술이 다 터져 가지고 웃으면서 말한다.

"이럴 때 귀엽다고 하면 무슨 희롱이겠지?"

"그냥 이쁘다고 하세요."

그때 언젠가 아이를 어떻고 하며 실랑이를 하던 기억을 떠오르게 하였다.

이윽고 세미나를 여는 날이 왔다. 하루 전부터 신문 방송 통신에서 중계 또는 사진을 찍는 자리를 잡았다. 실내의 자리는 그들이 다 차지하게 되었다. 외국 언론도 많이 왔다. 일본 미국 영국 독일 중국 등. 정말 바깥 자리를 예비하지 않았더라면 큰일날 뻔 하였다. 당일이 되자 오후 3시 개최 시간보다 두 세 시간 앞서부터 사람들이 몰리고 북적거렸다. 경찰 군인 등 질서 유지를 위한 병력들은 요청도 하지 않았는데 이미 와 있었고 정부 기관에서도 많이 왔다. 이상한 눈초리를 하고 있는 사복들도 많이 눈에 띄었다.

왜 이렇게 야단들이냐 하면 언론에서 연일 대문짝만 하게 보도하기도 하였지만 독일 통일에 중요한 역할을 한 세계적인 학자 H. 슈미트가 오기 때문이었다. 세계의 여론을 좌우하는 논객이었다. '이제 한국이다' 라고 하는 제목 자체로 관심을 집중하기에 충분하였다. 독일은 통일을 하였으니 이제 한국 차례라는 것이었다. 슈미트는 토지정책 전공 독일 여러 대학에서 초빙교수로 주로 강연을 하는 세계적인 학가였다. 한국에서 석사학위를 했으며 그때 같은 학기에 그와 같이 공부를 하기도 하였는데 그동안 만나지는 못하고 있었다. 강연을 한 것이 모아져 출판이 되고 강의한 것이 바로 출판이 되어 베스트셀러가 되곤 하였다. 출판이 안 되면 성공하지 못한 것이다라고 말하고 있었다. 그 학기 강의의 성패를 이야기하는 것이고 베스트셀러를 말하는 것이 아니었다.

국내의 발표자 토론자도 일류 논객들이었다. 토지 분배 문제 전공의 세계적인 학회지에 새 논문들을 많이 발표하고 있었다. 그런 것도 있었지만 한우리의 동력 이일규에 대한 관심이었다. 그의 얘기를 듣고 싶기도 했지만 그를 만나보고 싶은 것이었다. 그는 어느 사이 그렇듯 많은 사람들의 관심이 집중되었고 언론의 초점이 되었던 것이다.

세미나가 시작되었다. 장내에는 언론들이 대부분 차지하고 발표자들 토론자들 말 그대로 내외 귀빈들로 다 채워졌다. 몇 사람들 완강히 거부하는 경우를 제하고는 그 귀빈들에게 자리를 양보하도록 하였다. 농림부장관 통일부장관도 왔다. 차관도 왔다. 아무래도 그가 나가 인사말을 하였다. 규호를 시킨 것인데 규호가 시작 직전에 와서 부탁하였다. 남훈과 같이 와서 90도 각도로 절을 하며 일으키는 것이었다.

"죄송합니다."

이미 다 그렇게 각본이 되어 있었다. 거기에다 대고 다른 얘기를 할 수가 없었다.

"알았네."

그리고 나가서 아무 준비도 없이 스피치를 하였다. 토론할 때 얘기하려던 것이 있었다. 그러나 그런 것보다 늘 생각하고 있는 소회를 피력하였다.

"지금 우리에게 제일 큰 과제는 통일입니다. 우리나라에 이것보다 큰일은 없습니다. 이 문제를 여기서 풀어 보고 답을 찾아보고자 합니다. 오늘 발표하는 주제논문 가운데 그 답이 있고 방법이 있습니다. 여기 장관님도 오시고 나라를 움직이는 분들이 많이 계신데 아무리 좋은 답이 있고 방법이 있다 하더라도 그것을 실천하지 않으면 소용이 없습니다. 우리의 열망이 현실로 연결되도록 해 주시길 간곡히 부탁드리며 여기서 그 방법의 실천 과정까지 찾아지기를 바랍니다."

모두들 박수를 쳤다. 그야말로 우레와 같은 박수였다. 바깥에서의 박수 소리가 안에서도 다 들리었다. 장내외 박수가 그치기를 기다려 다시 말했다.

오늘 발표하는 주제는 이미 언론에 다 보도되었다. 많은 참석자들은 그것을 다 읽고 온 것이었다.

"우리 농업은 이 나라를 살릴 것입니다. 이제 통일을 하여 온전한 나라를 만들어야 하겠습니다. 그것도 농민 농업 사고로 이루게 될지 모르겠습니다. 희망을 갖도록 합시다."

다시 더 큰 박수가 터져 나왔다. 무슨 한류스타들에게 보내는 환호 같았다. 도대체 무슨 근거로 그렇게 엄청남 문제들을 텅텅 두부모 자르듯이 잘라서 호언을 하고 있었다. 하나같이 중대선언들이었다. 적어도 그는 그런 자신들이 있었던 것이다. 잘 하면 될 것이라는 신념이 있었던 것이다. 그리고 여기 와 있는 인사들에게 그렇게 해 달라고 부탁을 하였다. 그런 것을 움직일 수 있는 사람들이 여기 한 자리에 다 모여 있는 것이었다.

귀빈들 사이 제일 앞줄에 그의 자리가 있었다. 자리에 앉으며 그 실력자들에게 다시 그렇게 해 달라고 부탁을 하며 악수를 하였다.

주제발표가 시작되었다. 첫 발표는 통일 이후의 토지정책에 관한 것이었다. 그것도 이미 보도가 된 내용들인데 남한의 토지를 다 공유화하고 북한의 토지를 다 공유화하는 방안을 발표하였다. 남은 사유화로 되어 있고 북은 다 국유화로 되어 있었던 것이다. 농토뿐이 아니고 모든 부동산을 그렇게 하여야 하지만 먼저 농토의 소유 체계를 바꾸는 것이었다. 단계적으로 실시하는 것이다. 자본주의가 공산주의가 되고 공산주의는 한 단계 낮추는 것이다. 높이는 것인지도 모른다. 남북의 토지 정책이 같지 않으면 통일을 해도 통일이 되지 않는다. 북한 국민은 개인적으로 토지를 한 사람도 가지고 있지 않다. 국가가 다 가지고 있다. 국가가 국민에게 몰수한 것이다. 돈은 하나도 주지 않았다. 그것을 지금 주인에게 돌려 줄 수는 있다. 북에 있거나 남에 있거나 죽었거나 주인을 찾아 줄 수는 있다. 그러나 토지가 그대로 있는 것이 아니고 도로도 되어 있고 공장으로도 되어 있고 여러 형태로 변모되어 있다. 물론 토지로 그대로 있는 것도 있다. 그 국유로 되어 있는 것을 공유로 바꾸고 누구나 다 임대료를 내고 사용한다. 남한에서도 다 공유화하여 다 임대료를 내고 사용한다. 땅을 내놓은 사람 땅을 빼앗긴 사람에게 인센티브를 준다. 앞으로 농토뿐이 아니고 모든 토지를 그런 체재로 공유화하는 공개념을 도입한다. 그것이 통일 비용을 최소화하는 방안이다. 다른 더 좋은 방법은 없다.

모두들 어리둥절했다. 맞는 얘기 같긴 한데 전혀 가능한 것 같지 않고 불가능할 것도 없다는 생각이 들었다. 박수를 치고 환호를 하기보다 모두들 뒤통수를 한 대 맞은 것처럼 멍하니 하늘을 쳐다보는 것이었다.

그도 그런 주장을 하였다. 그 바람에 국가보안법에 걸려 오랫동안 영어생활을 하였다. 지금도 그것은 어리둥절할 수밖에 없는 얘기로 들린다. 그러나 법에 걸리지는 않는 상황이 되었다. 주무 장관들도 앉아서 그 얘길 듣고 있었다. 그만큼 언론 자유가 신장되었다기보다 시대가 달라졌던 것이다. 통일이 가까웠는지 모른다.

두 번째로 등장한 독일의 슈미트는 청바지에 허연 수염이 숭숭 난 턱을 쓰다듬으며 나와서 한국말로 인사를 하였다.

"안녕하십니까? 얼마나 힘드세요?"

박수가 터져 나오고 환호를 하였다.

"그러나 이제 조금만 기다리면 될 것입니다."

통일을 얘기하는 것이었다. 다시 더 큰 박수가 쏟아졌다.

슈미트는 노트북을 펼쳐 놓았지만 보지도 않고 말하였다.

"통일을 북한에서 해 주기를 기다리는 분들은 안 계시지요? 그리고 한국통일을 독일식으로 해야 된다고 생각하는 분은 안 계시지요."

발표는 그런 결론부터 내놓고 시작을 하였다.

그래서는 안 된다는 것이었다. 통일을 하기 위한 한국의 노력이 부족하다는 것이었다. 부족한 정도가 아니고 아주 전무하다고 하였다. 그래가지고 어떻게 통일이 되겠느냐는 것이다. 절대로 안 된다고 하였다. 그리고 독일식으로 해서는 비용이 너무 많이 든다고 했다. 지금도 엄청남 통일비용을 부담하고 있다. 통일이 이미 끝난 것이 아니라 현재도 하고 있다. 과거완료가 아니고 현재진행형이다. 그것 때문에 허덕이고 있다. 그렇게 통일을 해서는 안 된다. 너무 힘들다.

그러면 어떻게 하면 되는가. 남한에 있는 사람들이 땅을 내놓아야 한다. 토지 부동산을 다 내놓아야 한다. 그냥 내놓는 것이 아니다. 그냥 내놓으라면 내놓을 사람이 있겠는가. 내놓은 만큼 대가를 줘야 한다. 내놓은 만큼 세금을 덜 내게 하고 융자를 해주고 보험을 들어주는 것이다. 사실 소유 형태만 바뀌는 것이지 이해관계가 바뀌는 것이 아니다. 그러나 가진 사람이 이익만 챙겨서는 안 된다. 국가를 위하여 민족을 위하여 투자를 하듯이 내놓아야 한다. 앞에서 얘기한 대로 이익을 보장해 준다. 그러나 한도 끝도 없는 욕심은 버려야 한다. 나라가 있고 내가 있으며 국민이 있고 내가 있는 것이다. 이렇게 얘기하면 공자나 맹자의 생각을 얘기하고 있는 것 같지만 오늘을 사는 논리는 그보다 한 걸음 아니 열 걸음도 더 앞서 가야 한다. 고기를 잡는 사람이 어린 것까지 잡지 않고 키워서 잡는다. 이것은 아이들도 다 안다. 노옹촌부老翁村婦도 안다.

슈미트는 그러며 허리를 굽실거리며 미안하다고 하였다. 문자를 써서 미안하고 그보다 이 농촌에 와서 시골 노인과 여자를 폄하해서 정말 죄송하다고 하였다.

모두들 기립박수를 하였다.

한국에서 공부하여 예의가 바르다고 농담도 하였다. 모두들 다 시앉기를 기다려 짤막한 결론을 내렸다.

"독일은 그렇게 하고 있습니다. 이제 한국 차례입니다."

그리고 슈미트는 강조하였다. 지금의 가능성을 저버리고 계속 머뭇거리고 있다가는 나라는 갈라지고 북한은 다른 나라가 될지 모른다. 경고하는 바이다.

독일 민족을 계속 경고하여 왔듯이 우리를 경고하고 있었다.

이번에는 박수 대신 모두들 숙연하게 땅을 내려다보았다. 그러며 아까 토지정책에 대한 발표를 할 때와는 달리 심한 부끄러움을 느끼었다.

두 사람의 발표가 더 있었고 다 감동을 주었다. 정말 그래야 한다는 공감대와 일체감을 가졌다. 토론에서 더 절실한 얘기가 부각되었다. 한미관계와 북중관계의 차이점에 대하여 하나는 멀리 있기도 하지만 동맹의 관계이지만 하나는 동맹에서 더 나아갈 수가 있다는 것이었다. 그것이 무슨 말인지 다 알았다. 다 알지만 하지 않고 하지 못하는 말이었다. 그리고 토지정책에 대하여 지금까지 살려온 자본주의를 포기하자는 말이냐, 그동안의 자본주의는 실패하지 않았느냐, 그러면 공산주의 사회주의는 성공하였느냐, 지금 공산주의 사회주의를 하자는 것이 아니지 않느냐 등 열띤 토론이 벌어졌다.

그가 이번에는 자청해서 일어났다. 그는 좌장이었지만 토론자의 한 사람 역할을 하려고 하였다.

"우리가 여기서 그런 사상 논쟁을 하려고 하는 것이 아닙니다. 무슨 주의가 돼도 좋습니다. 뭐가 됐든 통일이 되어야 한다는 것은 맞는 말이 아니라고 생각합니다. 통일을 잘 하여야 되겠지요. 그런 탐색을 하고자 하는 것이며 그 과정에서 여러 방법들이 나와야 합니다. 방법이 하나만 있고 길이 하나만 있는 것은 아닙니다. 다만 여기에서는 토지정책을 통한 방안을 제시하고 있습니다. 다른 방향으로 나가면 주객이 전도될 수 있습니다."

토론자로서보다 주최자로의 얘기였다. 그러나 핵심은 그런 것이었다. 어떻든 이제 농업문제는 통일문제로 발전하고 있다는 것을 얘기하는 것이고 그것을 자타가 인정하고 있었다.

또 한 토론자는 중국의 국진민퇴國進民退 얘기를 하였다. 중국에서 국유기업은 온갖 혜택을 누리고 있는데 반하여 민간기업은 홀대를 받고 있으며 최근 세계은행 보고서는 국유기업 개혁이 중국의 최대과제라고 하였고 종래에는 경쟁체재 민영화로 갈 수밖에 없다는 논리를 내세우면서 오늘 발표의 구체적이고 실천 가능한 추진을 요구하기도 했다.

여기 시골 산골이 세계의 중심에 와 있는 듯한 착각을 일으키게 하였다.

세미나가 진행되는 동안 그리고 세미나가 끝나고 취재의 전쟁을 벌이고 있었다. 발표자들에게도 그랬지만 주최를 한 한우리에 대하여 초점이 맞추어졌다. 총지휘를 맡은 규호와 실무자인 여러 사람들을 소개하고 설명을 하도록 하였지만 모두들 그에게로 와서 묻고 사진을 찍고 하는 것이었다. 같은 말을 계속 할 수가 없어 여러 가지 생각나는 대로 말하였다.

"1930년대 이광수가 『흙』을 쓰고 심훈이 『상록수』를 쓸 때만 해도 농민이 8할이라고 했어요. 80%가 농민이었다는 거지요. 지금 8%도 안 되는 농민을 그때처럼 80%로 끌어올리자는 게 아니에요. 농업사고를 풀어나자는 겁니다."

"농업사고요?"

"80%가 농민이었다고 하면 전 국민이 농민이었다는 겁니다. 우리는 전부 농민이었고 농민의 아들들입니다. 농사를 짓는 사고 그것은 그렇게 생소한 것이 아닙니다. 오줌을 참고 집에 가서 누는 생각, 쌀가마니를 밤새도록 지고 왔다갔다하던 형제의 생각을 가지면 됩니다."

그 얘기들은 그 대로 기사가 되었다.

세미나를 마치고 예상한 대로 많은 사람들이 한꺼번에 몰려 대혼잡을 이루었다. 그것을 다소나마 해결해 준 것이 먹거리 장터였다. 사람들이 몰려 있는 운동장과 길가 곳곳에 차를 대령하였고 여러 가지 음료와 막걸리를 준비해 놓았다. 물론 안주도 있었다. 안주라는 것이 파와 부추로 붙인 전이 있었고 배추김치와 깍두기가 있었다. 멸치국수도 있었다. 차 한 잔을 하고 가는 사람도 있고 술에다가 안주에다가 국수까지 다 먹고 술도 몇 병씩 취하도록 마시고 있기도 하였다. 돈은 실비만 받았다. 실비도 아니었다. 재료값만 받았다. 돈을 받느냐 안 받느냐 받으면 어떻게 받느냐 논란 끝에 그렇게 결정한 것이다. 봉사를 하는 것이고 질서를 유지하기 위한 수단이었다.

어떻든 엄청난 물량이 필요하였고 한우리 가족이 총동원되었다. 한복을 입고 앞치마를 두르고 머리 수건을 쓰고 다 자원봉사였다. 그 중에는 할아버지 할머니도 있었다. 말 그대로 자원이요 자청이었다. 나이가 많아 말리기도 하였지만 쓰러지지 않는 한 하는 데까지 하겠다고 하였다. 우리가 하는 일에 사람들이 몰리니 얼마나 즐거운 일이냐고 하였다. 옆에 서서 거들기라도 하겠다는 것이었다. 값이 너무 싸다고 성금을 내겠다는 사람도 있었다. 그런 것은 계획에 없었다. 그런 뜻이 있으면 생산주문을 하면 된다고 하였다. 금년이 아니고 내년 것도 할 수 있고 내후년 그 후의 것도 예약할 수 있었다. 주문서가 있었다. 그런 것을 예상해서 마련해 놓은 것은 아니고 연중무휴 언제나 준비가 되어 있었다. 연락처가 곳곳에 씌어 있었다.

장사는 잘 한 것인지 모른다. 박리다매가 아니고 남녀노소 온 한우리 가족들이 봉사를 한 대가가 기대 이상이었다. 나중에 알게 된 것이지만 이 기간 동안에 주문 생산이 폭주하여 여러 한우리 지역 말고도 다른 지역에 주문 생산을 하여야 되었다. 한우리 지역을 확대하는 계기도 되었다.

먹거리 봉사는 교통을 완화하여 그 많은 사람들이 서서히 이동하는 결과를 만들었고 축제의 분위기가 되었다. 내외 귀빈 보도진은 물론이고 많은 참석자들이 함께할 수 있도록 뒤풀이를 한우리

식당에서 하였지만 그들을 다 수용할 수는 없었다. 운동장 가득 모인 사람들이 여기저기서 막걸리를 벌컥벌컥 마시며 축배를 들고 있었다. 물량은 얼마든지 준비되어 있었고 시간제한도 없었다. 온 마을 길 거리가 한우리 축제가 되었다.

뒤풀이

축제 뒤풀이가 끝나고 또 한 번의 모임이 있었다.

이제 와서 핵심이라고 할 수는 없고 골수라고 할까, 매원결의를 하던 동지들이 따로 모인 것이다. 늦은 시간이었다. 원래 계획이 된 것은 아니고 자연스럽게 자리가 마련된 것이었다. 장소와 시간을 따로 정한 것도 아니고 먹던 판에 다시 앉은 것이다. 총 지휘를 하던 규호가 한 잔 더 하자고 한 것이 그렇게 발전하였다.

사실 따로 시간을 정하고 모이고 하기도 쉬운 일은 아니었다. 규호도 그렇고 남훈도 그랬고 일규도 그랬다. 다른 사람들도 그랬다. 이번 행사에 찾아온 사람들도 많이 있었고 대접해야 될 사람도 있었다. 대접을 하겠다는 사람도 있고 누가 대접하든 만나야 할 사람이 많이 있었다. 그들의 인맥이 다 동원되었던 것이다. 이 자리가 그렇게 절대적인 것은 아니었다. 볼일 있는 사람은 보고 올 수도 있고 또 빠질 수도 있었다. 그렇게 말하기도 했다. 무슨 회의를 하는 것도 아니고 결의 안건이 있는 것도 아니었다. 그런데도 누구 하나 빠지는 사람이 없이 다 모였다.

한우리식당에 먹던 술 먹던 안주 음식으로 새 자리를 만드는 것은 하나도 어려운 것이 없었다. 먹던 그대로이고 새로 차린 것도 없었다. 특별한 것이 하나 있긴 했다. 특별하다기보다 행사 때 내놓지 않은 것이었다. 순덕이 손수 만들어서 가지고 온 도토리묵이 보자기에 싸온 대로 놓여졌고 인삼을 재어온 꿀단지가 있었다. 양이 작아서 그냥 두었던 것인데 상에다 올려놓은 것이다. 실은 무엇인지도 몰랐다.

먼저 다시 건배를 하는 것으로부터 시작하였다. 일규의 건배사가 있겠다고 말하였다.

"한 잔 더 하자는 사람이 해야지."

일규가 말하자 규호는 얼른 잔을 들고 일어섰다.

"예, 제가 한 잔 더 하자고 했습니다. 생각해 보시면 알겠지만 우리가 이렇게 오붓하게 만나기도 힘듭니다. 오늘 행사가 끝나는 대로 다 흩어져 자기 자리로 돌아가야 하기 때문입니다. 그것이 좋은 일이긴 하지만 만난 김에 조금 얘기를 더 하고 싶습니다. 그런 뜻에서 한번 더 모이자고 한 것이지 다른 것은 없습니다. 자, 우리 한우리의 더욱 힘찬 발전을 위하여 그리고 선생님의 건강을 위하여 잔을 높이 드세요."

그리고는 그를 향하여 90도 각도로 허리를 굽히며 다시 그에게 건배사를 요청하는 것이었다.

"한 말씀 부탁드리겠습니다."

"하 참 사람들도 원!"

그는 거기서도 사양하거나 더 뺄 수가 없었다. 더 시간을 끌어서도 안 되었다. 많은 사람들이 창 너머로 그들의 모임을 바라보고 있었다.

"신규호 동지 말대로 참 오랜만에 옛 동지들이 한 자리에 모였습니다. 이 자리에서 우리는 흔한 말이지만 초심을 잊지 말고 다시 한 번 도약을 해야 되겠습니다. 그런 다짐을 위하여 다시 걸음을 늦추지 않고 뛰겠다는 결의를 위하여 제가 선창을 하겠습니다. 위하여!"

"위하여!"

"선생님을 위하여!"

"위하여! 위하야!"

누가라기보다 이구동성으로 터져 나왔다. 선생님은 물론 일규를 말하는 것이었고 더 큰 소리로 위하여를 외치었다. 창밖에서도 위하여! 위하여! 복창을 하였다. 잔도 없이.

그 답례라고 할까, 건배사는 끝났고, 한 마디 더 하였다.

"아까도 행사 때에도 얘기하였습니다만 이제 우리 한우리는 발전 일로에 있습니다. 날개를 달았습니다. 정말 우리가 생각해도 놀랍습니다. 예상을 뛰어 넘고 속도가 빨라졌습니다. 가속이 붙었습니다. 한우리는 우리 동지들뿐이 아니고 이 마을 이 지역뿐이 아니고 전국적인 규모가 되었고 농민 농촌 농업뿐만이 아니고 사회 전 분야에 걸쳐 변화를 가져다주었습니다. 가령 통일이라고 하는 우리 민족적인 큰 과제도 농의 문제로 풀어나가야 한다는 현실이 부각되었습니다. 농촌을 개혁하고 발전시키는 문제에 머무는 것이 아니고 새 시대를 이끄는 신성장 동력이 되고 있습니다. 그러나 아직 난관이 많이 있습니다. 어려운 고비를 수 없이 넘겼습니다만 아직도 많은 고비가 남아 있습니다. 조금도 긴장을 늦추지 말고 계속 밀어붙여야 되겠습니다. 계속 박차를 가해야 되겠습니다."

그는 잔을 든 채로 일어서서 옛 동지들이 다 모인 자리를 휘이 둘러보았다. 전부 다 잔을 들고 말이 끝날 때까지 일규를 바라보고 있었다. 전부 내외였다.

"내가 말이 너무 많은 것 같으네요. 좌우간 오늘까지 수고들을 많이 하였으니 술도 더 마시고 회포를 풀면서 재충전을 하도록 해요."

모두들 들고 있던 술을 마셨고 술을 따라서 권하였다. 그에게도 남훈이 내외가 와서 술을 따랐다. 한동안 이것저것 남은 술을 모아놓고 서로 자커니권커니 하고 웃음소리가 커지고 떠들썩하였다.

그렇게 몇 순배 돌고 나서 다시 규호가 진행을 하였다. 지금까지 있어왔던 한우리의 발전과 형태에 대하여 문제점에 대하여 또는 좀 더 살려가야 할 점들에 대하여 그리고 뭣이 됐든 돌아가면서 한 마디씩 하라고 하였다. 평가를 하고 정리를 하자는 것이었다. 규호가 이야기의 폼을 제시하였다.

"이번 행사는 어떻든 한우리가 전국적으로 확대해 나가고 세계적으로 뻗어나가는 신호를 보낸 것이고 그것을 많은 분들이 와서 인정해 주었어요. 그런데 왜 그런지, 제가 계획을 세우고 추진하고 실무를 본 입장에서 말씀드리자면, 너무나 공허하고 두렵고 그랬어요. 우리보다 다른 사람들의 기대가 더 크고 과대평가를 하는 것 같기도 하고 좌우간 이렇게까지 그림이 그려진 것은 선생님의 힘이었는데 이제 우리가 그것을 채우고 구체화시켜야 될 것 같아요. 계획대로만 하면 계획한 대로만 되면 이것은 분명 혁명입니다. 농촌혁명이 아니고 사회혁명입니다. 지금 할 수 있는 것은 해야 되는 것은 계획 세운대로 밀어붙이는 것입니다. 계획을 또 자꾸 세우고 점검을 하고 수정하고 문제점을 줄여 나가야겠지요."

모두들 동의하는 박수를 쳤다.

이번엔 남훈이 일어섰다. 시키기 전에 일어선 것이다. 이 지역 국회의원이었다. 일규가 그 대신 추천하였고 한우리를 대표하는 인물로 일약 부상한 뭐라고 할까 실세였다. 그 얘기부터 하였다.

"어쩌다가 명사가 되었습니다. 다 선생님이 시켜준 것이기는 하지만 왜 저를 지목하여 그렇게 하신 것인지 곰곰이 생각해 보았습니다. 제가 특별히 그래야 될 이유가 없다는 것을 알았습니다. 그래서 더 큰 책임을 느낍니다. 그동안 많이 생각하여 제가 마음을 결정한 것이 있어서 이 자리서 발표합니다. 다른 뜻이 있어서 그런 것은 절대로 아니라는 것을 이해해 주시기 바랍니다."

그리고 남훈이 하는 얘기는 정말 의외였다. 전에 투자했던 자금 정도가 아니고 그 열 배도 넘는 전 재산을 한우리에 내놓겠다고 하였다. 한우리 발전기금이라는 명목이 아니고 통일준비자금이라고 하였다. 그것이 무슨 대가가 아니고 한우리에 모든 것을 바치겠다는 뜻이라고 하였다. 그것은 나중에 자녀들에게 물려주고 노후 자금을 남기고 하는 등의 모든 것을 다 여기에 내놓겠다는 것이었다.

모두들 박수를 치기보다 뒤통수를 둔기로 얻어맞은 듯이 멍하니 남훈을 바라보고 무슨 뜻인지 일규를 바라보는 것이었다. 일규가 일어섰다.

"너무 갑작스런 일이라 얼떨떨합니다. 그 좋은 뜻을 받아들이기에 앞서 좀더 신중히 생각해서 결정하기 바랍니다. 그리고 그렇게 결정한다 하더라도 그 소유자는 바뀔 수 없고 투자로 생각해서 일반적인 은행 금리 또는 특별 금리가 적용되도록 해야 될 것입니다. 한우리 원칙대로 하는 것입니다."

그의 말이 채 다 끝나기도 전에 박수들을 쳤다.

그래야 한다는 것이다. 신중히 더 생각해서 결정을 하고 분배원칙에 따르자는 데에 대해서 찬성을 하는 것이었다.

남훈이 아니라고 손을 저으며 말하였다. 벌써부터 생각을 하여 결론을 낸 것이고 가족회의도 마쳤다고 하였다. 그 얘기는 더 얘기하지 말라고 하였다.

이번에는 동의를 하지 않았다고 할까, 박수를 치지 않았다. 그러나 뭐 결의를 하고 안 하고는 관계가 없는 것이었다. 자리가 이상하게 되었다. 술렁이던 분위기가 가시고 대단히 무겁고 딱딱하여졌다.

뒤에 얘기한 것이지만 남훈은 따로 경영하던 회사도 다 접고 오직 한우리에 올린하겠다고 하였다. 회사의 자금력을 한우리에 다 쏟고 그 이상의 것을 이루겠다는 것이다. 정치를 하겠다는 것이라고 말하기도 하였는데 정치를 하는 데는 돈이 드는 것이고 여기에 다 쏟아넣고 뜻을 이루면 그것이 그것이라고 하였다. 그것이 더 낫다고도 하였다. 좌우간 그것을 계산이라 보지 않고 선택이라고 보았다. 다른 사람의 얘기였다. 남훈의 얘기 중에는 한우리에 자금을 투입하는 것이 많으면 그만큼 생산비가 줄어들고 경쟁력이 커진다고 했다. 너무나 당연한 얘기였다. 그리고 통일은 통일비용이 쌓여 있을 때 가능하고 자신부터 그것을 실천하고 싶다고 했다. 스케일이 상당히 커졌다.

분위기를 바꾸기 위해서인가 명환이 나와서 한 마디 하겠다고 하고서는 노래를 부르는 것이었다. '충청도 아줌마'였다. 그리고 윤애를 나오라고 해서 '정말로 사랑해'를 같이 부르는 것이었다.

"우리 금슬을 여러 동지들과 선생님께 확인시켜 드리겠습니다."

부르기 전에 그러기도 하였다.

정말 말로 할 필요가 없었다. 그 가사보다도 표정과 몸짓이 다 말해 주었다. 물론 웃자고 하는 얘기였다.

분위기가 확 달라졌다. 돌아가면서 일어서서 긍정적인 면 부정적인 면, 건의할 사항과 문제점을 한두 가지씩 얘기하였다.

그것을 규호는 사무팀을 시켜서 녹음하고 기록하기도 하였다.

나중에는 노래로 이어지고 내외 노래를 하기도 하고 종래에는 일규 내외의 노래를 시키기도 하는 것이었다. 그의 아내는 집에 있다가 호출이 되어서 왔고 한참 빼다가 노래를 하였다. 삼천리 강산에 새봄이 왔구나 농부는 밭을 갈고 씨를 뿌린다. 18번이었다. 그러나 이날은 그것으로 안 되었다. '아 목동아'를 다시 불렀다. 곡과 가사를 여성동지들이 나와 도와주었다.

그의 노래를 하는 것이 피날레가 아니었다. 한 가지 중요한 제안이 더 있었다. 일규로 하여금 좀 휴식을 취하게 하자는 것이었다. 오늘이 있기까지 그가 모든 것을 다 짜 내고 이끌어오고 하루 20시간 이상 잠도 안 자고 노심초사하며 하나하나 다 챙기고 일이 되게 하여 왔는데 이제 조금 쉬어도 되지 않느냐 하는 것이었다. 현희의 제안이었다. 문장이 길고 얘기가 길었다.

"이런 얘기를 하기가 참 어려웠습니다. 좀 쉬라는 것은 생각하기에 따라 뒤로 물러앉으라는 것으로 볼 수도 있는데 그런 것이 절대로 아니고 말 그대로 안식년을 드리자는 것입니다."

정말 이것도 너무나 당연하고 좋은 제안이고 의견이지만 또 너무 의외의 제안이었으며 아닌 게 아니라 그런 오해의 소지도 없는게 아니었다. 이 한우리를 출발시킨 동지들 가운데 참 누가 더 친하고 덜 친하고가 없지만 그래도 규호와 현희가 가장 가까운 것은 자타가 인정하고 있었다. 그래봤자 뭘 더 돌아가는 것도 없고 일만 더 하는 것이지만 현희가 솔직하게 얘기하여 애교로 보아줄지 몰랐다.

모두들 너무나 좋은 생각이라고 찬사를 보내며 박수를 쳤다. 그리고 그것을 수락할 때까지 박수를 치는 것이었다.

선뜻 응하지 않자 규호도 한 마디 거들었다.

"참 좋은 생각입니다. 선생님은 쉬시라고 해도 쉬실 분은 아닙니다만은 정말 너무 늦은 대로 저희 청을 들어주시기 바랍니다. 어디 계시든 지시만 하시면 잘 따르도록 하겠습니다. 저희가 마음 대로 하려는 것이 아닙니다. 염려 마시고 지치신 심신을 조금만이 라도 내려놓으시기 바랍니다."

부창부수였다. 내외가 짜고 하는 것 같았다. 그러나 규호도 정 말 너무 의외의 아내 현희를 칭찬하며 그 의견을 관철시키려 하 였다. 다른 사람도 다 나서서 그래야 한다고 했다. 말이 끝날 때 마다 박수를 쳤고 박수는 계속 끊이지 않고 이어졌다.

일규는 하는 수 없이 일어섰다. 그냥 가만히 있을 수는 없었다.

"여러분의 마음은 잘 압니다. 왜 그렇게 하라는 뜻도 잘 압니다. 그러나 사실은 피로하긴 하지만 하루하루 달라지는 모습을 보고 있으면 기운이 펄펄 납니다. 쉬면은 그냥 주저앉을지도 모릅니다. 어떻든 여러분들의 뜻을 잘 따르도록 하겠습니다."

그러니 뭘 어떻게 하겠다는 것인지 알 수가 없는 대로 다시 박 수를 쳤다.

눈물이 나도록 고마운 말이었다. 현희의 마음이나 말이 너무도 고맙고 눈물이 났다. 정말 이뻤다. 도무지 그동안 어떻게 살았는 지 모르겠다. 부웅 떠서 지낸 것 같다. 일이 아니었더라면 벌써 쓸어졌을 것이다. 옆에 동지들이 받쳐주지 않았더라면 몇 번이고 쓸어졌을 것이었다. 그러나 그가 말한 대로 쉬면 안 될 것 같았 다. 쉬면 정말 쓰러질 것 같았다. 그러나 현희뿐 아니라 박수를 치는 모든 동지들이 너무 대견스럽고 고마웠다. 그들의 말을 어떻 게 거역한단 말인가.

"좌우간 고마워요. 나대로 생각할 시간을 좀 주어요. 여러분들 의 뜻을 존중하도록 할게요."

다시 박수를 쳤다. 이번에는 모두들 일어서서 소리를 지르며 박수를 쳤다.

그것으로 모임이 끝났다. 더 오래 얘기를 하고 밤새도록 토론을 하고 싶었지만 그것도 일규가 있는 자리에서 일규를 위하여 이 정도에서 끝내기로 하였다. 규호가 그렇게 선언한 것이다. 또 다시 남아 만나고 하는 것은 어떻게 되었든 공식적인 모임은 이것으로 끝낸다고 하였다. 그러며 가는 것은 내일 가고 잠을 같이 자자고 하였다. 오랜만에 만난 것이다.

다시 박수를 쳤다.

말하자면 공식적인 모임은 아니지만 다시 눌러앉아 밤을 새웠다. 내외가 같이였다. 마치 동기간이 무슨 때에 만나 화투를 하듯이 화기애애하게 시간을 보내었다. 거기서도 술을 마시는 것 외에 다른 얘기를 하지는 않고, 한우리에 대한 문제점 발전방향 등에 대하여 편안하게 말하였다. 일규를 다시 불러오자고 얘기하였지만 정말 좀 쉬게 하자고도 하였다.

일규를 비판하는 얘기도 하였다. 도대체 너무 주저앉으려고 한다는 것이었다. 한우리를 위하여 더 나서야 한다기도 하였다. 인사권은 내려놓아야 한다기도 하였다.

그런 얘기만 하지는 않았다. 그냥 쉬기만 하라고 할 것이 아니라 세계일주 여행을 하도록 하면 어떻겠느냐고 하였다. 윤애가 얘기하였다. 정말 좋은 생각이라고 하였다. 윤애가 계획을 세워 주선을 하라고 하였다. 돈은 남훈이 대겠다고 했다. 그것은 공금으로 해야 된다고 하였다. 돈을 다 내놓는다면 무슨 돈이 또 있느냐는 농담도 하였다.

새벽닭이 울 때까지 난상토론을 하고 그동안 쌓인 이야기들을 토해 놓았다. 더러 불만과 고민을 털어놓기도 했고 건설적인 얘기로 돌아가기도 했다.

또 다른 시작

일규는 모두들 그렇지 않다고는 하지만 조금 물러앉으라는 말로 새겨들었다. 왜 앉아 있기만 하느냐는 얘기로 자위하기도 하였다. 어떻든 지금은 물러날 수가 없었다.

아직 할 일이 많았다. 사실 이제 불이 붙은 것이다. 불이 활활 타오를 것이다.

"그때까지."

그는 혼잣말을 하였다.

"그때까지 화부 노릇을 해야 돼. 그리고 재가 되어야지."

누가 묻기라도 하는 듯이 대답하였다. 그리고 되물었다.

"아직 끄떡없지 않느냐. 무슨 문제가 있느냐."

그는 고개를 좌우로 흔들었다.

그리고 다시 고개를 끄덕였다.

아무 문제가 없으며 정말 재가 될 때까지 뛴다는 것이었다. 분골쇄신 아직 더 뛰어야 된다는 것이었다. 너무도 당연하고 뻔한 결론을 며칠 새벽에 등산을 하며 생각을 하고 내린 결론이었다.

마을 뒷동산을 오르고 내리었다. 앞 동네를 가로막고 우뚝 솟아 있는 황학산을 정상까지 올라서 생각하였다. 정상에 올랐다가 내려오면서 바람재에서 마을을 내려다보며 소리를 질렀다.

"그래?"

"그래! 맞아? 맞아!"

지치고 허기가 나서 돌아온 그에게 여행 스케줄을 얘기하는 것이었다. 윤애였다. 그의 내외가 6개월 세계 일주를 하라는 것이었다. 출발일시만 정하라는 것이었다.

"한 마디 물어보지도 않고."

웃으면서 말하였다. 따지는 것이 아니었다.

"예 그렇게 되었어요. 그리고 뭐 상의할 것이 없어요. 선진국 후진국 골고루 다 돌아보시도록 짰으니까요. 얼마든지 중간에 변동할 수도 있고요."

윤애도 웃으면서 말하였다.

"그러니 뭐 볼 것도 없네."

"네. 맞아요. 선생님."

함께 한 바탕 웃었다.

그는 세밀하게 짠 스케줄을 대충 훑어보았다. 그리고 그의 아내에게도 보여주라고 하였다.

"네. 그러겠습니다."

실은 아내도 세계일주 여행을 보내준다는 것을 들었고 그에 대한 얘기를 준비해 두었던 것이다.

아내는 그를 혼자 갔다 오라고 하였다. 그럴 염치가 없다고 하였다.

"신혼 기분으로 갔다 옵시다."

그가 웃으면서 그렇게 말하였다. 진심을 말하는 것은 아니었다.

아내는 그것을 알고 있었다. 그들은 신혼여행도 가지 못했던 것이다. 그때 형편도 좋지 않았고 미뤘다가 제대로 한번 가려고 했던 것이다. 세계여행을 가자고 허풍을 떨기도 했었다. 그랬던 것이 1년 2년 계속 미루다가 못갈 데를 가고 말았다.

"아직 촛불을 켤 때가 아니에요."

"그럼 언제 켜지요? 이러다가 무덤에 가서 켜게 될지도 모르겠어요."

"그게 당신의 본 모습이에요."

"그게 불만이에요?"

"아니에요. 이제는 아니에요."

"화나요?"

"아니에요. 그런 것도 다 말라비틀어지고 없어졌어요. 얼굴을 보면 알 수 있지 않아요?"

"그래요. 얼굴은 그래요."

조금도 화난 얼굴이 아니었다.

"제가 가고 싶은 데는 그런 데가 아니에요."

"어디 가고 싶은 데가 있어요?"

"있어요."

"어디에요?"

"천당이요."

"천당? 천당은 내가 보내줄게요."

그는 아내의 구닥다리 니트 치마를 훑어보며 짓궂은 웃음을 흘리었다. 그러다 아내의 눈에서 떨어지는 눈물을 보았다.

"그런데 저는 못 갈 거예요. 너무 모질게 굴러서 안 될 거예요."

거기 가서 재두를 만나려는 것이다.

그도 눈물이 나왔다.

"우리 산에 갈까?"

"그럴까요?"

그것은 의견이 같았다.

두 사람은 가벼운 등산 차림을 하고 미역뱅이 재두의 무덤에를 갔다. 무덤도 아니었다. 먹던 밥식기를 묻고 작은 소나무를 캐다 심어 놓은 것이다. 그것이 녀석의 표적이었다. 아버지 어머니 묘 옆이다.

두 사람은 재두의 나무 앞에 가서 마구 소리 내어 울었다. 아버지 어머니 묘에도 인사를 하고 한우리 행사들을 보고하였다. 그 위에 있는 할아버지 할머니 묘에 가서도 절을 했다. 가까운 곳에 있지만 올 사이가 없었다.

재두의 소나무 앞에 다시 한동안 퍼질러 앉아 있었다.

"술이라도 한 병 가지고 올 걸 그랬어요."

아내가 얘기하였다.

"그랬네요."

녀석이 살아 있으면 지금 마흔 둘이다. 너무도 그 빈자리가 컸다. 그동안 그것도 잊고 살았다. 생각하면 너무나 고통스러웠다. 사람 하나의 값이 몇 억만금도 넘었다. 돈으로 살 수가 없었다. 가령 그때 몇 백 만 원이 필요할 때가 있었다. 그것을 해결했더라면 어떻게 되었을지 모른다. 아니 그보다 더 적은 것으로도 해결할 수 있는 것이 있었다. 등록금이라든지 여행비라든지, 등록을 두 번 할 수도 있었다. 대학을 두 번 보낼 수도 있었다. 그때 멀리 여행을 보낼 수도 있었다. 세계일주 여행은 아니더라도 그랬더라면 어떻게 되었을까. 알아서 돌아와라, 돌아오고 싶을 때 돌아와라, 그랬더라면……. 물론 그럴 사정이 되지는 못하였다. 그는 갇혀 있었고 아내는 우울증에 걸리고……. 이제 와서 그런 가정법이 무슨 소용이 있단 말인가. 코를 푼 휴지만도 못한 것이다.

얼마나 말도 없이 앉아 있다가 설설 걸어내려왔다.

아내가 뒤따라 왔다.

"저어 우리 여행비를 좀 달라고 해 가지고……."

"그래 가지고"

그가 아내를 돌아보았다.

"장학금 같은 것 하나 만들면 어떨까요?"

장학금이라…… 좋은 생각인 것 같았다. 이날따라 아내가 다시 보이는 것이었다. 꼭 그런 것이 아니더라도 녀석을 위해 뭐라도 하나 만들어 놓는 것은 좋을 것 같았다.

허전해서가 아니었다. 뭐가 됐든 하면 의미가 있는 것이고 안 하면 의미가 없는 것이었다. 해도 잘 못하면 마이너스가 되기도 한다.

"그래애?"

"그래요."

"그런 거야 우리가 만들면 되잖아요? 크게 벌이지 말고."

"크게 벌이자는 것이 아니고, 걔는 순전히 농촌 어떻고 땅이 어 떻고 하는 바람에……."

그랬다. 정말 이제 그것이 보였다. 그 안에서도 녀석을 농촌에 주저 앉혀 보려는 희망을 버리지 못했고 너무 외통수로만 몰고 갔던 것이다. 아내는 그 생각을 잊어버리지 않고 있는 것이다. 그 래서 말하자면 한우리와 무관하지 않다고 생각한 것이었다. 그에 게는 또 다른 생각이 하나 있었다. 녀석이 그렇게 되고 한 번도 얼굴을 보이지 않았었는데 결혼을 했다고 했고 아이도 있다고 했 는데 어느 시기 아이가 나타날지 모른다. 그가 가진 것이 하나도 없고 아무 존재가 없다면 모르지만 뭐 이러고저러고 하고 있으니 어떤 때 대비가 필요할지 모른다. 한번 법률 팀에게 물어보았던 것이고 아내에게 얘기했을 때는 생각하고 싶지도 않다고 했다. 지금 그 얘길 꺼낼 필요는 없는 것 같다.

"그래요. 생각해 봅시다."

아내 보고 추진해보라고도 했다. 물론 결정은 그가 하는 것이었다.

그 얘기는 그렇게 어려운 것이 아니었다.

그렇게 해서 세계일주 여행 얘기는 자연스럽게 들어가게 되었다. 어디 한 두 군데라도 외국여행을 하라는 것도 쉽게 사양할 수가 있었다. 국내 여행을 한 번 하겠다고 하였다. 그럼 그렇게라도 하라고 했다. 제주도나 경주나 홍도 같은 데 어디고 다녀오라고 하였다. 그런 것은 아니고 한 군데 갈 곳이 있었다. 먼 곳이 아니었다.

장쇠, 원장쇠를 만나러 가는 것이었다. 물론 묘를 찾아가는 것이었다. 가서 찾아뵈어야 하는 것이다. 며칠이 걸릴지 모른다.

그러나 아내는 거기는 가지 않겠다고 하여 다른 데를 다녀왔다. 인천 바다 바람을 쐬고 온 것이다. 월미도를 바라보며 거기서 미군 하우스보이 일을 했었다고 얘기해 주었다. 그런 유의 과거 얘기는 아내에게 하지 않았었다.

그의 여행은 그렇게 급할 것도 없었다. 적당한 시기에 가면 되는 것이었다. 혼자 가기는 좀 밋밋하였지만 그렇다고 바쁜 사람들을 데리고 갈 수가 없었다. 순덕에게 한 번 물어보았다.

"정처 없는 여행을 한 번 안 하시겠어요?"

"누구랑 말이라요?"

"둘이서 같이 가는 거지요."

"참 싱겁기는 여전하시구만. 철이 덜 드셨나, 원."

"나이가 얼마나 됐다고 그래요? 이제 반 조금 더 살았는데요,

뭘."

"도대체 몇 살을 살려고 하는데요? 아니 그래 마누라한테 허락 받고 하는 얘기라요?"

"해해 참, 걱정도 많으시네요. 생각은 있으시구만요."

식당 일을 도와주러 왔던 순덕과 얘기를 하다가 한번 길마재 순덕의 집으로 찾아가서 요청을 하였다. 진심에서 하는 말이며 아내에게 허락은 받지 않았다고 했다.

"그 사흘 삶은 호박에 이도 안 들어가는 소리 하지 말고 술이나 한 잔 해요."

방금 빚은 술이라고 하였다. 아직 개봉을 하지 않은 동동주였다. 무슨 인연인지 모르지만 그가 갈 때는 술이 막 익고 있었다.

언제부터인가 술은 집에서 팔지 않고 담아서 대 주는 일을 하여 수입을 올리고 있었다. 한우리에 나오면서부터인 것 같다. 한우리에 나오면서 전국적인 고객이 있었고 근방에서도 주문이 밀려 손수 할 수 있는 양만 주문을 받았다.

술이 입에 착 달라붙었다. 안주는 우엉 뿌리를 졸인 것도 있고 다른 것도 있었지만 지난 번 한우리 행사 때 가지고 왔던 꿀에 잰 인삼을 내놓았다.

"그날 가져간 찌꺼리기라요."

좋은 것을 한우리 행사 상에 올려놓겠다는 마음이 보였다.

그것도 참 일미였다. 혀에 짝 달라붙었다.

"좀 같이 들어봐요."

"그래요. 뭐 까짓꺼."

"누가 뭐 어쨌어요?"

"그래 어쩌지 않으면 누구 머리채를 잡는 꼴을 볼라고 그런 소리를 하는 기라요?"

순덕은 어느 사이 화사한 옷차림을 하고 있었다. 속이 다 비치었다.

"그냥 해 본 소리가 아니고 진심이라요."

"그러면 도대체 뭘 어쩌자는 기라요?"

"주문이 하나 있어요."

"주문이요?"

언젠가 여기 와서 아이를 하나 낳아 달라는 얘기를 했고 싱겁다느니 소금이 있느냐느니 한 적이 있었다. 그것을 잊었을 리는 없지만 서로 말을 하지는 않았다.

"좋은 술 시게 만들지 말고 그냥 들고 가요."

"그럴까요?"

정말 술맛이 너무도 좋았다. 얼마든지 들어갔다.

그러나 그녀의 말대로 얌전히 마시고 일어섰다. 생각이 있어서였다. 그리고 날씨가 좋은 어느 날 충주 근처 장쇠의 묘를 찾아가는 여행을 같이 갔다. 며칠 곱게 물든 단풍 구경을 하고 온천에도 다녀왔다.

여행의 힘인가. 그 며칠을 제하고는 하루 한 시도 빠지지 않고 한우리 일에 전념하였다. 좀 쉬라는 제안에 대한 의견을 받아들여 전면에서 목청을 높여 지휘하지는 않았고 뒤에서 점검을 하였다. 그러나 한 오라기도 지나치지 않고 체크를 하였고 개선을 하도록 하였다. 이제 개혁이 아니고 개선에 주력했고 철저히 뿌리부터 고쳐야 할 것은 다시 시작하게 했다. 어쩌면 전보다도 더 강도 있는 것이었다. 지역에 주력하기도 하였다.

지역 관리도 아주 치밀하게 계획을 세워 순회를 하였다. 그 일정을 짜고 기획을 하는 팀을 구성하여 추진하였다. 하루도 비어 있는 날이 없이 뛰어다니도록 되어 있었다.

전국 지역을 뛰는 것을 알고 현희가 또 염려가 되어 체크를 해 주는 것이었다.

"괜찮으시겠어요?"

"뭐가?"

"너무 무리하지 마세요."

그리고 좀 쉬라고 하는 것은 물러앉으라는 것이 아니라고 다시 설명한다. 지방으로 도는 것을 알고 하는 얘기였다.

"알아. 왜 내가 자네 말을 못 알아듣겠나? 다른 사람이 하기 곤란한 말을 자네가 한 것도 알고 있어."

옛날 어투로 말하였다.

"선생님!"

현희는 눈물을 한 방울 흘리며 다시 하나를 제의하는 것이었다. 검진을 받는 것이었다. 건강검진 말이다. 일급 의료시설을 갖추어 놓고 전국에서 환자들뿐 아니고 건강검진을 받기 위해 이리로 오고 있었지만 정작 그는 한 번도 병상에 누어 본 적이 없었다. 과신을 하여서가 아니었다. 그럴 마음의 여유가 없었던 것이다. 여러번 제의를 받고도 응하지 않았던 것이다.

"내가 그렇게 염려스러운가?"

"그게 아니고요, 선생님. 제 말을 잘 들으시잖아요? 아셨지요?"

훤희가 애원하는 눈빛으로 말하는 것이었다.

"자네는……"

마누라보다 낫다는 얘기를 할 뻔하였다. 그래서는 안 되었다. 현희에게는…….

현희는 이미 준비를 다 해 놓고 말한 것이었다. 그를 데리고 바로 병원으로 가는 것이었다.

며칠 입원을 시키는 것이었다. 내시경도 보고 MRA도 찍고 최신 설비로 내과 정신과 뭐 할 수 있는 것을 다 하였다. 독감 폐렴 예방주사도 맞았다. 결과는 대체로 이상이 없었다. 달고 다니는 위궤양은 약을 먹고 술을 줄이면 된다는 것이었다.

"이제 술도 좀 줄여야지."

"그래요. 선생님. 고마워요."

현희는 이제 눈물을 주르륵 흘리며 웃는 것이었다.

전국 지방 순회에 올인하며 힘이 생기었다.

검진은 새 시작의 자신감을 안겨주었다.

겨울이 되고도 열기가 계속되었다.

■ 작가의 말

『농민』과 『농민 21』

이야기의 전말

장편소설 『농민 21』의 제목을 「벼꽃 질 무렵」으로 하나 더 붙여 본다. 원래 그렇게 제목을 붙인 의도가 있고 지금이 순간도 그것을 바꾸고 싶지 않지만 아무래도 좀 딱딱한 것 같아 부드럽게 부제목을 붙인다.

아무리 주물러도 미흡하고 마음에 차지 않는 대로 얘기를 일단 끝내었다. 더 쓰고 싶고 고치고 싶은 것이 있으면 2판에서 하면 된다. 기약은 없지만 늘 출판을 할 때마다 이리저리 다 뜯어고치었던 것이다. 그런 것을 믿고 대충 쓰고 있는지 모른다.

발자크는 그의 모든 소설을 「휴먼 코메디」라는 큰 제목 밑에다 집어넣고 새로 썼다. 그것을 아직 다 읽어보지는 않았지만 대학의 선배이기도 한 평론가 김송현의 학위논문 교정을 보아준 적이 있다. 지금 와서 새삼 그런 작가의 심정이 이해가 되고 실감이 난다. 그러나 나의 경우도 그렇게 할 것인지에 대하여는 생각해보지 않았다. 그런 것은 상상이 안 된다. 정열이 식어서 그런지 모르겠다. 다시 고쳐 보지만 조금 지나면 또 마음에 안 들고 다시 고치게 된다. 그래서 그런 것도 아니고 아직 쓸 것이 너무도 많아 그럴 시간이 없다.

작품이란 언제나 중간 보고서이다. 산 만큼의 인생을 보고하는 것이다. 앞으로 얼마나 더 쓸지 얼마나 더 살지 모르지만 늘 하던 대로 책으로 출간을 할 때 최대한으로 못다 한 말을 집어넣어 고치고 재판할 때 또 고치고 하는 노력을 하게 될 것이다.

『농민 21』을 6년여 〈농민문학〉에 연재를 하며 발표한 것이다.

여기저기 연작으로 쓰려고 하였지만 그러지는 못하고 한 군데 쓰는 것도 늘 시간에 쫓기곤 했다. 그동안 쓴 다른 작품과는 달리 이 작품 구상은 좀 특별한 데가 있었다. 은사인 이무영 선생님의 작품 『농민』의 후속을 쓰겠다고 한 것이다. 그렇게 약속을 하고 공언을 하였다. 무영문학상을 받을 때도 그렇게 얘기하고 〈한국소설〉의 권두언에도 그렇게 썼다. 그것에 대한 말하자면 약속을 지킨 것이다. 약속이나 신의를 지키는 것보다 더 중요한 것은 내용이라고 할 수 있는데 그것은 독자 여러분이 평가할 몫이다.

서술의 편의를 위하여 선생님과 다른 작가들의 경칭은 생략하며 이해를 구한다.

처음 연재를 시작하면서도 밝히었는데 장편소설 『농민』은 3부작으로 제1부는 『농민』이고 제2부는 『농군』 제3부는 『노농』이다. 제1부만으로도 대표작으로 평가되고 있지만 5부작으로 쓰려고 했다고 밝히고 있다. 어떤 면으로든 그 작품의 후속을 쓰겠다는 마음을 먹은 것은 여러 가지 계기가 있었지만 좀 무모하였다.

한국일보에 「이화에 월백하고」 연재 중에 작고한 안수길의 미완으로 끝난 후속을 유현종이 써서 책으로 내었고 조선일보에 연재하다 투옥으로 중단된 이기영의 「고향」 후속을 김팔봉이 썼다고 들었다. 『바람과 함께 사라지다』의 속편 『스칼렛』을 오랜 뒤에 다른 사람이 써서 책으로 내었다. 『레미제라블』의 현대판인 「20세기 레미제라블」을 영화로 만든 것을 보면서 『농민』 제4부를 쓰겠다는 생각을 구체적으로 하게 되었다. 마침 가까이 지내는 백결이 그 영화를 수입하고 시사회를 할 때 동인들을 초대하여 같이 보았다. 그 때 제목이 떠올랐다. 『농민 21』이었다. 21세기 『농민』이라는 거창한 뜻이 들어 있었다. 그렇게 공언도 하고 여기저기에 쓰기도 한 것은 스스로에게 구속되기 위해서이다.

그렇게 시작된 것이 『농민 21』이다. '연작 연재를 시작하며'에서 지금 쓴 것과 같은 사연을 썼다. 그리고 이무영의 『농민』 연작에 대한 문학사적 의의, 『농민』의 줄거리, 주요 등장인물 구도를 소개하였다.

그리고서 『농민』 4부 『농민 21』을 쓰기 시작하였다. 『농민 21』이 『농민』의 후속이라는 것을 그렇게 밝히었다. 〈농민문학〉의 연재는 2회 '농민의 후예' 부터가 본문이라고 할 수 있고 1회에 실은 글은 책으로 묶으면서 뒤에 부록으로 돌리었다.

『농민 21』의 서두도 『농민』의 서두처럼 썼다.

"일규가 돌아왔다."

"일규가 나타났다."

『농민』과 패턴을 같이 하기 위해서이다.

장쇠 대신 일규를 등장시켰다. 마을의 위협적인 존재의 출현을 알리고 공포 분위기를 예고하는 것으로 시작을 하였다. 장쇠, 원장쇠는 『농민』의 주인공이다.

그리고 원장쇠와 이일규의 관계를 연결하며 이야기를 전개시켜 나갔다. 소설 속의 인물과 실제 인물의 접합이었다. 둘 다 소설이기는 마찬가지지만 소설 『농민』 속의 인물 장쇠와 전혀 다른 곳 다른 시간에 살고 있는 일규를 만나도록 구성한 것이다.

충주 근방에 사는 장쇠의 손자(만석의 아들) 일승과 같은 시간에 영동 산골에서 태어난 일규의 인연에다가, 일규의 아버지와 장쇠가 3.1만세사건으로 같은 감옥에 있었던 관계를 설정하여 일규가 장쇠를 찾아 만나도록 하고 장쇠의 후일담을 듣는다. 땅에 한이 맺힌 인물이었다. 땅과 한과의 연결이었다. 그리고 『농민』의 꽃이라고 할 수 있는 장쇠와 미연의 사랑을 이어 보았다.

다 설명하면 독자의 읽는 재미가 줄어들지만, 일승은 이 소설에서 설정한 인물이다. 만 섬과 한 되의 네이밍이며 일규는 한 이랑이라는 뜻이다. 원래 이랑 휴畦이지만 류승규는 '규'로 쓴 이무영의 해방 후 첫 제자인 류승규를 의미에 담았다.

그런 『농민』의 전후 관계는 땅의 문제로 연결되고 땅의 한을 풀어나가는 개혁을 실현해 가는 이야기를 전개하였다. 땅과 기술력과 자금, 노동력을 합하여 분배하는 공동체를 확대해가는 것이었다. 『농민 21』은 『농민』에서 말하려고 했던 땅이란 무엇인가, 농農이란 무엇인가 하는 답을 오늘 다시 생각해 보는 이야기이다.

소설이란 가능한 세계의 이야기이다. 모든 가능성을 동원한 이야기이다. 『농민 21』은 농촌 농민 땅의 문제에 대한 21세기 가설이다. 얼마만큼 공감을 하느냐 하는 것은 이야기 방법에 달렸고 충실한 자료의 탐사가 좌우한다. 그런 것을 독자의 의견을 들어 보완해가야 하겠다. 많은 충고와 제보를 바란다.

그런데 문제는 이 『농민 21』이 『농민』 4부로서의 위치를 가질수 있느냐 하는 것인데, 그것도 독자들이 판단할 일이다.

『농민』 연작에 대하여

먼저 이무영의 『농민』을 소개하고 그 후속을 쓰는 것이 순서일것 같아 두세 번 전집으로도 나왔고 잘 알려진 소설 『농민』 연작에 대한 이야기부터 시작을 하였다.

이무영의 대표작 중의 하나인 장편소설 『농민』은 대하소설로 1950년 한성일보에 연재 발표하였고 1954년 대한금융조합연합회의 '협동문고'로 처음 출판되었다.

충주 근처의 미륵동과 탑골을 무대로 설정하고 김승지와 박의관 두 토호의 빈민들을 착취하고 불법 적악을 일삼는 농촌의 실상을 부각, 농민의 울분사를 편성해 보이고 있다. 주인공 원장쇠는 아내 금순이 욕을 당하고는 분하여 목을 매어 자살한 데다가 근거도 없는 죄를 잔뜩 뒤집어쓰고 김승지네 집에서 죽도록 매를 맞는다. 장쇠는 분연히 집을 나가 당시 전국적으로 그 세를 뻗쳐 가던 동학군에 가담하여 3년 후 일당을 거느린 두목이 되어 미륵동 뒷산에 나타난다.

이야기는 여기서부터 시작되는데 장쇠는 계획대로 김승지의 부자, 박의관의 부자, 그의 아내를 유괴해 갔던 노랑할멈 등을 연행해다가 그들이 사용하던 형구로 설분의 벌을 가하며 대갈하여 속죄를 시킨다. 그들의 눈앞에서 종문서와 빚문서를 태우면서. 마을 사람들이 그 소식을 듣고 산으로 몰려와 자기들 손으로 죽이겠다고 아우성을 치는 바람에 장쇠는 자기의 신분을 밝히고 진정시켰다. 장쇠가 김승지네 집에서 죽을 매를 맞을 때에 한사코 아버지 김승지를 움직여 풀려나게 한 미연은 장쇠를 마음속으로 사모하고 있는 터이다. 그런데 김승지를 죽이겠다고 소리치는 군중들 속에서 "우리 장쇠하고 미연이를 혼인만 시킨다면 살려도 좋다" 고 하여 남장을 하고 나타난 미연은 그렇게 하겠다고 한다. 군중들은 얼마간 잠잠하다가 다시 소란을 피우는데 동학군을 좇아 나타난 관군의 북소리가 들린다. 마을 사람들이 몸을 피하느라고 소동을 벌이는 동안에 미연은 자기의 아버지를 구하고 장쇠는 다시 잠적하게 된다.

천민이요, 빈농이지만 불의를 참을 수 없는 민중을 대표한 장쇠는 김승지, 박의관이라는 이름으로 대표되는 양반 지주의 행패에 맞서 항거하며 통렬하게 매도하고 있다. 이것은 탐관오리의 학정에 시달린 농민 대중이 반란을 일으킨 동학란의 호국제민의 의지와도 맥을 같이 하는 것으로서, 미륵동과 탑골은 하나의 정부로,

김승지나 박의관은 다스리는 계층으로 상징되고 있다.

억울하고 절통한 사정을 관가에 고발을 할 수도 없는 농민들, 자위와 체념 속에 죽어 사는 백성들의 생활을 리얼하게 그려 내어 그들의 울분을 표현해 보려는 현실 의식과 19세기 초의 우리 나라 농촌을 배경으로 한 미륵동 탑골이라는 소우주화된 사회와 김승지, 박의관이라고 하는 조정에 동학란을 발발시켜 장쾌하게 끓어앉힘으로써 부패와 부정을 척결하고 저항적 의지를 분출하는 역사의식, 사회 의식을 강하게 나타내고 있다.

이것은 이무영의 기념비적인 작품인 「제일과 제일장」, 「흙의 노예」에 나타난 농촌의 현실, 흙의 사상, 농민 정신의 승화에서 그 뿌리를 근원적으로 추적하여 역사적 현실, 민족적 현실로 부각하려 한 것이다.

장편 소설 『농민』은 대하소설 『농민』 5부작의 제1부에 해당된다. 제2부는 『농군』으로 1952년 서울신문에 발표되었고, 제3부는 『노농』으로 1954년 대구일보에 발표되었다. 『노농』의 연재 초두 1~4회까지 『농민』『농군』의 대강 이야기를 쓰고 끝에 '『농민』 제3부 끝' 이라고 기록하여 세 작품이 연작임을 밝히고 있다. 그래서 『농민』은 『농민』『농군』『노농』을 포괄하는 제목이기도 하다.

『농민』이나 『농군』은 다 같이 장쇠가 미륵동에 들어왔다는 소문으로부터 시작된다. 『농민』에서 동학군이 되어 3년 만에 들어오는 것처럼 『농군』에서는 관군한테 피해서 사라졌던 장쇠가 다시 농군이 되려고 들어오다가 마침 일본이 합병을 하려들어 의병 대장이 된다. 악명 높은 김승지의 토호질은 계속되고 양민들의 원성은 더욱 높아간다. 장쇠가 의병 대장이 되어 미륵동에 나타났으나 국운은 이미 기울어 한일합방이 되는 것을 보고 다시 구름처럼 사라진다.

『농민』에서 양민들의 토호질을 대갈하던 장쇠가 『농군』에서는 한일 합방이라는 방향과 차원이 다른 대상, 즉 농민의 울분이라기 보다는 민족의 통분을 해소하고자 한다. 이것은 역시 작자의 사회 의식, 저항 의식으로 분출된 강력한 이상의 표출이라고 하겠다.

『농민』 제3부 『노농』에서는 그런 욕구가 더욱 현실화되고 적극 적으로 전개되는 것을 볼 수 있다. 극성스런 김승지의 토호질이 명이 다하여 끝이 나는 대신 사촌인 서울댁이 들어와 더욱 약삭 빠른 지주 노릇을 한다. 탑골의 박의관도 병석에서 일어나지 못하 였다. 장쇠가 관헌의 눈을 피해 다시 들어온 때는 마을에 많은 변 화가 있었다. 그의 아버지는 너무 늙었고 어머니는 이미 세상을 떠났다. 장쇠는 일양의 협력을 얻어 보를 수축, 토끼섬에서 물을 끄는 공사를 진행한다. 그것은 그의 아버지 원첨지가 계획했던 것 이지만 혼자 힘으로는 너무 벅찬 것이었다.

한 집에서 스무 품, 서른 품을 내어 물을 끌어 옥답으로 만들자 는 것이었다. 그것이 실현되면 밭을 모두 논을 만들어 수백석지기 가 되는 것이었다. 그러나 그것의 열매를 보지 못하고 노농 원첨 지는 세상을 떠난다.

시집으로 소박을 맞고 돌아온 미연은 서울댁의 허욕으로 골방 으로 밀려나고 나중에는 자살까지 기도를 한다. 그러나 그녀는 장 쇠에게 구출되어 종적을 감췄는데 서울서 밀사를 보낸다.

"이 일대는 원동지가 다 맡아서 해 주시오. 따로이 연락이 없으 면 3월 초하루부터 시작이 되는 것이니까 되도록은 장날을 이용 해서 많은 사람들을 동원해 주시오."

밀사의 말이다. 장쇠는 일양에게도 그 사실을 알려 3.1만세 계 획을 수행하는데 장쇠의 아들인 만석이도 밤에 몰래 태극기를 그 리고 있는 것을 발견한다. 그 후 장쇠는 관헌에게 발각되어 피투성이가 되어 개처럼 끌려 다녀야 했다. 그러나 밤에 산에는 삥 돌아가며 봉화불이 오르고 군중이 모였다. 군중을 동리로 들어오며 만세를 불러대었다.

"대한 독립 만세."

"만세."

그들은 주재소를 에워싸고 서울댁으로 쳐들어간다. 그러면서 군중들은 대한 독립 만세를 소리 높여 불러댄다.

여기서 장쇠는 가난에 시달리는 농민들을 구원하기 위해 보를 만들어 물을 끌어올리는 공사를 한다. 그리고 많은 사람들의 질시와 저주의 대상이던 일양이 발벗고 나서서 헌신적으로 일을 하도록 한다.

그것은 김승지나 새 지주에게 당하는 수모를 씻는 모습이기도 하다. 또 그들에게 시달리던 핍박 이상으로, 농민을 짓밟는 일본 제국주의에 대한 항거로 이어진다. 뿐만 아니라 악명 높은 김승지의 딸 미연이와 박의관의 아들 일양이 농민들을 도와 주고 나중에는 항일 운동을 하게 함으로써 민족의식 앞에 융화된 인간적 면모를 부각시키고 있다.

대하소설 『농민』은 미완으로 끝나게 되었지만 동학란, 한일 합방, 3.1운동 등의 민족사적인 배경에 농민의 수난사 또는 저항사를 생동감 있게 형상해 주고 있다. 노농인 아버지 원치수, 농군 장쇠, 그리고 아들 만석, 이런 농민 3대의 박해받는 농민의 이상, 민족의 열망이 장쇠의 출현으로부터 관군, 왜군 등에 쫓기는 절박한 상황으로 절정을 이루는 좌절의 반복 플롯 속에 포용되어 있다. 그리고 아내를 억울하게 빼앗긴 장쇠와 그런 박해를 가한 김승지의 딸 미연과의 긴 템포의 애정, 또 박의관의 아들과의 3각 관계, 적대감을 초월한 인간관계가 강렬한 주제 의식에 의해 생동감을 띠지 못한 대로 폭넓은 생의 음영을 보여 주고 있다.

「제일과 제일장」과 함께 특히 『농민』 제1부는 이무영의 대표작이며 한국 농촌 소재 소설의 대표적 작이다.

첨언

뒤의 부록은 『농민』 2부 『농군』의 연재를 시작하며 『농민』의 대강 이야기와 『농민』 3부 『노농』의 연재를 시작하며 『농민』과 『농군』의 대강 이야기 그리고 인물 구도에 대하여 쓴 것이다. 원작의 취지를 살리기 위해 이 부분은 원문을 인용하였고 연결어를 조금 바꾸었다. 위의 작품해설과 부록의 내용이 중복되고 있는데 작품과 해설 부록을 통하여 두 작품 이야기를 접속시키려는 것이다. 계속되는 연재소설의 '지난 줄거리' 와는 달리 60여 년 전에 연재를 끝내고 책으로 전집으로 나온 소설의 후속을 쓰는 것이므로 앞의 상황에 대한 독자들의 이해를 돕고 거기에 이어 4부 『농민 21』의 환경을 마련하기 위함이다.

『농민』의 여러 인물을 에 대하여 다 연결을 짓지 못하였다. 주인공과 주제의 연결을 시도해 보았고 땅의 이야기를 하려고 했다. 3권 속에 들어 있는 많은 농민들의 이야기를 줄거리 인물 소개로 대신하고자 한 연유도 있다. 작품해설을 하고 부록을 붙이는 것만으로 될 일은 아니다. 선생님의 대표작에 개칠을 한 것이 아닌가 염려가 될 뿐이다.

농민은 무엇이고 21은 무엇이며 그것을 100년도 더 지난 시간을 어떻게 연결하고 있는지에 대한 평가는 독자들의 몫이다. 마음에 들지 않은 이야기 이렇게 썼으면 좋겠다는 생각은 독자들이 쓰는 소설이다.

부록

1. 『농민』의 대강 이야기

　"장쇠가 살아서 왔다……."

　"장쇠가 미륵동에 들어왔다……."

　『농민』 1 2 3부인 『농민』『농군』『노농』은 다 주인공 장쇠가 살던 마을 미륵동에 들어왔다는 소문으로부터 시작된다. 『농민』 1부에서 장쇠가 미륵동에 들어온 데서 시작이 되어서 장쇠가 다시 무지개처럼 미륵동에서 사라지는 것으로 끝나고 2부 『농군』도 역시 장쇠가 미륵동에 출현하는 것으로 시작하여 사라지는 것으로 끝난다. 그리고 3부 『노농』 역시 장쇠가 관헌의 눈을 피해 미륵동에 들어오는 것으로 시작하여 뒤에 가서 관헌에게 쫓기는 것으로 끝난다.

　장쇠는 제1부에서는 동학군이 되어 들어왔다가 관군한테 패해서 사라지고, 2부에서는 다시 농군이 되려고 들어오다가 마침 일본이 합방을 하려 들매 의병대장이 되는 것을 보고 다시 구름처럼 사라진 데서 끝이 나는 것이다.

　장쇠가 나타날 때마다 누구보다도 겁을 내는 것이 미륵동의 양반댁 김승지다. 60년 전만 해도 호랑이 담배 먹던 시절인데다가 양반이 도저할뿐더러 천석을 바라보는 대지주가 한낱 소작인이요, 사람인 농부 원치수의 아들 장쇠를 이렇게 두려워하는 데는 그럴 만한 까닭이 있었던 것이다.

　물욕도 많았지만 호색가인 김승지는 양반 세도와 땅만 믿고 상사람들 작인들의 반반한 부녀자들 수없이 희생시키었다. 그러나 양반 세도도 무섭거니와 땅을 떼일까봐 겁이 나서 울며 겨자 먹기로 속으로만 끙끙 앓고들 있었다.

　오직 두더지처럼 땅만 파먹고 살아온 농군들한테는 딸자식이나 아내쯤 몸을 한 번 더럽히는 것보다도 땅을 떼이는 것이 더 무서웠던 것이다. 선비가 못될 바에는 농사를 짓는 것이 사람 노릇을 하는 것으로 믿어 오는 그들은 땅을 떼인다는 것은 그대로 목숨을 자르는 것이나 진배없이 생각해 온다.

김승지는 이러한 농군들의 약점을 잡아서 턱 아래 진상이 없어도 땅을 내세우고 고이 기른 딸자식의 몸을 더럽혔어도 벙어리 냉가슴 앓듯 하기만 했지 큰소리로 원망 한 마디 못하는 농군이었다.

그러나 장쇠의 새댁 금순이는 가만히 있지 않았다. 양반 앞에 맞서지는 못했지만 죽음으로써 항거했었다. 금순이는 승지한테 욕을 당한 그날 밤 집에도 오지 않고 넉 달 된 어린 것을 두고서 목을 매어 죽고 만 것이었다.

금순이가 자살을 하자 장쇠가 역사일 뿐 아니라 위인이 용렬치 않으니까 후환이 있을까 하여,

"양반을 오해하여 누명을 씌운 죄상도 큰데 황차 양반을 해치려고 칼을 품고 다닌다."

이런 죄명을 씌워 장쇠를 죽이려고 했으나 김승지의 딸 미연이가 앞을 막아서 겨우 목숨만은 건지었었다.

그러나 언제 잡혀 죽을지 모르는 상놈이었다. 장쇠는 야반도주를 하여 그 해 정월 초승에 미륵동을 빠져나갔던 것이다. 그 장쇠가 살아서 돌아온다니 김승지의 마음이 편할 리가 만무하다. 이제 새 독자의 편의를 도와 지금까지 나온 중요한 인물을 추리어 사건과 관련시키어 설명하기로 한다.

2. 주요 등장 인물
미륵동 김승지와 탑골 박의관
미륵동과 탑골은 마주 건너다보이는 동리지만 불과 3마장밖에 안되는 거리에 살면서도 미륵동 김승지와 탑골 박의관은 개와 고

양이 같은 사이다.

큰 원인은 김승지는 남인인데 박의관은 동인인 점이라 할 것이다.

그러나 그보다도 양반 싸움과 추수 싸움이 더 직접적인 것이다.

미연과 일양

미연이는 김승지의 막내딸로 열일곱이요, 일양이는 박의관의 셋째아들로 열아홉이다.

일양이는 미연이를 살뜰히도 사랑하고 있다. 그는 전부터도 김승지는 물욕이 많고 악심이지만 그 딸 미연이는 인물도 절색이거니와 마음씨 곱기가 비단결 같다는 소문을 아랫것들을 통해서 들어오던 터에 장쇠가 주리를 틀리던 날 밤 군중 틈에 끼어 미연이를 보았던 것이다.

그날부터 일양이는 첫사랑의 싹이 트기 시작했으나 미연이는 사랑해서는 안 될 여성이었다. 아니 일양이는 사랑할 자격이 없는 사람이다. 그에게는 '말'이라고 그가 미워하지만 역시 어엿한 아내가 있었던 것이다.

그러나 일양이 자신 자기 마음은 어찌할 수가 없었다. 폭포 그대로의 정열이었다. 미칠 것만 같았다. 아니 그대로만 간다면 미치고 말 것이다. 그는 몽유병자처럼 가서는 안 되는 미륵동에도 갔었고, 절대 금단의 구역인 김승지네 집 언저리를 밤이면 헤매었다.

일양이는 미연이한테 편지를 써서 품에 지니고 다니다가 어느 날 밤 화초밭 머리에 앉아 있는 미연이를 나무 위에서 보고 편지를 던지었다. 미연이가 그네에 올랐다가 일양이와 얼굴이 마주치던 날로부터 며칠 안 되어서다.

미연이는 편지를 읽고 불을 살라버렸다. 그것은 무서운 일이었다.

미연이의 화답을 기다리고 매일처럼 담 밖을 헤매다가 일양이는 마침 김승지를 잡으러 왔던 동학당에 끌리어간다. 물론 박의관과 김승지네 집 남자들은 전부가 잡혀왔었지만 거기서 일양이는 아버지 김승지를 구하기 위하여 남장을 하고 나타난 미연이를 또 한번 본다.

일양이의 심정을 모르는 미연이도 아니다. 그러나 미연이는 또한 일양이를 잊지 않으면 안 될 몸이었다. 미연이는 읍내 유판서 집으로 출가를 했으나 미연이의 결혼은 불행한 것이었다. 남편도 방탕하였지만 그보다도 일양이가 시집 언저리를 돌다가 미연이의 초상화를 떨어뜨린 것이 꼬투리가 되어 친정으로 쫓겨 오고 만 것이다.

장쇠와 돌이

장쇠는 독실한 농군인 원첨지의 맏아들이다. 기운이 세어서 원장군으로 불리어진다.

돌이도 장쇠 못지 않은 장골이나 돌이는 어쩐 일인지 어려서부터 장쇠한테 져 오기만 했다. 기운은 장쇠보다 세면서도 재치가 없어서 번번이 떨어졌고 장을 치나 고누를 두나 단 한 번 장쇠를 이기어본 일이 없다. 금순이란 처녀를 새에 놓고 겨루었을 때도 돌이는 여봐란 듯이 지고 말았었다.

돌이가 장쇠한테 앙심을 먹기 시작한 것이 금순이를 빼앗긴 후부터다. 장쇠와 금순이가 잔치를 하던 날은 토끼섬에 가서 밤을 새워 혼자 울었었다. 돌이는 이날부터 장쇠한테 앙심을 먹었었다.

"장쇠 네 이놈의 자식, 어디 한번 보자!"

그러나 돌이는 양반이 아니었다. 지주도 못되었고 세도도 없었다. 장쇠한테 복수를 하자면 양반의 세도를 비는 길밖에 없었다. 어엿한, 그리고 착실하던 농군 돌이가 지게를 벗어 던지고 문서없는 종이 되어 김승지네 집으로 기어든 것도 오직 김승지의 세도를 빌어서 평생 한번 복수를 해보자는 생각에서였다.

그러나 흑의에 육모 방망이를 차고 나오던 길로 돌이는 제말마따나 주먹 감투가 되고 말았었다. 우물 앞을 지나려니 마침 새댁이 된 금순이가 물을 긷고 있어서,

"금순아, 그래 재미있니?"

버리고 간 금순이었지만 그윽한 애정에서 우러난 인사였었다. 그러나 여자란 한 번 돌아서면 그만인 모양이었다. 금순이의 대답을 이랬었다.

"얘, 돌아, 너 내가 누구기에 이름을 함부로 부르는 거냐?"

"뭐?"

"뭐라니? 넌 오늘부터 우리네보고 그따위 말버릇 쓰면 안 된다! 왜 내가 승지네 행랑것으로 보이느냐?"

돌이가 장쇠한테 복수를 한 것은 장쇠를 주리를 튼 때뿐이었다. 그때는 정말 신바람이 나서 때렸었다. 그러나 돌이는 결국 또 지고야 말 운명을 타고난 사람인 모양이다.

장쇠는 미륵동을 나간 후 삼 년 동안은 머슴 노릇도 했고 종노릇도 하다가 끝판에는 동학군도 되었었지만 나중에는 의병이 되었다. 우리나라 군대가 해산이 되고 이완용이가 도장을 찍자 왜 헌병대가 와 밀려들었다.

장쇠는 두 번째 또 도피하지 않으면 안 되는 몸이 되었었다.

미연과 장쇠

장쇠는 미연으로 해서 생명이 구원된 사람이었다. 그렇다고 미연이가 전부터 장쇠를 안 것도 아니다. 미연이는 다만 아버지 김승지로 해서 사랑하는 아내를 잃은 장쇠한테 대한 동정이었었다. 아버지의 잘못을 한 번에 그치게 하기 위해서이기도 했었다. 아니 미연이로서 본다면 어디까지나 자기 아버지가 잘못이기 때문이었다. 그런 것이 뉘 입에서인지 미연이가 장쇠를 사모한다는 소문까

지 잠시 돌았었다.

운명은 또 한 번 장난을 했다. 장쇠의 목숨을 구해준 미연이가 이번에는 장쇠한테 목숨의 구원을 받지 않으면 안 되었었다. 동학군의 이름을 빌어서 미륵동과 탑골 양반들을 잡아간 두목이 바로 장쇠였었고, 김승지의 목숨만을 살려 달라고 나선 총각이 미연이었던 것이다.

"장쇠한테 시집을 온다면 살려준다!"

"장쇠댁을 승지가 잡아먹었으니까 네 딸을 대신 줘라!"

군중 속에서 이런 고함소리가 지동치듯 일었을 때 미연이는,

"나는 장쇠 두목의 아내가 되겠습니다!"

이런 언약까지 한 일도 있었던 것이다.

진주집과 읍내집

읍내집은 미륵동 김승지의 소실이다. 김승지는 슬하에 자식이 없어 지금까지 갈아들인 소실만 해도 육, 칠 명이나 된다.

그러나 들어오는 족족 계집아이만 낳아주고 아들은 낳기만 하면 대개 돌 안에 죽어버리어 여기저기서 난 딸이 도합 여섯이나 된다.

정부인 윤씨 몸에서 셋이요, 진주집이 둘을 낳아 주었고, 읍내에서 들어온 소향이가 하나를 또 보태어 준 것이다.

미연이는 윤씨 몸에서 난 막내딸이다. 아들이 있기는 꼭 하나 있다. 진주집 옥잠이가 낳은 올해 열 두 살 된 인수다. 아들 씨가 없는 집안에 옥 같은 아들을 낳아 주었다고 진주집은 여간 코가 센 것이 아니다. 코가 셀 만도 한데 김승지는 또다시 읍내집 소향이를 끌어들인 것이다.

동리 사람들 간에는 진주집이 난 인수는 승지 자식이 아니라 마름 송대덕이의 씨란 말이 돌고 있지만 김승지도 그렇게 믿고 있는지 귀여워하는 품이 남의 눈에도 시뻐 보인다.

"내가 낳은 아들이라야 진짜지……."

읍내집 소향이는 또 잉태를 한 것이다. 그러나 이것은 승지집 하인 돌이의 자식이다. 돌이는 장쇠한테 못할 일도 많이 했고 장쇠 아버지 원첨지가 원수처럼 여겨야 할 자기를 아직도 자식처럼 타일러 주는 데 감동이 되어 다시 농군으로 돌아오려고 하나 이 읍내집이 놓아 주지를 않는 것이다.

"돌이 너 생각해 봐라. 이번 아이가 아들이기만 한다면 이 집 재산이 모두 뉘 재산이냐? 영감도 얼마 못 살 것이요, 인수란 송가 자식이구. 너만 모른 체하구 있으면 나중에야 이 아이가 제 아버지 안 찾겠니?"

돌이와 소향이 사이도 그럭저럭 일 년이 넘으니 정도 들 대로 든 것이다. 그래서 돌이는 매일 종노릇을 면해야지 면해야지 하면서도 김승지 집을 나오지 못하고 있는 것이다. 그까짓 나중에야 금송아지가 차지가 되든 말든 당장 소향이의 살을 그리우고는 나가서도 살 것 같지가 않다. 먼빛으로나마 바라다보는 소향이요, 그 많은 사람의 눈을 피하노라니 사람이 애가 탈 지경이나 승지집을 나간다면 그나마도 소향이를 만날 길이 없는 것이다.

"아들이나 낳아. 아들만 낳으면 뭐 승지 줄 거 있나 같이 나가요."

"뭐? 그 따위 소리 다시 했다 봐라. 그래 자식이라구 낳기만 하면 젤인 줄 알아? 가르쳐야지. 가만히만 있어봐 장성할 때까지 오죽 잘 먹이구 입히구 가르치고 할까? 다 키워서 잘 가르쳐 놓거든 찾자 말여……."

어떤 편이냐면 투미한 돌이는 또 그럴 듯이도 생각한다. 그러나 소향이는 돌이가 나가면 말이 날까봐서다. 돌이와 정도 들었다. 이런 통에 합방 난리가 일어난 것이다.

농촌 현실과 농민의 이상
—『농민 21』의 변용된 아나키즘적 이상사회—

김 치 홍
문학평론가

1. 서 론

이동희의 『농민 21』은 <농민문학>에 2006년 겨울호부터 2012년 겨울까지 25회에 걸쳐 연재했던 작품이다. 이 작품은 작가의 반평생 천착穿鑿해 온 농민소설의 끝자락에 놓인 셈이다. 그동안 단편 「좌절」(<자유문학>, 1963)에서 시작된 그의 소설쓰기는 「핏들」(1963) 이후, 『지하수』(현대문학사, 1973), 『매화골 사람들』(풀길, 1991), 『흙바람 속으로』(풀길, 1995), 『땅과 흙』(빛샘, 1998) 등으로 이어져, 한국현대소설에서 흔치 않게 농민소설의 명맥을 유지하는 일익을 담당하여 왔다.

이 작품은 작가에게 있어서 부채負債처럼 여겨졌던 미완의 소설인 '이무영의 『농민』을 잇는 제4부'에 해당한다고 「연재를 시작하며」에서 작가는 직접 밝혔다.1) 이무영의 『농민』『농군』『노농』의 연작소설은 5부작이었으나, 3부로 끝이 나서 미완인 상태인 것을 완결하겠다는 것이 작가의 의도이다. 그러나 작가는 52년 전에 연재가 끝난 소설의 후속을 쓰는 것이지만, '전혀 새로운 이야기를 만들어 보려는 것'이라고 그 포부를 밝혔다.2)

---

1) 이동희, 『농민 21』 제1회, <농민문학> 2006 가을, 2006.10.31, p.195.
2) 참고로, 『농민』은 1950년에 <한성일보>에, 『농군』은 1952년에 <서

『농민』의 3부작인『노농』의 마지막 부분은 장쇠가 돌아와서 아버지 원첨지가 계획했던 보를 수축하여 토끼섬에서 물을 끌어오는 공사를 한다. 원첨지는, 마을 사람들과 함께 품을 내어 옥답을 만들려는 포부를 가지고 있었으나 뜻을 이루지 못하고 죽었다. 이 일을 장쇠가 하려고 했으나 작품은 중단되고 말았다. 농민이 잘 사는 사회를 이룩하려는 원첨지는 작고해서, 그의 아들 장쇠의 꿈은 작품 자체가 중도에 중단되어 실현되지 못한 것이다. 이처럼 시대와 역사에 참여한 인물로 형상화된 장쇠를, 작가는 일규를 통해서 그들이 이루려 했던 시대적 소명을『농민 21』에서 어떻게 구현시키고 있는지를 살펴보고자 한다.

특히 이 글에서는 이무영의『노농』발표 52년 후에 변모되어 계승되는『농민 21』에서 전개되는 내용을 살펴, 새롭게 만들어진 이야기의 의미를 아나키즘의 관점에서 분석해 보고자 한다. 이 작품을 아나키즘적 입장에서 살피려는 의도는, 우선 아나키즘이 궁극적으로 추구하는 것이, 자연 질서에 따른 자유롭고 평화로운 가운데서 자아를 발견하고 타인과 더불어 살아가는 삶을 실천하는 것이기 때문이다. 그리고 이 작품의 배경인 농촌이 1차 산업의 현장으로 아나키즘이 추구하는 본질적이고 근원적인 삶의 공간이 될 수 있기 때문이고, 작품 또한 아나키즘의 이상사회를 제시하고 있기 때문이다.

2. 변용된 아나키즘적 공동체, '한우리'

『농민 21』의 핵심은 묵은 땅을 살리고, 이농離農하는 젊은이를 농촌으로 불러들여 이상사회를 만들어 이 땅을 지키겠다는 것이

울신문>,『노농』은 1954년에<대구일보>에 발표되었다고 작가는 「연재를 시작하며」에서 밝혔다.

다. 귀농보다는 이농현상이 가속되고 있는 현실에서 농업인구가 8%도 안 되는 농촌을 살려내는 것을 아주 단순하게 생각한 것이다. 이론은 쉬워 보이나 현실적인 제약이 한두 가지가 아니다. 일규는 떠나는 젊은이를 불러들이는 방법이 도시 못지않은 농촌이 되어야 할 뿐만 아니라, 농촌에서의 삶이 그들의 욕망을 충족시킬수 있어야 한다고 했다. 젊은이가 귀농하면 묵은 땅을 살릴 수 있고 생기 넘치는 농촌으로 변모시킬 수 있다고 생각했다. 이것을 실현할 수 있는 방안은 협업공동체를 만드는 것이었다. 협업공동체는 공동투자에 공동분배를 기본으로 하는 것이었다. 특정의 개인이 노동력을 착취하거나 지나치게 이익을 독식하는 것이 아니라, 모두가 자신이 투자한 것만큼 분배를 받을 수 있는 공동체를 만드는 것이다. 그렇게 하면 집단에 의해 투명성이 강조된 사회, 더불어 잘 살 수 있는 방안을 찾고 실천할 수 있는 것이다. 다시 말하면 로커(Rudolf Rocker, 1873~1958)가 '우리시대의 당면 과제는 인간을 경제적 착취와 정치적이고 사회적인 예속상태에서 해방시키는 것' [3]이라고 했는데, 이런 경제적 착취에서 벗어날 수 있는 사회의 기초를 만들자는 의미로 볼 수 있다. 아나키즘이 산업혁명 이후 초기 자본주의가 가져온 모순을 극복하고 새로운 사회적 지평을 열기 위해서 시작한 사회주의 운동이고 보면, 일규가 선택한 것은 바로 이와 같은 맥락이라고 볼 수 있다.

따라서 이 글은 이 과정에서 나타나는 인물들의 행동양식이 아나키즘과 유사하다는 점에 주목하고, 규호와 그 구성원들이 아나키스트(anarchist)인가 아닌가 하는 것에 초점을 맞추기보다는, 그 구성원들이 자유주의적 사고방식에 의해 아나키즘의 사회를 조직할 수 있느냐의 문제를 추적하여 그들이 만든 아나키스트 사회

---

3) Rudolf Rocker, *Anarchosyndicalism*, N. Chomsky, *Chomsky On Anarchism*, 이정아 역, 『아나키즘』, 해토, 2007, p.51. 재인용

(anarchist society)는 실현이 가능한가를 검토해 보고자 한다. 일규를 중심으로 한 협업공동체는 아나키즘 공동체로서의 2000년대 대한민국에서 실현 가능성을 보여줄 수 있는가를 살펴보려는 것이다.

1) 좌절된 농촌개혁

작품의 시작은 '일규가 돌아온다.'로 시작된다. 이것은 전작前作인 『농민』이 '장쇠가 돌아온다'로 시작하는 것과 맥을 같이 하고 있다. 그러나 장쇠가 돌아오는 것과 일규가 돌아오는 것의 의미는 확연히 다르다. '장쇠가 돌아온다.'는 것은 조선조 말부터 변화의 조짐을 보이던 기존의 양반 중심사회의 가치질서체계를 붕괴시키고 동학이념으로 무장한 새로운 세상인, 신분질서가 해체되는 사회를 구현하기 위한 것이라는 의미를 내포하고 있다. 그러나 일규가 돌아온다는 것의 의미는 이와 다르다. 일규는 농촌사회의 병폐인 토지문제로 감옥에 갔었기 때문에 그가 돌아오는 것은 신분질서의 문제가 아니라, 땅과 관련된 매화골에 변화를 암시한다고 볼 수 있다. 다만 공통점은 주인공들이 존재하는 현실세계가 변화하는 계기가 될 것이라는 점이다.

2000년 3.1절 날, 충청북도 영동군 매화골에, 30년 만에 3.1절 특사로 석방되어 일규가 돌아온 것은 3.1운동 애국지사유족이라는 것 이외에 석방의 의미만 있을 뿐, 독립운동이나 대한민국의 건국과 아무런 관련이 없이 설정되었다. 다만 기념식을 위해 초등학교 운동장에 모여 있던 200여 명의 유족과 유지들 중에는 그를 고발했거나 거기에 동조했던 사람들이 있어, 봉두난발을 하고 일규가 온다는 소문으로 그들은 한꺼번에 공포감에 빠져들었던 것 외에는 의미가 없다. 그는 30년 전에 토지혁명을 하겠다고 나섰다가 북한 찬양고무죄를 뒤집어쓰고 감옥에 간 것이다.

그가 북한 찬양고무죄로 감옥으로 간 이유는 토지를 개혁해야 한다고 주장했기 때문이다. 그의 주장은 '들판의 모든 전답을 합하고 모든 마을의 인력을 합쳐서 함께 농사를 짓자는 것이었다. 땅의 면적과 작업의 양에 따라 정하는 대로 수익을 분배하는 것으로 참으로 공평하고 합리적인 영농방법을 제안하고 그것을 실천하' 4)자는 것이었다. '사유재산은 그대로 두고 마을 공동체에서 경영하는 방식' 으로 '한국식 키부츠를 만들어 보려 한 것' 인데 거기에 이념의 굴레를 씌운 것이었다. 그의 이와 같은 이론은 그 나름으로 평가받고 매스컴에서도 지지를 받았었다. 또한 시간강사였지만, 강의를 통해 농촌학생들에게서도 열렬한 지지도 받았을 뿐만, 아니라 전국농촌운동자협의회, 가톨릭농민회, 전국농업기술자협회 같은 전국의 농민단체에서도 적극적인 호응을 하였다. 그는 이것을 학생들의 연고지를 돌며 확산시켜 나가면서 돌출되는 문제점을 보완하여 젊은이뿐만 아니라 노인들의 지지까지 받아, 큰 말썽 없이 동시다발적으로 바야흐로 토지혁명이 시작되고 있었다. 그러던 중 어느 정도 성과를 본 후에, 고향 매화골에서 본격적인 실습을 하려는데, 공산주의사상이며, 공산주의 운동이고 공산주의 영농방법과 같다고 하여 체포되었던 것이다. 사실은 북한의 영농방법과 달랐고, 공산주의 국가들의 영농방법과도 달랐다.

그의 주장은 누구에게나 공평하고 불편함이 없는 계획영농인 것이었다. 땅은 소유의 개념이고 흙은 일의 개념이라고 생각했다. 일한 만큼 땀 흘린 만큼 수확을 분배하는 이치였다. 무한한 인간의 욕심을 파기하고, 평등이란 서로의 욕망을 억제하고 유보하는데서 이루어지는 것이다. 그 욕망이든 욕심을 절제하는 평등의 논리가 땅과 흙의 논리였다.(27쪽) 그 나름대로 '무혈토지혁명' 을 시

---

4)『농민 21』제3회, 2007년 봄, p.158.(이 책의 19쪽, 이하 인용 출처를 이 책 쪽수에 맞춤.)

도했던 것이다.

이런 이상이 좌절된 것은 그때 그 지역에서 출마하려는 사람의 정치적 야욕 때문이었다. 그 사람은 일규를 짓밟고 그 지역에서 애초에 그의 싹을 도려내고 발붙이지 못하게 하고 뿌리를 내리지 못하게 하기 위해서 모함을 하였고, 그 모함으로 당선되었으며, 그 권력을 이용하여 일규의 형기刑期를 늘리고 다시 잡아 넣었던 것이다.(29쪽) 그는 정치에 뜻이 있던 것도 아닌데 주변에서 출마를 권유하였고 부추기는 바람에 그리 된 것이다. 결국 일규가 감옥에 간 것은 그의 이상이 정치적 모략에 의해 용공사상이라는 죄목으로 이용되어 감옥에 감으로써 무산되고 말았다.

2) 대안으로서의 이상사회

게랭(Daniel Guerin, 1904~1988)은 아나키즘이 유토피아가 아님을 역설했다.[5] 아나키즘은 역사를 고찰하는 방법에 의하여 미래 사회가 아나키스트들의 공상적 산물이 아니라, 과거 사건들을 세밀하게 고찰한 결과에 의한 현실적 산물이라는 것이다. 유토피아가 현실에서 이루어질 수 없는 세계이고, 아나키즘은 현실에 근거하여 실현 가능성이 있는 이상적인 사회이기 때문이다. 더욱이 '일규가 돌아온다'의 의미가 바로 이상사회의 구체성과 실현 가능성을 전제하고 있다.

㈎ 자발적 질서를 위한 조직

아나키즘을 이론이 아닌 실천과 행동임을 주장하여, 고전적 아나키즘이 아닌 현재의 아나키즘을 다룬『아나키즘, 대안의 상상력』(Anarchy in Action)의 저자인 영국의 아나키스트 콜린 워드(Colin

---

5) Daniel Guerin, *Anarchism ; From Theory to Practice*, 하기락 역,『현대 아나키즘』, 도서출판 신명, 1993. p.97.

Ward, 1924~2010)는,

> "수년 동안 아나키스트 선봉가로 일하면서 나는 한 가지 확신이 생겼다. 나와 함께 살아가는 시민들에게 아나키즘 사상을 심어줄 방법은, 지금과는 좀 다른, 인류가 완벽한 조화를 이루며 살아가는 미래사회를 꿈꾸면서 기존의 사회를 통째로 거부하는 것이 아니라, 인간 공동체를 이끌어가는 비공식적, 일시적 자주조직의 관계망에서 공통된 경험을 끌어내는 것이라는 확신 말이다." 6)

라고 하여 제도화되어 있지 않은 자주조직에서 공통된 경험을 통한 인간의 공동체를 이룩하는 것이 자발적 조직이라고 했다. 이 자주조직이 자발적으로 이루어지고 통치자가 없이 자유스러운 공동체를 갈망하고 실현시키고자 노력하는 것이 아나키스트들의 몫이라고 본 것이다. 그래서 그의 관심사는 사람들이 온갖 종류의 사회에서 스스로를 조직하는 방식과 그 역사적 경험을 읽어내는 것이었다.

2000년 봄, 감옥에서 나온 62세의 농업경제학자인 일규는, 자발적으로 참여하게 되는 그의 제자인 다섯의 캠퍼스 커플, 규호-현희, 명환-윤애, 준기-영숙, 경수-인자, 남훈-경희 등이 그의 석방을 계기로 방문했을 때, 그가 꿈꾸어오던 새로운 농촌사회를 구현하려는 포부를 밝히면서 '우리는 농촌으로!' 를 외치며 매원결의梅園決意를 하게 된다.(96쪽) 말라테스타(Errico Malatesta, 1853~1932)가 "마을(공동체)주의가 실천되기 위해서는 사회구성원의 도덕적 발달의 높은 수준과 혁명의 비약 속에서도 충분히

---

6) Colin Ward, *Anarchy in Action*, 김정아 역, 『아나키즘, 대안의 상상력』, 2004, 돌베개, p.12

도달하기 어려울 것으로 생각되는 고도의 깊은 연대성의식이 요구된다." 7)라고 하였는데, 바로 이들 구성원이 그런 인물들이다. 이광수가 『흙』을 쓸 때 농민이 80%였는데, 지금은 8%가 된 현실을 극복할 수 있는 방법이 농촌으로 돌아가 농촌을 살리는 것이 유일한 대안이라고 그는 대학 강사시절부터 전국을 돌아다니며 순회강연을 했다. 이 때 만난 최초의 동지들이 바로 이들인 것이다. 이들은 그를 따라 강연장까지 와서 토론하고 논쟁을 벌리며 농촌 협업 공동체를 만들자고 하기를 수도 없이 반복했던 사람들이다. 구체적 방안으로서의 결론은 영농법인을 만들고, 협업공동체를 구성하는 것이 대안이었다. 각자가 가지고 있는 재물과 땅을 투자로 하고, 이웃 마을의 지원을 통해 투자를 확대하는 방안이다.

이 같은 협업공동체는 아나키즘적 발상이라고 볼 수 있다. 워드는, "조직화에 대한 아나키스트 접근방식의 중요한 요소는 (굳이 이름을 붙이자면) '자발적 질서이론' 이다. 이 이론에 따르면 공동의 필요가 존재할 때, 사람들은 시행착오를 거치면서 즉석에서 혹은 실험을 통해 상황에 알맞은 질서를 구축한다. 이렇게 구축된 질서는 외부로부터 부과되는 권위가 제공하는 질서에 비해서 견고할 뿐만 아니라, 사람들의 필요와 더욱 밀접한 관계가 있다"고 하면서, "자신의 자발적 질서이론을 구축하기 위해 크로포트킨(P. A. Kropotkin, 1842~1921)은 인간사회의 역사를 관찰하는 한편으로 프랑스 혁명의 단계에 일어난 사건들과 1871년 파리 꼼뮌을 연구했다. 이 자발적 질서는 대부분 혁명에서, 재해를 겪은 후에 생겨나는 임시조직에서, 기존의 조직형태나 위계적 권위가 없는 모든 활동에서 목격되어 왔다." 8)고 그 중요성을 지적했다. 즉 워드

---

7) D. Guerin, 앞의 책, p.114에서 재인용.
8) C. Ward, 앞의 책, p.49.

는 '권위에 의지하지 않고 스스로 조직하는 사회'를 강조했는데, 바로 일규를 비롯한 10여명의 결속력에 의한 조직은 자발적 질서 이론의 전범을 보이고 있다. 게랭은 이를 자유마을주의자 (libertarian communist)로 명명命名했다.

게랭은 『현대 아나키즘』(Anarchism: From Theory to Practice)에서 아나키즘을 통한 새로운 사회를 제시했는데,9) 그중 제일 먼저 꼽은 것이 조직의 필요성이었다. 게랭은, 푸르동(P. J. Proudhon, 1809~1865)이 아나키즘이 혼란을 의미하는 것이 아니라 질서를 의미하며, 이는 위로부터 강제된 인위적 질서가 아니라 자연스러운 질서라고 했음을 지적했다.10)

1848년 2월 혁명동안에 생산을 위한 노동자들의 연합 (association)이 파리와 리용에서 자발적으로 일어났다. 이때 발생한 자주관리(self-management)의 발단은 푸르동에게 정치적 혁명보다 훨씬 더 혁명적인 사건으로 보여졌다. 이것을 점화시킨 것은 국가가 아니라 백성들이었다. 그래서 푸르동은 노동자들을 격려하여 공화국의 모든 부문에서 이 같은 방식으로 조직할 것을 촉구했다.11) 또한 그는 자주관리에 대해 본질적 특징을 제시했는데, 1) 연합한 모든 개인은 산업조직의 재산에 대하여 불가분한 공동관리를 가진다. 2) 각 노동자는 일을 분담하지 않으면 안 된다. 3) 보수는 직무의 성질, 능력의 유무, 책임의 범위에 따른다. 모든 가맹자는 그 임무에 따라 이익분배를 받는다. 4) 각 노동자는 그에게 광범한 훈련을 보증하는 한 계열의 작업과 수업, 위계와 직분을 차례로 정하지 않으면 안 된다.12)등을 열거했다. 일규가

---

9) D. Guerin은 앞의 책, 제2장에서 '새 사회의 탐구(In Search of a New Society)'를 제시했다.
10) D. Guerin, 앞의 책, p.99.
11) D. Guerin, 앞의 책, pp.101~102.
12) D. Guerin, 앞의 책, pp.104~105.

협업공동체를 구성하고 시행하는 과정에서 제시했던 것과 유사함을 볼 수 있다. 일규가 젊은 시절부터 꿈꾸었고, 감옥에서 30년간 수감생활을 하면서도 포기하지 않고 시도하려 했던 것이 바로 이 협업공동체였다. 이들을 통해 사람들이 온갖 종류의 사회에서 스스로를 조직하는 방식과 그 역사적 경험을 읽어내는 것이다. 그는 그의 10명의 동지들과 그 협업공동체를 만들었다. 자발적 질서이론에 따른 자주관리가 공동체에 필수 불가결한 것이다. 일규는 이 방법을 택했던 것이다.

(나) 협업공동체 '한우리'

일규는 협업공동체가 농촌을 살리는 대안이라고 생각했다. 그들은 모든 논을 합쳤을 뿐만 아니라 모든 장비를 합쳤다. 기계 장비뿐만 아니라 모든 노동력, 모든 유용한 자금을 다 합쳤다. 그것이 이 공동체의 기본 방침이었다. 공동체가 정리되어 주변 마을로 확대되고 정착된 것이 이 협업공동체 한우리였다. 모든 땅과 인력과 장비를 다 합치고 그것에 비례하여 균등하게 분배하는 것이었다. 많은 땅을 내놓은 사람에겐 많이 배당되고 많이 일한 사람에게 많이 배당된다. 장비를 내놓은 사람에게는 그에 해당하는 몫을 배당하는 것이다. 모든 것을 시의 적절하게 계획을 세워서 같이 갈고 심고 거두고 또 공동출하 하고 정산을 했다. 이런 일련의 과정에서의 분배인 보수를 프루동은 '노동자 연합체 가입자의 보수를 조금도 임금이라고 보지 않고 오히려 연합한 공동책임을 분담한 노동자 상호간에 자유로 결정한 이익분배라고 생각한다' 13)고 했다. 임금이라는 개념보다 모두가 함께 투자한 것에 대한 이익분배라고 인식했던 것이다. 일규는 자신이 먼저 자신의 땅 너마지기를 내놓았다. 그리고 영농법인을 만들어서 남훈이 투자한 돈 10억을

---

13) D. Guerin, 앞의 책, p.113.

토대로, 동지들이 투자를 하기로 했다. 그리고 모든 농가에게도 문호를 확대하여 협업공동체에 동참하도록 적극 권하지만 억지로 하라는 것은 결코 아니었다.(111쪽) 그의 집안 친척, 동창, 친지, 지기들이 먼저 동참하였고, 마을 이장도 동참하였다. 마을 사람들은 갑작스런 개혁이 섬찟했지만 참여했다. 그리고 온 마을로 확대하고 이웃마을 근동, 원동뿐 아니라, 다른 군으로 확산되어 전국적인 협업공동체가 이루어진다면 정말 토지개혁이 되는 것이고, 농촌 농민혁명이 되는 것이라고 생각했다.(113쪽) 밭을 가는 사람은 머슴이고, 관리하는 것은 마름이었고, 주인은 장죽을 물고 그늘에 앉아 있는 비현실적인 상태에서, 경자유전耕者有田이 될 수 있도록 하는 것이 그의 꿈이었다. 이 방법만이 '젊은이들이 농촌을 떠나면 농촌이 절종絶種을 하게 되는데, 협업공동체를 함으로써 땅을 합하고 모든 노동력을 합하여서 젊은이들이 떠나는 것을 막을 수 있는 것' 이라고 그는 생각했다. 그러나 그의 생각은 실상 가장 가까운 아들을 설득하는데 실패했다. 비록 아들 재두는 MBA를 하겠다고 떠나가 버렸지만 계획을 세우고 지휘를 하는 것을 정하고 추진하는 부서를 정하였다. 농촌문제가 설득을 위한 이론이 아니라 실천임을 절실하게 깨달았고, 그래서 그는 실천적 삶을 위해 진력했다.

제일 먼저 식당과 숙소를 지었다. 각자의 임무를 배당하고, 식사당번, 차량보조, 아이보기, 물긷기 등의 사소한 것에서 비롯하여, 신품종 종자의 개발, 곡식, 채소, 가축 등의 종자산업 육성, 외부 인력의 투입뿐만 아니라, 외부에서 이곳이 실험마을이라는 딱지가 붙으면서, 실험마을 구경하고 견학하는 일이 많아지자, 홍보자료와 영상자료를 담당하는 부서를 설치하고, 메뚜기의 사육과 메뚜기행사를 위한 연구부서 배치, 유기농법에 의한 곡식과 과일과 나물의 판매, 판매를 활성화하기 위한 축제, 보리, 밀, 귀리 계약재배를 위한 파종, 마을에 도정공장을 세우고, FTA의 극복방안으로 흑미, 녹미, 적미를 생산하고, 농촌체험과 농업사고, 농업개혁을 위한 강좌를 설치한 대학건립을 비롯한 다양한 교육부서의 설치와 여러 교육 프로그램과 이벤트, 채소와 과일주문, 이웃마을까지 유기농 공동체의 확대, 유휴지 개간, 새로운 시설의 확충, 새로운 환경을 개선하고 집들도 새로 짓고, 문화공간을 확대하며, 인터넷 강의와 사이버 강의준비와 실시, 소식지 '멋두레' 발행 외에 출판 등 수없는 종류의 다양한 생산라인을 가동하고 있었다. 종교로부터의 자유를 속박하지 않았고, 한우리 공동체 안에 종합병원이 있고, 법조팀, 세무팀이 있고 여러 사회단체가 있었다. 시장이며 공장이고 농장만이 아니었다. 거대한 회사이며 사회였다.(228쪽) 병원뿐만 아니라, 요양원의 설치, 농촌 총각 장가보내기 운동까지 실시하였다. 또 그런 것뿐 아니고, 트레이드마크인 메뚜기 그림 밑에 한우리 로고를 만들어 운송을 국내에서 외국까지 확대하였다. 이들이 하는 일은 단순한 농사에만 국한 된 것이 아니고, 농사와 관련된 많은 부수적 사업에까지 확대된 협업공동체 농업이며, 전통적 농업사고에 의한 현대농업을 접목하는 것이었다.

이 모든 일을 시행하는 과정에서 기존 원칙은, 흙의 논리에 토지, 노동, 자본 이 세 가지 요소를 합하여 나누는 것이 땅과 흙의 논리라고 생각하였다. 그들이 시도한 것은 농촌의 혁명이었을 뿐만 아니라, 토지개혁 이상이었다. 이와 같은 일은 마치 스페인 혁명 당시, 농촌에서 벌어졌던 양상과 매우 흡사하다.

1936년 7월 19일 스페인 혁명 직후 실업가와 대지주들은 재산을 버리고 앞 다투어 외국으로 도망치자 노동자와 농민들은 소유자 부재의 재산을 인수했다. 1만에 가까운 봉건영주가 국토의 절반을 가지고 있었던 농토는 자주관리에 의해 재편성되고, 총체적 계획과 농업의 지도에 의하여 넓은 면적을 경작할 수 있게 되었다. 파종면적도 증가했고, 노동방법도 개량되고 인력, 기계에 의

한 합리적인 방식으로 활용되었고, 재배는 다양화하고, 관개灌漑가 발달하고 국토는 다시 조림造林되었다. 종묘포種苗圃가 개척되고, 돈사豚舍가 세워지고, 농업기술학교가 설립되고, 가옥이 축조되고 가축이 선별되어 번식되고 부속산업이 일으켜졌다. 문화의 발달은 물질적 발달과 병행하여 추진되었다. 성년의 문맹퇴치가 계획되었다. 지방연합은 각 마을에서 강연, 영화 등의 모임을 개최하고 연극의 상연도 계획되었다. 이러한 성공은 비단 조합주의의 유력한 조직뿐만 아니라 광범위한 대중의 지성과 발의에 힘입고 있었다. 그러나 부르주아 공화정부의 의지에 의하여 은행과 무역은 사유 분야의 수중에 남아 있었다. 또한 공화파 정부의 각파의 정치 수뇌들은 암암리에 자주관리를 깨트리다가 1937년5월 바르셀로나에서 혁명의 전위를 분쇄한 후, 군사적 수단으로 자주관리를 무력화시켰다. 더구나 행정부의 관료들의 방해공작이 조직적으로 확산되었다. 끝내 스페인 혁명은 1938년 10월 전쟁의 종료와 함께 집산체(collectives)의 흔적을 남기고 장렬하게 끝이 났다.14)

그러나 일규가 이룩한 이 '한우리' 공동체가 꼼뮌이 되었든, 연합(association)이 되었든 간에 농촌에서 실현된 아나키즘의 사회였다. 그곳은 국가권력에 의한 정치적 지배뿐만 아니라, 자본이나 종교, 사회, 문화 등 모든 영역에서의 권력이나 권위, 그리고 계급, 자본에 의한 간섭이나 억압이 전혀 없는 공간이었다. 그 어느 것의 지배를 받지 않았고, 인간에 의해 또 다른 인간의 지배가 없는 평화롭고 자유로운 사회를 이룩한 것이다.

일규에 의해 규합된 이 집단은, 자유의지에 의해 결성한 조직으로, 자발적이고, 실용적이고 일시적인 소규모단체에서 출발했다. 그러나 이들은 회원카드, 투표, 특정한 지도자, 수동적 추종자무리에 의존하는 것이 아니라, 당면 과제에 따라 들고, 나고, 모이

---

14) D. Guerin, 앞의 책, pp.234~252 요약.

고, 흩어지고 다시 모이는 실용적인 소규모조직에서 출발했다. 점차 확대된 이들의 영역은 워드의 말대로 피라미드가 아니라 네트워크였다.[15)]

3.『농민 21』, 아나키즘적 이상 세계

이『농민 21』은 현실적으로 피폐한 농촌의 문제를 긍정적인 관점에서 그 해결의 가능성을 찾아가는 소설이라고 볼 수 있다. 이광수의 『흙』(동아일보 1932~1933)이나 심훈의 『상록수』(동아일보 1935~1936)가 발표되었던 1930년대는 미몽迷夢에서 깨어나려는 시기로, 새로운 지식을 전달하면서 사명감에 불타서 농촌의 계몽을 촉구했던 시기였다. 그러나 이 작품의 배경은 2000년대이다. 지금의 대한민국은 세계 최고 수준의 IT산업 국가이고, 자동차는 세계 5대 생산국이 되었으며, 1년 총교역량이 1조 달러가 넘어 세계 7, 8위권으로 초일류국가를 지향하는 현시점에서 농촌을 계몽이 아닌 개혁하려는 것이 이 작품의 주된 골자이다. 1930년대 당시 농업인구는 80%로 농촌계몽은 결국 전 국민을 계몽하는 것이나 다름없었다. 그러나 21세기의 농업인구는 8%이다. 따라서 농촌 개혁은 전체 인구 중 8%의 개혁이다. 이 8%의 농촌인구를 이용하여 농촌을 개혁하고, 더 나아가서 우리나라 전체를 개혁하려는 것이다. 그렇다면, 전체 인구 8%의 문제점을 해결하는 것으로 사회혁명이 가능할까? 혁명이나 개혁이라고 하기보다는 변화를 시도하는 '사회운동(social movement)'에 가깝다. 작가가 이 사실을 모르고 쓰지는 않았을 것이다. 오히려 이러한 사실을 염두에 두고 이 작품에서 이룩한 한우리 공동체를 사회혁명의 도화선으로 삼아 농촌을 변화시키고 싶었을 것이다. 이 작은 시도가 작은

---

15) C. Ward, 앞의 책, p.223.

집단이나 공동체에서 점진적으로 확대해 나가는 과정으로 사회혁명을 도모하고자 하는 것이다. 아나키즘의 전개 과정도 이와 크게 다르지 않다. 워드는 "아나키즘이라는 사회이론을 거부하는 사람들의 가장 흔한 주장 중 하나는, 규모가 작고 고립되어 있는 원시 공동체에서는 아나키즘의 존재를 상상할 수 있지만, 규모가 크고 복잡한 사회에서는 아나키즘을 생각할 수 없다는 것이다. 이것은 아나키즘의 본질과 부족사회의 본질 모두를 잘못 이해한 것이다. 정부도 없고, 제도화된 권력도 없고, 사회적·성적규범도 우리 사회와 전혀 다른 인간 사회가 지금도 존재하고 옛날에도 존재했었다는 사실을 알게 되면, 아나키즘을 옹호하는 사람들은 관심을 가질 수밖에 없다." 16)라고 말했다. 이 이론대로라면 한우리는 작은 자율적 조직 운동으로 사회혁명의 밑거름이 될 수도 있다. 따라서 이것은 헤르첸(Alexander Herzen, 1812~1870)이 "무한히 멀리 있는 목표는 목표가 아니라 속임수이다. 목표는 그보다 가까워야 한다. 목표라면 노동임금이나 성취감 정도는 돼야 한다. 모든 시대, 모든 세계, 모든 인간은 저마다의 경험을 갖고 있다. 각 세대의 목적은 그 세대의 것이어야 한다." 17)라고 말한 현재 당면한 목표를 이룰 수 있는 포부가 가능성이 전혀 없는 것은 아니라는 측면에서 공감할 수 있기도 하다. 그러나 전체적으로 그 가능성에 대해 의구심을 떨쳐버리지 못하는 이유는 규모가 너무 크고 방대하게 전개되었기 때문이다.

　그럼에도 불구하고 이 작품의 미덕은 워드가, "아나키즘은 미래 사회에 대한 사변적 전망(speculation vision)이 아니라, 일상의 경험에 뿌리박은 인간조직의 한 실천적 양식이다." 18)라고 말한 것

---

16) C. Ward, 앞의 책, p.71
17) Alexander Herzen, 『피안에서의 견해들(Views from the Other Shore)』, London, 1956(C. Ward, 앞의 책, pp.220~221 재인용)
18) C. Ward, 앞의 책, p.5.

처럼 아나키즘적 관점에서 보면, 개념에 의한 개혁이 아니라 실천을 통해 개혁을 강조했다는 데 있다. 이러한 협업공동체가 아나키즘의 관점에서 보면 앞으로 인류가 추구해야 할 이정표일 수도 있다. 왜냐하면, 우선 아나키즘은, 인간에 의한 인간에 지배가 없이, 자유롭고 조화로운 사회를 구현하기 위해 자본주의에 저항하고 소유제도에 대해서도 문제점을 제기하기 때문이다. 이 작품에서 협업공동체가 자본주의를 배격했는지는 알 수 없으나 자본에 의한 억압은 제지하고 있다. 스스로 자본을 축적하여 경제문제를 해결했고, 외부의 거대 자본의 횡포가 언급되어 있지 않은 것은 거대자본을 유치하지 않고 자체 조달로 해결했기 때문이다. 그리고 아나키즘이 추구하는 진정한 사회적, 경제적 변혁을 가져오는 사회혁명은 상호주의를 통해 노동, 교환, 상호부조, 신용, 교육에 있어서의 평등을 달성하는 것이다. 한우리는 이와 같이 모든 분야에서 평등을 지향하고 있었다. 동등한 사회에서는 자유롭고 독립적이며 평등한 생산자들의 교환관계 속에서 상호 관련된 사회조직이 형성된 것이고, 이것은 국가의 권위적 지배가 아니라 구성원간의 동등한 계약이 법률을 대신해서 상호주의적 사회를 이룬 것이다. 이때 사회계약이란 소유권이 인정된 상태에서 소유권을 보호하기 위한 계약이 아니라, 교환에 있어서의 정의를 실현하는 계약이다. 즉, 자유로운 생산자들 상호간에 이루어지는 등가물의 교환의 성립이 바로 계약관계의 성립인 것이다. 그들의 계약은 자신들이 가지고 있는 재산, 토지, 장비, 인력 등 모두를 함께 투자하고 그에 따른 분배를 했다. 그러나 생산에서의 역할이 공동재배, 관리하는 것이고, 개별적으로 생산한 것을 등가물에 따라서 교환하는 것은 아니었다.

  "노인들만 어슬렁거리고 다니는 마을 골목에 젊은이가 눈에 띄게 늘어나고 있었던 것이다. 그 숫자가 그렇게 많은 것은 아니지만 젊은 일꾼이 등장하고, 그야말로 젊은 피가 수혈되고 있었던 것이다. 그것은 마을이 젊어지고 농촌이 젊어지는 상징이었던 것이다. 그렇게 인식이 되어 있었던 것이다.

　공동체 한우리에 대한 인식이 달라진 것이다. 한우리에 가면 여러 가지 못했던 공부를 골라서 할 수 있고, 의료혜택을 보장 받을 수 있고, 법적인 문제라든가 골치 아픈 문제를 다 해결할 수 있는 것으로 인식되어 있었다. 물론 주업인 공동체의 농사 외의 호감이 가고 매력이 있는 사항을 말하는 것이었다. 무슨 차 한 잔 마시고 물건을 하나 사고 하는 것과 같은 문제가 아니고, 직업을 선택하고 주거를 선택하고 특히 노후의 삶을 선택하는 중요한 문제를 결정하는데 있어서 매력 포인트가 되었던 것이다. 그래서 이 마을로 귀농하는 사람이 부쩍 많아졌고 귀농을 하겠다고 문의하는 사람이 많아졌다. 문의만 하는 것이 아니었다. 대답만 해서는 안 되었다. 귀농 절차를 묻기도 하고 귀농여부를 결정짓기 위한 최종확인을 하기도 하였다." (248쪽)

　위의 인용문에서 두 가지 사실을 확인할 수 있다. 하나는 농촌개혁의 핵심이 농촌을 젊어지게 하는 것이고, 또 하나는 이러한 개혁이 아나키즘을 바탕으로 하고 있다는 사실이다. 왜냐하면, 아나키즘은 인간의 존엄성과 책임감을 내세우는 주장이다. 아나키즘은 정치변혁 프로그램이 아니라 사회적 자기 결정 행동이기 때문이다.[19]

　실제로 이와 같이 변화를 하려면, 인적 물적 투자가 엄청나게 투입되어야 할 것이다. 그래서 농촌 사회가 변화하여, 우리나라 전체가 변화하는 계기가 될 것이라는 생각이 일규의 소견으로, 그

---

19) C. Ward., 앞의 책, p.231.

는 아나키즘적 사회를 염두에 둔 것으로 보인다. 사실, 21회 '아기 우는 소리'에서는 한우리공동체에서 추구하고 있는 세계가 '자유사회주의'를 표방한다고 했다. 그리고 아나키즘을 짧게 설명하면서 '이상적인 자유사회주의'라고 지칭한 것으로 보아 이것을 염두에 두었던 것으로 보인다.(250쪽)

일규가 만든 한우리공동체는 국가권력에 의한 정치적 지배뿐만 아니라, 자본이나 종교, 문화 등 모든 영역의 지배에서 벗어나, 인간에 의해 또 다른 인간의 지배가 없는 자유로운 사회를 지향하는 협업공동체로 사실상 아나키즘의 사회였다. 특히 국가나 사회, 또는 종교에서의 권력이나 권위, 그리고 계급, 자본에 의한 간섭이나 억압에 대해 저항하고 부정하는 것을 기저基底로 하고 있었다.

4. 개념의 공간으로서의 '한우리'

이상섭(1937~)은 「즐거운 문학과 괴로운 문학」에서, 이광수를 즐거운 문학을 읽게 해준 작가로 설명하면서, 특히 "『무정』에서는 이 땅에 젊은이가 어떤 포부를 가지고 공부를 해야 하느냐를 가르쳤고, 『흙』에서는 어떤 마음으로 어떻게 실제로 조국에 봉사해야 하는가를 다루었고, 『사랑』에서는 어떤 인간관계를 맺어야 하는가를 설교했다."[20]고 지적하면서 이광수의 긍정적인 면을 피력했다. 이 글의 논리대로 하면 소설 『농민 21』은 즐거움을 주는 작품이다. 이 땅에 사는 지성인은 어떤 포부를 가지고 어떤 마음으로 조국에 봉사해야 하는지를 설명하고 있으며, 또한 행복하게 잘 살 수 있는 방법을 제시하여 많은 사람들에게 희망을 갖게 하였기 때문이다.

---

20) 이상섭, 앞의 책, p.156.

우선 이 작품을 다 읽고 난 뒤에, 몰입한 독자는 기쁨에 가득차서 황홀경에 빠질 것이다. 우리의 미래를 낙관적인 관점에서, 일규는 모든 사람들이 열망하는 관점에서 긍정적인 미래를 전망하고 장미빛 마스터플랜을 제시했기 때문이다. 그러나 비판적 태도로 읽은 독자라면 오히려 이 작품을 다 읽고 났을 때 공허한 느낌으로 조금은 황당해할 것이다.

이 작품을 읽은 비판적 독자가 공감대를 형성하지 못했다면, 아마 다음과 같은 이유 때문일 것이다. 비판적 독자는, 아놀드 하우저(Arnold Hauser, 1892~1978)가 "예술작품의 의미 내용을 적절하게 해석하는 일은 지력(intelligence), 성숙의 정도, 생활 경험의 문제이며, 삶의 문제들이나 사회적인 위치 및 휴머니즘적인 과제들을 올바르게 판단할 수 있는가 여부에 달려있는 문제이다." [21]라고 한 말을 이미 잘 이해하고 있기 때문이다. 작품의 공감대를 형성하는 더 중요한 요건은 작품을 구성하는 소설의 내적 구조와 관련된다. 이 작품에서 농민들의 삶의 심각한 문제와 자세가 세부적으로 묘사되어 있지 않고 있다. 특히 초반에 제시된 더구리의 고폭탄 폐기시설에서는 문제제기 과정이 잘 전개되어 있고 집중화 되어 있으나, 정작 이 작품에서 추구하고자 하는 현실적인 농촌의 문제점은 이 작품 전체의 전제가 됨에도 불구하고 구체화하지 않았다. 다만, 한우리 공동체 안에 설치한 부서들—병원 요양원 대학, 변호사 법무사사무실, 서당, 농촌총각 장가보내기 등—을 제시한 것들이 농촌이 안고 있는 문제점들을 적시한 것을 통해 간접적으로 농촌의 어려운 상황임을 이해할 수 있다. 그리고 한우리와 외부세계에 대한 사회적 형성층에 역학 관계가 선명하게 노출 되지 않아 모든 일이 순조롭게만 진행되었을 뿐더러, 한

21) Arnold Hauser, *Soziologie der Kunst*, 최성만·이병진 역, 『예술의 사회학』, 한길사, 1983, p.88.

우리가 안고 있는 문제점에 대한 검토도 없이 전개되었다. 앞의 장에서 스페인의 경우를 예로 들었는데, 사실 1936년의 스페인의 당시의 사건의 경험은 완전한 자유마을공동체주의(libertarian communism)를 신속하게 적용하는 데의 어려움이 얼마나 극심한 것인가를 실증적으로 보여주고 있다.22) 이러한 이야기의 짜임 속에서 농민의 구체적인 삶과 가치인식의 문제가 전체적으로 조명되지 못했음을 알 수 있다. 다시 말하면, '묵은 땅을 살리고 이농하는 젊은이를 농촌으로 불러들여 이상사회를 만들어 이 땅을 지키겠다' 는 것이 얼마나 심각하고 중요한 문제인지를 설득력 있게 제시하지 못했다. 모든 독자가 알고 있는 상식이라고 생각할 수 있으나, 그것은 독자 개인 능력과 관심 여하에 따라 달라질 수 있다. 그러나 사실 이런 문제점을 제시함으로써 작가는 작품으로 현실문제를 외칠 수 있는 기회이기도 했다. 그리고 이 문제는 앞서 지적한 대로, 이 작품의 전제가 되는 것이다. 8%뿐이라는 설명을 제시하는 것만으로는 부족하기 때문이다. 우리나라가 여러 나라와 FTA를 합의하는 과정을 보면 알 수 있다. 정부도 8%는 크게 문제 되는 부분으로 보지 않고 다른 나라와 협상하고 있는 것이 그 증거이다. 따라서 일규만 내세워 설명할 것이 아니라, 농업에 종사하는 사람의 말과 행동을 통해 농촌 현실을 서사적 구성으로 보여줌으로써 비록 적은 농촌 인구이지만 이농현상이 가속화할 경우 야기되는 심각성을 독자가 공감할 수 있도록 제시했어야 한다. 쌀이나 농산물을 값이 싼 다른 나라에서 수입해다 먹으면 될 텐데라고 말하는 도시사람들에게 그래서는 안 되는 이유를 작품 속에서 구체화했어야 했다. 그리고 한 지역, 어느 시기의 지배적인 특정세력이 아닌, 개인을 둘러싼 외부의 거대한 지배세력과 개인적인 삶이 충돌했을 때, 개인의 삶이 타당한 지를 구체화 할 필

---

22) D. Guerin, 앞의 책, p.115.

요가 있다. 이를테면 한우리공동체를 사갈시하는 거대자본인 적대 세력이 방해꾼으로 등장했을 때, 왜 거대자본보다 한우리공동체가 최상의 대안이고, 타당한지를 설명했어야 했다. 또 일규의 투자와 배분 방식이 최선인지를 공동체에서만이라도 토론의 과정이 있었으면, 독자가 납득하기 쉬웠을 것인데, 혼자의 결단과 설명만으로 제시하여 설득력이 약해졌다. 그리고 분배의 원칙을 정하는 기준으로 "좌우간 하나도 밑갈 것이 없었다. 밑져봐야 본전이었다. 모든 땅과 인력 장비를 다 합치고 그것에 비례하여 나누는 것이었다. 누가 더 가지는 것도 없고 덜 가지는 것도 없었다. 많은 땅을 내 놓은 사람에겐 많이 배당되고 많이 일한 사람에겐 많이 배당된다. 장비를 내놓은 사람에겐 그에 해당하는 몫을 배당한다. 모든 것을 다 시의 적절하게 계획을 세워서 같이 갈고 심고 거두고 또 공동출하를 하고 정산을 한다." (111쪽)라고 제시한 것은 일규가 복잡한 문제를 단순화했지만 결코 간단한 문제가 아니다. 투자 방식이 다르고 일의 양과 성질이 다른데 이것을 간단히 계량화할 수 있을까? 그래서 그 타당성 여부까지도 소상하게 들여다 볼 수 있도록 분석적 시도를 해서, 이야기의 세부를 그리고 주변 사람들의 구체인 인물의 평범한 대화와 행위까지도 이 시대의 가치를 객관적으로 이해할 수 있는 자료로 의미가 있게 제시했으면 더 감동적이고, 놀라운 예술적 성취를 이룩하였을 것으로 보인다.

작가는 이러한 문제가 한국의 농촌문제에 중요한 요체라는 것을 착안하고, 그에 내포된 모순을 밝혀내고 순기능적 차원으로 발전시킨 면이 없지 않다. 비록 21세기이지만, 아직도 구태의연한 농촌문제를 시대적 배경에 맞는 장치를 통해 현실적으로 시도해 보고 싶은 심정이 일규를 통해 제시된 것으로 보인다.

또 하나, 공동체가 확대되는 과정에서 통일의 문제를 거론하고 있는데 특히 통일문제를 다루는 부분에서 통일 후의 토지문제를 제시했다. 이는 통일 이후의 문제로 사전에 많은 연구를 해야 할

부분이며 먼저 통일에 대한 방안을 제시하는 게 순서가 아닐까 생각한다.

그리고 한우리공동체의 역량이 얼마만큼 축적되었는지 알 수 없는 상황에서 거국적 규모의 행사를 집행하는 과정도 문제이지만, 정치세력화하여 통일을 논의하고 통일 이후에도 한우리를 전국적으로 확산시킨다는 것도 그리 간단한 문제가 아니다. 따라서 큰 테두리의 전체성과의 관계에서 볼 때, 일방적으로 상황을 설명으로 제시하여 농촌 전체를 포장함으로써 시대를 지나치게 긍정적으로 관망하고 있기 때문이다. 이런 긍정적 힘이 농촌이라는 특정 집단의 행복을 추구하게 된 것으로, 이는 존재의 근원적 이상향을 추구하는 낙원지향적 의식을 보인 것이다. 그러나 만일 이 낙원지향의식이 현실에 기초하지 않은 것이라면, 앞에서 지적한 대로 아나키즘에서 타기해야 할 요소이다.

작가가 제시하고 있는 현실적 문제점들이 이 작품에서 남긴 시사점은 무엇일까? 아마 옥죄어 있는 농촌현실의 답답함에서 벗어나서 자유롭고 평화로운 삶을 누리고 싶은 의지가 우리 농촌사회가 한우리공동체처럼 되기를 염원했던 것이다. 그러나 소설은 현실의 실제보다 더 논리적이다. 소설은 개념적인 표현질서를 보다 구체적인 그래서 공감의 폭을 넓힐 수 있는, 논리적 해석을 미적인 해석으로 바꾸기 때문이다.

문학뿐만 아니라 모든 예술은 정서적 감동을 궁극의 목표로 한다. 문학작품은 정서적 감동을 유발하는 예술형식이다. 문학은 독자에게 즐거움을 주고 감동을 주는 가운데 간접적으로 인생의 진리를 가르치는 것이다.[23] 즉, 문학은 독자에게 보다 고차적이고 정신적인 즐거움을 주는 동시에 인생이 무엇이며, 어떻게 살아야 할지를 가르쳐 주고 교시하는 것이라는 것은 상식이다. 정신적 즐

---

23) 구인환·구창환, 『문학개론』, 삼영사, 1983, p.43~44.

거움을 주는 정서적 감동은 독자에 따라 반응양상이 다르지만, 앞서의 이상섭의 이야기대로 독자가 행복할 수 있다면 그 나름의 의미는 있을 것이다.

5. 결 론

지라르(R. Girad)는, 소설가는 역사와 사회를 관찰하는 하나의 실험실에서 살고 있는 셈[24]이라고 했다. 이것은 작가가 설정한 서사적 주체가 현실을 어떻게 인식하고 있느냐 하는 매우 기본적인 문제가 여기에 관련이 있다. 소설적 가치와 소설 밖의 실제적 현실가치는 별개의 것이 아니라 서로 상승작용을 하면서 우리 사회가 지향해야 할 가치를 찾게 한다고 할 수 있다.

양반과 농민의 계층간의 갈등을 그린 이무영의 『농민』은 "장쇠라는 인물을 통해서, 시대와 역사에 참여한 인물로 형상화 되는 사례로 나타났다. 더구나 흙의 인식이 농민의 생명이나 생산의식과 통합된 점에서 이무영의 소설적 성취는 1950년대까지 가장 뛰어난 예가 되었다." [25]라는 평가를 받고 있다. 이 『농민 21』이 작가가 연재를 시작하면서 언급한 대로 '후속'이 될 수 있는가는 독자가 판단할 몫이다. 다만 『농민 21』에서 일규가, 역사적 소명감으로 현실 문제를 8%의 농민의 문제가 아니라, 국가적 차원의 문제임을 천명하고 있는 것은, 21세기 대한민국의 농촌이 처해 있는 현실의 어려움이 또 다른 차원에서 전개되고 있음을 암시하고 있다. 또한 낙관주의적 입장에서 현실 문제를 제시한 이 작품은, 낙관적 입장이 감당할 수 없는 지난한 것임을 역설적으로 보여주고 있다.

---

24) René Girad, *Mensonge, romantique et vérité romanesque*, 김윤식, 『소설의 이론』, 삼영사, 1977, p.133.
25) 신동욱, 『삶의 투시로서의 문학』, 문학과지성사, 1988, p.415.

이 작품을, 국가권력과 자본을 넘어서 인간존중과 개인의 절대 자유를 근간으로 하는 아나키즘의 관점에서 살펴 본 이유는 단 하나, 사회변혁운동은 자발적이어야 된다는 것 때문이었다. 세속적인 인간의 의지나 욕망을 제거하고, 풍속과 도덕의 얽매임에서 벗어나 자유로운 행복을 실현하는 것은 자발적 질서이론이다. 그래서 아나키즘적 실천과 행동을 주장했던 워드(C. Ward)의 글에 많이 기댔다. 그는 구체적인 현실 속에서 아나키즘이 어떤 형태로 발현될 수 있는지를 통찰했고, 더 나아가서 '지금, 여기'를 변화시킬 수 있는 대안으로서 아나키즘의 새로운 가능성을 탐색한 책이 『아나키즘, 대안의 상상력』(*Anarchy in Action*)이다. 그는 이 책의 마지막에 "아나키즘은 인간의 존엄성과 책임감을 내세우는 주장이다. 아나키즘은 정치변혁 프로그램이 아니라, 사회적 자기결정 행동이다." 라고 썼다.

*편집 주—이 글은 〈농민문학〉 96호(2015 봄)에 게재된 평론이다. 작품 인용 출처의 연재 횟수와 쪽수를 인용문 끝에 제시했었으나 이 책에 맞추었다. 분량을 줄이기 위해 뒤의 몇 대목 생략을 하였음을 밝히고 필자의 양해를 구한다.

농민 21-벼꽃 질 무렵

저 자 / 이동희
발행인 / 심보화
펴낸곳 / 도서출판 풀길

2016년 7월 1일 1쇄 인쇄
2016년 7월 6일 1쇄 발행

서울 종로구 율곡로 13가길 19-5
TEL : 567-9628(팩스겸용)
등록 / 제300-2002-160호
Printed in Korea 2016 ⓒ 이동희
저자와의 협의에 의해 인지 생략

값 15,000원
잘못된 책은 바꿔 드립니다.
ISBN 978-89-86201-36-9